Gerald Messadié
Die Kinder der Isis

Gerald Messadié

Die Kinder der Isis

Roman

Aus dem Französischen von
Antoinette Gittinger

Langen Müller

Besuchen Sie uns im Internet unter:
http://www.herbig.net

Titel der Originalausgabe: »25, rue Soliman Pacha«

Schutzumschlaggestaltung: Wolfgang Heinzel
Motiv: Premium, Düsseldorf
Gesetzt aus: Goudy 11,5 auf 14
Drucken und Binden: Huber KG, Dießen
Printed in Germany

ISBN: 3-7844-2878-9

Inhalt

EINLEITUNG
Die Geschichte der Isis *7*

I. Die letzten Seerosen des Sommers *13*

1. Rosen und Schwefel *15*
2. Unvergängliche Schönheit *20*
3. Sybilla und die Magnolien *25*
4. Tango *35*
5. Nadia, Jasmin und Lügen *39*
6. Der Sonnenkönig *56*
7. Der Verlust des Philosophensteins *64*
8. Düstere Vorhersagen *68*
9. Zauberei und Pantominen *74*
10. Ein Sack Datteln *86*
11. Die Kraft der Fantasiebilder *99*
12. Geheimnisse und Resedablüten *109*
13. Die Einladung *117*
14. Nächtliche Serenade *123*
15. Walzer und Tangos *133*
16. Der Tag nach dem Ball *145*
17. Ein verhängnisvolles Fest *150*
18. Der grausamste Monat *159*

19. Die Leiden des jungen Siegfrieds 162
20. Die Leiden des jungen Ismaïl 173
21. Schwarztee, Bohnen und Gerüchte *180*
22. Tara *189*
23. Nacht in Tara *204*
24. Erstes Donnergrollen *211*
25. Tod in den Flammen *223*

II. Samenkörner im Wind *241*

1. Das Kind des Dieners« *243*
2. Unerfreuliche Unterhaltung in einem Palast *251*
3. Unter dem Schutze der Isis *256*
4. Faruks Abschied *270*
5. Die Beleidigung *275*
6. Du hättest etwas Besseres verdient *290*
7. Die Macht, nichts als die Macht *297*
8. Dinner in der rue de Lisbonne *306*
9. Das Misstrauen *315*
10. Das Lächeln der Toten *326*
11. Osiris in Lebensgröße *333*
12. Eleni *339*
13. Schwarze Seelen *344*
14. Adam *352*
15. Erinnerung *362*
16 Die Vaterschaftsfrage *370*
17. Der Rat eines Freundes *375*
18. Wiedersehen *380*

EPILOG
Gedanken über die Liebe *386*

EINLEITUNG

Die Geschichte der Isis

»Nicht immer stammt man aus dem Land,
in das man geboren wurde.«
Théophile Gautier

Der Bosporus floss indigoblau dahin. Im Schein der Windlichter hatte der Tee der Hibiskusblüten die Farbe von flüssigem Rubin. Der Abend würde kühl werden. Träge zog ein Frachter vorüber und ich überlegte, ob ich mich dort an Bord besser fühlen würde als im Dunstkreis meiner Erinnerungen.

Prinzessin Rechideh Noureddine wandte sich mir zu. Noch immer hatte sie diesen wunderbaren schlanken Schwanenhals, den ich als junger Mann bewundert hatte. Ihr einst rabenschwarzes Haar war jetzt schneeweiß und schien dennoch zu bestätigen, dass die Schönheit einer Frau unvergänglich ist. Das milde Dämmerlicht ließ die Spuren ihres Alters und die kleinen Falten in ihren Gesichtszügen, die mir vorhin im Salon aufgefallen waren, verschwinden. Ihre Stimme war tiefer als früher. Sie war jetzt sechsundsiebzig Jahre. Für mich als Jugendlichen hatte sie das Ideal weiblicher Schönheit verkörpert. Bei einem der zahllosen Feste von damals trug sie ein schwarzes Kleid aus Crêpe de Chine, das ihrer hohen, schlanken Gestalt schmeichelte und ihre elfenbeinfarbenen Schultern enthüllte. Mit jener ironischen Anmut, die etwas Gebieterisches hatte, beugte sie sich zu mir herüber.

»Sie sind also nach Ägypten zurückgekehrt?« Die Frage riss mich aus meinen Erinnerungen.

»Nein«, erwiderte ich. »Ich kenne dort niemanden mehr, ich wäre dort allein mit meinen Erinnerungen.«

Schweigen breitete sich aus.

»Ich habe mich häufig gefragt«, sagte sie in ihrem tadellos klingenden Französisch, »ob es nicht besser ist, am Ende des Aufenthalts auf viele erfreuliche Erinnerungen zurückzublicken als auf gar keine.«

Am Ende des Aufenthalts. Der Aufenthalt. Unwillkürlich musste ich lächeln.

»Sie leben alle noch«, sagte sie leise. »Am Jahresende schicken sie mir Karten. Sie wissen ja, Ismaïl ist Botschafter in Rom. Dann Sybilla und Nadia Abd al Massih, die Sie so reizend fanden. Deren Schwester Soussou hat angeblich Siegfried Alp geheiratet und pendelt zwischen London und New York hin und her. Und dann wären da noch Sie und ich.«

Sie lachte. Ihr Humor war bissig. Ich zwang mich zu einem Lächeln.

»Niemand wird je begreifen, was wir erlebt haben.«

»Und Sie, haben Sie es begriffen?«, fragte sie.

Ich war verblüfft. Sprachen wir über das Gleiche? Glaubte sie, dass ich auf unseren Lebenswandel damals unter der Monarchie in Kairo und Alexandria anspielte? Auf diese übersteigerte, anmaßende Illusion, die so vielen Menschen den Rest des Lebens verdorben hatte?

»Was haben wir Ihrer Meinung nach dort erlebt?«, forschte sie.

»Eine Illusion.«

»Eine Illusion? Der Begriff gefällt mir nicht, selbst wenn er richtig ist. Ich würde ein Wort vorziehen, das die Trunkenheit mit einschließt. Wir haben an die Liebe geglaubt. An die Liebe von Dante und Beatrice, von Ophelia und Hamlet, von Isis und Osiris. Wir alle haben daran geglaubt. Auch Sie.«

Was sollte ich darauf antworten? Ja, auch ich.

»All diese Menschen haben vom Glauben an die Liebe gelebt. Doch die Realität hat alles zerstört«, setzte sie fast theatralisch hinzu.

»Sie spielen auf den großen Brand in Kairo an?«

»Nicht nur auf den Brand. Auch die Politik hat dabei eine Rolle gespielt. Und die Realität. Die Gesellschaft, die eine Form von Realität darstellt, akzeptiert die Liebe nicht. Kennen Sie die Geschichte von Isis?«

Ich schüttelte den Kopf.

»Isis liebte Osiris«, setzte die Prinzessin an. »Aber Osiris musste mit seinem Bruder Seth kämpfen, der ihm sein Reich streitig machte. Der Kampf um die Macht hat die beiden Brüder entzweit. Seth hat Osiris getötet und zerstückelt. Und Isis machte sich auf den Weg, um die Überreste ihres geliebten Gatten zu suchen. Bis auf den dreizehnten Körperteil hat sie alle gefunden.«

»Der dreizehnte«, wiederholte ich.

Doch die Prinzessin beachtete meine Anspielung nicht. Der dreizehnte Körperteil, das war der Phallus des Osiris.

»Also gibt es keine glückliche Liebe.«

»Nein. Osiris ist der Totengott. Die Liebe ist also im Jenseits zu finden. Ismaïl, Sybilla und die anderen sind jedoch Kinder der Isis. Sie haben ihr Leben nochmals erlebt, haben es ohne es zu wissen wiederholt.«

»Sie haben den dreizehnten Teil nicht gefunden«, sagte ich herausfordernd.

»Seien Sie nicht obszön«, sagte sie vorwurfsvoll. »Es gibt schließlich nicht nur den dreizehnten.«

Ob Rechideh Noureddine das Ägypten, das wir gekannt hatten, idealisierte? Immerhin hatte die Prinzessin etwas Wahres ausgesprochen: Die Realität hatte das Leben jener Menschen zerstört. Die Realität oder die Politik. Ägypten hatte wie ein Riesenpython in apokalyptischem Kampf das Treibhaus, in dem diese Menschen lebten, dem Erdboden gleich gemacht. Ich stellte mir Nadia vor, wie sie in Paris künstliche Blumen herstellte. Und Sybilla, die sich in London, ihrem eigenen Land, wie im Exil fühlte. Sie lebte nur noch für ihren Sohn. Und Soussou, einsam in ihren Palästen … Es wurde spät. Ich erklärte, dass ich aufbrechen müsste und erhob mich.

»Sie wollen schon gehen?« Sie stand ebenfalls auf. »Sie sollten darüber nachdenken.«

Das Licht des Salons fiel auf ihr majestätisches Gesicht mit den großen Augen, der schönen Nase, auf den Mund, der wie bei einer Göttin des Orients geheimnisvoll lächelte, auf ihren elfenbeinfarbenen Teint.

»Sie sind Schriftsteller und sollten deren Leben erzählen.«

»Was weiß man schon über das Leben anderer?«, wandte ich ein.

»Ich kenne Sie gut genug.« Sie berührte meinen Arm. »Sie wissen viel mehr darüber, als Sie zu wissen vorgeben.«

Sie deutete ein Lächeln an, wie um die soeben begangene Indiskretion zu mildern. Auf der Türschwelle fügte sie ernst hinzu: »Das Leben all dieser Menschen enthält eine Lehre, die Sie weitergeben sollten.«

Ein Taxi brachte mich zum Midan Taqsim. Von dort aus ging ich die Istiqlal-Straße hinunter zu meinem Lieblingsrestaurant Hadji Baba. Ich bestellte mir gegrillte Taube, Salat und einen Wein aus Anatolien.

Wie konnte ich das Leben dieser Menschen erzählen? Das hieß nicht nur, deren Leben zu rekonstruieren, sondern eine ganze Welt.

I.

Die letzten Seerosen des Sommers

1.

Rosen und Schwefel

Durch sechs Fenster strömte Licht in die Küche. An den Wänden blitzten Kupfer- und Zinnpfannen. Der Raum war groß genug, um zwanzig Personen zu verköstigen und wurde mit einem guten Schloss verriegelt. Catherine Portilacqua hatte es anbringen lassen, um sich vor den Blicken anderer zu schützen. Ihre blassblauen Augen beobachteten einen Destillierkolben auf einem Holzsockel. Der Apparat gurgelte über einem Spirituskocher. Catherine hatte sich mit ihrer Schwester Alice eingeschlossen, einer korpulenten Frau mit flachsblondem gekräuseltem Haar und stark geschminkten Augen. Sie saß auf einem Strohhocker, die Hände über dem Leib gefaltet. Catherine hatte auf einem anderen Hocker Platz genommen. Sie trug wie immer ihr Witwengewand, wie es für Frauen eines bestimmten Alters in Ägypten Brauch war: ein weit geschnittenes schwarzes Seidenkleid. Catherine beobachtete, wie Tropfen vom Destillierkolben in eine Flasche fielen. Die Seele der roten Rosen war durchsichtig. War das nicht seltsam? Sie hatte bereits vier Flaschen gefüllt und ordentlich verkorkt; acht weitere warteten. Jedes Jahr kaufte Catherine einen ganzen Korb roter Rosenknospen, etwa zwanzig Kilo. Sie zerpflückte die Knospen und brachte sie zum Kochen. Dann füllte sie die ölige Flüssigkeit in den Destillierkolben. Mit dem Destillat reicherte sie ein Jahr lang die Kuchen und das Gebäck aus eigener Herstellung an. Außerdem verschenkte sie Rosenwasser an die Nachbarinnen, an die zahlreichen Geistlichen, an koptische und griechisch-katholische Nonnen, an Maroniten, Armenier und Syrer, an den Iman der nahe gelegenen Moschee und an den Rabbi, der eines Tages alle Nachbarn aufgesucht und ein Kaddisch, ein Gebet für Verstorbene, vorgetragen hatte.

Das Rosenwasser beruhigte auch die Nerven. Der Duft von Rosen reinigte die Atemwege und beflügelte die Seelen.

Vielleicht gedachte Catherine mit dieser jährlichen Zeremonie auch ihres verstorbenen Gatten, Anton Archenholz – ein Preuße, der nach den Aussagen von Zeugen als Heiliger gestorben war. Ein Antrag auf Seligsprechung wartete beim Vatikan auf eine Entscheidung. Leider hatte man ein Detail verschwiegen: Anton war Protestant gewesen. Aber das war eine andere Geschichte.

Der Rosenduft drang durch die verschlossene Tür nach unten, breitete sich in der ganzen Wohnung aus, bis in die beiden Badezimmer, wo, wie Nichten und Dienerinnen versicherten, zuweilen der Teufel höchstselbst auftauchte.

Der Rosenduft drang sogar durch die Fenster. Der Besitz von Destillierkolben galt als ungesetzlich. Die Nachbarn wussten, dass Catherine Portilacqua Rosenwasser destillierte. Da sie davon jedoch etwas geschenkt bekamen, blieben ihre Lippen verschlossen. Das Ritual wiederholte sich alljährlich.

»Es hat mich hundert Pfund gekostet«, knüpfte Alice an die Unterhaltung an. Obwohl sie das Italienische beherrschten, sprachen die beiden arabisch, wenn etwas nicht für fremde Ohren bestimmt war.

»Hundert Pfund?«, wiederholte Catherine entrüstet.

»Er hat gesagt, entweder gebe ich ihm das Geld oder wir müssen ausziehen.«

»Er hat bereits versucht, Michel damit zu erpressen, aber der hat sich nicht erweichen lassen«, erklärte Catherine.

»Ich weiß. Aber ich habe schließlich bezahlt.«

»Er ist verrückt.« Catherine stellte eine leere Flasche unter das gläserne Abflussrohr des Destillierkolbens. »Unser Bruder ist einfach verrückt.« Aber es klang nicht sehr überzeugt. Das Thema war heikel: Sämtliche Portilacquas waren verrückt. Lediglich die Ausprägung ihrer Verrücktheit schwankte – zwischen Religion, Alchimie und Sex. Aber auch das war eine andere Geschichte.

Alice wollte gerade etwas erwidern, als vom Flur Schreie und Schluchzer ertönten. Sie schienen schwächer zu werden, nahmen dann aber erneut an Lautstärke zu.

»Was ist denn da los?« Catherine erhob sich mühsam, um die Tür zu entriegeln.

Amina war von den Bediensteten und den Frauen des Haushalts umgeben, von Angèle und Adèle, den Töchtern von Alice, und von Jeannette, der Tochter von Catherine. Die hünenhafte Sklavin wand sich und schlug sich an die Brust, die bestimmt schon hundert Säuglinge genährt hatte. Dann schlug sie sich ins Gesicht und rollte die Augen.

»Was ist los mit dir?«, rief Catherine außer sich.

»Ich habe den Teufel gesehen, den Teufel!«

»Den Teufel?«, fragte Catherine ungläubig.

»Ja, den Teufel!« Die Sklavin warf den Kopf in den Nacken. »El Afrit!«, stieß sie hervor.

»Wo?«

»Im Keller.«

Die Dienerinnen, die Frauen und Mädchen, ja sogar Sayyed, der oberste Diener des Haushaltsvorstands, alle waren totenbleich.

»Deine eigene Dummheit hast du gesehen!«, rief Catherine und verpasste der Sklavin eine Ohrfeige. Das war der Blitzschlag, auf den der Regen folgte: Amina brach in Tränen aus. Nur langsam beruhigte sie sich, bestand aber weiter darauf, dass sie den Teufel, den Höllenfürst, gesehen habe. Ganz schwarz sei er gewesen, mit roten Augen und einem grauenhaften Lachen.

Zebeida, eine magere Schwarzafrikanerin, hatte im Flur auf dem Boden gesessen und erklärte, Amina habe vermutlich den Nachbarn gesehen, wie er ein Möbelstück in den Keller geschafft hat.

»Nein, es war der Teufel persönlich. El Afrit huwa zatu.«

»Du hast wohl Hasch geraucht«, vermutete Sayyed.

Jetzt tauchte Siegfried Alp auf, Catherines Enkel. Manchmal kam er zum Essen und wurde von der Großmutter immer mit offenen Armen empfangen. Aufregung und Geschrei hatten ihn alarmiert. Er erkundigte sich nach der Ursache für den Aufruhr. Catherine versicherte ihm, Amina habe eine Nervenkrise erlitten. Siegfried ging in das Esszimmer, begleitet von seinen Kusinen, und Catherine kehrte in die Küche zurück.

»Nie kann man in Ruhe arbeiten«, brummte sie und kümmerte sich um die Flasche unter dem Kolben, deren Inhalt bereits übersprudelte.

Alice verriegelte erneut die Tür. Während dieses Rituals empfing Catherine nur ihre Verwandten oder Sayyed, den wichtigsten Mann ihres Hausgesindes. Für Amina und Zebeida hatte sie keine Zeit. Vor allem für Zebeida nicht, die den bösen Blick hatte. Zebeidas Blick bewirkte, dass Milch sauer wurde und Kristallglas Risse bekam.

»Der Teufel, mit wem hat der angeblich Ähnlichkeit?« Siegfried war mit dem Lammragout beschäftigt, das Sayyed ihm aufgetragen hatte.

Seine Kusinen lachten. »Du glaubst aber auch an gar nichts«, warf ihm Thérèse vor.

Siegfried vergötterte seine Großmutter, aber dieser faule Zauber ging ihm auf die Nerven. Er hielt den Teufel für ein Hirngespinst der Ungebildeten. Auf der Treppe blieb er stehen. Eine Nachbarin spielte eine Mazurka von Chopin. Nicht besonders virtuos, aber gefühlvoll. Bereits zum dritten Mal in wenigen Tagen hörte er Chopin. Anscheinend spielte ganz Ägypten Chopin, zumindest eine bestimmte Schicht.

Aber auch das war eine andere Geschichte.

2.
Unvergängliche Schönheit

In ihrer Nacktheit, der aufrechten Haltung und natürlichen Würde sind die drei faszinierend: muskulös und voller Kraft. Makellose, heißblütige Schönheiten in Granit. In der Mitte der Pharao, der die Pharaonenhaube trägt. Er ist breitschultrig, schmalhüftig, hat einen flachen Bauch, kräftige Beine und geht barfuß. Die Frauenfiguren unter den in Falten gelegten Gewändern sind schlank; ihr Venushügel zeichnet sich deutlich ab, ihre Brüste sind straff und rund, die Beine lang und schlank, typisch für die Völker des Nils, die Gesichter heiter. Eine trägt einen Kopfschmuck aus Hörnern, die den Mond einrahmen. Und überall diese aufgeworfenen, doch wohlgeformten Lippen mit ihrem Lächeln.

Als Sybilla, Lady Hammerley, die Königsfamilie eingehend betrachtete, spürte sie Verwirrung. 1938 oder 1939 hatte sie die Marmorfiguren des Parthenon im Britischen Museum bewundert. Nichts hatte sie seither so beeindruckt. Bis heute. Damals war sie siebzehn oder achtzehn Jahre alt gewesen. Sie erinnerte sich an die schönen Leiber, unschuldig und gleichzeitig aufreizend … Aber von diesen

Figuren aus schwarzem Granit ging noch mehr Kraft aus, sie schienen förmlich zu vibrieren.

Sybillas Begleiter, Rupert Gardiner, zweiter Sekretär an der britischen Botschaft in Kairo, beugte sich zum Begleittext hinunter und las: »Triade von Mykerinos ... IV. Dynastie.« Die Frau mit dem Mondschmuck auf dem Kopf sei Hathor, erklärte er. Diese Göttin wurde manchmal als Kuh dargestellt, die zur Rechten dagegen als schwarzer Hund dargestellt. Was dieser schwarze Hund wohl bedeutete? Sybillas Blick kehrte zum Pharo zurück. Noch nie hatte sie eine Figur gesehen, von der so viel Kraft und sexuelle Anziehung ausging. Diese nackten Füße ... Sie hätte diese Füße am liebsten geküsst. Ein König, der barfuß ging! Er war vom Scheitel bis zur Sohle anziehend. Plötzlich wurde Sybilla von einer unbeschreiblichen Sehnsucht erfasst.

»Wenn man bedenkt, dass die modernen Araber von diesen Figuren abstammen ...« Gardiner lächelte.

Er sagte »die Araber« und meinte die Ägypter. Sybilla dachte an den Gärtner mit dem bronzefarbenen Oberkörper, der sich am Brunnen zu schaffen machte. Verschwommene Bilder tauchten vor ihrem inneren Auge auf. Sie gestand sich ein, dass weder ihr Mann Charles noch Gardiner im entferntesten an Mykerinos heranreichten. Gardiner in Badehose – mit seinem schlaffen Bauch, seiner Hagerkeit und den Krampfadern. Und, zu allem Überfluss, mit Sonnenbrand. Und Charles ... nein, die beiden konnten nackt nicht das leiseste erotische Gefühl erwecken.

Wie gut, dass man das Licht ausmachen kann, dachte Sybilla. Aber diese Überlegung war rein theoretisch: Charles und sie hatten seit einer Ewigkeit nicht mehr miteinander geschlafen.

Charles hatte den Posten in Kairo jetzt seit fünf Monaten. Bislang hatte sich Sybilla nicht mit ägyptischer Kunst beschäftigt - wenn man vom Besuch der Pyramiden und der

Sphinx unter Führung eines Amateurägyptologen absah. Dieser Museumsbesuch hatte sich zwanglos ergeben, weil Gardiner vor einem offiziellen Empfang zwei Stunden Zeit hatte.

»Das ist wirklich große Kunst«, äußerte Gardiner überschwänglich. »Schönheit in Reinformat.« Das Schweigen seiner Begleiterin schien ihn jedoch leicht zu verunsichern. Tatsächlich ärgerten Sybilla diese Plattitüden. Was bitte war Schönheit in Reinformat? Gardiner ähnelte dem Teesatz in der Kanne: lauwarm und etwas bitter.

Zur gleichen Zeit besuchte auch Siegfried Alp das Museum, in Begleitung eines amerikanischen Fotografen, dessen Bekanntschaft er zufällig gemacht hatte. Auch er hatte bisher kein tieferes Interesse an ägyptischer Kunst gezeigt. Und diese Art von Schönheit war für seinen Geschmack ein wenig zu grob. Siegfried verdiente sein Geld als ungelernter Innendekorateur. Er war sich seiner unterprivilegierten Stellung in der ägyptischen Gesellschaft bewusst. Gern hätte er den ultramodernen Stil eines Frank Lloyd Wright und Marcel Breuer nachempfunden, aber die scharfen Konturen von deren Formsprache verschreckten seine neureichen Kunden. Um den Geschmack seiner Kunden zu befriedigen, pflegte er einen britischen Synkretismus: zierliche Mahagonimöbel und ausgreifende Drapierungen aus syrischen Seidenstoffen, Dekor im florentinischen Stil, Leuchter und Lämpchen.

Doch im Erdgeschoss, vor einem der vier riesigen Köpfe von Amenophis IV., stockte ihm plötzlich der Atem. Dieser Mund erinnerte an einen Phallus. Und dieses sinnliche Lächeln, diese Raubtieraugen! Siegfried überlegte. Einer der nubischen Diener in seinem Haus hatte einen ähnlichen Kopf – und er hatte das bisher kaum bemerkt.

Tropische Bäume mit roten Blüten säumten den Nil und verbreiteten einen bitteren Duft. An der Tür stieß Siegfried fast mit Sybilla zusammen. Sie war ihm im Sportclub al Ǧazīra vorgestellt worden. Die beiden tauschten untereinander ein paar höfliche Floskeln aus. Gardiner und Siegfried musterten sich verstohlen. Keiner sah im anderen auch nur einen Abglanz dessen, was sie im Museum bewundert hatten. Gardiner war eher dicklich und Siegfried Alp war mager wie eine streunende Katze. Nach einer kurzen Unterhaltung gingen sie auseinander, jeder in Gedanken versunken.

Sybilla warf einen Blick auf den Nil. Dieser Fluss kam ihr vulgär vor. Ein Meer aus Blut, Sperma und Kot, eine wahre Sintflut, gleichzeitig ruhig und stürmisch. Man brauchte nur an die Tiere zu denken, die diese Gewässer hervorgebracht hatten – Krokodile, Flusspferde, Kobras –, um das infernalische Ungestüm, aber auch die sexuelle Energie zu begreifen. Dieser Fluss mit der erigierten Erstarrung der Kobra und den Fettmassen der Flusspferde verkörperte den Sex geradezu. Es war kaum verwunderlich, dass die alten Ägypter die Kobra als königliches Emblem auswählten – Symbol für das männliche Glied.

Rote Blütenblätter fielen ihr auf die Schultern. Sybilla sprang auf. Ich verliere noch den Verstand, dachte sie.

Siegfried hatte dem Taxifahrer seine Adresse genannt: Sulaiman-Pascha-Straße Nummer 25.

»Und wer war das?«, fragte der Fotograf, als sie vor einem Wohnhaus mit haussmannscher Fassade angehalten hatten.

»Ein Franzose.«

»Ein Franzose?«

»Oberst Joseph Sèves. Er stand im Dienst von Ibrahim Pascha. Und dessen Vater, Muhammad Ali, war Statthalter von Ägpyten«, erklärte Siegfried.

Der Amerikaner wunderte sich, dass ein Franzose Sulaiman heißen und Pascha werden konnte.

»Er hat Syrien erobert«, fuhr Siegfried fort. »Er war Offizier in der Armee Muhammad Alis, bekehrte sich zum Islam und nahm den Namen Sulaiman an. Seine Tapferkeit brachte ihm den Titel Pascha ein.«

»Dieses Land ist wahrlich eine interessante Mischung«, bemerkte der Amerikaner, als sie im Aufzug waren. »Und was sind Sie selbst?«

»Mein Vater war Türke, meine Mutter Deutsche«, erwiderte Siegfried und schloss die Wohnungstür auf.

»Sie sprechen sehr gut Englisch.« Der Amerikaner bewunderte die Stilvielfalt der Einrichtung, den Salon Queen Anne, die französischen Spiegel und das große Fresko.

»Ich spreche auch Französisch, Deutsch und Arabisch.«

Sie traten hinaus auf den Balkon. Der Amerikaner entdeckte auf der anderen Seite der Straße ein Schild, »La Potinière«.

»Was ist das? Was bedeutet das?«

»Das ist ein Kino. Eine potinière, eine Klatschecke, eben ein Lokal, wo getratscht wird.«

Der Amerikaner lachte schallend.

»Gibt es in Kairo auch etwas typisch Ägyptisches?«

»Sie kennen vermutlich den Ausspruch von Rudyard Kipling. ›East is East and West is West and never the twain shall meet.‹«

Der Amerikaner schüttelte den Kopf.

»Tja, Kipling hat sich eben getäuscht. Osten und Westen sind in Ägypten verschmolzen.«

Sie nahmen am Tisch Platz.

»Sam, wollen Sie mir ein Geschenk machen?«, bat Siegfried. »Ich hätte gern eine Großaufnahme von Echnatons Mund, nur von dem Mund.«

Er konnte diesen Mund nicht vergessen.

3.
Sybilla und die Magnolien

Jedes Jahr wurden in Kairo im Frauenclub Bilder ausgestellt, Ölgemälde, Aquarelle und Gouachen mit Blumen, Bougainvilleen, Tropenblüten und anderen. Die kultivierten Damen in Kairo malten, um sich die Langeweile zu vertreiben. Ein Gemälde war recht düster. Es zeigte drei Magnolien; die Blütenblätter waren wie Haut. Eine Blüte hatte sich entblättert. Die beiden anderen waren geschlossen, wie Brüste in der Glut purpurfarbener Seide.

Vier oder fünf Dutzend Besucher waren zur Vernissage gekommen: Damen, deren Verwandte und Freundinnen. Pressedamen sprachen mit übertrieben englischem Akzent, Herren trugen den Habitus von Boulevardbummlern um die Jahrhundertwende zur Schau. Sie trugen Gamaschen und Handschuhe aus grauem Hirschleder, obwohl es draußen sehr mild war. Auch Ismaïl Abu Sūn war anwesend. Er war der älteste Sohn von Taufiq Abu Sūn Pascha, dem Gouverneur der Provinz und Vorsitzenden der konstitutionellen Partei. Ismaïl war auf Drängen seiner Schwester Timmy, eigentlich Itimad, gekommen, die selbst ausstellte.

Sybilla wandte sich von dem Bild der Magnolien ab, um sich bei der Sekretärin, Miss Soussou Abd al Massih, nach dem Preis zu erkundigen. Dabei stieß sie auf Ismaïl.

»Fünfundzwanzig Pfund, Lady Hammerley«, säuselte

Miss Abd al Massih, jede Silbe manieriert betonend. Sie hätte außer ihrer Seele und ihrer Tugend ihren Vater, Richter der Ersten Instanz, ihre Mutter, der sie den dunklen Teint verdankte, und das gesamte Mobiliar der Familienvilla Arsinoe in Heliopolis verkauft, wenn sie nur Lady Hammerley heißen, einen ähnlichen Titel tragen oder Sybilla hätte ähneln können.

Sybilla war zierlich, aschblond, hatte graue Augen und gelocktes Haar. Die Engländerin besaß eine natürliche Eleganz. Sie trug ein schlichtes lavendelblaues Leinenkleid und einen grauen Sportmantel. Sie schminkte sich kaum, und ihr Profil war sowohl aristokratisch als auch jugendlich.

Miss Abd al Massih musterte Sybillas Schuhe, sportlich und mit flachen Absätzen. Jede andere hätte damit linkisch ausgesehen. Sie stellte sich vor, wie sich Lady Hammerley für ein elegantes Dinner ankleidete, zu dem sie, eine koptische Ägypterin, gern geladen wäre. Und weshalb sollte man sie nicht einladen? Sie gehörte schließlich zur guten Gesellschaft und sprach ein perfektes Englisch, das sie stets sorgfältig gepflegt hatte. Sie sah die einschlägigen Filme der ENSA, sie hatte Donald Wolfit in Hamlet gesehen, sie las Forster und Waugh im Original. Sie wäre vor Freude außer sich, wenn man sie nach ihrer Meinung über das elisabethanische Theater oder über John Ford befragen würde. Aber man fragte sie nicht.

Lady Hammerley wiederholte den Preis für das Magnolienbild und errötete unwillkürlich. Miss Abd al Massih bewunderte den rosigen britischen Teint. Sie selbst hätte kaum erröten können, teakholzfarben, wie ihr Teint nun einmal war.

»Gut, ich nehme es.«

»Oh, ich bin ja so froh!« Miss Abd al Massih war entzückt: Eine der von ihr verehrten Engländerinnen hatte mit ihr ein paar Worte gewechselt.

Sybilla wandte sich wieder dem Bild zu, neben welches Miss Abd al Massih nun einen roten Punkt klebte. Dann entdeckte sie Ismaïl Abu Sūn, der ebenfalls in den Anblick dieses Bildes vertieft gewesen war. Nun schien er sie mit den Blicken auszuziehen. Sie wandte sich ihm zu. Er sagte auf Französisch, das Bild sei schön. Und lächelte dabei. Es war eine banale Bemerkung, aber sie raubte ihr fast den Atem. Sie hatte nämlich soeben Ismaïls Augen entdeckt, so, wie man von der Höhe eines Gerüsts plötzlich die Straße entdeckt. Diese Augen waren bernsteinfarben, glänzend, mit gebogenen Wimpern, um deren Länge ihn jede Frau beneidet hätte. Seine Nase war gerade und kräftig, die Oberlippe schön geschwungen und die Unterlippe aufgeworfen, in der Mitte leicht gespalten. Im Kinn hatte er ein Grübchen.

»Ich verstehe nichts von Malerei«, fügte er hinzu. Nun wanderte sein Blick zu ihrem Dekolleté. »Aber das Bild ist schön, auch wenn ich nicht weiß, warum.«

»Sie versuchen also, sich mit der Malerei vertraut zu machen?«, erkundigte sich Sybilla.

»Ich begleite meine Schwester. Erlauben Sie, dass ich mich vorstelle, und meine Schwester ebenfalls.«

Wo lernten die Ägypter nur ein so korrektes Französisch?

»Wollen Sie mir Ihre Bilder zeigen?«, bat Sybilla die junge Timmy, dankbar für die Ablenkung.

»Es sind nur Aquarelle, nicht mit den Magnolien und den anderen Bildern einer Madame Turner zu vergleichen«, erwiderte Timmy verwirrt.

Tatsächlich waren die Bilder langweilig, aber Sybilla machte ein Kompliment über die frischen Farben. Timmy war hübsch. Wusste der Himmel, weshalb sie ihre Zeit mit Papier und Farben vergeudete.

»Ich muss jetzt gehen«, sagte Sybilla unvermittelt. Ismaïl Abu Sūn blickte sie immer noch unverwandt an. Das war ungezogen. Sybilla deutete ein Lächeln an und steuerte auf den Ausgang zu. Miss Abd al Massih eilte ihr hinterher. Ob ihr das Bild nach Beendigung der Ausstellung nach Hause gebracht werden sollte?

»Nein, ich hole es ab«, erwiderte sie.

Auf dem Treppenabsatz stieß sie auf die Geschwister Abu Sūn, die sich ebenfalls anschickten zu gehen.

»Dürfen wir Sie begleiten?«, bot der junge Mann an.

»Danke, ich bin mit dem Wagen da.«

Sie bereute ihre Worte sofort. Sie hätte dieses Gesicht, das sie an Mykerinos erinnerte, gern noch länger betrachtet. Aber Charles würde sich wundern, wenn sie den Wagen in der Stadt ließe.

»Vielleicht sehen wir Sie im al Ǧazīra-Sportclub wieder?« Ismaïl Abu Sūn war plötzlich redselig, ja sogar kühn.

»Ja, gewiss.« Ihre Zurückhaltung war vage genug, um sich in den Grenzen des Anstands zu halten, ihr Lächeln höflich genug, um den jungen Mann nicht vor den Kopf zu stoßen. Sybilla ging unsicheren Schrittes die schneckenförmige verzierte Treppe hinunter, das Werk eines italienischen Architekten, das eines Renaissance-Palazzos würdig gewesen wäre.

Auf der Straße warf sie einen Blick auf die Armbanduhr: viertel vor vier. Sie konnte im Club noch einen Tee trinken, bevor sie sich zu Hause fürs Dinner umziehen musste. Mühelos fand sie den Weg zum al Ǧazīra und bog in die Allee ein.

Sie trat ein, ging zum Sekretariat und tat, als studiere sie neben dem Eingangsbüro die Tafel der Kandidaturen, die Bürozeiten für das diplomatische Korps und die angekündigten Feste. Elsie Treeten, die Sekretärin, beobachtete sie heimlich. Der Anblick ihres Gesichts, das nicht mehr jung war, wirkte auf Sybilla beruhigend: Elsie war ein Stück England, ein Anker in diesem Meer der Verwirrung. Am liebsten hätte sie sich an ihrer Schulter ausgeweint. Sybilla riss sich zusammen.

»Verzeihen Sie«, sagte Elsie, »aber sind Sie so nett und erinnern Sir Charles an die Komiteeversammlung morgen Nachmittag? Ich habe in seinem Büro angerufen, aber man hat mir gesagt, er käme erst morgen wieder. Und ich störe ihn ungern zu Hause.«

Sybilla versprach, es auszurichten. Sie würde also bis zum Dinner allein sein. Zum Glück waren sie in der Stadt eingeladen, denn sie fühlte sich nicht in der Lage, ein Beisammensein mit ihrem Mann zu ertragen. Sie ging in den Teesalon. Da sie Gesellschaft wollte, nahm sie die Aufforderung der Gattin eines holländischen Diplomaten an, sich an ihren Tisch zu setzen.

Zwischen Teekanne und Kuchenteller lagen alle möglichen Gegenstände, deren Verpackung in der leichten Nachmittagsbrise flatterte.

»Meine Einkäufe«, erklärte Greta van Oop. »Am besten gefällt mir der Uschebti.« Es war eine Miniaturmumie, eingefasst in türkisfarbenes Email und mit Hieroglyphen bedeckt. Die glatte Oberfläche beeindruckte Sybilla.

»Was für ein schönes Blau«, bemerkte Sybilla und legte die Mumie auf den Tisch zurück.

»Charles Eid hat mir die Echtheit versichert. Es gibt nämlich erstaunliche Fälschungen.«

Was spielte das schon für eine Rolle? Ich wäre durchaus mit einer Kopie des Mykerinos zufrieden, dachte Sybilla. Sie genehmigte sich drei Tassen Tee und ein Marmeladenbrot.

»Schön, jemanden zu sehen, der Appetit hat«, bemerkte Greta van Oop.

»Ich habe ein Bild gekauft«, sagte Sybilla, als ob das alles erklärte. In diesem Moment durchquerte Ismaïl Abu Sūn den Teesalon und nahm in ihrer unmittelbaren Nähe Platz. Welche Dreistigkeit! Sybilla verabschiedete sich von der Holländerin und beschloss, nach Hause zu gehen.

Doch als sie das Gebäude verließ, entdeckte sie, dass Ismaïl vor ihr ging. Er hatte seinen Wagen bei den Robinien geparkt. Sie verlangsamte ihren Schritt und beschloss, tapfer zu sein. Er öffnete ihr die Wagentür. Sie sah ihn überrascht an. Dann schwang sie sich auf den Sitz, schloss die Tür und ließ den Motor an. Der junge Mann beugte sich zu ihr hinunter und wollte offenbar ein Gespräch beginnen.

Panik erfasste Sybilla. Sie schwieg. Der Blick des jungen Mannes trieb ihr die Röte in die Wangen.

»Ich möchte mich gern mit Ihnen unterhalten.«

»Gut, das tun Sie ja jetzt.« Sie musterte ihn: kein Anzeichen von Zweifel, nur die Gewissheit von Verlangen und Verführung.

»Darf ich Sie zu mir nach Hause einladen?«

»You're raving mad! I hardly know you, Sir«, presste sie hervor und legte den ersten Gang ein.

»Ich wohne auf der anderen Seite der Rennbahn«, fügte er noch hinzu. Aber sie steuerte bereits auf die Allee zu. Wenn jemand sie gesehen hatte!

Die Hammerleys bewohnten ein Chalet suisse in der Nähe des Clubs. Charles goss gerade die Hortensien. Die Naturverbundenheit des Engländers im Exil, dachte Sybilla und fuhr den Wagen in die Garage. Sie wurde stürmisch von ihrem Hund Oliver begrüßt und ging auf ihren Mann zu.

»Hast du einen guten Tag gehabt?«, fragte sie. Der Spaniel sprang übermütig um sie herum, das erleichterte es ihr, Haltung zu bewahren. Aber Charles' Miene verriet ihr, dass er verstimmt war.

»Hat der Gärtner vergessen zu gießen?«

»Es war heißer als sonst und die Erde war ganz ausgetrocknet«, erklärte Charles und rollte den Schlauch ein. »Außerdem habe ich die Hortensien falsch gepflanzt. Gegen drei Uhr bekommen sie die pralle Sonne ab.«

Sie ging ins Haus. Athina half ihr aus dem Mantel. Sybilla schlüpfte aus den Schuhen, zog dann ihr Kleid aus und reichte es Athina. Dann schlüpfte sie in ein Negligee. In diesem Augenblick klopfte Charles an die Tür.

»Athina, ich lege mich eine Stunde hin.« Sie schlang den Gürtel ihres Negligees zum Knoten. Ihre Worte waren eigentlich an Charles gerichtet.

»Wo ist die Einladung?«, wollte Charles wissen.

»Auf dem Schreibtisch vermutlich.«

»Ist Abendkleidung oder Straßenanzug erwünscht?«

»Abendkleidung.« Sie legte sich auf die Couch und griff nach der ›Egyptian Gazette‹.

»Müde?«

»Ich habe leichte Migräne.«

»Dann lass ich dich in Ruhe.«

Sie fand das Verhalten ihres Mannes seltsam. Die Einladungen lagen immer auf dem Schreibtisch. Charles suchte also einen Vorwand, um sich mit ihr zu unterhalten; irgendetwas bedrückte ihn wohl. Sybilla versuchte, sich für die Nachrichten zu interessieren, wandte sich aber bald Pu, dem Bären, zu, der Comicseite von Beatrix Potter. Das Leben war früher so einfach gewesen. Sie schloss die Augen. Das letzte Bild war das Gesicht von Ismaïl Abu Sūn. Dann schlief sie ein.

Später wurde Sybilla von Athina geweckt. Sie erhob sich und suchte in ihrer Frisierkommode nach einer Mondsteinkette, die sie lange nicht mehr getragen hatte. Dabei stieß sie auf ein Notizbuch, vielmehr ein Tagebuch. »Chapter closed, thank God«, hatte sie am 2. Dezember 1949 geschrieben. Das war der Epitaph für ihr Sexualleben, nach dem Bruch mit Lesley. Vor zwei Jahren und vier Monaten. Seither hatte sie mit keinem Mann mehr geschlafen, von den beiden Zusammenkünften – wie sonst sollte man das bezeichnen – mit ihrem Mann abgesehen. Danach hatten sie beschlossen, es bleiben zu lassen, es sei denn, sie spürten ein unwiderstehliches Verlangen. Es war aber kaum anzunehmen, dass der gute Charles ein solches in ihr erwecken würde, und umgekehrt war es ähnlich. Sie hatten ihre Ehe mit den besten Absichten begonnen, aber bald stellte sich heraus, dass Charles entweder impotent oder vermutlich homosexuell war.

Sybilla fand Homosexualität nicht schockierend, sondern langweilig. Solche Männer waren wie eine Sekte, die für Frauen verboten war. Und worin um Himmels willen bestand der Reiz? In verliebt geziertem Getue? Sie musste kichern, wenn sie sich vorstellte, wie Charles vor einem jungen Galan herumstolzierte. Endlich hatte sie die Kette gefunden. Seufzend strich sie über die bläulich schimmernden Perlen. »So geht es nicht weiter«, murmelte sie. Athina kam herein und verkündete, dass das Bad fertig sei.

»Athina, hol mir mein blassblaues Abendkleid und die passenden Schuhe.«

Sie ließ sich in die Wanne gleiten und gab eine gute Portion Lavendelsalz ins Wasser. Lady Hammerley braucht einen Liebhaber. Der Gedanke reizte sie. Nach dem Bad setzte sie sich an den Frisiertisch.

»Madame, Sie sind schön wie der Frühling«, sagte Athina in schwerfälligem Englisch und lächelte.

»Danke, Athina.« Es stimmte, sie war etwas Besonderes. Heute trug sie reichlich Mascara auf.

Charles saß am Steuer und meinte: »Wieder so ein lächerliches Dinner! Dabei hätte ich große Lust, zu Hause zu bleiben, zu lesen und früh schlafen zu gehen, statt mich bei diesen Parvenus zum Affen zu machen und mir anzuhören, wie genial die Sprösslinge geraten sind.«

»Sei nicht so griesgrämig! Sie sind großzügige Gastgeber und laden uns bestimmt im Sommer in ihre Villa in Agami ein. Das Haus ist wirklich traumhaft, das musst du zugeben.«

»Wie ich sehe, hast du gute Laune.«

»Ich habe ein Bild gekauft.«

»Ein Bild! Ist der Maler schön?«

»Es ist von einer Malerin. Von Nata Lovett Turner. Und es hat fünfundzwanzig Pfund gekostet.«

»Du leidest wohl an geistiger Verwirrung.«

»Keineswegs. Man kann sich auch für Kunst interessieren, ohne geistig verwirrt zu sein«, erwiderte sie lachend. »Man kann nämlich einfach Verlangen nach Schönheit verspüren.«

Er musterte sie abwägend. »Was ist denn auf dem Bild zu sehen? Eine Szene auf dem Bazar?«

»Nein, Magnolien.«

»Magnolien?«, wiederholte Charles zerstreut. Er war mit den Gedanken eindeutig woanders. »Worüber wird man heute Abend sprechen?«

»Vermutlich über den Ball der Prinzessin.«

»Über den Ball. Hmm. Womit sind die Pamphilopoulos eigentlich reich geworden? Du kennst sie besser als ich und dir habe ich die Einladung zu verdanken.«

»Am Anfang mit Hering, wie alle hier. Aber mittlerweile mit Holz und Baumwolle.«

Sybilla wagte nicht, hinzuzufügen, dass Byron Pamphilopoulos während des Kriegs mit der Herstellung von Särgen für die Leichen der Alliierten viel Geld verdient hatte. Das hätte nur Charles' Chauvinismus gereizt und ihr einen ermüdenden Monolog eingebracht.

»Byron Pamphilopoulos!« Charles parkte den Wagen. »Warum nicht Shelley? Oder Wordsworth?«

Sie erinnerte ihn daran, dass die Griechen nun einmal Byron verehrten, nicht Shelley. Wir sind regelrecht Kameraden geworden, überlegte sie. Das Ärgerliche ist nur, dass es mich langweilt. Immerhin, sie trafen in bester Laune bei ihren Gastgebern ein. Sie wurden begeistert empfangen, was ihnen zeigte, dass sie die Stars des Abends waren. Sicherlich würde irgendwann ein Fotograf auftauchen, um den Besuch von Lady Hammerley und Sir Charles auf die Platte zu bannen.

Das Domizil der Gastgeber war ganz nach dem Geschmack in Ägypten lebender Europäer gestaltet: imitierter Louis-XV.-Stil in elfenbeinfarbenem Lack, die Wände in Mattweiß. Das Werk eines renommierten französischen Innenarchitekten. An den Wänden eine Kopie von Canaletto, ein zweifelhafter Renoir, eine langweilige Szene irgendeines Holländers. Nur gut, dass auch dieser kleine Teufel von Chester Lamotte eingeladen war.

Chester, ein junger Mann mit rebellischer Tolle, Attaché beim British Council, hatte in den anglophonen Kreisen des ägyptischen Königreichs mit einem Essay über die Dandys von Oxford, die so genannten Macaronis, reüssiert. Er besaß für Sybilla den Vorzug, dass sie englisch mit ihm reden konnte. Er pflegte jeden mit Klatsch und Frechheiten zu überschütten. Ohne Rücksicht auf den Hausherrn eröffnete er sein amüsantes verbales Feuer mit der Geschichte eines griechisch-orthodoxen Priesters, der sich, in völliger Unkenntnis der eigentlichen Bedeutung eines militärischen Ordens, ein purpurrotes Band auf die Soutane nähen ließ.

Charles fand die Anekdote köstlich, Sybilla lächelte und die Pamphilopoulos bemühten sich, amüsiert zu wirken. Dann begab man sich zu Tisch. Es wurde tatsächlich über den Ball geredet. Charles und Sybilla brachen recht früh auf. Der schwere Wein schenkte Sybilla baldigen Schlaf.

4.

Tango

Me da pena confesarlo, sin poderlo remediar ... Der Tango stammte aus den Hinterhöfen Argentiniens, der Akkordeonspieler aus dem Orient. Die Melodie kündete vom Scheitern der Liebe. Siegfried Alp saß an seinem Arbeitstisch vor dem Fenster, das auf die Sulaiman-Pascha-Straße geht, und malte den dritten Entwurf für die neue Wohnung der Manfalounians. Dabei hörte er eine Platte von Carlos Gardel. »Canción maleva, canción de Buenos Aires, nacida en el suburbio, fue reina en todo el mundo«, sang er vor sich hin. Seine Stimmung war nicht die beste. Welcher Musiker hatte Grammatik und Rhythmus dieser nostalgischen Lieder erfunden?

Und warum war er missgelaunt? Weil ihm eine große Liebe fehlte, eine Leidenschaft, die ihn neu beleben konnte. Er wusste nicht einmal, ob er sich eine Frau oder einen Mann wünschte. Wichtig war nur die Leidenschaft. Aber in dieser Stadt war die Liebe zwischen Weißen strenger reglementiert als bei den Wüstenfüchsen. Zwischen dem 14. März und dem 15. Juni gab es nur Dreißig-Piaster-Gigolos. Er erhob sich, um die Platte umzudrehen. Er war allein und konnte den Text nach Herzenslust mitsingen: Caminito que el tiempo ha burrado, que junto un día nos viste pasar ... O Wunder der Universalität! In beiden Hemisphären dieser Welt von Liebe zerrissene Seelen und die von Gardel besungenen Dörfer sind ihm so vertraut wie die eigene Straße.

»Ich werde nach Buenos Aires reisen«, murmelte er. Gleichzeitig sagte er sich, dass Buenos Aires und Kairo sich vermutlich glichen wie ein Tropfen dem anderen. Nein, lieber London oder Paris. Oder sogar New York. Aber das war weit und teuer. Er seufzte und widmete sich seinem Entwurf, dem kostenaufwendigsten, mit Holztäfelungen und geschnitzten Zierleisten. Die Manfolounians, Engländer mit armenischer Staatsbürgerschaft, wie Chester Lamotte behauptete, würden entsetzt sein, wenn sie den Preis erfuhren. Viejo barrio de mi sueño ... sospirando por ti ... Ein rasanter Paso doble. Duell der Leiber, welches das Blut zur Wallung brachte.

»Der Tango basiert auf einem Tanz der Gassenjungen, ursprünglich von Männern getanzt, pero sin tocar«, hatte Chico Carabantes, der chilenische Botschafter, missbilligend erklärt. Auch wenn der Tango in Europa seinen Glanz verloren hat, so erkennt man sein wahres Wesen noch im skandierenden Gesang. Ich liebe nicht dich, ich liebe den Orgasmus, der mich zwingt, dich zu lieben. Ich liebe den Ekel, der meine Droge sein wird, und ich liebe dich bis zur Enttäuschung, die du mir bereitest. Du existierst nur in meiner Illusion. Es un fantasma que crea la ilusión ... Ach, Lügen, nichts als Lügen.

Die Platte drehte sich. Gardels Gesang breitete sich im Haus aus wie gestern auf der Terrasse des Clubs. Die Tanzenden dort erfassten sehr wohl den Sinn dieser Musik, taten aber so, als gleite er von ihnen ab. Darüber war die Nacht eingebrochen.

Siegfried rief Chester an, der ihn auf einen Drink zu sich

einlud. Danach würden sie im Khan Khalil zusammen mit ein paar Freunden essen gehen.

Siegfried beschloss, morgen an seinem Entwurf weiterzumachen – aber später nicht, denn er benötigte Geld. Viel Geld. Er ließ sich ein Bad ein und summte La Cumparsita. Im Khan Khalil würde er mit einem der Jungs mit honigfarbenen Augen einen Tango tanzen – skandalös! Er gab sich genüsslich frivolen Gedanken hin, ja berauschte sich daran.

Der Abend war anregend, zumindest bis zu einem gewissen Punkt. Siegfried bummelte mit seinen Begleitern durch die Gassen von Khan Khalil, vorbei an den Geschäften mit Gold- oder Silberschmuck, Seidenstoffen, echten und falschen Antiquitäten. Vor einem düsteren Laden stieß er gegen einen Gewürzsack mit Kurkuma, einem Gewürz, das er hasste. Feiner gelber Staub legte sich auf seine frisch geputzten Schuhe. Verdrießlich zog er ein Taschentuch heraus, um sie abzuwischen. Dabei begegnete er einem Augenpaar und erstarrte. Ein kleiner korpulenter Mann blickte ihn aus dem Geschäft heraus an. Mein Gott, das war ja Alexander Portilacqua. Sein Großonkel, Catherines Bruder. Was um Himmels willen tat der hier? Siegfried richtete sich auf und betrat den Laden. Ja, es war zweifellos Alexander Portilacqua, der Alchemist, das schwarze Schaf der Familie. Siegfried überlegte. Vielleicht war sein Großonkel gar nicht so glücklich, ihn hier zu treffen. Aber es war zu spät, um noch den Rückzug anzutreten.

»Mein Neffe«, erklärte Alexander dem Ladenbesitzer, der die Stirn in Falten legte. Es war ein schmächtiger Mann mit Schnurrbart und in Landestracht. Alexander hatte schnell etwas versteckt, was er gerade noch in der Hand gehalten hatte. Aber eben nicht schnell genug. Siegfried sah, dass es sich um einen schwarzen Stein handelte. Warum versteckte er ihn?

»Was hast du da in der Hand?«, erkundigte er sich.

Alexander Portilacqua wirkte verlegen. Widerwillig öffnete er die Faust und zeigte den schwarzen Stein. Der Ladenbesitzer blickte argwöhnisch.

»Was ist das?«

Alexander bedachte Siegfried mit einem Blick, der für sich sprach.

»Was ist das?«, wiederholte Siegfried.

Portilacqua schwieg immer noch. Da plötzlich dämmerte es Siegfried.

»Hat man damit ...«, begann er und griff nach dem Stein. Der Ladenbesitzer erstarrte. Alexander hob den Kopf. »Hat man damit also ...?« Es war der Philosophenstein, für den sich Alexander Portilacqua ruiniert hatte.

Chester Lamotte und die anderen warteten vor dem Laden und unterhielten sich.

»Ich muss gehen«, sagte Siegfried.

»Sag nichts davon«, bat ihn sein Großonkel.

Siegfried schüttelte den Kopf. Seine geheimnisvolle Herkunft hatte ihn eingeholt. Er war der Großneffe eines venezianischen Alchemisten, der sich in einem orientalischen Bazar verirrt hatte und mit einem Philosophenstein handelte.

»Was für ein Irrsinn! Was tue ich hier?«, fragte er sich. Im vorigen Jahrhundert hatte ein venezianischer Händler im Orient ein Kontor errichtet. Dann hatte eine seiner Töchter einen Preußen aus dem kaiserlichen Tross geheiratet, der gekommen war, um die Engländer zu ärgern. Eine Generation später wurde er, Siegfried Alp, geboren. Er verdankte sein Leben der Laune der Nationen und des Handels.

Als die jungen Männer auf den Bänken des Restaurants Al Hâti Platz genommen hatten, versuchte Siegfried seine Gedanken zu sammeln. Schließlich gelang es seinen Begleitern, ihn auf andere Gedanken zu bringen.

5.
Nadia, Jasmin und Lügen

»Sonntag? Ja, das ist eine gute Idee, am Sonntag ist es so langweilig ... und in der Wüste ist es angenehm«, sagte Suki Marrani am Telefon und fächelte sich mit einer Zeitung Luft zu. Der Bauch hing ihm über den Bund der Unterhose. »Wie viele sind wir? Sind genügend Wagen da? Ich gehe also mit dir ... Nadia?« Ein Lachen ertönte. »Weißt du, sie ist jung, falls du verstehst, was ich meine ... Ja, sie ist sentimental, um es milde auszudrücken. Mach dir nicht zu viele Illusionen ... Ein surrealistischer Autor? Warum? Ein Geschenk? Ich weiß nicht, ob du das in den Buchhandlungen findest. Hör zu, du solltest ihm Nadia anbieten. Ja, Nadia ... Nein, man kann nicht sagen, dass das blöd ist ... Es ist ein Gedicht in Prosa. Falls du das nicht findest, dann biete ihm Gedichte von Éluard an, Paul Éluard. Alterchen, sie ist gebildeter als du. Wenn sie dich fragt, dann sagst du, das ist eine Disziplin ... Ja, so nennt man das. Hör zu, der Surrealismus ist eine Disziplin, die die revolutionäre Befreiung des Unbewussten predigt ... Versuch, dich daran zu halten. Bei der Parisiana? Gut, einverstanden. Bis gleich.«

Suki Marrani hatte weder eine genaue Vorstellung vom

Surrealismus noch vom Trotzkismus. Aber er sympathisierte mit beidem und glaubte, damit den Besuch von Louis Hanafi zu verdienen, einem ägyptischen Schriftsteller französischer Sprache. Hanafi wurde von den intellektuellen und frankophonen Ägyptern hoch geschätzt, und die erste arabische Übersetzung von Trotzkis Schriften stammte aus Hanafis Feder.

Marrani, der Wollhändler, war eifersüchtig darauf bedacht, sich des Wohlwollens von Hanafi und seinem Gefährten Lutfi al Istambuli zu versichern, den die Geheimpolizei als »arabischen, nationalistischen und kommunistischen Revolutionär« klassifiziert hatte. Wie alle echten Revolutionäre sprachen Al Istambuli und Hanafi in der Öffentlichkeit wenig über die Revolution. Das Thema war für sie zu ernst, um es vor frivolen Geistern auszubreiten. Das tat Marrani für sie, was ihm deren stillschweigende Verachtung eintrug. Man duldete ihn, weil er eine Art verdammte Seele von Hanafis Gattin war, Fatma al Entezami, sprach aber mit ihm nur über schlüpfrige Dinge. Es war nämlich bekannt, dass Fatma al Entezami von Suki fasziniert war. Sie war eine Aristokratin, die sich durch anstößige Anspielungen auf echte oder erfundene Abenteuer hervortat.

Suki war ein Wollhändler mit Ideen. Er veröffentlichte in der Lokalpresse einen Artikel über Valéry oder hörte sich einen Vortrag von Louis Massignon über islamische Mystik des 10. Jahrhunderts an. Man schätzte ihn ferner wegen seiner Ritterlichkeit. Seine auffallendste Eigenschaft jedoch war sein Mangel an Reserviertheit. Er kam viel herum, wie man in Kairo sagte. Was bedeutete, dass er viele Leute traf, Einheimische oder Fremde, die er in ein Gespräch verwickelte, ohne der verborgenen Verachtung in ihrem Blick gewahr zu werden.

Suki erinnerte mit seiner Sehnsucht nach sozialer Anerkennung an jene streunenden Hunde, die bei Familientreffen ihres Herrn vor Dankbarkeit bellen. Vor allem die wöchentlichen Versammlungen der Amitiés françaises et de l'Alliance française hatten es ihm angetan. Hier versuchte er das große Wort zu führen, gab Taktlosigkeiten und Klatsch von sich. Manche hielten ihn für einen heiligen Simon, der lediglich zu faul war, sich einer höheren Aufgabe zu widmen. Aldo Colestazzi hielt Suki für einen Intellektuellen.

Costelazzi, ein gut aussehender maltesischer Jude, war frei nach dem Vorbild von Lovelace eine Art Provinzkavalier, der sich vorwiegend im Taufiqi-Tennisclub aufhielt. Der al Ǧazīra–Club war ihm verschlossen, weil er keine Limonadenfabrikanten aufnahm.

Colestazzi hatte Nadia Abd al Massih entdeckt, die Schwester der Sekretärin des Frauenclubs, und hatte sich in sie verliebt. Nadia befand sich jedoch in Begleitung von drei Anstandsdamen, also konnte er sich ihr nicht nähern.

Seine Enttäuschung war verständlich, denn die Natur hatte Nadia das mitgegeben, was sie Soussou verweigert hatte: Anmut. Sie hatte ein ovales Gesicht, das die Anglomanen als »präraffaelitisch« bezeichnen, war zart und geschmeidig und wirkte frisch wie eine Rose. Nadia träumte von einem reichen Freier und von der Liebe. Sie las begeistert Romane und sah sich Liebesfilme an.

Aber die Sache eilte nicht. Die jüngere Tochter heiratete nicht vor der älteren. Und es sah ganz danach aus, als würde Soussou eine alte Jungfer werden.

Wie viele Ägypterinnen hatte Nadia mit ihren zweiundzwanzig Jahren noch keine sexuellen Erfahrungen, sie kannte nichts außer ein paar ungeschickten Küssen eines Cousins, der später die Soutane gewählt hatte. Einige erotische Beschreibungen in den Büchern hatten sie stark erregt, ja, sie hatte sogar Lady Chatterley und ihr Liebhaber gelesen. Ihre körperliche Reaktion darauf hatte sie verwirrt. »Bestialisch«, hatte sie ausgerufen, verschreckt vom Realismus der Bilder und der Macht der Worte.

Ihr Charme, ihre Bildung und ihr Temperament bewirkten in den gehobenen Kreisen eine herzliche Aufnahme. So hatte sie Louis Hanafi kennen gelernt. Er und Fatma al Entezami hatten sie eines Abends in ein Open-air-Kino eingeladen, wo man, während man die Abenteuer und Missgeschicke angelsächsischer Helden oder italienischer Schönheiten verfolgte, Sesamgebäck knabberte.

Aldo Colestazzi sah sich eines Abends den gleichen Film wie Nadia an und bat Suki, ihm das Mädchen vorzustellen. Colestazzi kaufte einem Händler drei Jasmingirlanden ab, wie sie gewöhnlich in Schränken aufbewahrt wurden, und schenkte sie Fatma al Entezami, Natascha Starivetski und Nadia. Diese warf ihm einen überraschten Blick zu, der intensiver wurde, als sie bemerkte, wie die dunklen Augen des Mannes sie verschlangen. Sie bewunderte seine kunstvoll gelackte Frisur, die kühne Nase sowie den ungewöhnlich roten Mund mit den strahlend weißen Zähnen. »Othello«, dachte sie. Aber für sie war er zu alt.

»Gehen wir essen?«, fragte Colestazzis Bass provozierend, als würde er einen Überfall auf das feindliche Lager vorschlagen.

Fatma al Entezami, angeregt von der Ahnung einer sich anbahnenden Leidenschaft, wollte wissen, wohin. Louis Hanafi trat von einem Bein aufs andere und blickte finster drein. Er interessierte sich nicht für Essen.

»Dahin.« Suki deutete auf ein Restaurant auf der anderen Straßenseite: die Brasserie La Parisiana. Nadia tat, als wolle sie sich verabschieden. Aber die anderen protestierten.

»Unsere Augenweide verlässt uns«, jammerte Colestazzi.

»Ich muss vor Mitternacht zu Hause sein.«

»Dann wird es halt fünf Minuten nach Mitternacht«, rief Suki.

Colestazzis Blicke brannten wie Feuer auf Nadias Haut: Sie ließ sich überreden. Sie hatte den Jasmin angenommen und fühlte sich nun verpflichtet. Während sie die Alfi-Bay-Straße überquerten, musterte sie Colestazzi. Er trug einen Anzug, der seine breiten Schultern betonte, ein extravagantes rosenholzfarbenes Hemd und eine auberginefarbene Krawatte. Er besaß Geschmack. Sie ließ den Blick auf seinen kräftigen Händen verweilen. Dann betrachtete sie seine Figur, die verriet, dass er Gaumenfreuden zugänglich war. Colestazzi suchte ihren Blick.

Die Unterhaltung war angeregt, nicht zuletzt durch den Alkohol: Bier für alle, Wein für Fatma. Während des Essens schlug Colestazzi vor, am Sonntagabend in die Wüste zu fahren, um der Hitze zu entgehen.

»Eine großartige Idee«, rief Fatma al Entezami mit der für sie typischen Emphase.

»Wo doch der Sonntag immer so langweilig ist«, bemerkte Natascha Starivetski.

»Stimmt, in der Wüste langweilt man sich viel amüsanter«, sagte Hanafi leise.

Alle lachten.

»Wir werden uns nicht langweilen«, widersprach Colestazzi. »Ich lasse eine Pyrrhique tanzen.«

»Von Arabern?«, wollte Hanafi wissen und spielte den Überraschten.

»Einen Stocktanz«, bemerkte Colestazzi.

»Also einen arabischen Tanz«, sagte Suki.

»Ja, ja, ein Fest!«, rief Fatma al Entezami.

»Wir werden etwa zwanzig sein«, sagte Colestazzi. »Wie wäre es mit gegrilltem Lamm und Frittiertem?«

»Und einer Tracht Prügel für alle«, murmelte Hanafi.

»Louis«, protestierte Fatma al Entezami.

»Alle Anwesenden sind eingeladen«, rief Colestazzi.

»Ich glaube, am Sonntag kann ich nicht«, wandte Nadia ein. »Da essen wir immer alle zusammen.«

»Ich bitte deinen Vater um Erlaubnis«, sagte Fatma al Entezami.

Colestazzi bezahlte die Rechnung, obwohl Hanafi protestierte. Suki erklärte, es sei höchste Zeit, sich von den Kapitalisten unterhalten zu lassen, schließlich besaß Colestazzi vier sechsstöckige Häuser in der Ahmad-al-Dine-Straße. Diese Häuser glichen den haussmannschen Ungeheuern, die man »die Häuser von Khedive« nannte. Fatma al Entezami bezeichnete ihn als Parasiten. Suki erwiderte, sie sei schließlich selbst die Tochter eines reich gewordenen Parasiten. Nadia warf einen Blick auf ihre Armbanduhr. Sie musste die letzte Metro nach Heliopolis erwischen. Man begleitete sie, als wäre sie Anna Karenina, und winkte ihr nach.

»Sie sind ja ganz verrückt nach ihr«, sagte Fatma al Entezami zu Colestazzi. »Ich habe Sie bei Tisch beobachtet. Wie ein zwanzigjähriger Romeo!«

»Also ein Romeo fünf Jahre später«, bemerkte Hanafi.

»Louis«, protestierte seine Frau.

»Sie ist charmant, nicht wahr?«, säuselte Colestazzi heuchlerisch.

»Aber ich verbiete Ihnen, ihr wehzutun. Verstehen Sie mich? Wenn Sie ihr wehtun, lasse ich Sie von meinen Dienern auspeitschen.«

»Zuerst muss man eine Peitsche finden«, murmelte Louis Hanafi.

»Mein Gott, was reden Sie denn da? Wer will ihr denn wehtun?«

»Aldo, ich kenne Sie, Sie sind ein Verführer.«

»Ein malteser Falke«, murmelte Hanafi.

Natascha Starivetski brach in schallendes Gelächter aus.

»Louis, du bist unerträglich«, protestierte Fatma al Entezami. »Vor nichts hast du Respekt!«

»Gut, können wir jetzt nach Hause gehen?«, fragte Hanafi.

Der Abschied war herzlich.

Am Sonntag fuhr Nadia in Hanafis Auto mit. Am Steuer saß Fatma al Entezami, die so langsam wie eine Kurzsichtige fuhr. In der Nähe eines riesigen Zeltes in den Dünen, nicht weit von der Pyramide von Saqqara, parkten bereits ein Dutzend Autos. Eine Gruppe von Beduinen hieß sie willkommen. Über den Sand wehte eine leichte Brise und die Farbe des Himmels schwankte zwischen indigoblau und schwarz. Die rasche Veränderung war typisch für den Himmel Afrikas.

Inmitten dieses großartigen Dekors wirkte das Zelt trotz seiner Ausmaße klein. Es war ausgestattet mit niedrigen Sofas, Kissen, Teppichen und Kupfertabletts. Zwei Dutzend Gäste waren bereits anwesend. Colestazzi hatte alle möglichen Leute eingeladen: hohe ägyptische Beamte, englische, arabische und französische Journalisten, Anwälte und Frauen aus einfachen Verhältnissen. Ein Plattenspieler war auch vorhanden, gerade hatte man einen Foxtrott aufgelegt.

Colestazzi, in der Haltung eines Eroberers, begrüßte die Gäste mit sonorer Stimme. Sein Blick wanderte zu Nadia. Er ergriff ihre Hand, drehte sie um und hauchte einen Kuss auf die Innenfläche. Nadia erbebte unter dieser sanften Berührung, zog die Hand zurück und wandte den Blick ab.

Die Diener, gekleidet in gestreifte Seidenkaftane mit roter Damastbinde, jonglierten Tabletts mit Gläsern. Colestazzi gab einem von ihnen ein Zeichen und fragte Nadia, was sie zu trinken wünsche. »Eine Orangeade.« Er schlug vor, etwas Champagner oder Gin hinzuzufügen. Sie entschied sich für den Champagner. Verzweifelt blickte sie sich um, ob niemand sie erlöste. Fatma al Entezami zog sie zu einem Sofa.

»Sie wirken nervös«, sagte sie zu Nadia.

»Was tun wir hier?«, murmelte Nadia. »Weshalb findet dieser Empfang statt?«, fragte sie und musterte die Gäste. »Die wahren Herren hier sind die Beduinen. Und sehen Sie sich die Diener an: Sie sind bei weitem imposanter als die männlichen Gäste.«

»Das stimmt«, gab Fatma al Entezami zu. »Sie sind sehr sensibel. Dieses Fest findet Ihnen zu Ehren statt.«

»Mir zu Ehren?«, rief Nadia überrascht. »Warum?«

»Weil Aldo in Sie verliebt ist.«

»Aber das ist ja alles viel zu kompliziert.«

»Das stimmt ebenfalls.« Fatma al Entezami blickte Nadia mit ihren geschminkten Augen an, die an eine ptolemäische Mumie erinnerten.

»Sie halten mich für eine Närrin, nicht wahr?«

»Niemals, meine Liebe«, protestierte Fatma al Entezami, tief berührt von der Ernsthaftigkeit des jungen Mädchens.

Suki Marrani und Hanafi traten neben sie. In der Gruppe neben ihnen ertönte lautes Gelächter. Natascha Starivetski, eine magere Brünette, war eingerahmt von Émile Vamvourakis, einem Anwalt, einem dünkelhaften und eloquenten Fünfzigjährigen und dem Versicherungsagenten Michel Archenholz, einem attraktiven Mann mit hellen Augen und blondem Kraushaar.

»Setzen Sie sich zu uns«, forderte Fatma al Entezami auf. »Nadia fühlt sich ein wenig fremd.«

»Ich würde gern wissen, wer sich hier heimisch fühlt«, bemerkte Hanafi.

»Du bist aber auch nie zufrieden«, wandte seine Gattin ein.

»Was bitte tun wir hier in der Wüste?«, fragte Hanafi und trank einen Schluck Whisky.

»Der Abend wurde zu Ehren von Nadia veranstaltet«, erklärte Marrani.

»Nein, nicht doch!«, rief Nadia.

»Suki, schweigen Sie«, befahl Fatma al Entezami.

»Ich sage die Wahrheit, auch wenn sie nicht willkommen ist. Was ich im Übrigen nicht verstehe. Aldo hat sich in Nadia verliebt. Um ihr seine Liebe zu erklären, hat er diesen sehr angenehmen Abend organisiert. Kein Grund, die Angewiderten zu spielen.«

»Eine unveröffentlichte Fabel von La Fontaine. Eines Tages schlug der Pfau, verliebt in eine Taube, für sie sein Rad, und daraufhin wurde sogar der Eidotter ...«, spottete Hanafi.

»Louis, du bist widerlich«, rief Fatma al Entezami mit gespielter Entrüstung. Hanafi und Nadia kicherten. »Ich brauche Wein, um mich zu trösten. Warum nur habe ich diesen Mann geheiratet?«

»Weil ich keine Abende in der Wüste veranstalte«, erwiderte Hanafi schlagfertig. Nadia lachte. Ein Diener schenkte Fatma al Entezami Wein ein und gab zwei Eiswürfel hinzu.

»Aldo«, rief Suki. »Wann serviert man das Abendessen?«

»Sofort.« Colestazzi war herbeigeeilt und befahl den Dienern aufzutragen.

Einige Minuten später brachten diese Tabletts herein, beladen mit Fleisch von zwei Lämmern, die im Freien gegrillt worden waren. Andere verteilten Teller und Besteck und legten das Fleisch vor. Colestazzi setzte sich Nadia zu Füßen und himmelte sie an.

»Essen Sie nichts?«, fragte sie.

»Ich ernähre mich von Ihrem Anblick.«

»Das ist langweilig, was bleibt da für die anderen?«, fragte Hanafi.

Alle lachten, sogar Nadia. Colestazzi ließ sich schließlich

Fleisch und Wein servieren.

»Schmeckt es Ihnen?«, wollte er wissen.

»Probieren Sie doch selbst«, schlug Nadia Colestazzi vor. »Sie haben ja bisher nur getrunken.«

»Sie wacht bereits über meine Gesundheit«, rief Colestazzi und füllte Nadias Glas nach.

»Werden Sie jetzt jeden Abend in der Wüste essen?«, erkundigte sich Hanafi.

»Wenn sie es wünscht ...«

»Gebt Acht, er trägt uns allen seinen Sand in die Wohnung«, warnte Hanafi.

»Louis«, protestierte Fatma al Entezami erneut.

Eine andere Gruppe rief nach Aldo. Er erhob sich. Die Diener trugen nun Salat, Kichererbsencreme, Gurken mit geronnener Milch und Kresse auf.

»Was ist nun, lieben Sie ihn oder nicht?«, fragte Suki an Nadia gewandt.

»Was wissen Sie schon von Liebe?«, wandte Fatma al Entezami ein. »Und lassen Sie die Kleine in Ruhe.«

»Ich verstehe nichts von der Liebe?« Suki mimte den Beleidigten.

»Sie kennen nur die Bordelle in der Klut-Bay-Straße. Sie sind ein Vierbeiner.«

»Ein Fünfbeiner«, verbesserte Suki.

Nadia senkte den Blick und stocherte in ihrem Salat herum. Sie wollte nicht zeigen, wie sehr diese Mischung aus Sentimentalität und obszönen Anspielungen sie störte.

»Suki ist sparsam«, bemerkte Hanafi. »Um fünf Uhr fängt er mit seinem Parsifal an und bereits um Viertel vor sechs fällt der Vorhang.«

»Es gibt im Allgemeinen nur einen Akt«, sagte Suki.

Nadia wurde puterrot.

»Hört endlich mit dieser Unterhaltung auf!«, rief Fatma al Entezami.

»Warum, singen Sie fünf Akte lang?«, bemerkte Suki honigsüß.

Fatma al Entezami gab ihm eine Ohrfeige; Suki kreischte geziert. Man servierte gerade türkische Kuchen mit Honig und Sahne, Teigstückchen und mit Nüssen gefüllte Blätterteigtaschen.

Ein Wüstenhund wagte sich ins Zelt, wurde aber sofort mit Fußtritten verjagt. Das ärgerte Nadia. Die Gruppe am anderen Tisch wurde unter dem Einfluss des Alkohols immer lauter.

»Natascha«, sagte Archenholz, »ich würde gern wissen, wann Sie das letzte Mal mit jemandem geschlafen haben.«

Die Unterhaltung in der ersten Gruppe stockte. Alle lauschten. Natascha, die Witwe eines jüdischen Reeders von Port Said, hatte mehr als einen Mann betört, weil sie den Männern gegenüber ironische Distanz hielt. Man dichtete ihr zumindest einen Liebhaber an, nämlich einen reichen Wollhändler aus Alexandria, aber das schien lediglich eine Episode zu sein. Hartnäckig ging das Gerücht, sie sei lesbisch.

»Erstens geht Sie das nichts an, und zweitens bitte ich Sie, sich etwas genauer auszudrücken. Sie reden hier vom letzten Mal, als rechneten Sie damit, dass ich bald in die Menopause komme.«

»Ausgezeichnet«, rief Suki. »Das Wahrheitsspiel.«

»Was bedeutet, dass alle lügen«, bemerkte Hanafi.

»Als verheirateter Mann muss ich wohl nicht antworten«, erklärte der Tuchhändler Desch.

»Ich habe nicht Sie, sondern Natascha gefragt«, berichtigte Archenholz.

Natascha versuchte, ruhig zu bleiben. »Ich spiele gern das Wahrheitsspiel, aber nicht das der Schamlosigkeit.«

»Ist es schamlos, sich jemandem hinzugeben?«, fragte Archenholz und hob die Brauen.

»Darüber zu reden ist es jedenfalls bestimmt.«

»Sie sind also eine Heuchlerin«, konterte Archenholz. »Sie reden darüber, tun aber so, als wollten Sie das nicht.«

»Der Reiz einer Frau liegt darin, dass sie geheimnisvoll ist«, behauptete Vamvourakis sibyllinisch. »Dass sie die Wahrheit nicht enthüllt, ist ihr größter Trumpf.«

»Also sind alle Frauen Lügnerinnen und die Männer Hahnreis«, folgerte Archenholz.

»Ich bin noch kein gehörnter Ehemann«, wehrte sich Colestazzi.

Nadia machte große Augen. Natascha bemerkte es und fragte sie nach dem Grund.

»Ich bin nicht prüde, aber ich bin auch nicht an solche Unterhaltungen gewöhnt«, murmelte Nadia.

»Nehmen Sie es nicht zu ernst«, empfahl Desch. »Sie reden viel über Sex, so wie Hungrige von Brathähnchen schwärmen.«

»Ihr seid alle Irre«, rief Fatma al Entezami mit der ihr eigenen Entrüstung. »Ihr erschreckt Nadia.«

»Fatma, wenn ich Sie wäre, würde ich nicht so reden«, mischte sich Archenholz ein.

»Was soll denn das heißen? Ich bin die treueste Ehefrau der Welt.«

»Sie sind ja auch erst ein Jahr verheiratet«, sagte Archenholz. »Sie haben eben noch keinen Liebhaber gefunden.«

Alle lachten, auch Hanafi.

»Aldo«, protestierte Fatma al Entezami theatralisch, »ich bin entrüstet.«

»Sie sind schnell entrüstet«, fuhr Archenholz fort. »Hier weiß jeder alles über den anderen, aber alle spielen Komödie und heucheln Unschuld.«

»Sie sind ein richtiger Deutscher«, bemerkte Natascha.

»Ein SS-Mann«, rief Fatma al Entezami.

»Überhaupt, was tun denn die Deutschen in Ägypten?«, fragte Vamvourakis.

»Mein Vater war im kaiserlichen Tross«, gab Archenholz zurück. »Und was tun die Griechen hier?«

»Meine Vorfahren sind mit Alexander dem Großen gekommen«, erklärte Vamvourakis.

»Ihr werter Vorfahre, Émile, ist vor siebzig Jahren von Chios hierher gekommen, auf einem mit Heringen beladenen Schiff und bekleidet mit einer vraka«, versetzte Archenholz. »Sie wollen uns doch nicht weismachen, dass Sie von den Kaisern von Byzanz abstammen.«

Vamvourakis verzog ironisch den Mund.

»Was ist das, eine vraka?«, wollte Nadia wissen.

»Das ist eine Pyjamahose für Tag und Nacht«, erklärte Archenholz. An Natascha gewandt, fragte er: »Was soll das heißen, ich bin ein richtiger Deutscher?«

»Sie glauben an die Wahrheit«, versicherte Natascha. »An die absolute, metaphysische Wahrheit.«

»Warum, glauben Sie etwa nicht daran?«

»Nein. Aber da Sie ja die Wahrheit so lieben, sage ich Ihnen Folgendes: Wenn ich mit einem Liebhaber Schluss gemacht habe, werde ich wieder zur Jungfrau. Wenn Sie mich fragen, wann ich das letzte Mal mit jemandem geschlafen habe, kann ich nicht antworten, weil ich alles vergessen habe. Ich weiß nicht mehr, dass ich je mit einem Mann geschlafen habe. Ich weiß nichts mehr über ihn, ich habe in meinem Gedächtnis alles gelöscht und warte auf den nächsten.«

»Und alle Frauen sind ähnlich?«

»Das weiß ich nicht. Aber ich glaube, wenn man an einem Mann, mit dem man Schluss gemacht hat, noch hängt, ist das, als ob man einem abgetragenen Hemd nachtrauert.«

»Dann haben Sie mich also vergessen.«

»Genau. Und ich weiß gar nicht, wovon Sie reden.«

Nadia hörte immer noch fasziniert zu. Einen Moment

lang herrschte bedrücktes Schweigen. Dann forderte Colestazzi alle auf hinauszugehen, um sich den Stocktanz anzusehen. Nadia erhob sich, taumelte und hielt sich an Colestazzis Arm fest.

»Ich würde gern etwas frische Luft schnappen«, sagte sie fast unhörbar.

Das Lammfett hatte die rote Schminke auf ihren Lippen verwischt, jetzt leuchteten sie in natürlichem Rot. Ihre Wangen waren durch den Alkohol und die Gespräche ebenfalls gerötet. Nadia trat aus dem Zelt. Die Kühle der Wüstennacht ließ sie frösteln. Ihre hochhackigen Schuhe gruben sich in den Sand. Sie blieb nach wenigen Schritten stehen. Als sie sich umdrehte, stand Colestazzi hinter ihr.

»Geht es Ihnen gut?«, fragte er.

»Mir war etwas ... warm. Und ich war überrascht.«

»Überrascht?«

»Ich meine ... verwirrt.«

»Wegen der Unterhaltung?«

»Wegen allem.«

»Wegen allem?«

»Auch wegen Ihnen.«

»Wegen meiner Liebe?«

Liebe! Dieses Wort tat ihr weh wie ein falscher Ton. Aber vielleicht glaubte er tatsächlich, dass er sie liebte. Sie fröstelte erneut. Er legte ihr seine Jacke um die Schultern. Rasierwasser sowie ein anderer, weniger angenehmer Geruch, vermutlich Schweiß, stieg ihr in die Nase. Er legte ihr den Arm um die Schultern. Sie fand das ungehörig, entwand sich und beschloss, ins Zelt zurückzukehren.

»Verstehen Sie mich nicht falsch«, rief sie ihm plötzlich nach. Ihre Stimme war nicht laut, aber gebieterisch.

»Wie könnte ich?«, fragte er.

»Ich bin nicht ... ich bin ...« Aber sie beendete ihren Satz nicht. »Keine Jungfrau mehr? Aber das weiß ich doch.«

Sie öffnete den Mund, um ihre Entrüstung auszudrücken. Im selben Augenblick verließen die Gäste das Zelt, um sich den berühmten Tanz anzusehen. Fatma al Entezami zog Nadia mit. Tamburine und eine Flöte ertönten. Beduinen hatten einen Kreis gebildet. Zwei junge Männer in Djellaba standen sich gegenüber, jeder mit einem langen Stock bewaffnet. Sie gingen aufeinander zu, stießen die Stöcke gegeneinander, traten zurück, hoben ein Bein, führten eine schnelle Wendung aus, stießen die Stöcke oberhalb der Schultern zusammen, hoben das andere Bein, tanzten eine Menuettfigur und schlugen mit den Stöcken immer schneller zu. Es erinnerte an einen höfischen Tanz. Die Bewegungen der Djellabas verliehen den Tänzern einen Schwung, wie man ihn auf griechischen Reliefs sah. Wenn dieses Duell mehr als nur eine Parodie gewesen wäre, hätte die heroische Männlichkeit im Schein des Holzfeuers den Eindruck fremdartiger Schönheit vermittelt.

»Warum tanzen die Frauen nicht?«, fragte Natascha. »Es ist peinlich, Männer so anmutig miteinander tanzen zu sehen.«

»Weil das ein symbolisches Duell ist und ein Mann kein Duell mit einer Frau austrägt«, sagte Vamvourakis.

»Warum nicht?«, wollte Nadia wissen.

»Weil ein Mann nicht von einer Frau beleidigt werden kann.«

»Weil eine Frau kein menschliches Wesen ist?«, hakte Natascha nach.

Vamvourakis unterdrückte ein Kichern. »Vielleicht, weil eine Frau ein Objekt der Leidenschaft ist, der Mann aber nur seine Mutter wirklich liebt.«

»Das soll wohl ein Scherz sein«, bemerkte Nadia.

»Der Beweis liegt auf der Hand«, erwiderte Vamvourakis versonnen. »Man ist nur in jemanden verliebt, der ebenbürtig ist. Eine Frau ist dem Mann nicht ebenbürtig.«

»Das ist Päderastenquatsch«, stieß Natascha hervor.

»Für mich ist ein Päderast jemand, der sich der Frau, der Familie und der Verantwortung entzieht. Bei mir ist das nicht der Fall«, versetzte Vamvourakis ruhig.

Nadia war ein weiteres Mal fassungslos und wieder fröstelte sie. Also kehrte sie ins Zelt zurück, gefolgt von Natascha Starivetski und Fatma al Entezami. Dort stießen sie auf diejenigen Gäste, die sich nicht für den Stocktanz interessierten.

»Sie sind ein Paradiesvogel«, rief Fatma al Entezami an Nadia gerichtet.

Aber Nadia schien durch dieses Kompliment keineswegs aufgeheitert zu sein.

»Tja, Paradiesvögel sind für raue Luft nicht geschaffen«, murmelte sie.

»Soll ich Sie nach Hause bringen?«, schlug Natascha vor.

»Ich möchte nicht auffallen«, erwiderte Nadia. »Vor allem nicht, wenn das Fest für mich veranstaltet wurde.«

Der Abend verging unter seichtem Geplauder. Es kam der Moment des Aufbruchs und der Heimfahrt in verschiedenen Wagen. Nadia fuhr mit Colestazzi. Sie hatte zu viel getrunken und war schläfrig. Irgendwann hielt Aldo an und spielte mit ihrem Haar. Sie dachte: »Die Würfel sind gefallen.« Er legte ihr die Hand auf den Schenkel. Sie empfand die Berührung wie eine Verbrennung. Die Hand wanderte hinauf und fuhr ihr unter den Slip. Sie versuchte zunächst, die Hand zurückzustoßen, gab dann aber nach. Die Berührung gefiel ihr, sie wurde feucht und drängte sich seiner Hand entgegen. Aldo hatte seine Lippen auf ihren Mund gepresst. Sie erbebte. Nach einem plötzlichen Orgasmus brach sie, überwältigt vom Widerstreit der Gefühle, in Tränen aus.

Später hatte sie Aldo gebeten, den Wagen in einigem Abstand vor ihrem Haus zu parken, und war die paar Meter zur Villa Arsinoe zu Fuß gegangen. Arsinoe, was für ein Name für eine bürgerliche Villa, dachte sie. Die Königin, die ihren Bruder, Ptolemaios II., geheiratet hatte, hieß so. Es war kurz nach Mitternacht. Im ersten Stock im Zimmer ihres Vaters ging das Licht aus. Er hatte sicherlich am Fenster gestanden und auf sie gewartet. Nadia ging hinauf. In der kleinen Wohnung, die sie mit ihrer Schwester Soussou teilte, sah sie hinter der angelehnten Tür Licht. Ihre Schwester blickte von ihrer Lektüre auf und entdeckte in Nadias ungewöhnlich fülligen Lippen und den Ringen unter den Augen eine Mischung aus Befriedigung und Müdigkeit, die sie nicht an ihr kannte.

»Hast du einen schönen Abend gehabt?«, fragte Soussou und legte ihr Buch zur Seite.

»Eine verrückte Welt«, erwiderte Nadia.

»Wer hat dich nach Hause gebracht?«

»Natascha Starivetski, der Anwalt Vamvourakis, ein junges Mädchen, deren Namen ich nicht kenne, und Aldo Colestazzi. Gute Nacht, ich bin sehr müde.«

Vor dem neugierigen Blick ihrer Schwester zog sich Nadia ins Bad zurück. Hier stieß sie einen Seufzer aus: Sie war es nicht gewohnt zu lügen. Sie musterte sich lange im Spiegel und fand sich hübsch, aber verändert. Dann wusch sie sich das Gesicht mit Seife und entkleidete sich.

6.

Der Sonnenkönig

»Dear Sybilla, es ist etwas langweilig, finden Sie nicht?«, fragte Chester Lamotte in affektiertem Französisch und stellte sein Gin-Tonic auf den Tisch im al Ǧazīra–Sportclub. »Ein Fest, wir brauchen ein Fest.«

»Der Ball findet in einem Monat statt«, erwiderte Sybilla auf Englisch.

»Welcher Ball?«

»Der Ball von Prinzessin Suleika.«

Lamotte pfiff durch die Zähne und nahm seine Brille ab. »Warum nicht ein Gartenfest im Buckingham Palace?«

Sybilla lachte. Er musterte den Teesalon geringschätzig, samt der wenigen Gäste, die hinter ihren Kaltgetränken saßen. »Die Menschen haben keinen Sinn mehr fürs Feiern«, bemerkte er.

»Und was schlagen Sie vor?«

»Ein Dinner mit Leuten, die sich nicht so wichtig tun.«

»Und mit wem bitte?«

»Zum Beispiel mit Margaret Hartnell, die mit einem Team eingetroffen ist, um einen Spionagefilm zu drehen.«

»Margaret Hartnell ist in Kairo?« Sybilla ließ den Blick umherschweifen. Sie stellte sich eine Schauspielerin unbestimmten Alters vor, mit einem zu großen Mund und zu stark geschminkten Augen. Wie ihre Mutter.

»Sie hat ihren Liebhaber Harvey Manners, den Regisseur Clive Eakins, den Produzenten Sir Cecil Basildon und noch ein paar Leute dabei. Das bringt uns vielleicht in Stimmung.«

Charles und Sybilla Hammerley betrauten Chester Lamotte manchmal mit der Organisation ihrer Einladungen. Er zeigte sich dabei sehr erfinderisch und ließ solche Abende beispielsweise zu unvergesslichen Festen in der Wüste werden.

»An wie viele Personen denken Sie?«, fragte Sybilla.

»An zehn oder zwölf.«

»Sie wissen genau, dass wir nicht zwölf Personen einladen können. Das Esszimmer ist nicht groß genug. Athina und der Koch wären aufgeschmissen.«

»Dann geben Sie das Dinner eben hier, wie Sie es bereits getan haben.«

»Aber doch nicht, wenn es um Margaret Hartnell geht! Ein Perlhuhn, wie Charles sagen würde.«

»Perlhuhn hin oder her, sie ist eine der berühmtesten englischen Schauspielerinnen. Ihr zu Ehren ein Essen zu geben, das obliegt Sir Charles.«

Sybilla führte die Teetasse an den Mund. Chester hatte Recht. Man langweilte sich. Aber die Aussicht auf ein Dinner mit Margaret Hartnell samt Gefolge riss sie auch nicht vom Stuhl. »Wen würden Sie einladen?«

»Lassen Sie mich zählen. Mit der Eakins-Gruppe wären wir bereits sieben. Man muss auch den Presseattaché der Botschaft und seine Frau einladen. Macht neun. Das sind nicht allzu viele. Barbara Cowles wird der Hartnell das Wort abschneiden.«

»Barbara Cowles ist doch eine Zigeunerin«, rief Sybilla.

»I beg you pardon! Sie ist die älteste Tochter von Lord Cowles und sie war Hofdame bei Queen Mary. Mit Barbara und dem kleinem Siegfried Alp sind es elf.«

»Was hat es denn mit dem auf sich?«, erkundigte sich Sybilla. Sie hatte bereits vermutet, dass Sir Charles ein Auge auf Siegfried Alp geworfen hatte. Das ließ sie nicht unberührt, denn sie hätte viel dafür gegeben zu erfahren, was ihr Mann im Bett trieb, wenn er sich von der Leidenschaft hinreißen ließ.

»Er ist halb Türke, halb Deutscher und spricht recht gut Englisch«, erwiderte Lamotte. »Er ist der Sohn von Ismaïl Alp Bay, dem Verwalter der ägyptischen Zuckerfabriken, und von Virginia Archenholz, der Tochter eines Hofbeamten Wilhelms II. Er ist kultiviert, Innenarchitekt und manchmal recht drollig, wie Sie ja wissen. Also zwölf Personen. Und ... ah, wer kommt denn da!« Chester betrachtete voller Bewunderung den Neuankömmling, dem Sybilla den Rücken zukehrte. »Hallo, Ismaïl. Er ist der Dreizehnte.«

Vor Sybillas Füßen tat sich die Erde auf.

»Der dreizehnte was?«, erkundigte sich Ismaïl Abu Sūn mit freundlichem Lächeln. Dann begrüßte er die Gäste am Tisch. Er neigte sich zu Sybilla, die ihm zerstreut die Hand hinhielt. Er berührte mit den Lippen ihre Finger und setzte sich neben sie.

»Ismaïl, wollen Sie zum Film? Aber sicher wollen Sie das. Wenn Sir Cecil Sie sehen würde, würde er Sie vom Fleck weg engagieren. Sie sind schöner als Errol Flynn. Finden Sie nicht, Sybilla?«

Ismaïl hatte sich Sybilla zugewandt. Diese richtete sich auf, suchte nach einer Erwiderung, wurde rot und murmelte, dass ihr das bisher nicht aufgefallen sei.

»Wovon reden Sie denn, Chester?«, fragte Ismaïl. Sein Englisch war flüssig. »Ich glaube nicht, dass ich je ein Dreizehnter sein werde, das bringt kein Glück.«

»Ja, dieses Dinner wäre vielleicht amüsant«, brachte Sybilla schließlich hervor.

»Ich werde das mit Charles regeln, wenn Sie einverstanden sind«, verfügte Chester. »Wann soll es stattfinden? Am Samstag?«

»Ja, am Samstag«, stimmte Sybilla zu. Sie spürte Ismaïls Atem im Nacken.

»Ich mache mich jetzt aus dem Staub«, rief Chester. »Ich werde Eakins, Soames und die Hartnell benachrichtigen.« Er stand auf.

»Bereiten Sie vor allem Charles vor«, rief ihm Sybilla zu.

»Und kümmern Sie sich um die Einladungskarten«, erwiderte Chester und steuerte auf die Tür zu.

Sybilla seufzte innerlich. Nun war sie mit Ismaïl allein. Wieder einmal kam ihr die gute Kinderstube und ihre Selbstbeherrschung zugute. Dieser junge Mann war einfach unwiderstehlich.

»Wie geht es Ihrer charmanten Schwester?«, fragte sie, um sich abzulenken.

Ismaïl blickte ihr tief in die Augen, voller Ironie. Seine Augen waren viel größer und sein Mund viel röter, als sie in Erinnerung hatte.

»Timmy geht es sehr gut. Sie lässt Sie grüßen«, sagte er und lächelte.

Diese offensichtlich erfundene Behauptung amüsierte Sybilla. Seine schneeweißen Zähne bildeten zu seinen roten Lippen einen seltsamen Kontrast. Sogar sein Akzent war tadellos, vielleicht etwas zu korrekt, aber gemildert durch seine sonore Intonation. Sie straffte den Rücken und griff nach ihrer Handtasche. »Ich muss jetzt gehen«, erklärte sie.

»Jedes Mal, wenn ich Sie sehe, müssen Sie gehen. Vielleicht darf ich Sie dieses Mal begleiten?« Sein Blick war durchdringend, spöttisch, unerträglich.

»Ich bin mit dem Wagen da«, stammelte sie.

»Zur Botschaft?«, fragte er provozierend. Sie warf ihm einen fragenden Blick zu. »Ich war vor einer halben Stunde bei der Botschaft. Sir Charles kam mit dem Wagen vorgefahren.«

Sie lehnte sich in ihrem Stuhl zurück.

»Gut, dann nehme ich ein Taxi«, sagte sie dann.

Am meisten beunruhigte sie ihr drängendes Verlangen. Dabei hatte ihr dieser Mann kein einziges Kompliment gemacht. Doch sein Verhalten war ein einziges Kompliment, war Ausdruck seiner Begierde.

»Das täte mir unendlich Leid.«

Sie warf ihm einen flüchtigen Blick zu, nahm ein Taschentuch aus der Handtasche und tupfte sich damit die Oberlippe ab.

»Ich hasse Diskussionen in der Öffentlichkeit«, murmelte sie. »Bitte, fahren Sie mich nach Hause.«

Er hatte einen bronzefarbenen zweitürigen Dodge, ein neues Modell. Schweigend ließ er den Motor an.

»Das ist nicht der richtige Weg«, bemerkte sie nach kurzer Zeit. Er hätte rechts einbiegen müssen.

»Doch, ist es«, beharrte er seelenruhig.

Sie protestierte, war sich jedoch der Nutzlosigkeit ihres Protestes bewusst. Ismaïl fuhr durch ein Eisentor in eine von Akazien gesäumte Allee. Dann hielt er vor einem Wäldchen mit Poinsettien, die in allen Farben leuchteten. Er stellte den Motor ab, stieg aus und ging um den Wagen herum, um Sybilla die Tür aufzuhalten.

»Wo sind wir hier?«, fragte sie beunruhigt. Aber im Grunde wusste sie es sehr genau. Es war Ismaïls Familienvilla.

»Bei mir zu Hause. Wollen Sie keine Erfrischung, bevor Sie fahren?«

»Sie haben wohl den Verstand verloren.«

»Ein gekühlter Tamarindensaft wird Ihnen gut tun.« Er lächelte sie an und reichte ihr die Hand, um ihr beim Aussteigen zu helfen.

»Das ist Kidnapping.«

»Nicht wahr? Ich müsste mich beklagen«, erklärte er. »Schließlich bin ich es nicht gewohnt, auf diese Weise gekidnappt zu werden. Aber Sie haben mich zum Sklaven gemacht.« Sie beherrschte sich, um nicht schallend zu lachen.

»Sie haben mich vom ersten Augenblick an gefesselt, ich konnte nicht widerstehen«, sagte er.

Beim Haus angelangt, schloss er die Tür auf und ließ sie eintreten. Im Halbdunkel erkannte sie einen Raum, der einem Salon glich. »Führen Sie hier Ihre Opfer her?«, fragte sie, während er eine viktorianische Tischlampe anknipste, die aus einer fast nackten Nymphe bestand, die über dem Kopf einen Lampenschirm aus Seide hielt. Sie suchte nach einem Stuhl. Ismaïl machte sich in einer angrenzenden Küche zu schaffen, sie vernahm Gläserklirren. Anschließend stellte er auf einen niedrigen Tisch ein Tablett mit Karaffe und zwei Gläsern. Er füllte eines der Gläser mit einer braunen Flüssigkeit und reichte es ihr.

»Ist das eine Droge?«, fragte sie beunruhigt und griff nach dem Glas. Er lächelte geheimnisvoll und schenkte sich selbst ein Glas ein. Dann setzte er sich, nahm einen Schluck und blickte sie über den Rand des Glases an. Sie kostete an dem leicht bitteren Getränk, einer Art Eistee. Er wiederholte, dass es sich um Tamarindensaft handele. Plötzlich stand er auf und beugte sich über sie, beide Arme auf die Lehnen gestützt.

»Du hast es gewollt«, sagte sie sich. »Genau das hast du gewollt. Du hättest gewinselt, um es zu bekommen. Gib es zu.«

Sie hob den Blick zu ihm. Nein, Mykerinos.

»Wollen Sie mir nicht helfen, die Krawatte etwas zu lockern?«

»This is mad«, sagte sie resigniert. Ihr Herz klopfte zum Zerspringen. Sachte zupfte sie an seiner Krawatte und öffnete ihm den obersten Hemdenknopf.

»Vielleicht auch die anderen Knöpfe?«

Sie tat wie ihr geheißen. Mit geschmeidiger Gebärde schlüpfte er aus dem Hemd. Sein Oberkörper war jetzt nackt. Mykerinos mit nacktem Oberkörper.

»Ich würde gern Ihre Füße sehen«, flüsterte sie, überrascht von ihrer Kühnheit.

Er richtete sich auf, streifte seine Mokassins ab und entledigte sich seiner Socken. Sie betrachtete die Füße. Sie waren wohlgeformt, mit rosigen Zehennägeln. Genauso schön wie die des Mykerinos. Da bemerkte sie, dass er sehr erregt war. Nun beugte er sich über sie und öffnete ihre Bluse ohne Hast.

»Ich muss wirklich nach Hause«, flüsterte sie.

Er umfasste ihre Brüste. »Sicherlich, früher oder später muss man das«, räumte er ein.

Sie lachte. Es war das Lachen eines kleinen Mädchens, mit dem sie ihre Nervosität zu verbergen suchte. Er stand immer noch über sie gebeugt. Sein Gesicht, seine Lippen waren ganz nah. Langsam löste er ihren Rock. Sie verlor allmählich die Selbstkontrolle. Mit beiden Händen versuchte er, ihr den Rock herunterzuziehen. Sie half ihm mit einer Hüftbewegung. Sie trug nur noch Büstenhalter und Schlüpfer. Er blickte sie unverwandt an. Mit einer Hand löste er den Verschluss ihres Büstenhalters auf dem Rücken. Dabei kamen ihre Gesichter einander näher und Sybillas Lippen waren an seinem Mund. Ismaïl küsste sie und sie zog seinen Kopf näher zu sich. Er streifte ihr den Büstenhalter ab, beugte sich wieder über sie und dann küsste er auch ihre Brüste. Das entlockte ihr einen leisen Schrei. Erneut umfasste sie seinen Kopf, und zwar mit solchem Ungestüm, dass sie selbst überrascht war. Niemals, nein, niemals. Behutsam streifte er ihren Schlüpfer herunter.

»Wollen Sie mir nicht helfen, mich weiter auszuziehen?«, fragte er.

Sie löste seinen Gürtel und er streifte seine Hose herunter. Dann half sie ihm aus dem Slip. Ihr Blick fiel auf Ismaïl Abu Sūns steil aufgerichtetes Glied. Instinktiv erriet sie, was er wollte und erfüllte ihm den Wunsch: Sie umfasste sein Glied und bedeckte es mit Küssen, die immer feuchter wurden. Auch das war ein alter Ritus, dem sie mit dem Stolz einer Dienerin des Gottkönigs nachkam. Dabei hatte sie die Augen geschlossen und spürte, wie sich der junge Mann in Ekstase wand. Als sie geendet hatte, beugte er sich über sie, fasste die Brustwarzen mit den Lippen und suchte ihre Vagina, zunächst mit der Hand, bald darauf mit dem Mund. Als er mit der Zunge über ihre Klitoris glitt, hätte sie am liebsten vor Lust geschrien. Er zog sie in sein Schlafzimmer und dort setzten sie ihr Liebesspiel fort.

Und Sybilla erlebte ihren ersten Orgasmus mit Ismaïl. Sie umklammerte seinen Kopf und küsste ihn leidenschaftlich. Entspannung trat ein, aber nur für kurze Zeit. Dann fanden sie wieder zueinander und erlebten einen zweiten Höhepunkt. Sybilla brach anschließend vor Erschöpfung in Tränen aus. Ihre Weichheit rührte und erregte ihn. Wieder pulsierte ihm das Blut im Glied. Als er erneut in sie eindrang, weinte sie immer noch, von der Lust verletzlich geworden.

Später wehrte sie sich gegen den Schlaf. Sie war gerade wiedergeboren worden. Mein Gott, es ist besser, man wird als Erwachsener geboren, dachte sie und holte tief Luft, als wäre es der erste Atemzug in ihrem Leben. Es war im April des Jahres 1951.

»Mein Gott.« Plötzlich kam ihr ein Gedanke. »Ich habe noch sein Sperma in mir.« Sie empfand einen solchen Stolz, dass sie selbst überrascht war.

Fast hatte sie all das schon vergessen, die animalische Seite der Sexualität, Speichel, Sperma, den Geruch der Haut. Aber Mykerinos hatte schließlich auch Sperma ausgeschieden, oder etwa nicht?

7.
Der Verlust des Philosophensteins

Siegfried ließ sich gerade bei seiner Großmutter Catherine ein Hühnerragout mit Artischocken schmecken, als das Telefon klingelte. Nach dem Telefonat entstand ein schreckliches Durcheinander. Die Frauen schluchzten und weinten, Türen fielen ins Schloss. Schließlich erklärte ihm Sayyed auf Arabisch:

»Sissi, dein Großonkel ist tot.«

Seit seiner Kindheit trug Siegfried den Spitznamen Sissi. Wie die Kaiserin. Die Diener nannten ihn ebenfalls so.

Siegfried legte seine Gabel auf den Teller.

»Alexander?«

Sayyed zuckte mit den Schultern. »Ja, Alexander.« Sein schönes schmales Gesicht verriet Gemütsbewegung. Alexander, der sanftmütige Verwandte, den er vor ein paar Tagen im Khan Khalil getroffen hatte. Der Verrückte mit dem Philosophenstein.

Als sich Siegfried an die flüchtige Begegnung erinnerte, beschlich ihn das Gefühl, dass der Onkel aus einer anderen Welt gekommen war, um sich von seinem Großneffen zu verabschieden. Er stand auf und folgte Sayyed zu dem Raum, der gleichzeitig als Wohnzimmer, Schlafzimmer und

Wäschezimmer diente. Dort saß Catherine auf einer Bank und schluchzte. Um sie herum standen Alice in einem Blumenkleid, Adèle und Angèle, Albert, genannt der Idiot, zwei unbekannte Frauen, die drei Dienerinnen und schließlich die Cousinen von Siegfried, Marie, Irma und Sophie. Siegfried ging auf seine Großmutter zu. Sie presste ihn an sich, das Gesicht tränennass. Fast hätte er ebenfalls geweint, so sehr wühlte ihn die Art, wie sie ihn an sich drückte, auf. Als ob sie sagen wollte: »Gott sei Dank bist du noch am Leben.«

Seine Mutter hatte ihm nach und nach die Familiengeschichte erzählt. Aber viele Fragen waren offen geblieben. Ihr Vater Anton Archenholz, ein Preuße, war sehr jung im Gefolge von Wilhelm II. in den Orient gekommen und war schnell dem Zauber dieser Welt verfallen. Von Damaskus war er nach Kairo gereist und dort hatte er sich niedergelassen, obwohl er mittellos war. Nach einer gewissen Zeit wollte Anton eine Familie gründen. Deshalb suchte er die Schwestern vom heiligen Borromäus auf. Sie empfahlen ihm eine Waise aus guter Familie: Catherine, Tochter des venezianischen Kaufmanns Alberto Portilacqua, der in Jerusalem und Kairo Handelskontore eingerichtet hatte. Anton und Catherine heirateten und bekamen sieben Kinder.

»Alle unsere Kinder hatten die gleichen Namen wie die Kinder des Kaisers«, erklärte Siegfrieds Mutter.

»Warum das?«

Sie lächelte geheimnisvoll.

»Mein Vater wurde in Sigmaringen geboren«, lautete ihre Antwort.

Sigmaringen – das sagte Siegfried gar nichts. Aber seine Mutter fuhr fort: »Dort ist der Stammsitz der kaiserlichen Familie.« Das alles war so kompliziert wie uninteressant. Siegfried fand aber, dass Anton dem Kaiser erstaunlich ähnlich sah, wenn man nach dem großen Foto ging, das in einem

Schmuckrahmen im Schlafzimmer von Michel Archenholz hing.

Dann kehrte er zu seinem Essen zurück, gefolgt von Michel und Cécile. Siegfried hegte für Michel Archenholz eine besondere Zuneigung. Er wusste noch gut, wie Michel 1944 zutiefst bekümmert bei seinen, Siegfrieds Eltern, Trost gesucht hatte. Er war erschüttert, diesen starken Kerl wie ein Kind weinen zu sehen. Erst später erfuhr er, dass Michels Geliebte Toutou von ihrem ehemaligen Geliebten, einem englischen Brigadier, getötet worden war. Der Brigadier selbst beging anschließend Selbstmord. Die Familie hatte Michel gedrängt, mit Toutou Schluss zu machen. Warum durfte Michel Toutou nicht heiraten? »Sie war Jüdin.« Der Ton, in dem Siegfrieds Mutter das sagte, ließ keinen Zweifel: Sie wollte nicht weiter darüber reden. Auf diese Weise hatte Siegfried von der Existenz des Antisemitismus erfahren.

»Zum Glück hat er nicht alles, was ich ihm geliehen hatte, ausgegeben«, sagte Michel niedergeschlagen. »Es reicht immerhin für die Beerdigung.«

»Macht es so diskret wie möglich«, empfahl Cécile.

Siegfried lauschte dieser Unterhaltung gebannt.

»Iss, du bist so dünn«, sagte Michel, an Siegfried gewandt.

»Und was hat er getan?«, fragte Cécile Michel.

»Unsinn eben«, stieß Michel unwillig hervor. »Er hat bei der Versicherungsgesellschaft aufgehört und nach dem Philosophenstein gesucht.«

Cécile wusste nicht, worum es sich handelte; vermutlich um eine der ausgefallenen Ideen, die nur Männer haben. Sie zuckte mit den Schultern.

»Was ist das für ein Stein, der Philosophenstein?«, wollte Siegfried wissen. Er hütete sich zu verraten, dass er diesen berühmten Stein vor ein paar Tagen gesehen hatte.

»Der Philosophenstein existiert gar nicht«, erwiderte Michel. »Er ist eine Erfindung der Alchemisten. Angeblich verwandelt er Blei in Gold. Meines Wissens aber verwandelt er vor allem Gold in Blei.«

»Woher hatte er diese Idee?«, wollte Cécile wissen.

»Er behauptete, sein Vater habe ein altes Manuskript aus Venedig mitgebracht, in dem erklärt wird, wie man Gold gewinnt.«

Siegfried empfand den unwiderstehlichen Drang, dieser Atmosphäre der Verrücktheit, der Enttäuschungen und der Tragödie zu entfliehen. Also gab er vor, eine Verabredung zu haben und verabschiedete sich. Draußen auf der Straße atmete er erleichtert auf. »Ich möchte frei sein!«

Aber er wusste nicht, wohin er gehen sollte.

8.
Düstere Vorhersagen

Nachmittags gegen drei Uhr herrschte im al Ğazīra–Sportclub gewöhnlich Ruhe. Die meisten Mitglieder gingen nach Hause, um Siesta zu halten, bevor sie wieder zur Arbeit gingen. Charles Hammerley hatte sich länger mit dem orientalischen Attaché der Botschaft unterhalten und schickte sich an, ebenfalls zur Siesta aufzubrechen. Da entdeckte er vor einem offenen Fenster Austin McCormagh.

McCormagh war 61 Jahre und hatte verschiedene diplomatische Posten im Orient bekleidet, unter anderem war er Sekretär bei der britischen Botschaft in Bagdad gewesen. Vor einigen Jahren hatte er sich nach Kairo zurückgezogen. Er lebte von seiner Pension und Privateinkommen. Er war einst mit Lawrence, Faisal I., Glubb Pascha, kurzum mit sämtlichen politischen Drahtziehern zwischen 1920 und 1940 bekannt, das hatte Sir Charles schon immer fasziniert. McCormagh war Witwer; er schien keine Geliebte oder heimliche Liaisons zu haben. Er ging selten aus und wenn man ihn fragte, was er allein zu Hause tue, sagte er: lesen. Sein Arabisch war so perfekt wie sein Englisch, und er war ein kritischer Beobachter des britischen Imperiums. McCormagh konnte akzentfrei Verse aus dem Koran zitieren, was ihm die Bewunderung sogar der Gelehrten der Universität von Azhar eintrug.

Austin McCormagh galt bei vielen Ägyptern als Spion. Er hatte dreißig Jahre seines Lebens Aufgaben erfüllt, deren Sinn und Ziel niemandem bekannt waren und deren Fäden bis in die gegenwärtige Nahost-Politik reichten. Und man wusste, dass er von Zeit zu Zeit Besuch von einem Abgesandten von König Abdallah von Transjordanien und anderen erhielt, weil sein Rat hoch geschätzt und seine Abscheu gegenüber den Engländern ein offenes Geheimnis war. Ägyptische Politiker verdächtigten McCormagh, die Fackel von Colonel Lawrence ergriffen zu haben und die Araber mehr zu lieben als die Engländer. Wie das kam? Ihm floss schottisches Blut in den Adern. So fühlte er sich den Arabern verbrüdert, denn er wurde genau wie sie vom englischen Kolonialismus unterdrückt.

Genau deswegen galt er bei der Botschaft nicht gerade als Heiliger. Er hatte sich geweigert, als »abkommandierter Attaché« seinen Dienst wieder aufzunehmen. Er wurde viele Male zu den ehrenvollsten Empfängen eingeladen, hatte aber auf die Teilnahme verzichtet und sich auf diese Weise aus freiem Willen zum Paria gemacht.

Ein Bote des Foreign Office hatte sich sogar höchstpersönlich nach Kairo begeben und McCormagh gebeten, seine Kompetenzen in den Dienst des Empire zu stellen und nicht in den der »Araber«. McCormagh hatte ihn abblitzen lassen und ihm einen Vortrag über das Scheitern der britischen Kolonialpolitik gehalten. McCormagh roch den Schwefel bereits. Der Botschafter Lord Killearn hatte London um einen Bericht über McCormaghs Akte gebeten. Aber die Akte war einwandfrei, ohne jeden Verdacht auf Spionage.

»Hallo, Austin«, rief ihm Sir Charles mit zurückhaltender Herzlichkeit zu. Er ging auf seinen Landsmann und ehemaligen Kollegen zu. »Ich habe Sie seit Tagen nicht gesehen. Vermutlich treffe ich Sie morgen beim Polo?«

McCormagh forderte Sir Charles auf, Platz zu nehmen. Dann erwiderte er: »Nein, ich habe mich nicht angemeldet.«

»Gefällt Ihnen das Pferd nicht?«, wollte Sir Charles wissen.

»Die Pferde sind gut, aber der entsprechende Reiter fehlt.«

»Es geht Ihnen aber gut?«, erkundigte sich Sir Charles nach kurzem Schweigen und musterte seinen Gesprächspartner.

»Ja, ich fühle mich so gut wie nie.«

»Und?«

»Ich gehe weg.«

Sir Charles erwartete eine Erklärung; es kam aber keine.

»Wohin gehen Sie?«, fragte er leise.

»Zurück nach Schottland. Ich habe ein sehr schönes Haus in der Nähe von Glasgow.«

Seine grauen Augen musterten Sir Charles amüsiert.

»Sie sprechen in Rätseln.«

»Keineswegs. Die Sitzung ist beendet.«

»Was für eine Sitzung?«

»Die englische im Orient.«

McCormagh schenkte sich Tee ein und nippte daran.

»Was soll das heißen?«

»Dass die Sonne über dem Empire untergeht.«

Sir Charles runzelte die Stirn. McCormagh sagte nie etwas leichthin; er war als guter Schotte nicht nur sparsam im Umgang mit Geld, sondern auch mit Worten.

»Befinden Sie sich in einer Depression?«

»Nein, ich nicht. Aber das Foreign Office wird bald in eine Depression fallen. In ein paar Monaten vielleicht.« Da Sir Charles ihn voller Skepsis ansah, fuhr McCormagh fort: »Letztes Jahr haben die Araber, Ägypten, Syrien, der Irak und der Libanon, den Krieg verloren. Und die Juden haben den Staat Israel ausgerufen. Angeblich steht dieser Staat unter dem Schutz des Empire. Sie glauben doch wohl nicht, dass man es dabei belassen wird? Die Araber werden das nicht akzeptieren. Und die Engländer werden sich mit den Juden verbünden. Die Lage wird sicherlich untragbar. Die Truppen im Umkreis des Suezkanals werden abziehen müssen.«

»Warum sollten die Engländer ihren Standort aufgeben?«

»Weil sie nicht mehr die Berufung zur Kolonialmacht haben. Sie haben Indien die Unabhängigkeit gewährt. Dieses Land darf sich nicht mehr anmaßen, der Welt seine Gesetze aufzudrängen.«

»Und wann wird Ihrer Meinung nach die Apokalypse stattfinden?«

»In nicht allzu weiter Ferne, wie ich Ihnen gesagt habe. Die Russen sind auch nicht dümmer als wir. Sie finanzieren bereits bestimmte ägyptische Revolutionsparteien. Wenn die Amerikaner das merken, werden sie sich einmischen. Und die Engländer sind nicht aus dem Holz geschnitzt, den Amerikanern die Stirn zu bieten.«

»Und dann?«, fragte Sir Charles.

»Dann werden die Islamisten ein Blutbad anrichten. Und zwar die Muslimbrüder, die sich im Augenblick als Brüder der Freiheit ausgeben. Die ägyptische Monarchie wird gestürzt. Es wird Massaker geben. Der islamische Plebs in der Stadt kann es kaum erwarten, die Kolonialenklaven der Ungläubigen, die Bars, Kinos und Luxusgeschäfte zu vernichten. Für den Hass gibt es drei Gründe: der unermessliche Reichtum der Ungläubigen, die Demütigung, das fremde Joch zu tragen und der religiöse Fanatismus der Armen. Aus ist es mit der levantinischen Operette. Ägypten wird eine Art amerikanisches Protektorat – oder ein russisches. Unter uns gesagt: Das ist auch nicht schlimmer als ein englisches Unterprotektorat.«

»Hören Sie, Austin, wenn Sie Informationen besitzen, müssen Sie mit dem Botschafter sprechen.«

McCormagh wurde ungehalten. »Spielen Sie auf den Trottel Miles Lampson an? Ich habe der Botschaft bereits zu verstehen gegeben, dass ich nicht vorhabe, mit ihm zu kooperieren. Das wissen Sie sehr gut.«

»Unser Botschafter ist Lord Killearn«, betonte Sir Charles von oben herab.

»Das ist Ihr Botschafter, Sir Charles, nicht der meine.« McCormagh warf dem Diplomaten einen kühlen, herausfordernden Blick zu. »Leider besitzt Lampson, der alte Haudegen, so viel diplomatisches Geschick wie ich als Bauchtänzerin. Und Ihre Botschaft ist unfähig, die Muslimbrüder zu infiltrieren.«

»McCormagh, ich werde über diese Unterhaltung Bericht erstatten. Nicht über Ihre Unverschämtheiten, sondern über Ihre Besorgnisse.«

»Was Sie von mir erfahren haben, müsste Ihrem Nachrichtendienst bereits bekannt sein, sofern Sie einen haben. Dass sich in diesem Land eine Revolution anbahnt, ist kein Geheimnis.«

»Eine Revolution!«, rief Sir Charles. »Wie kommen Sie darauf?«

»In Ägypten gibt es eine einheimische Bevölkerung. Erlauben Sie, dass ich Sie daran erinnere.«

»McCormagh«, begann Sir Charles und nahm den letzten Rest seiner Geduld zusammen. »Es geht nicht nur um Ihre Animosität oder die Person des Botschafters. Wollen Sie wirklich nicht mit dem Botschafter sprechen?«

»Eher würde ich verrecken.«

»Warum hassen Sie Lord Killearn so sehr?«

»Weil er aus Arroganz, wie sie für englische Trottel charakteristisch ist, einen unverzeihlichen Fehler begangen hat. Als er 1942 den Palast von Panzern umzingeln ließ, hat er

König Faruk gedemütigt und diskriminiert. Er hat ihm die Rolle eines Untertanen aufgenötigt und ihn um sein Ansehen gebracht. Eine Dummheit, zu der nur englische Arroganz imstande ist. Niemandem in Whitehall ist das klar gewesen. Das Foreign Office beschäftigt nur Dummköpfe und Fossilien. Aber jetzt wird Lampson es bedauern.«

»Was kann man tun?« Sir Charles rang um seine Fassung.

»Nichts. Die englische Dummheit dient der amerikanischen nur als Vorbild.«

Sir Charles verharrte einen Moment regungslos, bemüht zu entschlüsseln, wieviel in diesen Ausführungen dem Ressentiment eines Schotten zuzuschreiben war. Dann warf er ostentativ einen Blick auf seine Armbanduhr.

»Bis bald.« Er erhob sich.

»Sollten Sie irgendwann nach Glasgow kommen, dann lassen Sie es mich wissen«, bemerkte McCormagh unbeirrt.

Aber Sir Charles eilte hinaus.

9.
Zauberei und Pantomimen

Siegfried Alp gelangte mit zehn Minuten Verspätung zum al Ǧazīra–Sportclub. Er trug einen grauen Anzug mit rotem Seidenfutteral, eine purpurrote Krawatte und ein weißes Seidenhemd. Er wusste genau, welche Wirkung dieser Aufzug haben würde. Der junge Alp hatte sich mit seiner Exzentrik nicht nur in Kleiderfragen eine Art Aura geschaffen.

Die Hammerleys hatten in einem Extrazimmer des Clubs vor dem Rasen der Rennbahn Platz genommen. Der lange Tisch war mit funkelndem antiken Silbergeschirr beladen. Gäste nippten an einer Bar an ihren Apéritifs. Siegfried wurde von Sybilla und Chester Lamotte lautstark begrüßt. Wegen seiner Verspätung und seiner roten Krawatte zog er alle Blicke auf sich. Er grüßte Sybilla mit formvollendetem Handkuss. Sir Charles stellte ihn streng nach dem Protokoll den Gästen vor – dem Produzenten Sir Cecil Basildon, Margaret Hartnell, der berühmten Schauspielerin, ihrem Partner Eric Redman, Harvey Manners, Clive Eakins, dem Regisseur.

»... Barbetta Cowles, die Sie ja bereits kennen, die Baronin Keyser, Chester Lamotte, den Sie bestimmt schon gesehen haben.«

Siegfried Alp hatte sich sämtliche Beschreibungen eingeprägt, die Chester Lamotte ihm telefonisch durchgegeben hatte. Er küsste den Damen die Hand und hielt, ohne zu erröten, den Blicken stand. Eine der wenigen Lektionen, die er über das gesellschaftliche Leben gelernt hatte, lautete: sich niemals etwas anmerken zu lassen, ganz gleich, ob die Aufmerksamkeit, die man auf sich zog, wohlwollend war oder nicht.

Er saß zwischen Barbetta Cowles und Dorothy de Keyser. Die Unterhaltung drehte sich um den Bericht, den Sir Cecil gegeben hatte: Das englische Filmteam hatte Ärger mit den ägyptischen Assistenten bekommen. Es hatte sprachliche Missverständnisse gegeben und Schwierigkeiten beim Außendreh in verstopften Gassen. Der Film handelte von einem verräterischen Geheimagenten, der von einer Frau verfolgt wurde. Sie heftete sich im Auftrag des Geheimdienstes an seine Fersen, weil er ihr vertrauen würde.

»Diese Rolle spielt vermutlich Margaret Hartnell?«, fragte Siegfried Alp mit Unschuldsmiene.

»Genau«, erwiderte die Schauspielerin lebhaft.

»Und Mister Manners spielt den verräterischen Spion?«

Harvey Manners warf Alp einen gespielt finsteren Blick zu.

»Nun gut. Und der Geheimagent verliebt sich in sie?«

»Auch richtig«, pflichtete Margaret Hartnell begeistert bei.

»Nun, das alles ist ein wenig simpel. Aber das Drehbuch hat bestimmt eine Überraschung in petto. Der Spion, der des Verrats bezichtigt wird, ist in Wirklichkeit zutiefst loyal und seinerseits einem anderen Agenten auf der Spur.«

»By Jove!«, rief Sir Cecil Basildon aus. »Sie sollten Drehbücher schreiben! So ähnlich ist es tatsächlich.«

»Hervorragend.« Chester Lamotte strahlte. Auch Sybilla schien sich zu amüsieren, was bei ihr selten genug vorkam.

»Und Sie können mit einem Revolver umgehen?«, fragte Siegfried Margaret Hartnell mit berechnender Dreistigkeit.

»Dieser junge Mann ist wirklich sehr scharfsinnig«, mischte sich Sir Cecil ein. »Dear Margaret hat noch nie einen Revolver gesehen, und es hat mehrere Stunden gedauert, bis sie wusste, wie man ihn hält.«

Margaret Hartnell lachte schallend.

»Aber vermutlich gehen Sie mit dem Revolver jetzt so geschickt um wie John Wayne?«, fragte Siegfried.

»Sie schießt einen Filmkritiker auf fünfzehn Schritt nieder«, behauptete Chester Lamotte.

Alle amüsierten sich.

»Und wie haben Sie Ihren Tag verbracht?«, fragte Sybilla, an Siegfried gewandt, als man die aus Südafrika eingeführte Schildkrötensuppe auftrug.

»Ich habe eine Frau aufgesucht. Oder einen Mann, der vom Geist einer Frau besessen ist. Ich weiß es nicht genau. Jedenfalls das größte Medium des Orients.«

Nun herrschte allgemein Stille. Alp genoss das. Sogar Chester Lamotte war vorübergehend mundtot.

»Ein Mann, der vom Geist einer Frau beherrscht wird«, wiederholte Sir Cecil. »Erzählen Sie uns mehr davon.«

»Das ist ja außergewöhnlich«, bemerkte Sir Charles.

»So außergewöhnlich ist das nicht«, brummte Chester Lamotte und entlockte damit Sir Charles ein Kichern.

Siegfried Alp beschrieb das Medium. Ihr Name war Sheikha Zahia. Sie wohnte in einem hübschen Haus in der Altstadt. Ihre Prophezeiungen waren beunruhigend. Sie wusste, dass Siegfried seinen Urlaub in der Türkei verbringen wollte.

»Aber handelt es sich nun um einen Mann oder um eine Frau?«, wollte Margaret Hartnell wissen. »Or is he another poofter?«

»Es ist ein Mann, ein Familienvater. Wenn der Geist sich

seiner bemächtigt, spricht er allerdings mit Frauenstimme«, erklärte Siegfried.

Margaret Hartnell riss ihre künstlich bewimperten Augen auf. Auch die anderen Gäste schienen von Siegfrieds Bericht gefangen. Die Unterhaltung wurde immer lebhafter.

»Ich hätte ihm so viele Fragen zu stellen!«, rief Margaret Hartnell.

»Ich auch«, betonte Barbetta Cowles.

»Endlich sind wir mitten im geheimnisvollen Orient«, meinte Sir Cecil. »Und wann kann man diese bisexuelle Pythia aufsuchen?«

»Sie hält Sitzungen bis Mitternacht«, erklärte Siegfried Alp.

Die Gäste kamen überein, die Wahrsagerin auf der Stelle zu konsultieren. Lediglich Sir Charles und Harvey Manners waren anderer Meinung: Ersterer, weil er es unschicklich fand, dass sich ein Mitglied des diplomatischen Korps zu später Stunde bei einer Wahrsagerin herumtrieb, und Letzterer hatte bereits kräftig dem Alkohol zugesprochen und behauptete, seine Zeit nicht mit solchem Unsinn verbringen zu wollen.

»Aber ich darf gehen, nicht wahr, Charles?«, bettelte Sybilla. Sir Charles schmollte. »Nun, in Gottes Namen, aber in einem ordentlichen Auto.«

»In meinem«, schlug Dorothy de Keyser vor, die einen großen Plymouth hatte.

»Ich habe meinen Wagen auch dabei«, sagte Barbetta Cowles. »Ich kann drei Personen mitnehmen.«

»Can you really?«, fragte Chester Lamotte kess.

Plötzlich drang Lärm aus einem anderen Saal. Die Unterhaltung stockte. Dann hörte man ›Auld Lang Syne‹, einen vertrauten Song. Alle hoben den Kopf. Nur Sir Charles starrte auf den Tisch. Man gab das Abschiedsbankett zu Ehren von McCormagh.

»Los, gehen wir dorthin«, schlug Margaret Hartnell vor.

»Ich bleibe lieber hier«, wandte Sir Charles ein.

Sybilla schien nachzudenken. Es waren Klänge aus ihrer Heimat, aber sie machten sie eher traurig. Sie verdrängte die Erinnerung an den Nachmittag und zwang sich zu einem Lächeln.

Nach dem Kaffee verteilten sie sich auf verschiedene Autos. Manners blieb an der Bar zurück, um vollends betrunken zu enden. Der Plymouth mit Sir Cecil, Margaret Hartnell und Siegfried Alp fuhr voran. Es folgte der kleine Ford Eifel von Barbetta Cowles mit Chester Lamotte und Eric Redman. Alp, der hinten Platz genommen hatte, erklärte Dorothy de Keyser den Weg und versuchte, sich nichts anmerken zu lassen, als Margaret Hartnell ihm die Hand auf den Schenkel legte. Dabei äußerte sie ständig ihr Entzücken über den pittoresken Anblick, der sich ihnen bot, nachdem sie die europäischen Viertel hinter sich gelassen hatten. Und der Druck ihrer Hand auf Siegfrieds Schenkel wurde immer fester.

»Schaut nur, das Haus da drüben, das hübsche Café.«

»Ich glaube, ich werde unsere Pläne für Außendrehs ein wenig verändern«, sagte Sir Cecil. »Dieser Hintergrund ist viel dekorativer als der, den wir gewählt haben.«

Der Wagen holperte. Siegfried unterdrückte mit Mühe ein leises Aufstöhnen. Die Hand hatte sich ganz ungeniert weiter vorgewagt und bewegte sich rhythmisch auf und ab. Sir Cecil Basildon schien nichts zu bemerken; er war mit seiner Zigarette beschäftigt, die in einer Zigarettenspitze aus Elfenbein steckte. Endlich waren sie am Ziel.

Das dreistöckige Haus der Hellseherin befand sich auf einem kleinen Platz, umgeben von alten Gebäuden im gelblichen Schein einer Gaslampe. Das Schlagen der Wagentüren unterbrach die Stille. Im dritten Stock beugte sich ein junger Mann aus dem Fenster. Siegfried hob den Arm, sagte etwas auf Arabisch.

»Wirklich außerordentlich«, murmelte Sir Cecil.

Als Kulisse geradezu ideal. Fehlten nur die Schauspieler. Die Holztür wurde aufgeschlossen. Siegfried ging darauf zu, gefolgt von Sybilla und Sir Cecil. Ein Ziegenbock stürzte die Treppe herunter und verschwand in der Nacht. Margaret Hartnell hätte fast das Gleichgewicht verloren.

»War das eine Ziege oder ein Ziegenbock?«, wollte Sir Cecil wissen.

»Ich habe noch nie eine Ziege oder einen Ziegenbock gesehen«, versetzte die Schauspielerin etwas spöttisch.

»Vielleicht war es ja der Teufel«, flüsterte Barbetta Cowles.

Der junge Ägypter entbot ihnen einen Willkommensgruß. Die Besucher erklommen die Treppe. Barfüßige Kinder bildeten die Ehrengarde. Sie verschlangen die Schauspielerin mit den Blicken.

»Margaret, Sie haben eine Ehrengarde«, sagte Clive Eakins und kicherte.

Sie wandte sich um: Fünf Hühner folgten ihr.

Siegfried ging voran zum dritten Stock. Er hatte der Sheikha die Gäste angekündigt. Sie befanden sich jetzt in einem geräumigen Vestibül. An der Decke sah man Spuren von Stuck und Fresken. Sie betraten den angrenzenden Raum, der majestätisch getäfelt war. Das Mobiliar bestand aus Diwanen mit verschlissenen Kissen und Überzügen. Ein kleiner Mann mit rötlichem Schnurrbart saß auf dem mittleren Diwan. Er stellte sein Teeglas ab und hieß sie mit einer Geste willkommen.

Sir Cecil fragte, in welcher Sprache man sich mit der Pythia unterhielt. »For I doubt that the wretched bugger speaks any Christian language.«

Siegfried griff nach seinem Arm, um ihn zurückzuhalten.

»Good evening, ladies and gentlemen«, begrüßte die Sheikha sie mit maliziösem Unterton.

Sir Cecil stieß ein grimmiges »I'm sorry« hervor.

»Ich spreche auf jeden Fall Arabisch.« Siegfried war erbost über den Fauxpas des Engländers.

Margaret Hartnell näherte sich ehrerbietig der Sheikha. »I'm so thrilled to meet you.« Es klang ehrlich.

Die blassgrauen Augen der Sheikha schienen die Engländerin wie aus weiter Ferne zu betrachten. Vielleicht kam die Schauspielerin ihr wie eine Fiktion vor. Vier mit Djellaba bekleidete junge Leute standen wie Wächter im Halbschatten.

»Ahlan«, sagte die Sheikha. »Please take seats.«

Die Besucher nahmen Platz. Die Sheikha erteilte mit der Hand einen Befehl und einer der Männer brachte Gläser mit Goldrand und eine dampfende Teekanne. Stille senkte sich über den Raum. Alle Blicke waren auf die Sheikha gerichtet. Schlief oder wachte sie? Der junge Mann servierte den Tee. Er war bitter und heiß.

»Margaret, stellen Sie die erste Frage«, forderte Sir Cecil die Schauspielerin auf.

Margaret Hartnell rang nach Worten. Es war ihr peinlich, ihre geheimsten Wünsche zu verraten.

»Mein Leben ...«, brachte sie schließlich hervor. »Mein Liebesleben ...«

Siegfried übersetzte die Frage ins Arabische. Die Sheikha fing mit Kinderstimmchen an zu jammern.

»Das ist der Geist, der sie erfasst hat«, flüsterte Siegfried.

»Schade für die durstende Seele! Ein Glas ist leer und das andere zerbrochen«, psalmodierte die Sheikha auf Arabisch. Ihre Stimme war erstaunlich zart. »Wenn die Zähne zu wackeln beginnen, ist die Lust auf Fleisch am größten.«

Siegfried übersetzte Wort für Wort. Margaret Hartnell riss die Augen auf. Clive Eakins reckte überrascht den Hals. Sir Cecil hatte geniert den Blick gesenkt.

»Noch eine Frage?«, erkundigte sich Siegfried.

Margaret Hartnell schüttelte den Kopf, sichtlich konsterniert.

»Dorothy, Sie sind dran«, sagte Sybilla.

»Wie sieht es bei mir aus?«, fragte Dorothy de Keyser.

Da saßen diese hochgeknöpften Ausländer also und entblößten ihr Innerstes. In einem Raum, der von einem Geist, der für ihre Kultur und die Kolonialmacht feindlich war, bewohnt wurde, überlegte Siegfried. Und der Gipfel war, dass sie das in aller Öffentlichkeit taten. Die Sheikha fing wieder an zu jammern.

»Der Frühling ist gekommen und die Blüten haben sich in Früchte verwandelt. Die Körbe sind voller Früchte, aber Wind kommt auf und Sturm kündigt sich an.«

»Was mag das wohl bedeuten?«, murmelte Dorothy de Keyser alarmiert.

»Ich habe keine Frage, wirklich nicht«, erklärte Barbetta Cowles und schüttelte den Kopf.

»Also bin ich dran.« Sybilla lächelte, obwohl sie eine unbändige Angst spürte. »Und wie steht es um mich?«

Alle warteten.

Die Sheikha seufzte. »Die Reisende ist in der Oase angelangt und hat Datteln gefunden, die des Paradieses würdig sind. Sie wird ihre Reise fortsetzen und auf dem Sattel ihres Kamels einen Sack Datteln finden.«

Sybilla wurde rot. Die Blicke waren auf sie gerichtet. Aber das Halbdunkel verbarg ihre Erregung. Sicherlich hatte niemand das Orakel verstanden, nicht einmal ihr Mann. Nur sie allein hatte den Sinn erraten. Und vielleicht Siegfried. Ihr Herz schlug zum Zerspringen. Sie hörte kaum die Antworten auf die Fragen der anderen. Sir Cecil hatte sich über die Zukunft seiner Unternehmen Gedanken gemacht.

»Der kluge Bauer spannt Esel und Ochsen nicht zusammen an.«

Der Produzent war überrascht. »Was zum Teufel …«, fing er an.

Dann fragte Sir Charles, was die Zukunft für ihn bereithielte. »Wer Granatäpfel isst, braucht sich nicht zu beklagen, wenn man ihm einen Korb Orangen gestohlen hat.« Sir Charles unterdrückte ein Lachen und erklärte: »Das ist aber sehr geheimnisvoll.«

Clive Eakins erhielt bezüglich seiner Karriere folgende Antwort: »Der Flötist, der seit Jahren die Flöte spielt, macht keine gute Musik, wenn er zur Zither greift.«

Und auch Chester Lamotte machte sich Sorgen über seine Zukunft. Er erhielt folgende Antwort: »Wenn der Fuchs aufgehört hat, Hühner zu reißen, beißt ihn der Hund des Besitzers.« Das fand Lamotte sehr erheiternd.

Siegfried bekam folgende Auskunft: »Schwalben fliegen nicht mit Sperbern.« Er war verblüfft. Er hatte wohl bemerkt, wie Sybilla errötet war. Hatte die Sheikha tatsächlich ein Geheimnis erraten? Und warum hatten die Worte der Sheikha Margaret Hartnell so verdrießlich gestimmt?

Die Sitzung war beendet. Die Besucher überließen sich noch eine Zeit lang ihren Gedanken.

»Was sollen wir ihr geben?«, flüsterte Sir Charles Siegfried ins Ohr.

»Ein Pfund pro Person«, erwiderte Siegfried und griff nach seinem Portemonnaie.

Sir Charles erhob sich, um der Sheikha das Geld zu Füßen zu legen. Diese schien aus einem Traum zu erwachen. Dann griff sie nach einer großen Perlmuttschatulle und bot den Besuchern Zigaretten an. Lediglich Chester Lamotte bediente sich.

Die Zeit schritt voran. Margaret Hartnell wollte nach Hause. Man erhob sich. Jetzt kletterten keine Ziegen und Hühner mehr auf der Treppe herum. Die Kulisse hatte ihren Zauber verloren.

Schweigsam stiegen sie in ihre Autos. Dorothy de Keyser saß am Steuer. Was die Sheikha wohl mit dem Frühling und dem Sommer gemeint haben mochte, wollte sie wissen. Aber sie wurde mit nichtssagenden Phrasen abgespeist. Siegfried bereute seinen Einfall bereits.

»Ich weiß nicht, irgendwie hat mich dieser Besuch deprimiert«, sagte Margaret Hartnell.

Vor dem Hotel stiegen die Cineasten aus.

»Los, Siegfried, trinken Sie noch ein Glas mit uns«, forderte Margaret Hartnell ihn auf.

Er folgte dem Team die Treppe zur majestätischen Terrasse des Zwischenstocks hinauf. Dort genossen einige Gäste den kühlen Abend. Sir Cecil Basildon und Clive Eakins begaben sich zur Ruhe.

»Wir sind also ganz allein«, sagte Margaret Hartnell. »Und vermutlich bietet Harvey an der Bar das erbärmliche Schauspiel eines betrunkenen Engländers. Trinken wir also lieber auf meinem Zimmer noch ein Glas.«

Siegfried wusste, dass er im Begriff war, in ein Wespennest zu stechen. Doch die Selbstachtung hielt ihn davon ab, sich wegzustehlen. Es gelang ihm, gefasst zu wirken. Margaret Hartnell reichte ihm den Schlüssel. Eine symbolische Geste? Er öffnete die Tür und ließ die Schauspielerin vorgehen. Beunruhigt schloss er die Tür hinter sich. Margaret Hartnell ging ins Schlafzimmer und zog die Schuhe aus. Dann nahm sie im Salon Platz und griff nach dem Telefon. Er stand am Fenster und suchte mit dem Blick den Banyanbaum, unter dem General Kléber ermordet worden war.

»Einen doppelten Scotch? Wenn es klopft, nehmen Sie bitte das Tablett entgegen, okay?«, sagte sie und verschwand im Bad.

Siegfried musterte Kleider und Schmuck. Ein mauvefarbenes Abendkleid mit Pelzbesatz gefiel ihm sehr. Bei welchem Anlass trug man ein solches Kleid? Ob Margaret Hartnell jeden Abend junge Männer verführte? Dann klopfte es an der Tür. Flinker Service. Er öffnete und war überrascht, den offensichtlich angetrunkenen Manners zu sehen.

»Du kleiner Bastard«, murmelte Manners und ließ die Faust vorschnellen. Wie in Zeitlupe sah Siegfried die Faust auf sich zukommen; er hatte genug Zeit auszuweichen. Manners verlor das Gleichgewicht und fiel der Länge nach auf die Schwelle hin. Plötzlich tauchte der Etagenkellner auf. Als er den Mann am Boden sah und Siegfried über ihn gebeugt, zog er falsche Schlüsse und meinte voller Bewunderung: »Dieser Herr hat bereits in der Bar Aufsehen erregt«, und stieg über Manners hinweg, um das Tablett abzustellen.

»Was ist los?«, rief Margaret Hartnell.

Sie kam aus dem Bad und erblickte Manners, der am Boden lag und Obszönitäten brummelte.

»Such a disgrace!«, rief sie. »Entfernen Sie diesen Mann!«

Sie griff nach dem Telefon und wählte Basildons Zimmer an.

»Cecil. Es ist etwas Schreckliches passiert. Kommen Sie schnell!«

Kurz darauf rannte Sir Cecil im Morgenmantel herbei. Manners war eingeschlafen, während der Etagenkellner ihn an den Füßen wegzuzerren versuchte.

»Drehen Sie ihn um Himmels willen um«, rief Sir Cecil.

Siegfried und der Etagenkellner drehten den Betrunkenen auf den Bauch. Der eine nahm ihn bei den Füßen, der andere unter den Achseln. So schleppten sie ihn auf den Flur. Margaret Hartnell gab einen Laut der Betrübnis von sich. Siegfried unterdrückte ein Lachen.

»Man kann ihn nicht hier liegen lassen«, gab Sir Cecil zu bedenken. Dann wandte er sich an den Etagenkellner: »Bitte holen Sie Verstärkung.« Der Etagenkellner rief telefonisch Hilfe herbei. Sie warteten, wie man die Leichenträger erwartet. Manners schnarchte.

»Haben Sie ihn niedergeschlagen?«, fragte Sir Cecil Siegfried voller Bewunderung.

»Ich glaube, das hat er selbst bewerkstelligt.«

Schließlich kamen drei junge Kerle und griffen Manners unter die Arme.

»Was für eine Nacht«, rief Margaret Hartnell und schloss die Tür.

»Ja, was für eine Nacht. Ich ziehe mich jetzt zurück«, erwiderte Siegfried. Er sah aus, als ob er sich verabschieden wollte.

»Sie wollen mich schon allein lassen?«

»Ich glaube kaum, dass Sie in großer Gefahr schweben.«

Sie ging auf ihn zu, griff ihn am Revers und blickte verführerisch zu ihm auf.

»Sie haben Ihren Scotch ja nicht einmal angerührt.«

»Halten Sie ihn mir bis morgen gekühlt.«

»Aber Sie wünschen mir hoffentlich eine gute Nacht?« Sie näherte ihr Gesicht dem seinen, umfasste seinen Kopf und küsste ihn mit einer Leidenschaft, die nicht gespielt war.

Er zog sich unmerklich zurück.

»Gute Nacht«, sagte er und öffnete die Tür.

Da er kein Taxi fand, beschloss er, zu Fuß heimzugehen. Er warf einen Blick auf die Armbanduhr. Beinahe ein Uhr. In einer Droschke schlief der Kutscher. Auf der Terrasse eines Cafés saß nachdenklich rauchend ein Gast. Als er Siegfried sah, rief er: »Sie haben Lippenstift auf dem Mund.«

Siegfried blieb stehen, zog sein Taschentuch heraus und wischte sich die Lippen ab. Der andere betrachtete ihn spöttisch. Die Kulisse ist echt, dachte Siegfried. Aber es ist ein anderes Stück, nicht meines.

10.
Ein Sack Datteln

Brennend heiße Nachmittage und Abende, an denen man Zitronensorbet genoss und ins Kino ging, kündigten den Sommer an. Die Nächte waren nur dann erträglich, wenn man Fenster und Türen mit Stoppern blockierte und sich auf diese Weise Luft verschaffte.

Siegfried saß im al Ğazīra–Sportclub vor einem Tom Collins und dachte an seine alljährliche Flucht. London? Paris? Diese Städte waren teuer und er besaß kaum Geld. Er stöhnte bei der Vorstellung, die Gastfreundschaft seiner Cousins in Istanbul annehmen zu müssen. Er hatte wenig Lust, seine Mutter zu begleiten, die ihre eigene Mutter in Abukir besuchen würde. Drei Monate lang, jedes Jahr.

Gelassen lauschte er der Unterhaltung von Mafalda Considerato und Fatma al Entezami, den Frauen am Nachbartisch. Eine düstere Geschichte vom Ende einer kurzen Ehe.

»Und jetzt? Lassen sie sich scheiden?«, fragte Mafalda Considerato.

»Ja, aber nicht gleich. So ein Skandal! Der Sohn des Premierministers! Sie haben erst vor einem Monat geheiratet … und der König war bei der Hochzeit«, erwiderte Fatma al Entezami.

»Man stelle sich das vor! Er verbringt die Hochzeitsnacht

eingeschlossen im Bad und lässt Papierschiffchen in der Wanne schwimmen ... Vermutlich auch ein Päderast. Dabei ist Nani hübsch und eine gute Partie. Der Vater besitzt ein großes Vermögen. Aber jetzt wird niemand sie mehr haben wollen.«

»Ihn auch nicht. Der Pascha ist sehr unzufrieden. Sogar der König ist auf dem Laufenden. Wollen Sie noch einen Eistee?«

»Danke, nach dem Tennis. Woher will man das mit den Papierschiffchen wissen? Vielleicht hat er sich einfach im Bad aufgehalten oder dergleichen.«

»Nein, nein. Als sie sich nach der Hochzeit ins Schlafzimmer begeben haben, hat sich Nani ausgezogen, ist ins Bett geschlüpft und Adel ist ins Bad gegangen. Nach zwei Stunden war er immer noch nicht zurück und sie machte sich Sorgen. Also klopfte sie an die Tür. Da sagte Adel ihr, er nehme ein Bad. Sie warf ihm vor, das könne ja noch Stunden dauern. Worauf er erwiderte, er sei ja auch groß wie ein Schrank.«

Siegfried fing an zu lachen.

»Das reizt Sie zum Lachen«, stellte Fatma al Entezami fest. Sie lachte ebenfalls. »Nani hat dann ihre Mutter geweckt, die in ihrer Hilflosigkeit den Pascha geweckt hat. Der ging und holte eine Leiter, die er unter dem Badezimmer aufstellte. Stellen Sie sich das mal vor, der Premierminister mitten in der Nacht auf einer Leiter!«

Siegfried bog sich vor Lachen.

»Woher wissen Sie das alles?«, fragte Mafalda Considerato.

»Nani selbst hat es mir erzählt. Kurzum, der Pascha gelangt auf der obersten Sprosse an und sieht seinen Sohn nackt in der Wanne sitzen und mit Schiffchen aus Zeitungspapier spielen. Und Adel sieht den Vater am Fenster und bricht in Lachen aus ...«

»Das ist aber auch ein starkes Stück.«

»Es hat ihm einen Verweis eingebracht.«

»Und dann? Haben sich Adel und Nani etwa versöhnt?«

»Stellen Sie sich vor, Adel hat seinem Vater erklärt, er habe kein Verlangen nach einer Frau mit schlaffen Brüsten. Der Vater fragt ihn, weshalb er sich davon nicht vorher überzeugt habe. Adel erwidert, er habe eben nicht mit ihr geschlafen. Der Pascha hat ihn in den Libanon geschickt. Die Scheidung erfolgt im Winter.«

»Arme Nani, was für eine Demütigung! Deshalb also hat man sie in letzter Zeit nicht mehr gesehen.«

»Sie ist nach Paris gereist. Wissen Sie«, fuhr Fatma al Entezami fort, »auch sie hatte keine große Lust auf diese Ehe. Nani spricht nur Französisch, kaum Arabisch, und Adel kann nur wenig Französisch. Es war eine Vernunftehe.«

»Eine unschickliche Ehe«, urteilte Siegfried.

»Siegfried, Sie sind genauso unerträglich wie mein Mann«, rief Fatma al Entezami.

»Glauben Sie, man muss die Grammatik beherrschen, um mit einer Frau zu schlafen?«

»Siegfried, eine Ehe spielt sich nicht nur im Bett ab.«

»Adel ist ein hübscher Junge«, fuhr Mafalda Considerato träumerisch fort. »Sind Sie sicher, dass er Päderast ist?«

»Wie soll ich das wissen? Wenn ein Mann keine Lust auf eine Frau hat, gilt er gleich als Päderast.«

»In diesen Kreisen hat man nicht das Recht auf persönliche Gefühle«, bemerkte Mafalda Considerato.

»Persönliche Gefühle? Man hat nicht das Recht auf Gefühle überhaupt«, sagte Siegfried.

Mafalda Considerato erhob sich, weil sie eine Verabredung hatte. Siegfried stand ebenfalls auf. Da tauchte Prinzessin Noureddine auf. Sie und Fatma al Entezami umarmten sich. Die Prinzessin setzte sich auf den Stuhl von Mafalda Considerato und bestellte einen Eistee. Siegfried musste wieder Platz nehmen.

»Ich habe gehört, dass Sie die Herzen schöner Reisender brechen«, sagte die Prinzessin in ihrem singenden Französisch an Siegfried gewandt.

Siegfried musterte das blasse, immer noch schöne Gesicht der Prinzessin. Unwillkürlich musste er lächeln.

»Er ist ein Gentleman«, versicherte die Prinzessin. »Und er schweigt sich aus.«

»Nachrichten verbreiten sich wie ein Lauffeuer«, bemerkte Siegfried.

»Siegfried«, mischte sich Fatma al Entezami in herrischem Ton ein, »Sie müssen heiraten, ein junges Mädchen in Ihrem Alter.«

»Aber dieser junge Mann lebt doch nur für die Leidenschaft«, rief die Prinzessin. Ihre Emphase war mit Ironie gewürzt.

Nun erschien Sybilla Hammerley. Sie gab Siegfried die Hand. Seltsam zögerlich begrüßte sie die Prinzessin und Fatma al Entezami.

»Bitte setzen Sie sich«, forderte die Prinzessin sie auf. »Wissen Sie, Sie dürfen eigentlich nie wieder von Ägypten weggehen. Unser Klima tut Ihnen gut, Sie sind schöner als eine Rose.«

»Danke«, erwiderte Sybilla und warf der Prinzessin, Ismaïls Tante, einen misstrauischen Blick zu. Wusste sie etwas?

Seit einiger Zeit verdächtigte Sybilla fast jeden, den Grund für ihr Aufblühen zu kennen. Und jedes Mal, wenn sie sich mit Ismaïl traf, war sie von Angst erfüllt. Sie warf einen Blick auf ihre Armbanduhr: Es war kurz nach drei, um vier war sie mit ihm verabredet. Sie bestellte einen Eistee und wandte sich an Siegfried.

»Ihre Hellseherin ist wirklich außergewöhnlich. Charles denkt immer noch über den Sinn der Geschichte mit dem Granatapfel und den Orangen nach.« Da Siegfried schwieg, fuhr sie, an die beiden Frauen gewandt, fort: »Siegfried hat uns zu dieser Frau gebracht, ich meine, zu diesem Mann, der die Zukunft voraussagt. Und der Regisseur, der uns begleitet hat, erwägt, sein Drehbuch zu ändern und eine Szene seines Films bei ihm, beziehungsweise ihr, zu drehen. Wie hieß sie doch?«

»Sheikha Zahia«, sprang Fatma al Entezami ein.

»Mein Gott, wer will schon die Zukunft wissen?«, sagte die Prinzessin leise. »Man kennt nicht einmal die Gegenwart.« Sie ließ den Blick aus bernsteinfarbenen Augen auf Sybilla ruhen.

Sie weiß es, dachte Sybilla. Sie weiß es, aber woher?

»Sie kommen doch zum Ball, nicht wahr?«

»Ja, mein Mann hat bereits zugesagt.« Sybillas Französisch hatte einen starken englischen Akzent.

»Und haben Sie eine Schneiderin gefunden?«

»Eine Schneiderin?«, wiederholte Sybilla überrascht.

»Für das Kleid.«

Sybilla geriet allmählich aus der Fassung. Fatma al Entezami beobachtete die Szene schweigend.

»Für das Ballkleid«, erklärte die Prinzessin. »Unsere gute Salha ist vollkommen ausgebucht. Von hier bis zum anderen Ufer des Mittelmeers gibt es keinen einzigen Meter Stoff mehr. Zum Glück schickt mir Jean Dessès mein Kleid mit der Air France.«

Sybilla sah sich mit einem neuen Problem konfrontiert. Das Ballkleid. Darauf hatte sie bisher keinen einzigen Gedanken verschwendet.

»Ich nehme an, dass ich in Kairo ein Kleid finden werde«, murmelte sie schüchtern.

»Vielleicht haben Sie Glück. Aber lassen Sie sich nicht allzu viel Zeit.«

»Und wenn ich keins finde?«, fragte Sybilla plötzlich alarmiert.

»Dann muss ich Ihnen wohl eines von meinen leihen«, sagte die Prinzessin lachend und blickte Sybilla durchdringend an. »Wissen Sie, auch der König wird anwesend sein.«

Seltsam, Sybilla empfand diese Ankündigung als Drohung. Siegfried wirkte griesgrämig. Er war zu diesem berühmten Ball nicht eingeladen. Obwohl er sich sehr wohl bewusst war, dass er dort nichts verloren hatte – er war weder Diplomat noch Mitglied der königlichen Familie –, empfand er Bedauern.

»Und Sie?«, wandte sich die Prinzessin an Fatma, »kommen Sie?«

»Louis sagt, man müsste ihn auf der Bahre dorthin tragen«, erwiderte Fatma al Entezami.

Die Prinzessin lachte. Siegfried lächelte verhalten. Er wusste, dass Fatma al Entezami, obwohl sie die Tochter des ehemaligen Senatspräsidenten war, nicht eingeladen worden war. Weil sie mit einem Christen verheiratet war.

Sybilla warf erneut einen Blick auf ihre Armbanduhr. Es wurde Zeit, sich zu verabschieden. Sie hatte den ganzen Tag an nichts anderes gedacht als an ihr Rendezvous, und das ärgerte sie. Wir haben jetzt so oft miteinander geschlafen; ich sollte gelassener sein, dachte sie. Siegfried erhob sich.

»Haben Sie etwas von Margaret Hartnell gehört?«, fragte sie ihn leise.

Glaubte sie etwa, dass er der Geliebte der Schauspielerin war? Die Frage verblüffte ihn. »Sie hat mich vor ihrer Abreise kurz angerufen«, sagte er leidenschaftslos.

»Mich auch«, sagte Sybilla. »Ach ja, diese Künstler sind wirklich unberechenbar«, fügte sie hinzu.

Sybilla beschloss, die Allee zu Fuß entlangzugehen. Um diese Tageszeit war es dort fast menschenleer. Sie würde eine Abkürzung nehmen, wie sie es schon viele Male getan hatte. Dabei lief sie zwar Gefahr, von einem Gärtner gesehen zu werden, oder noch schlimmer, von einem Familienmitglied der Abu Sūns, aber eine andere Möglichkeit gab es nicht.

Die Tür zu Ismaïls Wohnung war angelehnt. Er trug Shorts, sein Oberkörper war nackt, und er ging barfuß. Kaum hatte sie die Tür hinter sich geschlossen, lag sie in seinen Armen und atmete mit jeder Pore den Duft seines Körpers ein, einen Duft animalischer Jugend. Er ist Gott Pan, dachte sie, während er sie mit der gleichen Leidenschaft wie die vorigen Male entkleidete. Er liebkoste sie dabei an ihren intimsten Stellen. Aber sie war heute so angespannt, dass sie das alles zuerst nicht in vollen Zügen genießen konnte. Dann aber gelang es ihr, sich in seinen Armen zu entspannen. »Dieser Mann ist wie eine Droge für mich.« Der Gedanke erschreckte sie. Bisher hatte sie so getan, als dulde sie seine Avancen lediglich. Mittlerweile aber kam sie ihm zuvor, drängte sich an ihn, tauchte ihren Finger in seinen feuchten Mund, erforschte seinen Körper, wie sie noch nie den Körper eines Mannes erforscht hatte. Sie warf sämtliche Hemmungen über Bord. Ismaïl reagierte darauf mit nur noch größerer Leidenschaft. Als sie erschöpft waren, nahm er sie in die Arme und flüsterte:

»I love you.«

Sie lachte und legte ihm die Hand auf den Mund.

»I love you«, wiederholte er unbeirrt.

»Wie willst du wissen, was Liebe ist, du Osiris?«, konterte sie. »Du liebst meinen Körper, du liebst den Sex.«

»Nein, dich liebe ich«, widersprach er zärtlich. Seine Hände, sein Mund und seine Augen, alles war wie warmer Honig.

Sybilla gestand sich ein, dass sie den Ägyptern bis jetzt jegliches Gefühl abgesprochen hatte, den Arabern, wie sie sie zu nennen pflegte. Sie hatte das bei den Europäern verbreitete Vorurteil verinnerlicht, dass diesen Leuten ein tiefes

Gemütsleben unbekannt war. »Sie gehen mit jemandem ins Bett und mehr nicht«, pflegte Chester Lamotte zu sagen. Und der wusste vermutlich, wovon er sprach.

»Ich will mich nach der Liebe nicht von dir trennen «, murmelte Ismaïl. »Ich will bei dir schlafen.«

»Das, dear boy, ist unmöglich«, erklärte Sybilla und löste sich aus seinen Armen. Ein Anflug von Panik erfasste sie. Da hatte sie sich auf eine komplizierte Beziehung eingelassen. Sie war nicht mehr frei. Und das Verhältnis zu beenden, würde bedeuten, auf die letzten Freuden zu verzichten, die sie noch genießen konnte. Auf ihr körperliches Erleben, auf Sex, auf ihre Jugend, auf das Leben überhaupt. Es wurde immer schwieriger, ihr Verhältnis geheim zu halten und Ismaïl davon zu überzeugen, die Heimlichkeit zu akzeptieren. Sie musste die Lage überdenken. Schnell warf sie einen Blick auf ihre Armbanduhr und verließ das Bett.

»Warum ist es unmöglich?«

»Hast du den Verstand verloren? Ich bin verheiratet.«

»Du könntest deinen Mann verlassen, du liebst ihn ja nicht.«

Sie stand neben dem Bett und schickte sich an, ins Bad zu gehen.

»Eine Ehe besteht nicht nur aus Sex«, sagte sie und suchte ihre Unterwäsche zusammen. »Ich bin an Charles gebunden.«

»Du schläfst schon lange nicht mehr mit ihm, das hast du ja selbst gesagt.«

»Deshalb bin ich trotzdem an ihn gebunden.«

»Du hängst an deiner gesellschaftlichen Stellung, daran, Lady Hammerley zu sein.«

Das war sicherlich richtig, aber es wäre ihr lieber gewesen, er hätte es nicht ausgesprochen. Sie wurde ungeduldig und schwankte, als sie ihn betrachtete. »Und was ist mit mir?« Er lag ausgestreckt auf dem Bett, verführerisch.

»Liebst du mich nicht?«

Die Situation erinnerte Sybilla an eine ähnliche Situation vor drei Jahren. Damals hatte sie eine Kurve übersehen, war auf der nassen Fahrbahn ins Schleudern geraten und mit ihrem Morris im Graben gelandet. Liebte sie ihn? Wenn ja, musste sie die Scheidung ins Auge fassen, und das stand nicht zur Debatte. Und wenn sie ihm sagte, dass sie ihn nicht liebte, würde sie ihn verlieren. Und das wäre schlimm. Was empfand sie denn für ihn? Sie konnte es nicht sagen. Der Begriff ›Illusion‹ drängte sich ihr auf. Sie nahm sich vor, im Notfall darauf zurückzugreifen. Dann ging sie ins Bad, zunehmend verstimmt. Sie wusch sich hastig, sie wollte schnell hier wegkommen.

»Frauen wie du geben sich einem Mann hin ohne Liebe?«, bemerkte er ungläubig.

Frauen wie du – der Ausdruck war unpassend.

»Die Ägypterinnen ebenfalls, habe ich mir sagen lassen«, erwiderte sie ausweichend und kämmte sich. Sie griff nach ihrer Handtasche, holte einen Spiegel heraus und frischte ihr Make-up auf.

»Auf jeden Fall hätte ich nicht so oft mit dir geschlafen, wenn ich dich nicht lieben würde. Und du?«

Oh Schreck, dachte sie. Nun saß sie in der Falle. Er hatte die Argumente, die sie gegen ihn ins Feld führen wollte, gegen sie selbst gewandt.

»Jemanden zu lieben, ist eine Sache, an einer Ehe festzuhalten, eine andere«, erklärte sie mit gespielter Geduld und versuchte, sich die Lippen korrekt zu schminken.

»Festhalten? An einer Komödie festhalten?«, erwiderte er ironisch. Er hatte die Lage erfasst.

»Es gibt eine Art psychologischer Treue, die du nicht zu verstehen scheinst«, fuhr sie fort.

»Warum sollte ich sie nicht verstehen können? Weil ich Araber bin?«

Sie musste sich schleunigst aus dem Staub machen, bevor es zu einer Szene kam. »Nein, weil du noch nie verheiratet warst und weil du ein Mann bist.«

»Und Charles Hammerley schläft aus psychologischer Treue mit jungen Männern?«

Im Spiegel sah sie, wie sie rot wurde. Und wie immer, wenn sie eine heftige Erregung verspürte, wurde ihre Nase fast weiß. Sie hatte lange Zeit geglaubt, Charles' kleines Geheimnis wäre bei ihr sicher. Nun wurde es von einem Fremden preisgegeben und sie zitterte, als ob sie eine Ohrfeige erhalten hätte. Sie atmete tief durch, wandte sich Ismaïl zu und sagte: »Ich wäre dir dankbar, wenn du keinen Unsinn über meinen Mann verbreiten würdest.«

»Ich verbreite keinen Unsinn, er selbst tut es.« Gelassen zündete er sich eine Zigarette an.

»Was für Dummheiten?«, fragte sie außer sich. Ihre Augen blitzten.

Er betrachtete sie einen Moment lang mitleidig, ja verächtlich. Sie hielt dem Blick stand, in der Rechten die lächerliche Waffe eines roten Lippenstifts schwenkend.

»Dein Gatte hat kurz vor unserer Begegnung versucht, mich zu verführen.«

»Du fantasierst.«

»Aber keineswegs. Es war im Duschraum des Schwimmbads.«

Sie erinnerte sich, dass Charles öfter im Schwimmbad des Clubs war.

»Das hast du bestimmt missverstanden«, sagte sie und verstaute ihren Lippenstift.

»Bestimmt nicht. Er hat sich mir eindeutig genähert und mein Glied berührt.«

Sie schwankte. Panik erfasste sie.

»Nun denn«, erwiderte sie gepresst und klappte den Verschluss ihrer Handtasche zu.

»Nun denn«, wiederholte er und erhob sich seufzend. »Eure eheliche Treue ist eine Komödie. Du könntest deinen Mann ohne weiteres verlassen.« Er zerdrückte die Zigarette im Aschenbecher.

›Und was war passiert, nachdem Charles seine Hand auf Ismaïls Penis gelegt hatte‹, fragte sie sich. Es wäre wirklich seltsam, wenn …

»Da hatte ich begriffen, dass ihr nicht miteinander schlaft. Dabei bist du so schön …«

Seine Worte wirkten wie eine kalte Dusche. »Woher nimmst du nur deine unglaubliche Dreistigkeit?«, fragte sie.

»Meine unglaubliche Dreistigkeit?« Er zuckte mit den Schultern. »Ich wusste eben, dass es in deinem Leben keinen Mann gibt.«

Sie schluckte. »Hör zu«, sagte sie dann, »in einer Ehe gibt es auch einen Gesellschaftsvertrag. Nämlich die moralische Verantwortung. Ich könnte Charles nicht verlassen, weil er versucht hat, untreu zu sein.«

Er warf ihr einen ironisch-skeptischen Blick zu.

»Es geht ja wohl nicht an, dass die Frau eines britischen Diplomaten die Scheidung verlangt, um die Gattin eines Muslims zu werden?«

»Nein«, erwiderte er, »es wäre tatsächlich höchst seltsam, wenn die Frau eines britischen Diplomaten bereit wäre, den Mann zu heiraten, mit dem sie sich so wunderbar im Bett versteht. Es ist viel normaler, ein Leben voller Heuchelei und Unlust zu führen.«

»Denk doch mal ein bisschen weiter«, bat sie leise. »Was würden deine Freunde, was würde deine Familie über mich sagen?«

Er schien nachzudenken. Sie hatte eine Lücke gefunden.

»Weder meine Freunde noch meine Familie würden etwas Nachteiliges über dich sagen. Sie sind menschliche Wesen, im Gegensatz zu dem, was du zu glauben scheinst.« Seine Stimme klang rau. »Und was mich betrifft«, fuhr er fort, »ich liebe dich.«

»Diese Unterhaltung ermüdet. Lass uns das Thema wechseln.«

Er war nackt und sie empfand eine Unruhe, die an Eifersucht erinnerte. Was, wenn sie hier in diesem Zimmer bald eine Nachfolgerin hätte?

»Gehst du auf den Ball von Prinzessin Zuleika?«, fragte er.

»Ich nehme an, dass ich gehen muss.«

»Der Gedanke scheint dich nicht zu reizen.«

»Nicht unbedingt. Ein langweiliger Empfang, wenig Amüsement.«

Ihre Nerven waren ohnehin zum Zerreißen gespannt. Sie fand es unfreundlich, dass er erneut Rauch in die Luft blies, spöttisch und herausfordernd. Sie stellte sich voller Panik vor, wie sie sich beim Ball begegneten. Aber dann beruhigte sie sich: Er war bestimmt nicht eingeladen, sonst hätte er es ihr gesagt.

»Ich muss jetzt gehen«, sagte sie schließlich.

Sie musterte ihn. Seine Miene war undurchdringlich. Gewöhnlich erhob er sich spontan, um sie zur Tür zu begleiten und sich zu vergewissern, dass die Allee verlassen dalag.

»Wärst du bitte so freundlich zu prüfen, ob der Weg frei ist?«, bat sie. Im Innern verfluchte sie die Heuchelei, die sie zu dieser Vorsichtsmaßnahme zwang.

Er stand auf, schlüpfte in seine Hose und ging barfuß auf die kleine gepflasterte Allee hinaus.

»Nichts«, sagte er lakonisch. Sie stand auf der Schwelle und erwartete seinen Abschiedskuss. Schließlich trat er auf sie zu und küsste sie auf den Nacken.

Unter den Blüten, die in der Nachmittagssonne rot leuchteten, ging sie bis zum Club und nahm dann ein Taxi. Kaum hatte sie darin Platz genommen, da wurde ihre Angst noch von einem weiteren Gedanken geschürt. Es war die Woche, in der ... Der Dattelsack, den sie auf ihrem Sattel finden würde und den die Sheikha Zahia vorausgesagt hatte, fiel ihr unvermittelt ein. Und wenn sie schwanger wäre? Schwanger. Ihre Verwirrung hatte den Höhepunkt erreicht. Die Blutung war überfällig. Zum ersten Mal. Angst schnürte ihr die Kehle zu.

11.

Die Kraft der Fantasiebilder

Allaaaaah ... Allahu akbar! Es war Freitag. Der Muezzin wiederholte den Ruf und zog ihn penetrant in die Länge. Die Anrufung Allahs duldete keinen Widerspruch: »Gott ist der Größte!« Seit dreizehn Jahrhunderten unterbrachen dieselben fünf Silben die Aktivitäten des Tages.

Der Obst- und Gemüsehändler vertraute das Geschäft seinem jüngsten Sohn an, schnappte sich den kleinen Teppich und trat zu den Gläubigen, die sich im Mittagsgebet gen Mekka neigten. Plötzlich waren die meisten Cafés wie ausgestorben. Der Metzger schloss seinen Laden. In der Muhammad-Ali-Straße, einer getreuen Nachbildung der rue de Rivoli in Paris und ebenfalls von Charles Garniet entworfen, schloss sich auch der Sarghändler den Gläubigen an. Er ließ seinen Laden allerdings offen, denn niemand würde die Dummheit begehen, einen Sarg zu stehlen. Der Sandalenhersteller übertrug die Arbeit seinem koptischen Angestellten.

Allaaaah...hu akbar!

Vom Delta bis zum Sudan gab es im Niltal keinen Flecken, wo der Ruf zum Freitagsgebet nicht gehört worden wäre. Die Europäer hatten eine Zeit lang geglaubt, sie könnten sich dieser bedrohlichen Gegenwart des Islams entziehen, indem sie in Wohngegenden wie Rodah, Zamalik, Garden City oder Heliopolis zogen. Doch vergeblich. Bald wurden auch hier Moscheen errichtet. Der Ruf drang bis an den Rand der Wüste. Und er erklang über der Villa Arsinoe.

Der Architekt, der diese Residenz entworfen hatte, hatte sicherlich die Kulisse von Aida an der Königlichen Oper in Kairo bewundert, die seit der Eröffnung des Suezkanals im Jahre 1869 stets dieselbe war. Davon sprachen die Details, die ein fantasievolles Ägypten heraufbeschworen, zum Beispiel die dicken Palmetten des üppigen Bogens über dem Hauptbalkon im ersten Stock sowie die ausgefallenen Wandpfeiler. Vielleicht hatte der Architekt aber auch von Venedig geträumt. Die Dreipassbögen schienen das anzudeuten.

Heliopolis, eine von belgischen Finanziers ermöglichte Enklave in der Wüste, hatte als Sammelbecken für exzentrische europäische Architekten gedient, die, bereits auf dem Schiff nach Alexandria, noch fragten, ob man in den Straßen Kairos Krokodile jagte. Der Vorsitzende der Heliopolis-Gesellschaft, Baron Empain, ließ sich eine Nachbildung der Tempelanlage von Angkor Wat anfertigen, welche die Besucher am Flughafen von Almaza in Erstaunen versetzte.

Die Ästhetik litt gelegentlich unter den Freiheitsexzessen der Erbauer. Das galt auch für die Villa Arsinoe. »Eine ergreifende Schauerlichkeit«, hatte Lord Westbury, der eines Tages zum Tee eingeladen worden war, sie genannt.

Nadia erinnerte sich lächelnd an die Verachtung des Engländers. Sie stieg aus der Metro, die sie täglich nach Heliopolis brachte, und näherte sich dem Haus in der Scott-Moncrieff-Straße. Dort erblickte sie voller Überraschung einen Strohhut, der sich wie von allein über der Ligusterhecke zu bewegen schien. Plötzlich hob sich der Hut und Nadia erkannte das Gesicht ihrer Schwester Soussou. Als sie näher kam, sah sie, dass Soussou im Garten Rosen schnitt. Sie wirkte tatsächlich wie eine Engländerin, dachte Nadia und stieß das Gartentor auf. Soussou reagierte auf die herzlichen Grußworte, indem sie den Strohhut lüftete.

»Ich hatte die Rosen nicht weit genug zurückgeschnitten«, sagte Soussou.

Nadia betrachtete einen Moment lang die elfenbeinfarbenen Lady Banks, die sich mit Black Velvet abwechselten. Seltsam, diese plötzliche Vorliebe der Schwester für Rosen. Dann ging sie die Treppe zur Vorhalle hinauf und verschwand im kühlen Schatten des Hauses. Die Gerüche, die aus der Küche drangen, verrieten ihr das Gericht des Tages: Auberginenragout mit Lammfleisch.

Sie ging in die Küche hinunter. Morcos, der Koch, schnitt gerade Knoblauchzehen. Er wandte ihr sein schmales Gesicht zu und lächelte.

»Funktioniert der Boiler?«, fragte sie.

Er legte das Messer zur Seite. »Du bist jetzt ein großes Mädchen und kannst ihn allein anmachen.«

»Ich habe aber Angst«, gestand sie.

Es war tatsächlich gefährlich, diesen Boiler anzuzünden, und es erforderte viel Kraft. Wenn man den zwölfflammigen Brenner zu sehr aufpumpte, explodierte er. Und wenn er einmal in Gang war, gab er Geräusche von sich wie ein schnaubender Drache.

Nadia ging mit Morcos hinauf, als Soussou aus dem Garten kam und bat: »Nadia, lass mich zuerst ein Bad nehmen, ich werde in einer Stunde abgeholt.«

Der leicht gebieterische Ton überraschte Nadia. Wenn ihre Schwester in einem solchen Ton sprach, war es dringlich. Nadia hatte den Eindruck, dass sich Soussou in der letzten Zeit unmerklich verändert hatte. Sie ging viel aufrechter. Aber vielleicht schien es auch nur so.

»Ich gehe zur indischen Botschaft«, erklärte Soussou.

Die Eingangstür öffnete sich, und die imposante Erscheinung von Richter Murad Abd al-Massih erschien.

»Hi, daddy«, rief Soussou und wandte sich um.

»Hi«, erwiderte der Richter ernst. Er schaltete das Licht an, ein antikes Accessoire, das aussah wie eine umgekehrte Teetasse. Eine aus Glas gefertigte Glocke verströmte in der Diele gelbliches Licht.

»Hi, daddy«, wiederholte Nadia. Sie und ihre Schwester hatten ihren Vater immer Daddy genannt, aber das ›hi‹ von Soussou hatte britischer geklungen als sonst. Sie gab ihrem Vater einen Kuss. Er murmelte etwas unter seinem grauen Schnurrbart und tätschelte seiner Jüngsten die Wange.

Als Nadia schließlich ins Bad ging, war Soussou bereits gegangen. Die Luft war noch erfüllt von ihrem Parfüm, das leicht nach Jasmin duftete.

Das Abendessen verlief recht monoton. Madame Abd al Massih litt unter Migräne, was ihr ein noch kummervolleres Aussehen verlieh. Der Richter schien Sorgen zu haben.

»Du hast uns noch gar nicht erzählt, wie es gestern in der Oper war«, wandte er sich an Nadia. »Was hat man gegeben?«

»La Traviata.«

»Ah, die Fehlgeleitete. Weißt du, ›traviata‹ bedeutet nämlich die Fehlgeleitete«, bemerkte der Richter sarkastisch. »Ich verstehe nicht, warum man die Geschichte eines solchen Geschöpfes vertont hat.«

»Die Geschichte ist moralisch einwandfrei, und sie endet schlecht für La Traviata«, erwiderte Nadia geduldig. »Außerdem waren die Sänger sehr gut.«

»Ja, die Kunst lässt alles gelten, sogar die Unmoral.« Der Herr Richter war heute wirklich sehr kritisch. »Du bist spät heimgekommen.«

»Wir haben danach noch Kuchen gegessen, aber dann bin ich sofort nach Hause gegangen«, erklärte Nadia aufgeregt.

»Wir? Wer ist das, wir?«

»Natascha Starivetsky, ihr Bruder Aldo Colestazzi und ich.«

Das mit dem Kuchen war erfunden: Nadia war eine Stunde bei Aldo gewesen.

»Soll das heißen, dass du dich von diesem Colestazzi aushalten lässt?«

»Aushalten«, rief Nadia lachend und zuckte die Achseln. »Es ging nur um ein bisschen Kuchen.«

»Um ein bisschen Kuchen und die Opernkarte. Und um was weiß der Himmel noch.«

»Ich sehe darin nichts Unrechtes«, mischte sich Madame Abd al Massih ein. »Nadia kann schließlich nicht immer zu Hause sitzen.«

»Stattdessen geht sie mit einem maltesischen Juden aus. Und mit einer Jüdin. Gut, wir sprechen später darüber.«

Er faltete seine Serviette entschlossen zusammen, erhob sich und zog sich in sein Arbeitszimmer zurück.

»Er hat Sorgen«, sagte Nadias Mutter, die ein sicheres Gespür hatte. »Und es stimmt, du bist viel mit diesem Colestazzi zusammen.«

»Na und?«, bemerkte Nadia wütend.

»Er ist Malteser.«

»Die Malteser sind auch Menschen.«

»Ja, aber er ist Malteser und obendrein Jude«, setzte Grace Abd al Massih hinzu.

»Er ist liebenswürdig, gut erzogen und reich.«

»Ja, aber ...«

»Was aber!«

»Er ist Malteser. Außerdem muss Soussou als Erste heiraten.«

Offensichtlich waren Nadias Treffen mit Aldo bei den Eltern bereits Anlass zu Analysen und Kommentaren gewesen. Und sie hatten Einwände. ›Bah, ich pfeife darauf‹, sagte Nadia sich, aß ein paar Datteln und ging hinauf in ihr Zimmer. Vom Fenster aus sah sie auf die leere Straße. Sie verglich sich mit einer Gefangenen in einem Verlies. Mit zwei Hunden, die ihre Jungfräulichkeit bewachten. Ihre Jungfräulichkeit, ha! Die gehörte ihr. Sie würde entscheiden, was damit geschehen würde, niemand sonst. Sie war im Territorium schrecklicher Spießbürger gefangen. Was für eine Schnapsidee, in Heliopolis zu wohnen. Die Fahrt in der Metro war so kompliziert wie eine Fahrt in der transsibirischen Eisenbahn und das Taxi in die Stadt kostete ein Vermögen. Wenn sie in Zamalik, Garden City oder Rodah gewohnt hätten. Aber nein.

Zum ersten Mal in ihrem Leben erkannte Nadia ihre Lage. Sie war das Eigentum ihrer Eltern. Mit Haut und Haar. Die Vorstellung erschien ihr unerträglich. Sie würde sich durch eine Heirat befreien. Durch die Heirat mit Aldo. Aber wie sollte sie das anstellen? Sie konnte keinen Juden heiraten, damit würde sie bewusst die Apokalypse heraufbeschwören. Sie verjagte diesen unangenehmen Gedanken. Wenn sie erst mal Madame Colestazzi wäre, würde sie viele Reisen unternehmen, nach Europa, Amerika, Paris, London, Rom ... Ja, vor allem nach Rom. Sie würden ihre Hochzeitsreise nach Rom machen. Sie griff sich einen Roman von Evelyn Waugh, dem Lieblingsautor ihrer Schwester, legte sich ins Bett und dachte an Aldo. Bald schlief sie ein, zornig und verliebt.

Ein klapperndes Geräusch auf dem Fußboden und das Knarren der Tür weckten sie. Soussous Absätze. Sie stand auf und klopfte bei ihrer Schwester an der Tür. Soussou öffnete und Nadia war verblüfft. Sie hatte nicht mitbekommen, welche Metamorphose ihre Schwester durchgemacht war. Sie hatte nicht gewusst, wie schön sie war. Da stand sie in ihrem blauen engen Abendkleid aus Seide, mit den schimmernden Pailletten und der Goldkette mit Granatsteinen, die ihren gebräunten Teint betonten. Soussou schien aus einer anderen Welt zu kommen, aus der Welt feenhafter Eleganz, die Nadia nur aus Zeitschriften kannte. Sie hatte auf die Opernloge, wo die kaiserlichen Prinzessinnen thronten, nur flüchtige Blicke geworfen. Das war eine ganz andere Welt, ohne Knoblauchgerüche in den Gängen. Hier waren die Frauen schön, mit Perlen und Diamanten behangen, parfümiert und voller Zauber. Nadia konnte den Blick nicht von Soussou wenden. Sie bewunderte die gepuderten Schultern und die kunstvolle Frisur, in die Haarbänder à l'anglaise geflochten waren. Soussou hatte sich auch den zarten Flaum über ihrer Oberlippe entfernt. Ihr Gesicht wirkte wie ein kleines Kunstwerk der Pharaonenkunst. Nadia schloss die Augen und rief: »Wie schön du bist!«

Am liebsten hätte sie Soussou in die Arme genommen, aber sie war seltsam eingeschüchtert. Das lag sicherlich an dem Blick ihrer Schwester. Sie schien gerührt, war aber gleichzeitig unmerklich distanziert. Es fiel Nadia schwer, das Bild der bescheidenen, zuvorkommenden Soussou mit dieser jungen Frau zu vereinen, deren Dekolleté zum ersten Mal gewagter war als sonst. Und Soussou hatte prächtige Brüste, wie geschaffen für die Blicke eines Mannes. Soussou nahm die Bewunderung der Schwester wie eine Herausforderung entgegen. Vielleicht blitzte sogar ein Funken Zynismus in ihren Augen.

»Wie hast du das gemacht?«, fragte Nadia naiv.

»Salha hat Wunder gewirkt«, räumte Soussou ein und legte ihre Kette ab.

»Und die Schuhe?«

»Der Armenier hat mir ein Pfund abgenommen, um sie so zu verzieren. Es waren meine weißen Lackschuhe.«

Nadia seufzte, hob die Arme und drehte sich langsam im

Kreis. »Das ist großartig. Du bist so schön wie eine Prinzessin.«

Soussou schlüpfte aus ihren Schuhen, aber selbst barfuß war sie nicht mehr die Soussou von früher.

»Bitte hilf mir, das Oberteil aufzuknöpfen«, bat Soussou.

»Am liebsten würde ich Daddy wecken, damit er dich so sehen kann.«

»Er wird mich bald in weiteren Abendroben sehen«, versetzte Soussou.

Nadia horchte auf.

»In weiteren …? Bald?«

Doch Soussou schwieg und konzentrierte sich darauf, sich aus ihrer Abendrobe zu schälen. Dann ging sie ins Bad. Nach einer Weile kam sie im Nachthemd heraus und legte sich ins Bett. Nadia beschloss, sie geradeheraus zu fragen.

»Du sagst mir nicht alles. Es gibt bestimmt einen Grund, weshalb du dich so schön gemacht hast.«

»Ja«, erwiderte Soussou lakonisch und zündete sich eine Zigarette an. »Ich war auf dem besten Weg, mich zu einem dieser Mädchen zu entwickeln, bei denen man sich fragt, ob sie wohl noch jemanden finden, der kurzsichtig genug ist, sie zu heiraten. Mehr nicht.«

»Und?«, hakte Nadia nach.

»Es gibt jemanden, der nicht kurzsichtig ist.«

»Soussou!«, rief Nadia fröhlich.

»Du weckst noch das ganze Haus auf.«

Nadia warf einen Blick auf die Wanduhr über dem Bett und stieß einen Schrei aus:

»Es ist ja schon drei Uhr!«

»Ja, drei Uhr morgens. Eine unerhörte Zeit für die kleine Soussou Abd al Massih. Die heute Abend im Rolls Royce heimgefahren wurde.«

»Oh, ich werd verrückt«, stieß Nadia hervor. »Im Rolls

Royce! Jetzt bekomme ich die ganze Nacht kein Auge mehr zu!«

»Oh doch. Du gehst jetzt schlafen. Ich erzähle es dir ein andermal.«

»Ich gehe erst, wenn du mir verraten hast, was für einen tollen Verehrer du hast.«

»Ich habe ganz vergessen, mich abzuschminken«, sagte Soussou unvermittelt.

Sie kletterte aus dem Bett, setzte sich vor die Frisierkommode und verteilte Reinigungsmilch auf dem Gesicht. Ihr Ausdruck war ungewohnt. Sie betrachtete sich im Spiegel und sagte schließlich: »Es ist kein toller Mann. Es gibt keine tollen Männer.«

Mit ihrer weißen Maske und ihren kajalumrandeten Augen glich sie plötzlich einer Pythia.

»Es gibt nur reiche Männer«, erklärte sie und warf ihrer Schwester einen durchdringenden Blick zu. Nadia blickte so verwirrt wie ein Kind, dem man ein Weihnachtsgeschenk gibt und gleichzeitig erklärt, dass es keinen Weihnachtsmann gibt. Soussou nahm ein Kleenex und reinigte sich sorgfältig das Gesicht. »Ich weiß, das kommt dir rätselhaft vor, ist es aber nicht. Mein Verehrer ist ein Maharadscha.«

»Oh, Soussou«, stöhnte Nadia. Sie sah vor sich das reiche und das arme Indien. Dabei gewann die Macht der angenehmen Fantasmen natürlich die Überhand.

»Er ist fettleibig, zuckerkrank und vermutlich impotent«, fuhr Soussou fort. »Seine Mutter verlangt, dass er heiratet, denn er braucht eine Maharani an seiner Seite. Und er meint, ich sollte das sein. Nun ist nur die Frage, ob seine Mutter eine Ausländerin akzeptiert. Wie du siehst, ist noch nichts geklärt. Und wenn es geklärt ist, steht die Kinderfrage an. Der Himmel weiß, wie das geregelt werden soll.«

»Das klingt alles sehr unwirklich«, sagte Nadia, in einen Sessel gelümmelt. Sie gähnte.

»Geh schlafen. Daran ist nichts Unwirkliches. Nur ein armes Mädchen akzeptiert eine solche Situation. Und falls die Maharani mich akzeptiert und vor der Hochzeit stirbt, entschließt sich Vindra vielleicht sogar, allein zu bleiben. Du kannst also ruhig schlafen gehen.«

Nadia lag im Bett und versuchte vergeblich, sich die Lage ihrer Schwester vorzustellen. Sie hatte eine ähnliche Empfindung wie damals bei der Lektüre von ›Geblendet in Gaza‹, dem Roman von Aldous Huxley. Sie hatte das Buch erst beim zweiten Lesen verstanden. Plötzlich sah sie ein Foto ihrer Eltern am Tag von Soussous Hochzeit in einem ovalen Rahmen vor sich. Mit diesem Bild schlief sie ein.

12.
Geheimnisse und Resedablüten

»Die Revolution ist vergleichbar mit einem Phallus«, erklärte Lutfi al Istambuli, in einer Hand einen Whisky mit Soda, in der anderen eine Zigarette. Lutfi machte es sich in einem Queen-Anne-Sessel bequem. Auf einem Beistelltisch stapelten sich Zeitschriften.

Louis Hanafi quittierte diesen unwiderlegbaren Kernsatz mit amüsiertem Glucksen.

»Lutfi, keine Obszönitäten in meinem Haus«, rief Fatama al Entezami und spielte die Entrüstete.

Diese Worte passten allerdings schlecht zu der im viktorianischen Stil gehaltenen Einrichtung: Mahagonimöbel und Fransenvorhänge. Fatma al Entezami und ihr Gatte hatten Lutfi und seinen Landsmann Suki Marrani eingeladen, weil sie gerade Besuch von einem französischen Philosophen hatten. Raymond Doucet war Spezialist für Hegel. Er hatte den Wunsch geäußert, ägyptische Revolutionäre kennen zu lernen, und Hanafi hatte beschlossen, ihn mit Al Istambuli bekannt zu machen. Trotz polizeilicher Schikanen hatten beide anderthalb Jahre lang das seltsame marxistisch-trotzkistische Blatt ›Der Frühling der Nation‹ auf Arabisch herausgebracht.

Doucet lauschte, verwirrt von der Heftigkeit und Schärfe des ägyptischen Französisch. Man benutzte die gleiche

Grammatik und die gleichen Worte, aber der Ausdruck war anders, vielleicht sogar die Gedanken.

»So leicht lasse ich mir das Wort nicht nehmen«, wehrte sich Lutfi. »Der Phallus ist nicht obszöner als die Revolution. Er ist eine Tatsache. Deshalb haben alle bisherigen Regime versucht, den Phallus zu domestizieren, denn er steht für die Revolution schlechthin, die nicht versklavt werden kann.«

»Und das weibliche Geschlecht?«, fragte Suki Marrani.

»Wir leben in patriarchalischen Gesellschaften. Der Phallus allein zählt, ihn muss man sich unterwerfen. Alle großen Religionen haben sich bemüht, ihn zu unterjochen. Das weibliche Geschlecht symbolisiert die Befriedigung, das männliche die Nichtbefriedigung, also die Revolution.«

»Aber es hat doch auch revolutionäre Frauen gegeben«, bemerkte Fatma al Entezami.

»Ich erwarte eine Beschreibung des Sexuallebens von Louise Michel und Rosa Luxemburg, um mir darüber eine Meinung zu bilden.«

»Und welche Schlussfolgerung ziehen Sie?«, fragte Doucet.

»Dass es früher oder später in Ägypten eine Revolution geben wird. Nach der herrschenden Meinung verhalten sich die Europäer äußerst zügellos und leben ihre sexuellen Triebe aus, das Volk dagegen nicht. Die Europäer müssen das Land verlassen, damit die Ägypter ebenfalls zu ihrer natürlichen Lust zurückfinden können. Ferner hat das Volk das Gefühl, dass Ägypten von England beherrscht, ja unterdrückt wird. Da sich Ägypten eine männliche Identität zuspricht, bedeutet das, dass ...«

»Lutfi, Sie wissen ja nicht, was Sie da sagen«, rief Fatma al Entezami. »Sie sind ein Fanatiker.«

Lutfi al Istambuli tat, als habe er nicht gehört, und fuhr fort: »Am Suezkanal befindet sich eine englische Garnison.

Es wird einen Aufstand gegen die Engländer geben, eine Revolution. Die Monarchie, die die Europäer schützt, wird gestürzt.«

»Sie behaupten, die Ägypter hätten keine Lust am Sex, aber das Wachstum Ägyptens ist beachtlich, wenn nicht gar alarmierend«, bemerkte Doucet. »Wie erklären Sie sich das?«

»Ich habe von der Fiktion gesprochen, nicht von der Realität«, konterte Lutfi. »Ein einfacher Ägypter heiratet aber das Mädchen aus seinem Dorf, das man für ihn ausgesucht hat. Ein geliebtes Wesen gibt es für ihn nicht. Umgekehrt genauso: Das Mädchen heiratet den Mann, den man für sie vorgesehen hat. Sie darf nicht nach ihrem Gefühlen wählen. Das sind keine freien Individuen. In einer Sklavengesellschaft erlebt man alles nur physisch. Und wenn Sie Ägypten so gründlich kennen würden wie ein Araber, wenn Sie die einfachen Leute kennen würden, müssten Sie verstehen, dass so etwas wie Liebe im westlichen Verständnis hier nicht existiert. Das ist eine Fiktion, ein Luxus für Reiche und für Ausländer.«

Louis Hanafi schüttelte den Kopf.

»In Wirklichkeit ist genau das Gegenteil der Fall. Die Europäer sind diejenigen, die sich nicht der Lust hingeben.«

»Was verstehen Sie unter ›Europäer‹?«, wollte Doucet wissen.

»Die Bewohner von Kolonien, in denen man keine zwei Worte Arabisch beherrscht«, erwiderte Lutfi. »Und die seit der Errichtung des englischen Protektorats im Land sind. Ungefähr seit einem Jahrhundert leben dort Griechen, Italiener, Franzosen, Malteser, Libanesen und Syrer, Engländer und Juden. Wussten Sie, dass es dort auch Deutsche und Russen gibt? Deutsche, die vor dem Naziregime geflohen sind, und Weißrussen. All diese Menschen haben ihre eigene Rechtsprechung und können keine Zeile Arabisch lesen.

Sie sind hier geboren, besitzen aber nicht mal die Höflichkeit, die Landessprache zu lernen.«

»Und sie vögeln nicht?«

»Sie vögeln nicht«, bestätigte Lutfi. »Aber sie leben in der Realität.«

»Wie das?«, wollte Doucet wissen.

Jetzt mischte sich Suki Marrani ein. »Diese Kolonien sind strengen Regeln unterworfen, vor allem religiösen. Es gibt keine Mischehen. Ein Armenier kann beispielsweise keine Griechin heiraten. Und natürlich heiratet ein Armenier keine Jüdin, und ein katholischer Kopte heiratet keine orthodoxe Koptin.«

»Die Kopten sind also Ägypter?«, fragte Doucet.

»Ja, aber gleichzeitig sind sie Christen. Sie bilden eine eigene Gemeinschaft. Wenn man Dates hat, wie man zu sagen pflegt, mischen sich die Familien sofort ein, um die Heirat zu unterbinden.«

Doucet warf Louis Hanafi einen fragenden Blick zu.

»Um Fatma heiraten zu können, bin ich zum Islam übergetreten«, sagte Hanafi leise. Es klang wie das Geständnis, dass er Krebs habe.

Nun herrschte kurzes Schweigen. Lutfi al Istambuli starrte in sein leeres Glas. Hanafi griff nach dem Whisky, um nachzuschenken.

»Das Ergebnis ist«, fuhr Lutfi fort, »dass auf der einen Seite wirklich gevögelt wird. Mit dem Körper, nicht in der Fantasie. Und auf der anderen Seite wird in der Fantasie gevögelt, aber nicht mit dem Körper. Im Augenblick ist dieses Land vom Sex beherrscht. Und die europäische Gesellschaft, dieses Erbe des Kolonialismus, widmet sich in ihrer Freizeit hauptsächlich der Masturbation.«

»Sie brauchen nur zu heiraten«, rief Fatma al Entezami lachend.

»Wen denn?«, konterte Lutfi. »Ich bin ein Gespenst, ich

existiere nicht. Für die ägyptisch-muslimische Gesellschaft bin ich ein Muslim, der das Gesetz der Scharia nicht anerkennt, und damit eine Art Ungläubiger. Für die Europäerinnen bin ich keine gute Partie, weil ich arm und außerdem Muslim bin. Und dass ich Revolutionär bin, verbietet mir jegliche Heirat von vornherein.«

»Er hat Recht«, mischte sich Suki Marrani ein. »Selbst ich, der ich kein Revolutionär bin, ...«

»Sie verbringen Ihr Leben in den Bordellen«, rief Fatma al Entezami. »Erstaunlich, dass Sie noch keine Syphilis haben.«

»Die Präservative ...«, bemerkte Suki Marrani.

»Diese Unterhaltung wird allmählich geschmacklos.« Fatma al Entezami war jetzt wirklich entrüstet.

Lutfi warf ihr einen ironischen Blick zu. Louis Hanafi wirkte nachdenklich. »Die Revolution widerspricht eben dem guten Geschmack«, sagte er schließlich leise.

Doucet warf einen Blick auf seine Armbanduhr, erhob und verabschiedete sich. Lutfi al Istambuli und Suki Marrani folgten seinem Beispiel.

Die drei suchten ein Taxi, fanden jedoch keines und legten einen Teil des Weges zu Fuß zurück.

»Verzeihen Sie meine Neugier, ja Indiskretion, aber ich wundere mich, dass Hanafi Fatma al Entezami geheiratet hat«, sagte Doucet.

»Louis hat die Revolution aufgegeben«, antwortete Lutfi. »Er meint, sie habe heute eher einen religiösen Anstrich als einen politischen. Haben Sie Aristoteles gelesen?«

Doucet gluckste. Es amüsierte ihn, in einer ägyptischen Sommernacht den Namen Aristoteles zu hören ...

»Hat sich Aristoteles zur Revolution geäußert?«

»Nein«, erwiderte Lutfi. »Er sagte, die Menschen würden sich ganz schön verkünsteln, um herauszufinden, was sie wollen. Die Menschen kümmern sich nicht um die Realität, sie wollen einen Mythos. Und in der Politik gibt es nur einen Mythos, nämlich den Nationalismus, der seinen Ursprung letztendlich in der Theologie hat. Fügen Sie dem Nationalismus noch den Islam hinzu, dann erhalten Sie eine explosive Mischung.«

Lutfis Zigarette zitterte wie ein Seismograph.

»Kurzum, es wird nicht nur eine Revolution geben. Und wenn es so weit ist, möchte Louis nicht hineingezogen werden. Fatma hat aber unter Louis' politische Vergangenheit einen Schlussstrich gezogen. Sie hasst Revolutionäre. Für sie sind es schlecht gekleidete Männer mit ebenso schlechten Manieren wie ich.«

»Aber ich habe sie für Victor Serge schwärmen hören«, wandte Doucet ein.

»Sie bewundert an ihm den Romantiker, der immer in Schwarz gekleidet ist. Ich bezweifle, dass sie je etwas von ihm gelesen hat. Außerdem ist Serge tot.«

»Aber warum hat sie Louis geheiratet?«

»Nach Taha Hussein, dem Tolstoi der Nation, ist Louis als Intellektueller im Ausland am bekanntesten. Trotz seiner trotzkistischen Vergangenheit ist er auch bei vielen arabischen Intellektuellen sehr angesehen.« Er machte eine Pause, ehe er fortfuhr. »Er glaubt, er kann die politische Revolution durch eine poetische ersetzen. Lautréamont ist für ihn wichtiger als Engels.«

»Sie haben meine Frage nicht beantwortet. Warum hat er sie geheiratet? Ich weiß, dass sie reich ist, aber ich glaube, Hanafis Familie ist ebenfalls recht wohlhabend.«

Lutfi überlegte einen Augenblick.

»Louis hat Fatma bestimmt nicht des Geldes wegen geheiratet. Ich fürchte, um Ihre Frage zu beantworten, muss ich eine Indiskretion begehen. Louis hat auf die Sexualität verzichtet. Sie ist für ihn eine Art Fantasma. Und Fatma ist sexuell nicht anziehend. In Louis' Leben gibt es ein Geheimnis. Ich glaube, ich bin der Einzige, der es kennt.«

Sie kamen an einer Resedahecke vorbei. Der betörende Duft brachte ihre Unterhaltung ins Stocken. Jeder hing seinen Gedanken nach. Dann griff Doucet den Faden wieder auf. »Sie und Louis sind eng befreundet, nicht wahr?«

»Wir sind wie Brüder. Obwohl er Christ ist und ich Muslim bin. Und trotz des Altersunterschieds von beinahe fünfzehn Jahren. Daran wird auch Fatma nichts ändern.«

»Er hat voller Bewunderung und Zuneigung von Ihnen gesprochen«, murmelte Doucet.

»Bewunderung und Zuneigung beruhen auf Gegenseitigkeit.«

Sie waren am Nilufer angelangt.

»Monsieur Doucet«, begann Lutfi. Der Franzose wandte sich nach ihm um. »Monsieur Doucet, sehen Sie sich diesen Fluss an.«

Doucet warf einen Blick auf den Nil. Banyanbäume und Sykomoren säumten das Ufer, an dem Spaziergänger entlangschlenderten.

»Was Sie hier sehen ist die Newa.«

»Wollen Sie damit sagen, dass wir in St. Petersburg sind?«

»Fast. Aber es ist noch viel komplizierter. Der Orient ist immer komplizierter. Ägypten gleicht im Augenblick auch den Südstaaten Amerikas vor dem Bürgerkrieg. Wir sind hier gewissermaßen extrem im Süden. Stellen Sie sich vor, wie die Newa nach Atlanta fließt.«

Vor dem ›Hotel Semiramis‹ fanden sie ein Taxi. Der gemeinsame Abend war beendet. Auf dem Rückweg war Doucet nachdenklich. Suki Marrani hatte kaum ein Wort gesprochen. Die letzten Straßenbahnen quietschten auf den Schienen wie trunkene Orchestergeigen. Als Doucet bei seiner bescheidenen Pension angelangt war, entkleidete er sich. Barfuß und nur im Slip setzte er sich an den Schreibtisch. Er schrieb:

Eine eigenartige Gesellschaft. Niemand scheint einer geregelten Tätigkeit nachzugehen. Man kann nur hoffen, dass es auch Steinmetze, Installateure und Zahnärzte gibt. Seit meiner Ankunft vor drei Tagen habe ich nur Nutznießer mysteriöser Privilegien getroffen. Diese Privilegien verhelfen ihnen zu Wohnungen, zu einem Auto. Sind das alles Grundbesitzer? Einige arbeiten morgens, halten Siesta, kehren erst um vier Uhr ins Büro zurück und gehen um sechs, um sich auf abendliche Feste vorzubereiten. Die Revolutionäre wollen keine Revolution und die Gegenrevolutionäre träumen von Reisen nach Europa. Welche Identität haben sie?

Eines ist sicher: Viele, zum Beispiel Lutfi al Istambuli, verkünden den Sturz der Monarchie und die Revolution. Diese Vorhersage scheint mir fundiert.

13.

Die Einladung

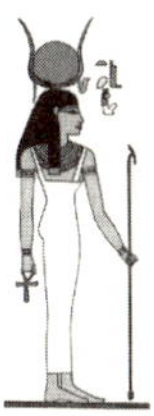

»Meine Tante erwartet mich«, sagte Ismaïl zum Majordomus im schwarzweiß gestreiften Seidenkaftan.

»Ich werde Ihre Hoheit benachrichtigen.«

Ismaïls Onkel väterlicherseits, der schöne Saif, hatte die Schwester von Prinz Noureddine geheiratet. Durch diese Ehe erlangte Ismaïl, von der Familie »Mily« genannt, den Rang eines kaiserlichen Stiefsohns, dem man nichts abschlagen konnte. Aber Ismaïl forderte nie irgendwelche Privilegien, er erhielt lediglich von seinem Vater Geld. Doch an diesem Sonntag wollte er seine Tante um einen Gefallen bitten. Er hatte sie angerufen und sie hatte ihn sofort eingeladen.

Sie empfing ihn im schmuckreichen Salon: gelbe Tapeten mit blühenden Kirschbäumen und bunten Vögeln, vergoldeten Diwanen und Sesseln, Konsolen mit Silber und Kristall aus Böhmen. Salha, die Schneiderin der Prinzessinnen, und zwei weitere Damen verschlangen Ismaïl mit ihren Blicken. Bei reiferen Damen erweckte Ismaïl alle möglichen begehrlichen Gefühle, direkte oder indirekte: Wenn sie seine Gunst nicht selbst erringen konnten, wollten sie ihn wenigstens mit einer Jungfrau in ihrer Familie verkuppeln.

Er küsste seiner Tante die Hand und sagte, er wolle sie unter vier Augen sprechen.

»Es ist also wichtig«, erwiderte sie verschwörerisch und führte ihn in eine Nische des Salons.

»Tante«, begann Ismaïl und bedachte sie mit einem Blick, dem sie bestimmt nicht widerstehen konnte. »Ich wünsche mir eine Einladung zum Ball.«

Sie lächelte. »Dann geht es wohl um eine Frau.«

Er lachte und schüttelte den Kopf. Nein, er würde nichts verraten.

»Also um eine verheiratete Frau. Um eine Frau, der du imponieren möchtest, die nicht genau weiß, wer du bist und wer zum Ball eingeladen wird. Es geht um eine Ausländerin.« Sie betrachtete ihre Hände. »Es geht um Sybilla Hammerley, nicht wahr?«

Er errötete und senkte den Blick. »Woher weißt du das?«

Sie seufzte. »Sie streift hier in letzter Zeit häufig zu Fuß herum. Und ich habe gesehen, wie sie dich angesehen hat. Hoffentlich ist es nicht mehr als ein Flirt.«

»Wie du willst.«

»Es ist unklug von dir. Du wirst den armen Charles Hammerley in Schwierigkeiten bringen, wenn du es nicht bereits getan hast. Jedenfalls erinnere ich dich daran, dass Zuleika großen Wert aufs Protokoll legt, zumal der König teilnehmen wird.« Sie dachte kurz nach. »Gut, ich bitte um eine Einladung für dich. Smoking ist Pflicht. Komm zuerst hierher, wir fahren dann gemeinsam mit Saif.«

Er nahm ihre Hände und küsste sie. Sie schloss die Augen und murmelte: »Oh, diese glückliche Unglückliche!«

Am nächsten Tag stellte ein Sonderbote Ismaïl die Einladung zu. Sybilla sagte er kein Wort davon.

Eine ähnliche Karte, mit königlichem Wappen auf dem Umschlag, wurde eines Morgens durch Sonderboten in die Scott-Moncrief-Straße in Heliopolis gebracht, in das Haus von Abd al Massih.

Der Richter holte die Morgenpost aus dem Kasten und verteilte sie. Auch auf diese Weise übte er Kontrolle über seine Familie aus. Stirnrunzelnd betrachtete er das große Kuvert, das an seine älteste Tochter gerichtet war. Er wartete nicht einmal das Frühstück ab, sondern rief Soussou von der Treppe aus mit einer Stimme, die das Blut in den Adern gefrieren ließ. Aber statt Soussou erschien Nadia und erklärte, Soussou sei noch im Bad.

Als Soussou dann den Vater mit dem Kuvert in der Hand sah, auf dem es golden funkelte, wusste sie Bescheid. Sie holte tief Luft und ging gelassen die Treppe hinunter. Unten erwartete er sie im Morgenmantel. Er küsste sie wie üblich auf die Wange. Sie setzte sich und wartete. Er blieb stehen.

»Was ist das?«, fragte er und zeigte auf das Kuvert.

»Zweifelsohne eine Einladung.« Sie griff nach dem Umschlag und legte ihn vor sich hin. Dann bestrich sie ein Brot mit Butter und köpfte seelenruhig ihr Ei. Es schien sie nicht zu stören, dass ihr Vater immer noch stand. Madame Abd al Massih beobachtete die Szene beunruhigt. Soussou trank einen Schluck Kaffee.

»Eine Einladung wozu? Öffne es.«

Soussou nahm ein Messer und öffnete behutsam den Umschlag. Sie las: »Auf Ersuchen Ihrer Königlichen Hoheit, der Prinzessin Zuleika, wird Mademoiselle Josepha Abd al Massih gebeten, an dem Ball, der am 10. Mai 1951 ab 19.30 Uhr im Tulpenpalast in Rodah gegeben wird, teilzunehmen.« Sie steckte die Einladung in den Umschlag zurück und tunkte das Brot ins Ei.

»Warum lädt dich diese Prinzessin ein?« Es klang unheilvoll. »Bestimmt ist auch der König anwesend, um sämtliche Frauen zu betören. Auf keinen Fall gehen wir zu den Türken! Wir sind Ägypter.«

»Die Prinzessin ist die Cousine des Königs und vermutlich Ägypterin«, erwiderte Soussou gelassen. »Und was den König betrifft«, sagte sie und erlaubte sich ein Lächeln, »so bevorzugt er Blondinen. Ich glaube nicht, dass ich in Gefahr bin.« Damit wandte sie sich wieder dem Frühstück zu.

»Du wirst diese Einladung zurückgeben«, entschied der Richter.

»Ich sehe nicht ein, weshalb ich eine solche Unhöflichkeit begehen sollte.« Soussou ließ sich nicht aus der Ruhe bringen.

»Weil ich es sage!«, befahl Murad Abd al Massih. »Weil ich dein Vater bin und nicht will, dass du mit Leuten verkehrst, die mir nicht passen. Du lebst immer noch unter meinem Dach und hast dich meinen Anweisungen zu fügen.«

»Dear daddy«, Soussou betrachtete ihren Vater mit zusammengekniffenen Augen, »ich bin achtundzwanzig Jahre alt und durchaus in der Lage zu beurteilen, was ich tun soll. Im Übrigen werde ich nicht immer unter deinem Dach leben, sondern muss mein eigenes Leben führen.«

»Da steckt doch ein Mann dahinter!«, brüllte der Richter.

Soussou trank ihren Kaffee aus. »Ja, das stimmt, und ich werde diesen Mann heiraten.«

Morcos brachte eine frische Kanne Kaffee und rollte mit den Augen. Madame Abd al Massih wurde blass.

»Also ein Mann. Wer denn? Ich habe das Recht, es zu erfahren, damit ich meine Erlaubnis geben oder verweigern kann.«

»Der Maharadscha von Calancore.«

Im Esszimmer der Villa Arsinoe herrschte einige Augenblicke eine übernatürliche Stille. Hätte Soussou die Heirat mit einem Marsbewohner angekündigt, die Wirkung wäre kaum dramatischer gewesen. Der Richter warf seine Serviette hin.

»Der Maharadscha von Calancore. Ein Wilder! Und das meiner Tochter!« Er fing an, haltlos zu weinen.

»Ich sehe hier für Tränen keinen Anlass«, sagte Soussou. »Es wird Zeit, dass ich heirate. Ein Hindu-Prinz ist keine schlechte Partie. Er ist charmant und sehr reich.« Sie wischte sich den Mund ab. »Die Verlobung wird beim Ball verkündet. Natürlich seid ihr eingeladen.«

»Welcher Religion gehört er an?«, fragte Madame Abd al Massih.

»Natürlich dem Hinduismus. Wie ihr inzwischen vermutlich begriffen habt, gehe ich mit Vindra Jamshedpour, meinem zukünftigen Gatten und Maharadscha von Calancore, auf den Ball.«

Der Richter hob den Kopf. Seine Stimme klang rau: »Du bist nicht mehr meine Tochter, ich verstoße dich.«

Soussou, die gerade nach einer Mandarine greifen wollte, betrachtete ihn besorgt.

»Ich bin außer mir!«, brüllte er.

Soussou schüttelte langsam den Kopf.

»Murad, reg dich nicht so auf«, jammerte Madame Abd al Massih.

Soussou hatte sich erhoben und schickte sich an zu gehen.

»Wohin gehst du?«, fragte ihre Mutter.

»Meine Koffer packen«, erwiderte Soussou. »Nadia, bist du bitte so nett und sagst in meinem Büro Bescheid, dass ich später komme?«

Als sie die Treppe hinaufging, kam der Richter angerannt.

»Du willst also einen Hindu heiraten, du Hure.« Seine Worte waren kaum zu verstehen.

»Murad!«, rief Madame Abd al Massih. »Denk an deine Gesundheit, an deinen Bluthochdruck.«

Soussou hatte sich umgewandt, um die Beschimpfungen auf sich niederprasseln zu lassen. Ihr Vater fuchtelte wild mit den Armen.

»Jetzt reicht es«, befahl Soussou schließlich.

»Wie?«, fragte der Richter überrascht.

»Ich habe gesagt: Es reicht.«

»Du …« Der Richter wollte die Treppe hinaufeilen, aber er brach auf der ersten Stufe zusammen. Seine Frau und Nadia stürzten sich buchstäblich auf ihn, um ihm zu Hilfe zu kommen. Soussou sah von oben auf ihren Vater herab, wie er da zu ihren Füßen lag.

»Er ist tot!«, rief Madame Abd al Massih. »Du hast deinen Vater umgebracht!«

Aber der Richter war nicht tot; er röchelte noch. Nadia eilte zum Telefon.

»Such anties«, murmelte Soussou. »Too Victorian for words.«

Der Richter starb eine Woche später, ohne das Bewusstsein wiedererlangt zu haben. Er starb genau zu dem Zeitpunkt, als Soussou auf dem Ball war.

»Er hat ein letztes Mal seine Wohlerzogenheit unter Beweis gestellt«, sagte Soussou zu ihrer Schwester. »Er hat es uns erspart, noch länger die lächerliche Rolle zu spielen, zu der er sich verpflichtet fühlte.«

Auf dem Friedhof vergoss sie Tränen, die von Herzen zu kommen schienen, aber im Widerspruch zu dieser Bemerkung standen. Wie konnte man über den Tod des Vaters froh sein und ihn gleichzeitig beweinen? Nadia war durch das Verhalten ihrer Schwester irritiert.

14.
Nächtliche Serenade

Nur ein Wunder konnte Siegfried eine Einladung zum Ball bescheren. Aber es trat kein Wunder ein. Der Sekretär von Prinzessin Zuleika, Farid Chahine Bay, hatte Anweisung erhalten, sich so vage auszudrücken, dass das Selbstwertgefühl des Bittstellers nicht litt. Siegfried musste mit seiner enttäuschten Eitelkeit fertig werden. Aber was, wenn nicht die Eitelkeit, konnte er in Kairo pflegen? Wenn er der Eitelkeit abschwor, konnte er gleich den Rest seines Lebens als Säulenheiliger fristen.

Plötzlich kam ihm in den Sinn, dass Chester Lamotte bestimmt auf den Ball gehen würde. Er rief ihn an.

»Dear me«, rief Chester, »ich habe alle Erniedrigungen auf mich genommen, um eingeladen zu werden. Aber der British Council gehört nun mal nicht zum diplomatischen Korps und dieser Lakai Chahine hat mir erklärt, junge allein stehende Männer seien nicht erwünscht. Rafick, der Sohn der Prinzessin, macht seiner Mutter in dieser Hinsicht genug Kummer. Vermutlich befürchtet man, dass sich der Tulpenpalast in eine zwielichtige Bar verwandelt. Auf jeden Fall wird das alles mit Blut gesühnt«, schloss Chester theatralisch.

Siegfried brach in Lachen aus. »Ich war bei einer Wahrsagerin, die mir vorausgesagt hat, dass der Ball ein Reinfall wird. Also hab Vertrauen! Lass uns doch heute Abend ins Kino gehen und später zum Essen. Dann erzählst du mir von dem besagten Abend mit Margaret Hartnell«, fuhr Chester Lamotte fort.

Sie wählten ›Das Haus der Lady Alquist‹ mit Charles Boyer und Ingrid Bergman. Anschließend gingen sie in einer Brasserie essen. Sie vermieden es, sich ans Fenster zu setzen, wo man ständig von Bettlern belästigt wurde, und wählten kalte Gerichte und Bier.

»Ärger ist nützlich«, bemerkte Chester Lamotte geheimnisvoll, nachdem sie eine Zeit lang Belanglosigkeiten ausgetauscht hatten. Er musterte Siegfried durchdringend. »Du solltest an die Zukunft denken.«

»Ich verstehe nicht«, murmelte Siegfried verwirrt. »Du bist jetzt dreiundzwanzig und verdienst dir mit Innenausstattungen dein Geld. Nichts Großartiges, weil die meisten Kunden bereits eingerichtet sind. Und wie sieht es mit deinem Liebesleben aus? Flüchtige Abenteuer, sonst nichts. Und deine gesellschaftliche Stellung? Hat man ja heute Abend gesehen, wie es damit bestellt ist. Man lädt dich zu kleinen Abendessen und Cocktails ein, weil du gut aussiehst und manchmal sogar witzig bist. Aber wenn es um große Feste geht, wirst du nicht dazu gebeten. Und dein Vermögen? Nicht vorhanden. Du kannst nicht mal mit einer guten Partie rechnen, vorausgesetzt, das reizt dich überhaupt.«

Die Bilanz war traurig. Siegfried verstummte. Er war also ein Kandidat fürs Exil, ein Mann ohne Identität mit geringem Gepäck.

»Vielen Dank für deine Offenheit. Aber warum sagst du mir das alles?«, fragte er, als er sich wieder gefangen hatte. »Und wie steht's mit dir? Bist du denn besser dran?«

»Kaum. Aber ich habe einen Vertrag mit dem British Council. In einem Jahr bin ich in Istanbul oder Accra. Ich sage dir das alles, weil du mein Freund bist und ich dich mag. Du verdienst etwas Besseres. Aber du musst dein Leben ändern.«

»Hast du eine Idee, wie?«

»Nein, aber ich mache dir einen Vorschlag, der von Herzen kommt. Verlass Ägypten, hier hast du nichts zu erwarten.«

»Und dann?«

»Wähl dir die Stadt, die dir gefällt – Rom, Paris, London. Lass dich dort nieder und mach Karriere. Du sprichst Englisch und Französisch, du kannst dich durchschlagen.«

»Aber was soll ich in Rom oder Paris?«

»Deinen Beruf von Grund auf lernen. Bis jetzt hast du ihn nur als Amateur betrieben. In diesen Städten gibt es Leute mit Geld. Deine zukünftigen Kunden.«

Siegfried dachte nach. »Das ist unmöglich«, murmelte er schließlich. »Ich habe kein Geld, um auch nur drei Monate zu überleben.«

»Gut, dann besorg dir welches. Verkauf, was du kannst. Deine Antiquitäten, dein Porzellan. Leih dir Geld bei deinen Onkeln. Es ist immer noch besser, freiwillig abzureisen, als dazu gezwungen zu werden.« Er klang sehr ernst.

»Was willst du damit sagen?«, fragte Siegfried und leerte sein Glas.

Chester bestellte noch zwei Bier.

»All das wird bald verschwinden«, sagte er. »Es riecht nach Schwefel.«

»Aber warum?«, fragte Siegfried ungeduldig.

»Behalt das für dich«, flüsterte Chester Lamotte. »Sag niemandem etwas, versprochen? Ich weiß aus sicherer Quelle, dass es in nicht allzu weiter Ferne eine Revolution gibt. Die Engländer werden ihre Truppen vom Suezkanal abziehen. Wie du dir vorstellen kannst, wird dann nicht nur der Club verschwinden, sondern auch deine Kunden werden nicht mehr dieselben sein, und vieles andere wird sich verändern.«

Nein, das konnte sich Siegfried nicht vorstellen. »Warum eine Revolution?«, rief er alarmiert.

»Weil es in Ägypten eine Armee gibt, die mit den Waffen, die ihr 1949 geliefert wurden, nicht zufrieden ist. Weil sie glaubt, diese Waffen seien von zwei Schergen des Königs geliefert worden. Weil die Ägypter sich wegen dieser Waffen von den Israelis haben knüppeln lassen. Und weil der König bei der Armee als Niete gilt.«

»Als Niete?« Siegfried war konsterniert.

»Ich weiß nicht. Meiner Meinung nach hat er sich in das Unvermeidliche gefügt.«

»Das ist ja furchtbar«, stieß Siegfried hervor.

»Nur, wenn man sich einschüchtern lässt. Es erfordert eine gute Portion Naivität zu glauben, das alles könnte ewig dauern.«

»Was meinst du mit ›das alles‹?«

»Fünfzigtausend Pseudoeuropäer, die hier ein Leben führen, das sie sich in ihrem Heimatland niemals leisten könnten. Und dreißig Millionen Ägypter, die nicht einmal Trinkwasser haben.«

»Bist du Kommunist?«

»Du bist wirklich ein Kind dieser Gesellschaft. Kaum nennt man die Sache beim Namen, ist man automatisch Kommunist. Mal ehrlich, Siegfried, hältst du mich für einen Kommunisten?«

Er zündete sich eine Zigarette an und musterte sein Gegenüber ironisch. »Hast du dich hier noch nie umgesehen? Hast du dich noch nie gefragt, weshalb dein Diener drei Pfund im Monat bekommt und du, der du unfähig bist, dir auf dem Markt Getreide zu kaufen oder ein Ei zu kochen, dreißig Pfund pro Monat ausgibst und deine Mutter sechzig? Und was für ein Leben führen die Jungen, denen du zwanzig Piaster zahlst? Und warum? Weil sie nicht zur Kolonialmacht gehören?«

»Chester, vielleicht bist du kein Kommunist, aber du redest, als wärst du einer.«

»Lass den Kommunismus mal beiseite und schnür lieber dein Bündel. Du bist ein Fremder in diesem Land.«

Aber Siegfried lachte schallend. »Ich hasse die Kommunisten.« Der Kommunismus – das war für ihn eine triste Lebensform ohne Feiern und Vergnügen.

»Ich auch. Aber ich gebe dir hier einen brüderlichen Rat, und du kommst mir mit dem Kommunismus, von dem du im Übrigen keine Ahnung hast. Von Politik hast du keinen blassen Schimmer.«

»Und meine Mutter?«, fragte Siegfried ungerührt.

»Fass du erst mal Fuß und dann lass sie nachkommen.«

Siegfried zündete sich eine Zigarette an. »Du machst mir Angst.«

»Ach was«, konterte Lamotte. »Außerdem hast du mir immer noch nicht berichtet, wie der Abend mit Margaret Hartnell verlaufen ist.«

»Es war nichts«, erwiderte Siegfried düster.

»Soll das heißen, nichts im Bett?«

»Nichts.«

»Hast du nicht gekonnt?«

»Ich habe mich nicht einmal entkleidet«, erwiderte Siegfried. »After all, my dear, it takes two to dance.«

»Aber trotzdem hast du den Idioten von Manners niedergeschlagen. Warum?«

»Ich habe ihn nicht niedergeschlagen. Er wollte mir einen Fausthieb versetzen, hat das Gleichgewicht verloren und ist hingefallen.« Lamotte kicherte. Siegfried zuckte die Achseln, als er sich an diesen grotesken Zwischenfall erinnerte. »Heute Morgen habe ich einen Brief von ihr erhalten«, sagte er.

»Ach ja?«

»Sie hat mit Manners Schluss gemacht. Er ist Alkoholiker und musste in die Klinik. Sie lädt mich nach London ein«, fügte er hinzu.

»Siegfried!«, rief Lamotte begeistert. »Kapierst du?«

»Was?«

»Das ist deine Chance!«

Siegfried musterte ihn ungläubig.

»Das ist doch die Gelegenheit!«

»Du meinst, ich soll in London mit einer Frau leben, die fast doppelt so alt ist wie ich?«

»Einem geschenkten Gaul schaut man nicht ins Maul.«

»Hältst du mich für einen Gigolo?«

»Sie hat dir geschrieben, also hält sie etwas von dir.«

»Und wo bleibt da die Liebe?«, fragte Siegfried düster.

Lamotte hob die Arme gen Himmel. »Herrgott, was bist du für ein anspruchsvoller Mensch. Diese Frau wird dich in London fördern, du Dummkopf!«

Siegfried schien zu zweifeln.

»Ja, denk ruhig weiter über die Liebe nach, dann landest du als Ober in einem Café.«

»Glaubst du nicht an die Liebe?«

»Ich glaube ans Überleben. Und du würdest gut daran tun, darüber nachzudenken.«

Siegfried sah Chester Lamotte plötzlich mit anderen Augen: Das war nicht mehr der Kumpel nächtlicher Streifzüge, sondern eine Art Unheilsbote.

Sie teilten sich die Rechnung. Chester nahm ein Taxi. Siegfried wusste, dass er nach Chesters Worten keinen Schlaf finden würde und machte einen Bummel am Nilufer entlang.

Er schlenderte dahin und die jungen Leute, die in Gruppen auf den Balustraden saßen, musterten ihn. Er fühlte sich unendlich müde und beschloss umzukehren. Da wurde seine Aufmerksamkeit durch eine Person am Steuer eines schwarzen Kleinwagens gefesselt. Es war ein Mann, ungefähr vierzig Jahre alt, mit weichen, fast kindlichen Gesichtszügen und einem blonden Haarschopf. Er kannte ihn aus dem Club. Ein Engländer. Siegfried blieb in einiger Entfernung stehen.

In der Dunkelheit raschelte Seide. Der Mann hatte seine schwarze Krawatte gelöst, aber die Smokingjacke anbehalten. Er sah aus wie ein Maître d'hôtel, der seinen Dienst beendet hat. Offensichtlich kam er vom Ball der Prinzessin. Vielleicht war der Ball bereits zu Ende.

»Hallo.«

»Hallo.« Siegfried erwiderte den Gruß und trat auf das Auto zu.

»Die Stunde der Exotik«, sagte der Mann. »Die Krokodile werden sentimental und die Fledermäuse umarmen sich.«

Siegfried lachte.

»Sie sind dem Vollmond um fünf Tage voraus.«

Der andere schnalzte mit der Zunge. »Sie sprechen gut Englisch.«

»Sie auch«, erwiderte Siegfried.

Der andere amüsierte sich königlich. »Warum steigen Sie nicht ein, damit wir unsere Unterhaltung fortsetzen können?«

Siegfried ging um den Wagen herum, der kein grünes Diplomatenschild hatte. Aber er war sich fast sicher, dass der Mann zur Botschaft gehörte. Er stieg ein und erkannte an den künstlichen Veilchen über dem Armaturenbrett, dass es sich um den Wagen von Elsie Treeten, der Clubsekretärin, handelte.

»Wie heißen Sie?«, fragte der Unbekannte.

»Siegfried. Und Sie?«

»Guy Stark. Siegfried? Bestimmt kein englischer Name.«

»Nein, ich bin kein Engländer.«

»Glück für Sie!«

Das überraschte Siegfried, der viel für einen europäischen Pass und vor allem für die englische Staatsbürgerschaft gegeben hätte. Er musterte den Unbekannten. Ein kindlicher Mund, der gern lächelte. Also ein Leichtfuß. Mit beginnender Aufgedunsenheit, die von regelmäßigem Alkoholgenuss zeugte.

»Kommen Sie vom Ball?«, fragte Siegfried.

»Ball? Sie nennen das einen Ball? Allmächtiger Gott! Es war eher eine Totenfeier!«

»Ich war nicht dabei, ich kann es nicht beurteilen.«

»Seien Sie froh. Sie haben dort nichts verloren. Ich brauche jetzt dringend einen Drink.«

›Sie haben dort nichts verloren.‹ Der Ausspruch stimmte Siegfried etwas nachdenklich.

»Die Semiramis-Bar ist schon geschlossen«, sagte er mit einem Blick auf seine Armbanduhr.

»Ich habe Scotch und Eis zu Hause.«

»Und wo wohnen Sie?«

»Garden City.«

In der eleganten Wohngegend schlief schon alles. Guy parkte vor einem modernen Gebäude in der Chagarit-al-Durr-Straße. Der Name erinnerte an die Königin, die mit Pantoffeln erschlagen worden war. Die Wohnung war funktional und erschreckend geschmacklos. Die cremefarbene Diele war dilettantisch angestrichen. Über der mit Eisen beschlagenen Konsole hing ein einfacher Spiegel. Im Wohnzimmer gab es vor dem Fenster eine Essecke. Eine Topfpalme dürstete nach Wasser. Die Polstersitze waren zerschlissen. Auf dem Tisch stapelten sich Geschirr und Essensreste. Überall lag Post verstreut, Zeitungen und Zeitschriften lagen geordnet aufeinander.

»Setzen Sie sich, ich hole nur schnell Gläser und Eis«, sagte Guy und warf seine Jacke über einen Sessel.

Siegfried ließ seinen Blick durch den Raum schweifen. Auf einem niedrigen Tisch lagen mehrere aufgerissene Kuverts. Er nahm eines in die Hand: Mr. Guy Burgess, Embassy of Great Britain, Qasr al Dubara, Kairo.

Guy Burgess brachte zwei saubere Gläser, Eiswürfel und eine Flasche Scotch. Er schenkte großzügig ein, verteilte die Eiswürfel und setzte sich neben Siegfried.

»Hängst du jeden Abend dort herum?«

»Nein, nur von Zeit zu Zeit.«

»Machst du's für Geld?«

»Wie bitte?«, rief Siegfried entsetzt. Schon zum zweiten Mal am gleichen Abend war er einem solchen Verdacht ausgesetzt.

Burgess fing an zu lachen. »Könnte ja sein. Obwohl du etwas mager bist. Also bist du derjenige, der zahlt?«

»Ja ... brauchst du Geld?«, erwiderte Siegfried freimütig, was Burgess' Heiterkeit erregte.

Der Abstand zwischen ihnen wurde immer geringer. Siegfried hatte noch keinen Schluck zu sich genommen, da spürte er bereits den Geschmack von Burgess' Lippen und ließ sich willenlos von ihm bis auf die Socken entkleiden.

»Sockenhalter, in deinem Alter«, murmelte Burgess.

Siegfried löste sie. Er war jetzt nackt. Siegfried sehnte sich nach mehr als rein körperlicher Befriedigung und fühlte sich plötzlich einsam.

Der schwere Atem seines Bettnachbarn weckte ihn. Er warf einen Blick auf die Armbanduhr. Kurz vor vier. Seine Mutter machte sich bestimmt Sorgen. Schnell zog er sich an.

Burgess begleitete ihn zur Tür. Er sah blass und übernächtigt aus.

»Ich will dich wiedersehen«, sagte Siegfried.

»Ich dich auch«, erwiderte Burgess. Er kramte in einer Schublade herum und zog etwas heraus.

»Dieser Schlüssel passt für die Haus- und die Wohnungstür. Ich komme immer gegen sieben oder acht Uhr nach Hause. Wenn ich nicht da bin, mach dir etwas zu trinken und warte auf mich. Geh nicht ans Telefon.«

Zum ersten Mal brachte jemand ihm so viel Vertrauen entgegen. Siegfried schlenderte die Gärten entlang, die üppig ihre Düfte verströmten: Schokoladenduft der Glyzinien, Moschusgeruch der blühenden Mangobäume, der sinnliche Duft der Gardenien, der süßliche des Jasmin und der Reseden. Nachdenklich ging er durch die von Blütenduft erfüllte Nacht, innerlich aufgewühlt.

Die nächtliche Serenade hatte ihn mit widersprüchlichen Gefühlen erfüllt: Mit Traurigkeit und Hoffnung und mit dem Gefühl der Unvollkommenheit.

15.
Walzer und Tangos

Der Ball im Tulpenpalast in Rodah kündigte sich bereits auf die Entfernung von einem Kilometer an: Auf Hochglanz polierte Wagen, die im Schritttempo auf der Zufahrtstraße zum Palast fuhren, auf dem Vorplatz zwischen Palast und Nil waren überall Lakaien, die den Gästen den Wagen parkten.

Der Tulpenpalast war im Innern sehr weitläufig. Riesige Kristalllüster funkelten und Scharen von livrierten Dienern schwirrten umher. Das Mobiliar war unpersönlich: riesige Spiegel, protzige vergoldete Möbel und eine Unmenge von Stühlen. Durch das Vestibül mit den rosa Marmorsäulen gelangte man zu einem riesigen Saal, wo der Zeremonienmeister Einladungskarten in Empfang nahm und auf Französisch Namen und Titel ankündigte.

»Seine Exzellenz der Botschafter von Belgien und Madame van den Bosch ... Ihre Hoheit die Sultanin Malik ... Seine Kaiserliche Hoheit Prinz Abbas Halim ... Seine Exzellenz der Botschafter von Frankreich und Madame Gilbert Arvengas ...«

Ismaïl Abu Sūns Herz tat einen Sprung, als sein Name im Anschluss an Saif Abu Sūn Pascha und seine Gattin, Prinzessin Nourreddine, genannt wurde. Vielleicht würde Sybilla ihn hören. Er war noch immer aufgewühlt, als seine

Tante ihn der Prinzessin vorstellte. Er fand kaum Zeit, einen Blick auf die Gastgeberin mit ihrem hochmütigen Gesicht zu werfen. Sie trug ein funkelndes Diadem. Diskret wurde er von einem Diener beiseite geschoben, damit er den Neuankömmlingen Platz machte. Die Gäste wurden von den Bediensteten auf drei Räume verteilt. Im ersten bot man Getränke an. »Champagner? Whisky? Mandelmilchsirup? Orangensaft?«

»Champagner.« Ismaïl hatte dieses Getränk bisher nur wenige Male gekostet. Eigentlich trank er keinen Alkohol.

Plötzlich befand er sich inmitten einer königlich-kaiserlichen Gruppe. Prinzessin Nezl Chah erinnerte an einen weißen und einen schwarzen Schwan: Weiß waren ihre Schultern und das Gesicht voll hochmütiger Schönheit, schwarz ihr mit Bändern geschmücktes Haar, in das die Diamanten des Diadems und die Lüster blaue Reflexe zauberten. Sie umarmte Rechideh Noureddine. Die beiden verkörperten Glanz und Anmut. Man musterte ihn, stellte ihm Fragen, warf seinem Onkel und der Prinzessin vor, dass man diesen ›schönen jungen Mann‹ noch nicht kennen gelernt habe. Sein Gesicht mit dem bronzefarbenen Teint war vom Alkohol und den Komplimenten leicht gerötet. Er blickte sich nach allen Seiten um. Prinzessin Noureddine blieb das nicht verborgen.

»Mily, wir sind auch noch da«, murmelte sie.

Er lächelte. Ein junges Mädchen glaubte, das Lächeln gelte ihr.

Die Frage, um die sich alles drehte, die aber niemand auszusprechen wagte, lautete: Wird der König kommen? Und wenn ja, würde er pünktlich kommen? Denn niemand durfte sich setzen, bevor Seine Majestät eingetroffen war.

Zahlreich trafen weitere Gäste ein. Prinzessin Zuleika hatte mindestens zweihundert Personen eingeladen, hinzu kamen mindestens so viele Bedienstete. Ismaïl wurde unruhig:

Um Sybilla in der Menge zu erkennen, würde er auf einen Stuhl steigen müssen. Oder von einer Gruppe zur anderen gehen, was gegenüber seiner Tante sehr unhöflich gewesen wäre. Vielleicht war sie gar nicht gekommen. Um viertel vor acht mussten laut Protokoll alle Gäste anwesend sein. Eine Viertelstunde vor Ankunft des Königs. Noch sieben Minuten. Zeit genug, sich beim diplomatischen Korps von Großbritannien zu erkundigen.

Aber was sollte er fragen? Bestimmt war Sybilla in Begleitung ihres Mannes. Würde er sich beherrschen können? Ismaïl hatte eine vorzügliche Erziehung genossen, aber er wusste, dass er nicht die nötige Erfahrung besaß, um die Situation, in die er sich selbst gebracht hatte, zu beherrschen.

Plötzlich erklang der Triumphmarsch aus Aida, der als königliche Hymne galt. Der König kam also. Prinz Abd al Munaim löste sich schnell von der Gruppe. Ismaïl beobachtete das Zeremoniell aus der Ferne. Prinzessin Zuleika erhob sich, um in Begleitung ihres Sohnes Rafik den König zu empfangen. In der Halle hatten einige Gäste die Ankunft des Königs erwartet: Mitglieder der königlichen Familie und des diplomatischen Korps. Zuleika, Rafik und Prinz Abd al al Munaim bildeten eine kleine Delegation. Jetzt verstand Ismaïl, weshalb er Sybilla noch nicht gesehen hatte: Sie war mit den britischen Diplomaten in der Halle geblieben.

Endlich trat Faruk in Erscheinung. Der Frack war fast zu eng für seine korpulente Gestalt. Königin Narriman hatte sich bei ihm untergehakt. Sie trug ein graues Taftkleid und eine fünfreihige Perlenkette. Das königliche Paar wurde von einem Adjutanten und einem Kammerherrn begleitet. Faruk hatte ein volles, fast kindliches Gesicht, und wenn er lächelte, kam der schöne junge Mann zum Vorschein, der er einst gewesen war. Ismaïl beobachtete aus dem Augenwinkel die Ehrerbietung, die Zuleika dem König erwies. Darauf folgten die Prinzen und die Botschafter, Lord Killearn an der Spitze. Das Lächeln des Königs erfror, als der Botschafter dem Monarchen seine Aufwartung machte. Faruk lächelte erst wieder, als er den italienischen Botschafter, Graf Paolo Caccia della Torre Dominioni, begrüßte. Er war der Einzige, mit dem sich der König ungewöhnlich herzlich unterhielt.

Das Königspaar betrat den Salon und schritt auf die Menschengruppe zu. In der Mitte des Saals blieben sie stehen. Der König rief zwei Gäste zu sich, denen sich andere anschlossen, begierig auf die Unterhaltung mit dem König. Das Orchester spielte einen Walzer von Johann Strauss. Der Ball war eröffnet.

Am Büfett herrschte großer Andrang. Ismaïl stieß mit dem Rücken gegen einen Gast. Er wandte sich um, um sich zu entschuldigen, und stand direkt vor Sir Charles Hammerley und Sybilla. In den Augen des Diplomaten war etwas Ironisches. Er murmelte ein herablassendes ›Hello, good evening‹ und setzte seine Unterhaltung mit einem amerikanischen Diplomaten fort. Sybilla blieb an der Seite ihres Gatten, warf Ismaïl jedoch einen flüchtigen Blick zu. Vor ein paar Stunden waren sie noch zusammen gewesen. Sybilla war verblüfft, Ismaïl hier zu treffen. Sie zwang sich zu lächeln, was ihr nur schwer gelang. Plötzlich stand sie ihm direkt gegenüber. Er machte ihr ein Kompliment über das Kleid aus blauem Organza mit gleichfarbiger Halskrause im elizabethanischen Stil.

»Nennt man diese Farbe nicht Königsblau?«, fragte Ismaïl. Insgeheim genoss er die Verwirrung seiner Geliebten.

»Wir nennen es Englischblau«, erwiderte Sybilla.

»Auf jeden Fall die ideale Farbe für ein königliches Fest«, bemerkte Ismaïl und wandte sich Sir Charles Hammerley zu, der sich ihnen angeschlossen hatte.

Einen Augenblick lang verharrten die drei schweigend.

Dann griff Jacquetta, Lady Killearn, Sir Charles am Arm. »Sir Charles! I would like to present you to …« Der Rest ging im allgemeinen Lärm unter. Ismaïl und Sybilla waren allein in der Menge.

»Da hast du mir ja einen ganz schönen Streich gespielt«, presste Sybilla zwischen den Zähnen hervor. »Wie hast du es geschafft, eine Einladung zu bekommen?« Sie bot ihre ganze Beherrschung auf. Nachmittags hatte sie es nicht gewagt, ihm zu sagen, dass sie schwanger war.

»Ich bin hier durchaus richtig«, erwiderte Ismaïl hochmütig und lachte.

»Aber du warst nicht eingeladen.«

»Wie du siehst, habe ich nur mit dem Finger geschnipst«, fuhr er fort. »Und die Situation gefällt mir.«

»Du hättest …«, begann sie, beendete den Satz aber nicht. Welches Recht hatte sie, ihm die Teilnahme an einem Ball in seinem eigenen Land zu verbieten?

»Ich wollte sehen, wie du dich hier fühlst«, sagte er. Dabei verschlang er sie mit den Augen. Sie wandte den Blick ab.

Rupert Gardiner und seine Frau, begleitet von Guy Burgess, tauchten im richtigen Augenblick auf, um Sybilla abzulenken. Ismaïl wurde von einer Gruppe umringt. Die Liebenden waren getrennt. Prinzessin Noureddine griff ihren Neffen am Arm.

Plötzlich wandte sich der König an die Prinzessin und sagte gut gelaunt auf Französisch zu ihr:

»Prinzessin, haben Sie etwa den Mann gewechselt?«

Rechideh Noureddine musste lachen. Sie bat um die Erlaubnis, ihren Neffen vorstellen zu dürfen. Der König streckte seine Hand aus. Ismaïl verbeugte sich formvollendet und sagte, es sei für ihn eine große Ehre, seinen König begrüßen zu dürfen.

»Warum ist Ihr Vater nicht bei uns?«, fragte Faruk auf Französisch. »Oder vertreten Sie ihn etwa?«

»Majestät, mein Vater geht abends nie aus. Er hat mir allerdings nicht die Ehre erwiesen, ihn zu vertreten.«

»Der junge Mann drückt sich gewandt aus«, sagte der König, an Prinzessin Noureddine gewandt. »Wenn sein Vater aufhört, mir den Krieg zu erklären, ernenne ich seinen Sohn zum Minister«, erklärte er lachend. Und an Ismaïl gewandt: »Sie werden heute Abend sämtliche Herzen brechen. Außer meinem natürlich.« Erneutes Gelächter.

Sybilla und Rupert Gardiner beobachteten die Szene aus einiger Entfernung. Sie wunderte sich, dass der König geruhte, sich mit Ismaïl zu unterhalten.

»Wer ist der Herr bei der Dame mit Diadem?«, fragte sie Gardiner.

Gardiner, der die ägyptische Gesellschaft gut kannte, erwiderte: »Prinzessin Rechideh Noureddine. Sie ist eine Cousine zweiten Grades des Königs und Gemahlin von Saif Abu Sūn. Der ist seinerseits der Bruder von Taufiq Abu Sūn, dem Präsidenten der konstitutionellen Partei.«

»Und der junge Mann, der sich mit mir unterhalten hat?«, fragte Sybilla gespannt.

»Ich dachte, Sie kennen ihn. Es ist Ismaïl Abu Sūn, der Sohn von Taufiq.«

Sie warf sich vor, Ismaïl nie über seine Familie befragt zu haben. Ismaïl war also nicht nur ein reicher junger Schönling. Sie wurde nachdenklich.

Der König hatte den Wunsch geäußert zu speisen. Drei Gongschläge ertönten. Die Gäste begaben sich in den dritten Salon, einen Rundsaal. Fünf Haushofmeister wiesen den Gästen ihre Stühle zu. Es gab zwei Dutzend Tische für jeweils acht Gäste. Der Tisch des Königs befand sich auf einem erhöhten Platz. Hinter dem Tisch des Königs wachten sechs Offiziere in Uniform. Sybilla war von all der Pracht fasziniert.

Prinzessin Noureddine, ihr Gatte und Ismaïl teilten sich den Tisch mit dem Botschafter Indiens und seiner Frau, dem Maharadscha von Calancore, seiner Verlobten Soussou Abd al Massih und deren zukünftiger Schwägerin, Prinzessin Dawi. Die Hammerleys saßen am Nebentisch, zusammen mit den Pamphilopoulos, einer jordanischen Prinzessin, die sich zu langweilen schien, dem griechischen Botschafter und seiner Frau und Sir Thomas Blackthorpe. Ismaïl hatte Sybilla im Blickwinkel.

Man führt den üblichen Smalltalk: Byron Pamphilopoulos versichert, dass eine ganze Armee von französischen Köchen aus Paris eingeflogen worden sei. Seine Frau verrät, was diese Köche kosten. Am Nebentisch lobt Soussou Abd al Massih die Harmonie zwischen den rosafarbenen Kerzen und den auf die Tischtücher gestickten Rosen. Der Maharadscha lässt die jordanische Prinzessin nicht aus den Augen. Hammerley und Blackthorpe tauschen Erinnerungen über ihren Aufenthalt in Indien aus. Rechideh Noureddine freut sich, dass sie bald in ein Haus ziehen wird, das ihr Gatte auf einer türkischen Insel gekauft hat. Ismaïl bemerkt, dass sein Onkel eher eine Insel mit Haus gekauft hat.

»Vipern inbegriffen«, fügt Saif Abu Sūn hinzu.

»Es gibt Vipern auf einer Insel?«, fragt Soussou überrascht.

»Ja, fliegende Vipern sogar«, erklärt die Prinzessin. »Wenn wir am Strand sind, stürzen sie sich vom Felsen.«

»Bei uns fliegen die Kobras nicht, sondern tanzen«, mischt sich der Maharadscha ein.

»Wir werden auch gleich tanzen«, kündigt die Prinzessin an.

»Wie Kobras«, fügt Saif Abu Sūn hinzu.

Der griechische Botschafter fragt Sybilla, ob sie das Tal der Könige schon besucht habe.

»Wir werden es uns für den Winter vornehmen«, erwidert Sybilla und versucht, Ismaïl nicht anzuschauen. Sie hat sich immer noch nicht gefangen. ›Er ist so schön, so charmant, er verwirrt mich ganz und gar!‹

Prinzessin Dawi stochert in ihrem Lammragout herum. Soussou lächelt zufrieden. Noch vor sechs Monaten hätte sie nicht im Traum daran gedacht, in der feinen Gesellschaft zu verkehren, geschweige denn, den Maharadscha von Calancore zu heiraten.

Nach dem Mahl werden Cognac und Zigarren angeboten. Der König hat sich erhoben, aber die Gäste werden gebeten, sich nicht stören zu lassen. Man geht zwanglos von Tisch zu Tisch. Burgess kommt mit seinem Cognac an den Tisch der Hammerleys.

Der Majordomus verkündet: »Der Tanz ist eröffnet.«

Ismaïls Wangen sind gerötet, die von Sybilla ebenfalls. Sie erhebt sich, Burgess im Schlepptau. Auch die übrigen Gäste stehen auf und begeben sich in den Ballsaal.

»Du musst deine Tischnachbarin, Prinzessin Dawi, auffordern«, flüstert Prinzessin Noureddine Ismaïl ins Ohr.

Er scheint nicht angetan zu sein, aber da Sybilla mit dem Engländer tanzt, mahnt er sich zur Geduld und fordert die Prinzessin zum Tanz auf.

Die Inderin ist anmutig, aber sie kann genauso wenig Walzer tanzen wie ihr Tanzpartner. Das Orchester hat inzwischen auch erkannt, dass der Walzer nicht der ideale Tanz für diese Gesellschaft ist und wechselt zum Tango. Jalousie, jealousy, Eifersucht. Oh ja, Ismaïl ist eifersüchtig, und der Alkohol tut das Übrige. Sybilla scheint in den Armen eines blonden Engländers dahinzuschweben. Die Inderin ist froh, als Ismaïl vorschlägt, eine Erfrischung zu trinken.

»Kennen Sie schon meine künftige Schwägerin?«, fragt sie.

Ismaïl erinnert sich vage, dieses Gesicht irgendwo schon mal gesehen zu haben. Plötzlich weiß er, wo. Beim Barte des Propheten! Die Sekretärin des Kairoer Frauenclubs. Das also ist die zukünftige Maharani. Er hatte wohl das Gerücht vernommen, dass ein Maharadscha und eine junge Koptin sich verlobt haben, aber er hatte dem keine Beachtung geschenkt.

»Aber sicher. Sie und meine Schwester sehen sich häufig.«

Er errät, dass sich die Inderin über den gesellschaftlichen Rang ihrer zukünftigen Schwägerin Gedanken macht und freut sich, helfen zu können. Was für eine Welt der Wichtigtuer und Snobs!

»Sie ist Ihre Schwägerin?«, fragt er.

»Ja. Heute Nachmittag wurde in der indischen Botschaft die Verlobung gefeiert.«

Als Ismaïl Dawi an ihren Platz zurückbegleitet, stellt er fest, dass Sybilla ebenfalls wieder Platz genommen hat. Er schenkt Soussou ein flüchtiges Lächeln. Plötzlich spürt er ein unerträgliches Verlangen, steht auf, geht an den Nebentisch und fordert Sybilla zum Tanz auf. Er hört nicht, dass Prinzessin Noureddine ihm zuflüstert: »Mily ...«

Sybilla wirft Ismaïl einen unsicheren Blick zu und zwingt sich zu einem Lächeln. Dann gleiten sie auf dem Tanzparkett dahin. Ismaïl zieht Sybilla an sich, unschicklich nah, sodass Sybilla versucht, sich ihm zu entziehen. Er beachtet es nicht. Sie gerät in Panik und stößt ihn fast brutal zurück. Inzwischen werden sie beobachtet, unter anderem von Sir Charles Hammerley, Pamphilopoulos, Blackthorpe und Burgess. Ismaïl begeht einen Fauxpas: Vor den Augen von Hammerley greift er nach Sybillas Arm. Sybilla wird hochrot. Sir Charles nimmt die Zigarre aus dem Mund. Ismaïl hält Sybilla immer noch am Arm.

»I tell you«, sagt Sir Charles drohend, »let go of my wife.«

Ismaïl lockert seinen Griff und bietet Sir Charles die

Stirn. »Mind your own business«, zischt er. Der Engländer wird blass vor Wut.

Doria Pamphilopoulos führt Sybilla in das Boudoir, das an den Ballsaal angrenzt.

»I don't think a scandal fits neither the time nor the place«, erwidert Sir Charles. Blackthorpe und Burgess stellen sich links und rechts von Ismaïl auf, dem plötzlich bewusst wird, dass er betrunken ist. Sybilla ist verschwunden. Er sieht Sir Charles nun voll spöttischer Wut an.

»Faggot«, sagt er kalt und macht auf dem Absatz kehrt. Hinter sich hört er einen Engländer fragen: »Who's that perfect prick?«

Der Vorfall hat Zeugen angelockt. Saif Abu Sūn und seine Frau finden Ismaïl an der Bar und zerren ihn zum Ausgang.

Der Zufall will es, dass in dem Augenblick, als Sybilla aus dem Boudoir tritt, Ismaïl, eingerahmt von seiner Tante und seinem Onkel, vorbeikommt. Beide erstarren. Festen Schrittes geht Ismaïl auf Sybilla zu.

»Sybilla!«

Sie ist wie erstarrt. Jede Farbe ist aus ihrem Gesicht gewichen. »How dare you!«, zischt sie ihm zu.

»Sybilla, you will follow me now or never«, sagt er.

Doria Pamphilopoulos mischt sich ein und zieht Sybilla mit sich. Die Bediensteten scheinen nichts zu sehen. Die beiden Frauen bleiben kurz stehen, dann flüchten sie zur Garderobe.

»Ismaïl«, sagt Saif Abu Sūn zu seinem Neffen. Der steht wie angewurzelt da.

Pamphilopoulos und Burgess eilen auf die beiden Frauen zu.

»Ich bringe sie heim«, sagt Burgess zu Pamphilopoulos. »Sagen Sie Sir Charles, er soll bleiben, denn er kann nicht vor dem Botschafter gehen.«

Im Wagen bricht Sybilla in Tränen aus.

»Wenn Sie mir erlauben, Ihnen einen Rat zu geben«, sagt Burgess, »dann ist das einzige Gefühl, das Sie zeigen dürfen, Zorn über die Beleidigung, die Sie erfahren haben.«

»Und welche Gefühle sieht man mir sonst noch an?«, fragt sie erstickt.

»Verletzte Liebe«, erwidert Burgess ruhig. »Muss ich links oder rechts einbiegen?«

»Fahren Sie geradeaus weiter.« Sie trocknet ihre Tränen und schnäuzt sich. Ihre Liaison mit Ismaïl war also kein Geheimnis mehr.

»Wir Engländer«, fährt Burgess fort, »wir versuchen, die anderen so wenig wie möglich zu beleidigen, um unsere Freiheit zu bewahren. Ich meine jene, die uns lieb sind, und Charles ist Ihnen ja lieb. Wir haben einen diplomatischen Zwischenfall verhindert, verhindern Sie den ehelichen. Ein Ägypter hat sich schlecht benommen, das ist alles.«

Sie betrachtet ihn verblüfft.

»Woher wissen Sie ...?«

»Ich habe doch Augen im Kopf.«

»Können wir noch irgendwo einen Drink nehmen? Wo ist Charles?«

»Das Protokoll untersagt ihm, vor dem Botschafter zu gehen. Sie müssen jetzt nach Hause.«

»Von welchem diplomatischen Vorfall sprechen Sie?«

»Der junge Mann hat Charles öffentlich beleidigt.«

»Was hat er denn gesagt?«

Burgess schwieg. Nach einer Weile sagte er: »Eine grobe Beleidigung.« Sybilla konnte erraten, worum es ging. Schließlich hatte Charles Ismaïl Avancen gemacht. Burgess hielt den Wagen. Das Haus der Hammerleys war hell erleuchtet. Er stieg aus und half seiner Begleiterin aus dem Wagen. Er beugte sich wie zum Handkuss herab und sagte leise: »Verzeihen Sie meine Indiskretion, aber denken Sie daran, es ging nur um die Anmaßung eines betrunkenen jungen Ägypters.«

»Bitte, leisten Sie mir noch etwas Gesellschaft, trinken Sie ein Glas mit mir.«

»Nein. Stellen Sie sich der Sache.«

Plötzlich fühlte sie sich alt und traurig.

Ismaïl saß in dem dunkelroten Cadillac, der sie nach Hause brachte. Saif Abu Sūn berichtete über seine Unterhaltung mit dem König. Prinzessin Noureddine dachte nach. Die Liebe war ganz entschieden antisozial. Was hätte sie dafür gegeben, verliebt zu sein. In jedem Fall war sie Zuleika morgen eine Erklärung schuldig.

Und plötzlich kam ihr der Gedanke: War die Engländerin möglicherweise schwanger?

16.
Der Tag nach dem Ball

Am nächsten Morgen kursierten in den Kreisen, die es anging und sogar in denen, die es nichts anging, zwei Versionen des Vorfalls. Die erste wurde von den Prinzessinnen sowie dem ehrenwerten Rafik und Sir Charles Hammerley bei Freunden verbreitet und spielte das Ganze herunter: Lady Hammerleys Tanzpartner war ihr auf den Fuß getreten und hatte nicht begriffen, dass die Lady sich setzen wollte. Die zweite Version wurde von den Pamphilopoulos verbreitet und schmückte das Ganze zum Epos aus. Ismaïl Abu Sūn und Sir Charles hätten sich vor den Augen des englischen Botschafters gegenseitig beleidigt und geschlagen, weil sich der junge Mann gegenüber Lady Hammerley ungeziemlich benommen hatte. Dass Sybilla Hammerley und Ismaïl Abu Sūn den Club mieden, gab der zweiten Version mehr Gewicht. Doch das Erscheinen des Ehepaars Hammerley bei Dinners und diplomatischen Empfängen brachte die Gerüchte allmählich zum Schweigen.

Zumindest bis zu dem Tag, als in der Égyptian Gazette eine kurze Notiz erschien. Sie besagte, dass Sir Charles Hammerley, erster Botschaftssekretär Großbritanniens, Kairo verlassen würde, um andere Aufgaben zu übernehmen. Die Botschaft gab zu Ehren des Paares einen Empfang. Die Pamphilopoulos wurden zu ihrem großen Bedauern nicht eingeladen. Doria Pamphilopoulos hatte mehrmals versucht, mit Sybilla zu telefonieren, aber jedes Mal hatte die treue Athina gesagt, Lady Hammerley sei nicht da.

Ismaïl verbrachte nach dem Ball drei Tage im Bett. Seine Niedergeschlagenheit war so groß, dass seine Schwester Timmy sich Sorgen machte. Aber sie wagte es nicht, mit ihrem Vater darüber zu reden. Doch Taufiq Abu Sūn Pascha, Präsident der konstitutionellen Partei, der in Dingen der Politik zu Hause war, wusste es trotzdem. Er wurde ungeheuer wütend, als er erfuhr, welchen Fauxpas sein Sohn in der Gesellschaft von Hanswürsten, wie er es nannte, begangen hatte. Das zwang ihn zu einem demütigenden Schritt: Er bat die Herausgeber der Zeitungen, dass die Reporter den Vorfall verschweigen sollten. Timmy benachrichtigte ihre Tante. Prinzessin Zuleika äußerte sich gelassen: »Was wollt ihr? So viel Verführungkraft in Verbindung mit einem feurigen Temperament. Ismaïl ist der hübscheste Junge der Welt, da hat sich der englische Falter eben die Flügel verbrannt!«

Eine Woche später lud Prinzessin Noureddine Ismaïl und seine Schwester Timmy zum Essen ein.

»Du wirst mir Vorwürfe machen«, sagte er am Telefon.

Aber ihr glockenhelles Lachen beruhigte ihn. »Nein, Ismaïl, ich fühle mit dir.«

Zum ersten Mal sah er schlecht aus. Die Prinzessin war gerührt; sie seufzte. Sie hatte selbst wenige Romanzen erlebt, aber viele Liebesromane gelesen. Ihre gesellschaftliche Stellung war mit einer Leidenschaft, wie ihr Neffe sie erlebte, nicht zu vereinen.

Sie tranken den Kaffee auf der Terrasse, im Schatten der Magnolien. Timmy hatte sich diskret ein wenig abseits gesetzt, verstand aber jedes Wort.

»Eine verheiratete Frau.« Die Prinzessin seufzte. »Und

zudem die Frau eines hoch gestellten Diplomaten. Eines Engländers. Mily, ehrlich, du musst den Verstand verloren haben.«

Sie griff nach der Obstschale mit glasierten Orangenscheiben, Datteln und getrockneten Aprikosen. Er senkte den Kopf.

»Sie hat mich geliebt.«

»Nicht mit aller Konsequenz«, bemerkte die Prinzessin. Lady Hammerley hatte Ismaïl nicht so sehr geliebt, um seinetwegen ihren Mann zu verlassen.

»Sie hat nicht an mich geglaubt«, bemerkte Ismaïl traurig.

»Also hat auch dein Selbstwertgefühl gelitten.«

»Mein Selbstwertgefühl?«, wiederholte er verständnislos.

»Ja, pride. Das Selbstwertgefühl.«

»Ja, das auch.«

»Auch oder in erster Linie?«

»Auch im Sinne von ebenfalls.«

»Nimm ein Stück Kuchen. Du bist so mager, dass du noch krank wirst. Was hattest du denn mit Sybilla Hammerley vor?«

»Ich wollte, dass sie sich scheiden lässt und mich heiratet. Das ist alles.«

Die Prinzessin fing an zu lachen. »Das ist alles!«, wiederholte sie und runzelte die Stirn. »Also weißt du, Ismaïl …«

Er warf ihr einen fragenden Blick zu.

»Du bist der Sohn von Taufiq Abu Sūn Pascha, dem Präsidenten der konstitutionellen Partei. Dessen Beziehungen zu den Engländern waren nicht gerade unkompliziert. Siehst du dich etwa als Ehemann einer Engländerin, die sich von einem Diplomaten hat scheiden lassen? Wie sollen darauf die Engländer reagieren? Und wie dein Vater? Du hättest ihn in eine solche Verlegenheit gebracht, dass du ins Ausland hättest gehen müssen. Und wohin? Nach England etwa? Ismaïl, es wird Zeit, dass du erwachsen wirst.«

Ismaïl war schockiert. Er hatte nur dunkel geahnt, welche Schwierigkeiten eine Verbindung mit Sybilla Hammerley mit sich bringen würde. Schließlich wäre er nicht der erste Ägypter gewesen, der eine Ausländerin heiratete. Erst am Zorn seines Vaters hatte er erkannt, worauf er sich da eingelassen hatte. Dieser väterliche Zorn schien vor allem einer bestimmten Gesellschaft zu gelten, die Abu Sūn Pascha als überzeugter Muslim mit Verachtung strafte. Die arabischen Ausdrücke, die der Pascha für diese Gesellschaft benutzte, waren sehr sprechend für seine ganze Ablehnung. Aber der Pascha hatte Mühe, den Stolz zu verbergen, den er für seinen Sohn empfand. Der Vorfall gereichte Ismaïl letztlich zur Ehre, denn er hatte die Engländerin so behandelt, wie sie es verdiente. Außerdem hatte der Vater insgeheim Mitleid mit ihm und konnte die Enttäuschung verstehen, die sein geliebter Sohn erlitten hatte.

»Und schließlich«, fügte die Prinzessin hinzu, »darf man nie vergessen, dass wir für die Engländer nicht viel besser als Nigger sind.«

Ismaïl errötete, ohne zu wissen, weshalb. Seine Wunde schmerzte von neuem. Er erhob sich und ging auf und ab. Seine Tante beobachtete ihn.

»Wir müssen allmählich an deine Zukunft denken«, nahm die Prinzessin die Unterhaltung wieder auf.

Aber er hörte nur mit einem Ohr zu. Sie schlug ihm vor, Wirtschaft oder Jura zu studieren. Das wäre in einer politischen Familie immer nützlich. Er könne ja ein Praktikum im Ausland machen. Er erwiderte, sein Vater habe ihm einen Posten bei der National Bank besorgt und beabsichtige, ihm die Verwaltung gewisser Ländereien zu übertragen. Aber er war innerlich zerrissen. Seine Niedergeschlagenheit war offensichtlich und regte die romantische Fantasie seiner Tante an.

»Du bist mir wie ein Sohn. Mach mir keinen Kummer.«

Die Unterhaltung versiegte. Alles war gesagt und der verletzte Stolz eines jungen Mannes war nicht mit der Weisheit einer Frau von hoher Geburt vereinbar. Sybilla war abgereist. Ismaïl hatte seine erste Lektion über die Vergänglichkeit von Illusionen erhalten und fühlte die ganze Bitterkeit darüber.

17.
Ein verhängnisvolles Fest

Der Wirbel, den der Ball verursachte, forderte seinen Tribut. Das erste Opfer war Ismaïl, das zweite Sybilla und das dritte Murad Abd al Massih. Das vierte Opfer war Nadia, wenn auch mit einiger Verspätung.

Nach dem Herzanfall ihres Vaters musste Nadia abends ihrer Mutter Gesellschaft leisten; Soussou dagegen speiste mit ihrem zukünftigen Gatten in der Stadt. Die Hochzeit sollte im Herbst stattfinden. Nadia war dazu verurteilt, im kleinen Salon zu lesen. Es war still, denn das Radio wurde nur für die Nachrichten eingeschaltet. Bis zum Schlafengehen musste sie das Jammern und Stöhnen ihrer Mutter ertragen, die ihr gegenüber saß. Manchmal bekam die Mutter auch Weinkrämpfe. Nadia reichte ihr dann ein Glas Wasser mit Orangenblütenextrakt.

Nadia dachte über den Sinn der Ehe nach, aber sie hatte keine Zeit, mit ihrem geheimen Verlobten, Aldo Colestazzi, darüber zu sprechen. Sie hatte ihn nämlich gebeten, nicht anzurufen, damit es keine Szene gab. Ein Engel der Barmherzigkeit wollte, dass Madame Abd al Massih regelmäßig gegen halb zehn müde wurde. Ihr Schnarchen schreckte Nadia hoch. Sie geleitete die Mutter zum Schlafzimmer, legte sich aufs Bett und hörte leise Radio. Sie wusste es noch nicht, aber ihre Träumereien sollten bald verfliegen und Geschichte werden. Der Frühling war vorbei. Und mit dem Sommer wurde ihr Leben Realität.

Dieser abstrakte Begriff, Realität, hatte sie bisher kaum berührt. Denn auf welche Erfahrungen in puncto Realität konnte sie schon zurückblicken? Da war ihre erste Monatsblutung, die sie wie eine Wunde betrachtete. Aber Soussou hatte ihr versichert, dass man an gewissen Tagen als Frau an dieser Stelle blutete. Aber sie brauchte nur ihre mädchenhafte Figur und ihre kleinen Brüste anzusehen, um zu erkennen, dass sie mit dieser Realität erst jetzt konfrontiert worden war.

Aldos indiskrete Zärtlichkeiten an verschiedenen Abenden hatten sie auch nicht ganz mit der Realität vertraut gemacht, ja nicht einmal mit der Liebe. Von den Männern kannte sie bereits die Schwellungen eines gewissen Körperteils. Aldo hatte sie mehr oder weniger genötigt, dieses Ding zu berühren. Sie fragte sich manchmal, ob dieses Ding im Leben ihrer Heldinnen Greta Garbo und Norma Shearer je eine entscheidende Rolle gespielt hatte. Und doch wusste sie bei all ihrer Unerfahrenheit, dass dieses Ding eines Tages in sie eindringen würde. Sie verdrängte die Vorstellung.

Auch von Geld verstand sie fast nichts. Sie hatte immer nur über bescheidene Summen verfügt und sich davon Stoffe gekauft, mit Blumenmuster, denn der Richter duldete nichts anderes. Ein Kleid mit geometrischen Motiven musste einmal im Schrank verschwinden. »Und was noch?«, hatte der Vater gekeift. »Kommt als Nächstes die Zigarettenspitze?«

Nadia brauchte Geld nur für Metrokarten, kleine Sesambrötchen und griechischen Käse, wenn sie ins Kino ging. Gelegentlich gönnte sie sich ein Eau de Cologne mit Zitrusduft. Alles Übrige bezahlte die Familie.

Sie döste im Schein der Lampe vor sich hin. Gegen zwei

Uhr morgens hörte sie, wie ein Auto vor dem Gartentor hielt und Wagentüren zuschlugen. Sie sprang hoch und rannte zum Fenster. Ein königsblauer Rolls Royce funkelte unter der Straßenlampe, und Soussou kam den Weg zum Haus herauf. Nadia wurde von einer Ahnung überfallen. ›Ich werde nicht mehr oft erleben, wie Soussou in Abendrobe nach Hause kommt.‹ Eine unbestimmte Angst erfüllte sie. Sie empfing ihre Schwester mit großer Herzlichkeit.

»Du schläfst noch nicht?«, fragte Soussou.

Nadia bewunderte das gewagte Kleid. Der Rock aus Crêpe georgette und das Oberteil hatten Volants in Blau und Rosa.

»Was für einen sicheren Geschmack du hast«, schwärmte Nadia. »Ich bin sicher, eines Tages wirst du zur elegantesten Frau der Welt gewählt.«

Sie sagte es spontan und ohne Neid. Soussou erzählte vom Ball und von dem Zwischenfall.

»Eine Liebesgeschichte«, bemerkte Nadia spontan.

»Eine Geschichte von Menschen, die an die Liebe glaubten«, korrigierte Soussou.

»Und wie geht's Papa?«, fragte Soussou und legte ihre Abendtasche auf den Tisch.

»Er wird immer schwächer. Sein Puls ist kaum mehr zu spüren.«

Am nächsten Tag erfuhren sie per Telefon, dass, als sie sich unterhielten, Richter Murad Abd al Massih bereits seit Stunden tot war. Der Arzt hatte sich geweigert, die Familie mitten in der Nacht zu informieren: Er war genau zu der Zeit gestorben, als seine Tochter im Rolls Royce zum Ball von Prinzessin Zuleika fuhr.

Dies wurde am nächsten Tag von den beiden Schwestern wie eine unvermeidbare, ja sogar gewünschte Nachricht aufgenommen. Da Madame Abd al Massih in Tränen aufgelöst war, hatte Soussou sich um alle Formalitäten gekümmert. Sie sandte Telegramme an Verwandte, organisierte die Beerdigung und das Leichenmahl. Hinzu kamen all die Formalitäten, die den Tod eines lieben Menschen für die Familienangehörigen verhasst machen und damit gleichzeitig ihren Kummer mildern.

»Letztlich«, bemerkte Nadia nachdenklich, »hat dieser Ball Papa das Leben gekostet.«

»Er ist gestorben, weil ich leben wollte«, sagte Soussou. »Wenn du dich zu seinen Lebzeiten mit Aldo Colestazzi vermählt hättest, wäre er ebenfalls an einem Herzanfall gestorben.«

Am Vorabend der Bestattung eilten die zahlreichen Verwandten herbei. Sie hatten vom Vermögen des Abd al Massih eine Vorstellung, die nicht unbedingt der Realität entsprach. Einige hatten erwartet, in der Villa Arsinoe übernachten zu können, mussten sich aber auf eigene Kosten eine Unterkunft suchen. Soussou hatte ihnen erklärt, die Bediensteten hätten andere Aufgaben zu erfüllen, als Betten herzurichten. Andere kamen erst nach der Messe und der Beerdigung in die Villa. Ihre Absicht war eindeutig: Sie wollten ein Erbstück mit in die Provinz nehmen, eine Standuhr, einen kleinen runden Tisch oder ein Bild.

»Das Erbe wurde noch nicht inventarisiert«, erwiderte Soussou.

Ein zerstreuter Vetter fragte nach dem Essen, ob es denn kein Dessert gebe. »Nein. Es handelt sich hier um ein Leichenmahl«, bemerkte Soussou.

Nach dem Mahl begab man sich in den großen Salon, wo der Kaffee serviert wurde. Einige spielten auf die Kosten für Reise und Übernachtung an und wollten wissen, wann die Legate verteilt würden. Man erwähnte auch, dass der Richter keinen männlichen Erben hinterlassen hatte und die Töchter nach islamischem Recht nur Anspruch auf ein Achtel des Erbes hätten, die Witwe auf ein Drittel. Der Rest ging an die nächsten männlichen Verwandten, also an die beiden Brüder.

»Bleiben fünf Zwölftel«, bemerkte einer der beiden Brüder. Die Villa, das Mobiliar und der Landbesitz in der Gegend von Damiette wurden ungefähr auf sechzigtausend Pfund geschätzt, eine stattliche Summe. Davon gingen fünfundzwanzigtausend an die Verwandten, der Rest an ihn und seinen Bruder.

Soussou bedachte ihn mit einem unfreundlichen Blick und gab einem Gast, den bisher niemand beachtet hatte, ein Zeichen. Der Gast stellte sich vor. Es war ein von Soussou beauftragter Anwalt, ein Muslim. Lächelnd erklärte er, dass das Gesetz für die Aufstellung des Inventars eine Zeitspanne von zwei Jahren vorsah und dass die direkten Erben, also die beiden Töchter des Richters, das Vorkaufsrecht hätten.

»Und was ist mit unseren Rechten?«, wollte einer der Brüder wissen.

»Sie werden anteilig entschädigt«, erwiderte der Anwalt.

Alle waren bestürzt. Aus war es mit Standuhr, Statuen und Bildern. Die Schätzung würde sich monatelang hinziehen, wenn nicht gar Jahre, und sie würde bestimmt nicht zugunsten der Erben ausfallen.

»Aber wer wird das Erbe zurückkaufen?«, fragte der andere Bruder verächtlich. »Und mit welchem Geld?«

»Mademoiselle Soussou wird es tun«, erwiderte der Anwalt. »In einem Monat ist sie Prinzessin von Calancore.«

Prinzessin von Calancore? Alle reckten den Hals nach Soussou, die lässig in ihrem Sessel saß. Nadia unterdrückte ein Lachen.

»Wo liegt Calancore?«, fragte der ältere Bruder.

»In Indien«, erwiderte Soussou.

»Prinzessin von wo?«

»Von Calancore«, sagte Soussou mit Nachdruck.

Der Onkel betrachtete sie einen Augenblick und schüttelte den Kopf. »Gut«, sagte er dann. »Ich glaube, wir haben hier nichts mehr verloren.«

Er erhob sich und zog den Bruder mit sich. In wenigen Minuten waren alle gegangen.

»So eine Schande!«, rief Grace Abd al Massih. »Deine Verwandten so zu behandeln!«

»Diese Verwandten würden mir nichts geben, wenn ich in Not wäre. Wir hätten Haus und Landbesitz verloren, diese Geier hätten uns um alles gebracht. Und uns, ohne mit der Wimper zu zucken, auf die Straße gesetzt!«

»Ja, das stimmt, sie sind wie die Geier«, schwenkte die Witwe um. »Ja, du hast klug gehandelt.«

»Du erhältst Papas Pension, und auch Nadia wird nicht Hunger leiden.«

Nadia war nachdenklich. Insgeheim hatte sie gehofft, der Tod ihres Vaters würde ihr die Gelegenheit bieten, Heliopolis zu verlassen. Nun würde sie wohl für ewig hier bleiben. Und plötzlich hasste sie das protzige Mobiliar, die geschmacklosen Lüster mit den staubigen Leuchten und die abscheulichen Tapisserien. Sie hasste ihr kupferbeschlagenes Bett, die archaische Frisierkommode, all das düstere Mobiliar, das Stabilität und Respektabilität symbolisierte. Und den ewigen Geruch nach Knoblauch und Eukalyptus. Sie würde gern ein helles Appartement in der Stadt bewohnen. Stattdessen würde sie noch Jahre hier wie in einem stickigen Kloster in Gesellschaft der Mutter ihr Leben verbringen. Das Blut stieg ihr in die Wangen.

»Wir müssen aber nicht bis ans Lebensende hier bleiben«, rief sie.

»Wohin möchtest du gehen?« Ihre Mutter stöhnte.

Nadia ging erregt auf und ab. »Ich würde gern das alles verkaufen und in der Stadt leben.«

Ihre Mutter stieß unbestimmte Laute aus. Soussou beobachtete ihre Schwester aus dem Augenwinkel.

»Ich habe die Nase voll von dieser Totenstadt!«

»Du würdest nicht so reden, wenn dein armer Vater noch am Leben wäre.« Grace Abd al Massih seufzte. »Aber er ist aus Kummer über euch gestorben.« Damit hatte sie den Töchtern kundgetan, wie schändlich sie sie fand. Und sie setzte ihr Gejammer fort.

»Niemand hat Vater getötet«, konterte Nadia. »Er ist gestorben, weil ihm jeglicher Sinn für Realität fehlte. Was habt ihr denn von uns erwartet? Dass wir haarige Böcke heiraten und ein Kind nach dem anderen bekommen?«

Nadias Beleidigungen trieben den Adrenalinspiegel ihrer Mutter in die Höhe. Sie erhob sich und stürzte sich auf die Tochter und bearbeitete sie mit den Fäusten.

»Was ich erwartet habe? Ich hatte gehofft, dass ihr nicht als Huren endet. Aber genau das seid ihr, zwei Huren!«

Soussou trennte die beiden und Nadia stieß ihre Mutter brüsk zurück. Sie blutete an der Schulter, ein Ring der Mutter hatte sie verletzt.

»Alte Ziege«, sagte Nadia und ging hinaus.

»Ich hätte dich besser auf die Straße werfen lassen sollen«, sagte Soussou und zündete sich eine Zigarette an.

»Ich brauche dich nicht. Ich kann bei meiner Schwester leben«, erklärte ihre Mutter.

»Na gut, das kannst du immer noch.« Soussou dachte, dass nichts mehr von ihrem Familienleben übrig geblieben war.

»Du denkst nur ans Geld, nicht wahr? Du hast uns Schande gemacht, weil du nur ans Geld denkst. Du hast sogar den Anwalt mitgebracht. Einen Muslim!«

»Das ist der Gipfel der Undankbarkeit. Und die Verwandten haben wohl auch nur an ihren Kummer gedacht, was? Ich hätte also zulassen sollen, dass sie uns alles wegnehmen. Du bist eine Heuchlerin, genau wie sie.«

»Es war auch ihr Erbe«, murrte Madame Abd al Massih, ohne sich um die eigenen Widersprüche zu kümmern. Und sie fing wieder an zu weinen, in der Hoffnung, damit Mitleid zu erregen.

Soussou zuckte mit den Schultern und ging hinaus, alles hinter sich lassend, was einmal für sich wertvoll war. Ihre Mutter verkörperte das für Frauen im Orient typische Schicksal: Sie hatte sich den Wünschen des Ehemannes gefügt und für Nachkommen gesorgt.

Das, was die Familie äußerlich zusammenhielt, war nun zerbrochen. Grace Abd al Massih wusste das und vergoss darüber bittere Tränen. Sie weinte so lange, bis die Frau des Kochs kam und sie mit einem kalten Orangenblütengetränk tröstete, das ihr die Töchter künftig nicht mehr anbieten würden.

Draußen verharrte Soussou einen Augenblick. Sie überlegte. Ihr Vater war nicht aus Zorn gestorben, sondern aus Angst vor den Veränderungen, die sein lächerliches Dasein bedrohten. Und ihre Mutter weinte, weil sie wusste, welchen Preis Soussou gezahlt hatte, um das elterliche Haus zu halten. Dennoch war die Villa Arsinoe nicht viel mehr als eine verlassene Theaterkulisse. Soussou würde die Villa nur bis zum Besuch von Vindra, dem Maharadscha von Calancore, einigermaßen in Schuss halten. Der Hindu würde gleich nach der vierzigtägigen Trauerzeit kommen, um der Mutter seiner Braut vorgestellt zu werden. Soussous pragmatische Ader gewann Oberhand. Ein paar Möbel weniger, Blumen in den Vasen, und schon würde der Salon eleganter wirken.

Sie betrat Nadias Zimmer. Die Schwester lag auf dem Bett und starrte vor sich hin.

»Nadia, ich hasse dieses Haus genauso wie du.« Sie ging zum Fuß des Bettes. »Ich will es nur bis zu Vindras Besuch behalten. Ich weiß, was du denkst. Dieses Haus ist ein Grab. Wir müssen dich verheiraten.«

Sie zog sich in ihr Zimmer zurück. Nadias fragender Blick folgte ihr.

Heiraten, ja. Mädchen wurden dazu erzogen, die Heirat als höchstes Ziel zu sehen. Die Ehe war schließlich nichts als ein Geschäft. Sie würde Aldo heiraten. Aber liebte sie ihn? Irgendwo hatte sie gelesen, dass die Antwort nein lautete, wenn man sich diese Frage stellte. Aber warum liebte sie Aldo nicht? Entsprach er nicht ihrem Bild von der Liebe? Diese Fragen quälten sie. Froh, zur Ablenkung eine gute Lektüre zur Hand haben, vertiefte sie sich bis spät in die Nacht in ›Kontrapunkt des Lebens‹ von Aldous Huxley.

18.

Der grausamste Monat

Die Botschaft ließ fünf Koffer nach Port Said bringen. Von dort würden sie mit dem nächsten Passagierdampfer, der Mooltan, nach London gebracht. Auch das Magnolienbild war verpackt. Sybilla steckte ein winziges Päckchen in die Manteltasche. Ein Unbekannter habe es abgegeben, hatte Athina erklärt. Ja, letztlich war er ein Unbekannter. Kaum hatte sie begonnen, ihn zu entdecken, da wurde er bereits wieder ein Unbekannter.

Sir Charles und Sybilla reisten am letzten Apriltag, dem ersten heißen Tag. Diese Hitze war ein Vermächtnis aus der Zeit der Pharaonen; wie eine Königin nahm sie ihr Reich wieder in Besitz. Die Hitze sorgte dafür, dass die Haut immer feucht war und sie verwandelte die zarteste Berührung von Stoff auf dem Busen einer Frau in eine indiskrete Liebkosung. Diese Hitze heizte die jungen Leute förmlich auf und bewirkte Überreizung oder Mattigkeit. Die Hitze von König Mykerinos. Flüchtig kam Sybilla der Gedanke, dass sie nicht mehr oft Schweißperlen auf der Oberlippe spüren würde.

Athina brach in Tränen aus, als Sir Charles zum letzten Mal die Tür im Erdgeschoss zusperrte. Sybilla unterdrückte ihre Tränen. Vom Wagen aus warf sie einen wehmütigen

Blick auf die leuchtenden Blüten der Hortensien und Rosenstöcke.

»Früher oder später hätten wir sowieso abreisen müssen«, murmelte sie leise, während der Chauffeur die Koffer im Humber verstaute. Die Botschaft hatte den Wagen zurückgekauft; Sir Charles würde in London einen neuen bekommen. Auf diese Weise sparte man Transportkosten. Charles ließ sich auf dem Beifahrersitz nieder, und der Chauffeur brachte sie zum Flughafen. Sybilla kam ein Vers von Eliot in den Sinn: ›April is the cruellest month/Breeding lilacs out of the dead land …‹

Zum Glück zwangen die Formalitäten und die Zeugen sie zur Disziplin. William Blakewell, der erste Sekretär, gab ihnen Nachrichten für alle möglichen Leute in London mit und eine Schachtel Datteln für seine Mutter.

Die BOAC stand schon bereit. Die Türen wurden geschlossen, die Gurte angelegt. Kurze Zeit später sahen Sir Charles und Lady Hammerley die Pyramiden von Gizeh von oben, wie einst der Falke Horus. Die Flugbegleiterin bot ihnen Getränke an. Im Club würde man bald den Apéritif einnehmen. Sybilla schlief ein. Stunden später tauchten die Kreidefelsen von Dover vor dem Hintergrund der graublauen Nordsee auf.

»Wie sage ich es ihm nur?« Die Frage ging Sybilla nicht aus dem Sinn.

Plötzlich beugte sich Sir Charles zu ihr und sagte leise: »Ich wäre froh, wenn du morgen zu Dr. Fillermore gehen würdest.«

Sie blickte ihn fragend an.

»Ich möchte, dass du das Kind behältst«, sagte er im gleichen Ton. »Wenn es dir nichts ausmacht, erkenne ich es als mein eigenes an.«

Tränen stiegen ihr in die Augen. »Thank you«, brachte sie

nach einer Weile hervor. »Thank you, Charles. You're a kind man.«

»Dieses Kind hätte ich mit dir haben sollen«, fügte er hinzu. »Aber das Schicksal hat es anders gewollt.« Seine Stimme war belegt.

Sie hatte gut daran getan, Charles nicht zu verlassen. Sie hätte sich damit das Leben zerstört und wäre nie darüber hinweggekommen. Aber wie grausam doch das Glück ist! Sybilla fing an zu weinen.

Die Gebäude von Heathrow glitten an ihnen vorbei. Der ägyptische Traum war endgültig ausgeträumt. Mykerinos war in eine Vergangenheit zurückgekehrt, die weiter entfernt war, als sich eine Besucherin des Museums je hätte vorstellen können.

Kurz vor der Landung öffnete Sybilla das kleine Päckchen: Es enthielt einen kleinen Osiris aus blauer Fayence, als Anhänger gefasst, mit Goldkette.

19.

Die Leiden des jungen Siegfried

Der Einfallswinkel der Sonnenstrahlen hatte sich verändert. Als Siegfried Alp die Sulaiman-Pascha-Straße entlangging, um bei Groppi, dem Schweizer Teesalon, einzukehren, kam ihm die Erkenntnis, dass sich die Vertrautheit der Stadt in Luft aufgelöst hatte. Eine merkwürdige Unruhe, die Vorahnung eines unvermeidbaren Ereignisses, erfüllte ihn seit unbestimmter Zeit mit einer fast gelassenen Heiterkeit. Plötzlich verachtete er den mittelmäßigen Luxus der eleganten Kairoer Abende. Seine Vorstellung von Luxus orientierte sich seit langem am Lebensstil von Persönlichkeiten wie Prinzessin Zuleika. Aber Guy Burgess' Kommentare über den Ball hatten ihn irgendwie desillusioniert. Er empfand eine seltsam unerklärliche Begeisterung für etwas, was zukünftig vor ihm lag. Er war davon überzeugt, dass eine andere Welt ihn erwartete. Und die Vorstellung, dass ein Mann wie Guy Interesse an ihm zeigte, war tröstlich. Ein britischer Diplomat, das war schon etwas anderes als die dunkelhäutigen Jünglinge, die ihm zu Diensten waren.

Der Gedanke an ein Dinner zu zweit erfüllte ihn mit Freude. Guy hatte ihm den Schlüssel zu seiner Wohnung anvertraut. Er war morgens dort gewesen, hatte den Haushalt gemacht, die Bücher und Kissen geordnet, das Bett und den

Abwasch gemacht und Hahnenfuß in die Blumenvasen gestellt. Er war mit seiner Mutter verabredet. Sie wartete unter den orangefarbenen Art-déco-Lüstern auf ihn. Sie war blond und kurzsichtig, aber dennoch wachsam und musterte ihn durchdringend, wie es alle Mütter tun, die nur einen einzigen Sohn haben.

»Du wirkst unruhig«, sagte sie.

»Unruhig?«

Niemand ist leichter zu durchschauen als ein junger Mann. Sie bestellten sich einen kleinen Imbiss und Bier. Eine Frau ging an ihrem Tisch vorbei, nervös wie eine aufgescheuchte Gazelle.

»Das war Vivien Leigh«, sagte Cécile Alp.

Siegfried wirkte desinteressiert. Ob seine Mutter über das unangenehme Erlebnis mit Margaret Hartnell informiert war? Während des Essens fragte sie ihn beiläufig:

»Und die Schauspielerin?«

»Welche Schauspielerin?«

»Du weißt schon, die andere, die alte.«

Die alte. Das ärgerte ihn, aber er beherrschte sich.

»Weshalb erwähnst du sie?«

»Weil alle über sie reden.«

Er legte seine Gabel zur Seite. »Na und?«, fragte er herausfordernd.

»Nichts na und. Sie schreibt dir doch, nicht wahr?«

Er schwieg. Bestimmt hatte seine Mutter den Brief mit der ausländischen Briefmarke gesehen, mit der kantigen und doch weiblichen Schrift. Vielleicht war sie sogar so indiskret gewesen, den Brief zu lesen.

»Wie auch immer, sie ist jedenfalls zu alt für dich«, fuhr Cécile Alp fort.

Er kannte die Taktiken und Strategien seiner Mutter. Sie sondierte das Terrain. Wenn er schwieg, schloss sie daraus, dass ihm die Angelegenheit wichtig war. Also erklärte er ihr beiläufig: »Sie ist abgereist.«

»Deshalb habe ich ja gefragt, ob sie dir geschrieben hat.«

»Und wenn?«

»Dann müsste ich es wissen«, sagte sie plötzlich autoritär. »Ich möchte nicht die Schwiegermutter einer Frau meines Alters werden.«

»Ich kann mich an keinen Heiratsantrag erinnern.«

»Oh, ich kenne mich da aus«, konterte sie.

»Mir ist das alles ziemlich egal«, erwiderte er ausweichend.

»Hoffentlich. Sonst steckt sie dich noch mit Tuberkulose an.

»Mit Tuberkulose?«, wiederholte er entrüstet.

»Ich kenne mich da aus«, wiederholte sie, noch autoritärer.

»Unsinn!«, wehrte er ab. Einmal mehr stellte er fest, wie besitzergreifend die Frauen waren. Tuberkulose! Was für ein Hirngespinst. Das waren landläufige Vorstellungen, nach denen sexuelle Aktivität den Organismus auslaugte und anfällig für Lungenkrankheiten machte.

»Solche Frauen übertragen die Tuberkulose oder noch schlimmer ...«

Er zuckte die Achseln. »Ich werde Margaret Hartnell nicht heiraten. Ich habe ganz was anderes vor.«

»Was denn?«

»Ich werde von hier weggehen.«

»Weggehen? Wohin denn?« Ihre Stimme verriet Panik und Zorn.

»Weg von hier. Ich muss weg.«

»Aber wohin?«, rief sie außer sich. »Wozu dieser Unsinn?« Sie war purpurrot im Gesicht. »Wir sind hier zu Hause, das ist unsere Stadt, unser Land und unser Haus. Wer zahlt mir dann die Pension deines Vaters aus? Und wohin willst du gehen? Willst du in London oder in Paris erfrieren? Wer hat dir diese Flausen in den Kopf gesetzt? Vermutlich diese schreckliche Zicke!«

Siegfried spürte, dass seine Mutter immer mehr in Rage geriet, und trat den Rückzug an. Ihre Wutausbrüche waren fürchterlich, weil sie vollkommen irrational waren. Seltsam: Obwohl sie Preußin war, verkörperte sie die Orientalin bis in die Zehenspitzen. Dazu gehörte auch ihre Lebensangst. Er erwiderte gelassen, sie mache sich Illusionen, falls sie glaube, dass sie in einem muslimischen Land zu Hause sei. Aber sie zuckte verständnislos die Achseln.

Die Menschen richten es sich in ihrer Behaglichkeit so gemütlich ein wie ein Hund in seinem Korb, dachte Siegfried. Chester Lamotte und Guy Burgess hatten ihm die Augen geöffnet, bis er schließlich erkannt hatte, dass Ägypten keine Heimat für ihn war. Er fühlte sich weder den Pharaonen noch den modernen Ägyptern verbunden.

Sie beendeten die Mahlzeit in trüber Stimmung. Siegfried kannte den Tagesablauf seiner Mutter in- und auswendig: Sie würde gegen fünf Uhr in den Club gehen und mit einer Freundin essen. Und der Gouverneur von Alexandria, ein alter Verehrer, wäre vermutlich auch dabei.

Siegfried seinerseits würde bei Marduq einen Cocktail nehmen und dann mit Guy zu Abend essen. Vorher musste er zweiundzwanzig Meter syrische Vorhangseide für einen Kunden beschaffen. Er ließ sich im Taxi nach al Muski fahren, dem beliebten Viertel, wo es günstige Stoffhändler gab, preiswerte Konfektionskleidung, achtzehnkarätigen Goldschmuck und pseudofranzösische Möbel mit Schnörkeln, nach denen das ägyptische Kleinbürgertum ganz verrückt war. Von dort begab er sich zu Fuß zum Khal Khalil, einem Bazar, in dem überwiegend Touristen nach Kupfertabletts, Honiggebäck und Antiquitäten Ausschau hielten. Auf diesen Gassen, die ständig mit Kutschen,

Autos, Hand- und Eselskarren verstopft waren und wo sich die Fahrer wüst beschimpften, bot sich immer ein buntes Schauspiel.

Die Männer trugen fast ausnahmslos die Djellaba, ein helles Kattungewand, über einer bestickten Weste. Dieses lockere Gewand sorgte dafür, dass sie genug Luft bekamen. Die Frauen waren mit der ›milaya‹ bekleidet, einem Obergewand mit Zierborten, das ihren Körper und ihr Haar verhüllt und vorn mit der Hand zusammengehalten wird. Ein Junge mit einem Stück Melone in den Händen musterte Siegfried geringschätzig: Was hatte denn der Europäer in diesem Viertel verloren? Bestimmt lief er den Dirnen nach.

Schließlich gelangte Siegfried zum Khan Khalil an, bestellte grün-weiß gestreifte Seide und ließ sich einen gezuckerten Tee servieren. Dann ging er nach Hause und hielt Siesta. Um sieben Uhr läutete er, frisch rasiert, geduscht und in Anzug mit Krawatte, an der Tür von Marduq Pascha.

Marduq Pascha war eine kurze Zeit lang Außenminister gewesen und ein mehr oder weniger gern gesehener Höfling von König Faruk. Er war korpulent, redegewandt, würdevoll, faul und lebte promiskuitiv. Als Siegfried eintraf, hielt er gerade eine Rede über die »Des-orient-ierten« – das waren ihm zufolge jene, die den Sinn für den Orient verloren hatten. Seine Zuhörerschaft bestand aus dem französischen Botschaftssekretär, dem belgischen Botschafter, einem südamerikanischen Diplomaten, ein paar Klatschbasen und Damen der Kairoer Gesellschaft. Louis Hanafi und Fatma al Entezami waren ebenfalls anwesend.

Siegfried lauschte aufmerksam den gelehrten Ausführungen seines Gastgebers. War nicht der Orient ein magnetischer Mittelpunkt? Der Orient von Goethe und den Romantikern. Der mächtige Orient, der alle Glaubensrichtungen aufnahm und absorbierte, seit dem 3. Jahrhundert v. Chr., als Alexander die gleichnamige Stadt Alexandria gegründet hatte. Marduq Pascha erging sich in aller Breite und die Zuhörer waren von seiner Rhetorik in den Bann gezogen.

Siegfried jedoch war genervt. Goethe! Diese Leute hatten keine Zeile von Goethe gelesen. Er setzte alles auf eine Karte.

»Pascha, erlauben Sie mir einzuwenden, dass ich nicht an die kosmopolitische Tradition glaube, die Sie beschreiben. Im Jahr 50 haben die Griechen in Alexandria fünfzigtausend Juden niedergemetzelt.«

Der Pascha stand wie vom Donner gerührt da, als habe er soeben eine Natter erblickt. Louis Hanafi trat von einem Bein aufs andere. Die Verwirrung seines Gastgebers gefiel ihm sichtlich und er konnte sich ein Grinsen kaum verkneifen.

»Was erzählen Sie da?«, murmelte der Pascha verwirrt.

»Das steht in den alten Geschichtsbüchern. Lesen Sie Cassius Dio Cocceianus, lesen Sie Josephus Flavius «

Die Zuhörer waren sprachlos.

»Sind Sie sicher?«, fragte der Pascha.

Siegfried blickte ihn von oben herab an. »Die Texte sprechen für sich. Die derzeitige Toleranz ist nur auf die Kolonialmächte zurückzuführen, die in Ägypten eine andere Gerichtsbarkeit eingeführt haben.«

Die Zuhörer waren konsterniert. »Fünfzigtausend Juden!«, wiederholten die Damen von Welt, unter denen auch Jüdinnen waren. Der französische Botschaftssekretär sah Siegfried amüsiert an.

»Sie kennen Josephus Flavius?«

»Er ist immerhin fast ein einheimischer Autor«, erwiderte Siegfried. »Auf jeden Fall einheimischer als die Égyptian Gazette.«

Der Sekretär lachte.

»Sie halten aufrührerische Reden«, bemerkte der Pascha.

»Ich halte keine aufrührerischen Reden«, widersprach Siegfried. »Die Wirklichkeit selbst ist aufrührerisch.«

Dann drehte sich die Unterhaltung um andere Themen. Der französische Botschaftssekretär, amüsiert von dem kleinen Vorfall, lud Siegfried zum Essen ein. Bald darauf verabschiedete sich Siegfried auf Französisch.

Ein Taxi brachte ihn in die Chagarit-al-Durr-Straße. Er blickte an der Fassade hinauf; in der Wohnung brannte kein Licht. Er ging hinauf und stellte fest, dass Guy offenbar nur hier gewesen war, um sich umzuziehen. Auf dem Bett lagen ein feuchtes Handtuch und ein zerknittertes Hemd; auf dem Boden lagen Socken und das Waschbecken wies noch Spuren einer eiligen Rasur auf. Siegfried goss sich einen Scotch ein und wartete auf die Rückkehr des Hausherrn. Eine Dreiviertelstunde später hörte er den Schlüssel im Schlüsselloch. Dann stand Guy im Türrahmen, mit nachdenklichem Gesicht. Er schloss die Tür hinter sich und sah Siegfried lange an, aber sein Blick erfasste ihn nicht.

»Wenn ich nicht willkommen bin, gehe ich.«

Burgess schüttelte den Kopf.

»Dann gute Nacht«, beharrte Siegfried und wollte sich verabschieden.

»Gute Nacht«, sagte Guy teilnahmslos.

Siegfried sah ihn erstaunt an: Dem Engländer standen Tränen in den Augen.

»Die Beerdigung hat dich wohl tief erschüttert.«

»Die Beerdigung?«, wiederholte Burgess verständnislos.

»Ja, die Beerdigung.«

Burgess ließ sich seufzend in einen Sessel fallen.

»Willst du einen Scotch?«

Der andere zuckte die Achseln.

»Wir wollten eigentlich zusammen essen«, erinnerte Siegfried, schenkte Whisky ein und gab zwei Eiswürfel hinzu. »Bist du in der Verfassung?«

Burgess nahm einen kräftigen Schluck. »Ja«, erwiderte er schließlich. »Bin ich. Der Mensch muss ja schließlich essen. Verzeih mir. Ich habe ein ... ein kleines Problem.« Er fasste Siegfried am Knie und sah ihn voller Angst an. »Bekomme ich keinen Kuss?«

»Du siehst nicht gerade so aus, als ob es dich danach gelüsten würde«, meinte Siegfried. Dennoch neigte er sich zu ihm. Guy küsste ihn mit verzweifelter Zärtlichkeit.

»Gehen wir«, sagte Burgess und erhob sich.

Auf der Treppe erklärte er, dass er nicht allzu viele Leute zu sehen wünsche. Sie gingen in ein kleines griechisches Lokal, nur ein paar Schritte entfernt, mit kaltem Neonlicht, weißen Tischdecken und hemdsärmeligem Besitzer. Sie bestellten griechischen Salat, Lammspieß mit Reis und Raki.

»Was ist los?«, fragte Siegfried schließlich.

»Eine unvorhergesehene berufliche Situation.«

»Die dir offensichtlich Kummer bereitet.«

Burgess lächelte. »Der Mensch mag keine unvorhergesehenen Situationen. Ich werde versetzt.«

»Wann?«

»In acht Tagen.«

»Dann sind wir also nur zehn Tage zusammen gewesen.« Siegfried war sichtlich niedergeschlagen. Burgess dagegen schien überrascht.

»Ich habe nicht geahnt, dass dich das betrüben würde. Aber es ist nicht mein Entschluss.«

Siegfried seufzte. »Du ... ich weiß, dass dich das vielleicht überrascht. Aber ich habe im Grunde nur dich.«

Der andere musterte ihn intensiv.

»Wie ist das möglich?«

»Es ist eben so. Es ist die einzige ... emotionale Bindung, die ich habe, die einzige seit langem.«

Burgess schwieg.

»Aber wir kennen uns viel zu wenig, als dass du bereits an mir hängen könntest.«

»Es ist aber so.« Siegfried nippte an seinem Raki und fuhr fort: »Kaum habe ich dich gefunden, da wirst du mir schon wieder genommen.«

»Lass dich nicht von der Romantik hinreißen.«

»Warum nicht?«

»Aus dem einfachen Grund, weil dir das Schmerzen bereitet.«

»Was ist mit dir? Hast du eine emotionale Bindung?«

»Nein. Die einzige Beziehung, die ein Diplomat haben darf, ist die zu seiner Ehefrau. Und ich bin nicht verheiratet. Ich bin ständig in einem fremden Land, und wenn ich nach England zurückkehre, fühle ich mich dort wie auf Durchreise. Ich habe nur Abenteuer.«

»Ich bin also ein Abenteuer für dich.«

»Hoffentlich hinterlasse ich keine unangenehme Erinnerung.«

»Und was wird aus mir?«

»Ich werde dir ein Kompliment machen, das mir selten über die Lippen kommt. Ich bedauere, dass du nicht bei mir bist«, erwiderte Burgess.

»Gehst du weit fort?«

»Ich weiß es nicht.«

Er weiß es bestimmt, aber er möchte es mir nicht sagen, dachte Siegfried bei sich.

»Wir haben noch acht Tage«, sagte Burgess. »Die sollten wir genießen. Lass uns das Thema wechseln. Wie ich höre, hat sich Margaret Hartnell in dich verknallt?«, fragte er lächelnd.

»Hast du Nachforschungen über mich angestellt?«

»Nein, ich habe es im Club erfahren.«

»Sie hat mir geschrieben.«

Burgess schien interessiert. »Einen Liebesbrief?«

»Sie will, dass ich zu ihr nach London komme. Sie ist vermutlich ziemlich einsam.«

»Margaret Hartnell hat dich gebeten, zu ihr nach London zu kommen?« Guy war erstaunt.

»Ja, warum?«

»Ich hoffe, du hast angenommen.«

Siegfried schien überrascht. Er stammelte, er habe nicht geantwortet, er wisse nicht, was er mit einer Frau in diesem Alter anfangen sollte ... aber Guy fiel ihm ins Wort. Früher oder später müsse er, Siegfried, Ägypten ohnehin verlassen. Er habe kein Geld und in Europa keinen einzigen Bekannten. Die Einladung von Margaret Hartnell habe ihm der Himmel geschickt. Er müsse sofort zusagen, betonte der Diplomat voller Eifer.

»Aber was soll aus mir werden?«, wehrte Siegfried sich.

»Du musst dich ums eigene Überleben kümmern«, sagte Burgess. Ähnliche Worte hatte Chester Lamotte gebraucht. Siegfried wurde nachdenklich.

Wieder in Guys Wohnung angekommen, liebten sie sich leidenschaftlich. Gegen zwei Uhr morgens zog Siegfried sich leise an. Guy war eingeschlafen. Er schlich sich auf Zehenspitzen hinaus.

Überleben, dachte er, während ihn das Taxi nach Hause brachte. Ja, ohne Geld hatte man keine Wahl. Das war eine Tatsache, wenn auch eine schmerzliche.

Und ein weiteres Mal empfand er Schmerz, wenn auch einen Schmerz anderer Art: Am 25. Mai 1951 erfuhr er, dass Guy Burgess und ein Kollege, Duncan MacLean, Agenten im Dienste der UdSSR waren. Sie wurden entlarvt und flohen nach Moskau. Nichts, was das Schicksal für mich bereithält, hat Bestand, nichts hat Gültigkeit oder irgendeinen Wert, dachte Siegfried. Es war wie in einem Märchen, in welchem dem Helden alles, was er berührt, zu Staub zerfällt. Ägypten gaukelte ihm ausschließlich Trugbilder vor.

20.
Die Leiden des jungen Ismaïl

Nachdem sich Ismaïl Abu Sūn von seiner Tante verabschiedet hatte, kehrte er nach Hause zurück, um Siesta zu halten. Wie leer sein Leben war. Niemand würde Sybilla jemals ersetzen. Er gab einem Impuls nach, rief Oberst Omar al Damanhuri in der Kaserne an und lud ihn zum Essen ein. Er führte ihn in ein Café auf der Straße der Pyramiden, in dem es köstliche gegrillte Tauben gab. Da es nicht angebracht war, in Omars Gegenwart Alkohol zu trinken, hatte er sich vor dem Treffen einen doppelten Scotch genehmigt. Aber er sollte ihm schlecht bekommen, denn der Alkohol löste ihm die Zunge.

Omar war der älteste Sohn des ehemaligen Verwalters der Ländereien. Der Pascha hatte seine Erziehung übernommen, nachdem Omars Vater an einem Sonnenstich gestorben war. Oder, wie böse Zungen behaupteten, an einer Gehirnblutung nach dem Genuss einer halben Flasche Brandy, die er in praller Sonne geleert hatte. Omar war also das Mündel der Familie. Er war in die Armee eingetreten und hatte dort schnell Karriere gemacht. Darauf war Abu Sūn stolz. Omar war respektvoll und zurückhaltend, und er war sich immer seiner Schuld und seines gesellschaftlichen Ranges bewusst. Die beiden jungen Männer waren fast gleich alt. Beinahe wäre ein besonders herzliches Verhältnis entstanden, hätte Ismaïl nicht eines Tages festgestellt, dass Omar immer wieder begehrliche Blicke auf Timmy ruhen ließ. Und er hatte ihm unverblümt erklärt:

»Meine Schwester gefällt dir.«

Omar war damals knallrot geworden, was Ismaïl amüsierte. Als reicher junger Mann war er es gewohnt, ungeniert über Themen zu sprechen, die Jungen aus dem Volk wie Omar niemals in Gesellschaft erörtert hätten. Omar hatte Ismaïl gestanden, dass er noch nie mit einer Frau geschlafen hätte. Daraufhin machte Ismaïl ihm ein Geschenk: Er begleitete ihn in das Bordell in der Klut-Bay-Straße, wählte dort das freundlichste Mädchen aus und erklärte ihm, es solle den jungen Mann mit Feingefühl in die Geheimnisse der Liebe einweihen. Und Omar hatte sich fast widerwillig hingegeben. Eine Stunde später war er im Bosporus aufgetaucht. Der Schweiß stand ihm auf der Stirn und nur mühsam konnte er das Lachen unterdrücken.

»Es hat mir gefallen«, hatte er gemurmelt. »Das könnte ich jeden Abend wieder tun. Warum hast du mir das geschenkt?«

Ismaïl lachte herzlich. »Weil du einen Minderwertigkeitskomplex hattest. Von dem wollte ich dich befreien. Jetzt weißt du, worum es geht.«

»Und ich stehe in deiner Schuld.«

»Man steht immer in jemandes Schuld. Umso besser, wenn es bei einem Freund ist.«

»Aber ...«

»Du hast dich nicht als meinen Freund betrachtet? Nun gut, dann finde dich damit ab, dass ich dein Freund bin.«

Ein Blick von Omar, ein Lächeln, ein Erröten, diesmal vor Freude, und die Freundschaft war geschlossen. Der muskulöse Omar war so zart besaitet wie ein junges Mädchen.

»Ich hatte mir vorgenommen ...«, stammelte er.

»Ich weiß«, unterbrach ihn Ismaïl. »Du hattest dir vorgenommen, dass du dich erst nach der Eheschließung mit der Liebe vertraut machen würdest. Aber da du in nächster Zeit kaum heiraten wirst, ist es besser, du stehst nicht als Ignorant da.«

»Aber werde ich denn jetzt krank?«, fragte Omar beunruhigt.

»Sie achten dort peinlich auf Sauberkeit«, beruhigte Ismaïl ihn.

»Gehst du oft dorthin?«

»Nein. Nur, wenn ich an nichts anderes mehr denken kann.«

»Was bedeutet das, ›nur wenn du ...‹?«, fragte Omar mit der Indiskretion eines Neulings. »Hast du keine ... keine ...«

»Nein, ich habe keine Geliebte.«

Denn die kleine Hausgehilfin, der er gelegentlich fünf Pfund gab, damit sie ihm zu Diensten war, konnte er wirklich nicht als Geliebte bezeichnen. Ismaïl blieb, als Sohn eines Paschas, nichts anderes übrig, als bis zur Ehe einen Ersatz zu finden. Für sämtliche Kreise, die bescheidensten wie die wohlhabendsten, war eine Eheschließung eine Unternehmensgründung. Denn damit wurde das Bündnis zweier Familien geschlossen, weniger das zweier Individuen. Die Eheleute hatten weniger zu sagen als ihre Familien, ihre Freunde, die entsprechenden religiösen Autoritäten und sogar der Ortsvorsteher, oder, wie im Fall von Ismaïl, der Vorsitzende der konstitutionellen Partei, sein eigener Vater.

Kurzum, diese Initiation, die Omars hormonellem Notstand Abhilfe schuf, hatte die Freundschaft zwischen den beiden besiegelt. Ihre unterschiedliche soziale Herkunft war damit überbrückt. Äußerlich aber blieb der Unterschied nur allzu offensichtlich: Ismaïls Teint hatte die Farbe von Gold, Omars Teint war bronzefarben. Der Erstere kultivierte sein welliges, glänzendes Haar, indem er es wachsen ließ, Omar dagegen war gezwungen, sein Kraushaar so kurz wie möglich zu halten. Der eine hatte ungewöhnlich helle Augen, der andere tiefbraune. Ismaïl war geschmeidig, Omar war, bedingt durch den Dienst in der Armee, eher steif in seinen Bewegungen.

Ismaïls Anruf und die eilige Einladung hatten Omar überrascht. Nun saßen sie in Ismaïls Auto, und die griesgrämige Miene seines Freundes beunruhigte ihn.

»Was ist los?«, fragte er schließlich, als sie unter den Bäumen des Cafés saßen.

»Nichts. Ich wollte dich einfach sehen«, antwortete Ismaïl ausweichend. Doch dann vergrub er sein Gesicht in den Händen und brach in Tränen aus. Omar war verwirrt, begriff aber, dass Ismaïl um sein Mitleid warb. Mitleid war ein Gefühl, das ihm nicht gerade vertraut war. Nicht, dass er herzlos gewesen wäre, aber bisher war immer er derjenige gewesen, der vom Wohlwollen der anderen abhängig war. Und der Dienst bei der Armee hatte seinen Panzer nur noch undurchdringlicher gemacht.

»Ismaïl, hör auf«, sagte er schließlich. »Ich kann dich nicht weinen sehen.«

Und Ismaïl fing an zu erzählen.

Omar hörte sich Ismaïls Geschichte der Verirrung an, denn das war für Omar der Ehebruch mit einer Ungläubigen: eine Verirrung.

»Das war eine Krankheit«, urteilte Omar schließlich düster. Er nippte an seinem grünen Tee und wandte sich der zweiten gegrillten Taube zu. »Diese Welt ist mir vollkommen unbekannt. Und ich bin froh darüber. Denk doch nur mal, was du deinem Vater damit angetan hättest!« Denn darüber war Omar am meisten entsetzt; es kam ihm wie ein Verrat an der Familie vor. Er fügte hinzu: »Dein Leben wäre zu Ende gewesen.«

Die Barschheit seines Tons erschütterte Ismaïl. Prinzessin Noureddine hatte dafür gemäßigtere Worte gefunden. Er wäre ein Paria geworden, verstoßen von der Familie, von seinen Freunden, seinen Kreisen und vielleicht sogar aus Kairo verbannt.

»Das kommt, weil du all diese Menschen zu häufig siehst«, fuhr Omar fort.

»In der Armee bist du eben keinen Versuchungen ausgesetzt«, bemerkte Ismaïl.

»Wenn du in der Armee wärst, ginge es dir besser. Du würdest nicht aussehen wie ein Tuberkulosekranker. Bist du sicher, dass du keine Tuberkulose hast?«

Ismaïl lachte.

»Du solltest in die Armee eintreten, dich bei den Panzergrenadieren melden. Dann wären wir zusammen.«

»In die Armee kann nicht jeder eintreten.«

»Du schon. Es ist sogar deine Pflicht. In der Armee baut man das Ägypten von morgen auf, Ismaïl. Und in diesem Ägypten ist deine Welt in Ordnung. Was machst du jetzt aus deinem Leben? Willst du in den Sportclub zurückkehren und dich wieder mit Engländerinnen treffen?«, fragte Omar und schob sich den letzten Bissen in den Mund.

Ismaïl antwortete vage. Er habe eventuell vor, in der Bank zu arbeiten oder als Grundstücksverwalter. Aber Omar war nicht überzeugt.

»Komm in die Armee«, wiederholte er.

In dem Moment tauchte eine Gruppe von Offizieren auf und fragte, ob es noch etwas zu essen gäbe. Aber gewiss, erwiderte der Besitzer. Es war jedoch kein Tisch frei. Omar erhob sich sogleich und fragte Ismaïl, ob es ihm etwas ausmache, wenn er die Männer an ihren Tisch bitten würde. Ismaïl zuckte gleichgültig die Schultern.

Es waren sechs. Der Lokalbesitzer ließ Tee, Cola und Wasserkaraffen mit Eiswürfeln auftragen.

»Sind Sie nicht mit Taufiq Abu Sūn verwandt?«, fragte ein Offizier.

»Ja. Er ist mein Vater.«

Der Offizier war ein hochgewachsener Mann mit imposanter Nase und einem gewinnenden Lächeln. Er hatte die etwas gedrungene Kopfform eines Südägypters, kräftige Kiefer und dunkle, seltsam funkelnde Augen.

»Er leistet gute Arbeit«, erklärte der Offizier.

»Verzeihen Sie, ich habe Ihren Namen nicht verstanden«, sagte Ismaïl.

»Gamal Abd al Nasser.«

»Sie sind das!«, rief Ismaïl überrascht. Plötzlich erinnerte er sich, dass er das Foto seines Gegenüber in der Presse gesehen hatte.

Gamal Abd al Nasser lächelte stolz.

»Der Held von Faluja.«

Der andere zuckte die Achseln. Omar beobachtete sie interessiert.

»Welche Ehre für mich!«, rief Ismaïl.

»Jemandem, der Achtung verdient, Ehre zu erweisen, ist bereits Ehre in sich«, sagte Gamal Abd al Nasser und lächelte ein wenig spöttisch.

Sein Verhalten gegenüber Ismaïl war ausgesprochen herzlich, und es sollte in den nächsten Monaten sogar noch herzlicher werden.

Jedenfalls geriet an jenem Abend Ismaïls Weltbild ins Wanken. Die Gruppe heldenhafter Menschen, mit großer Verantwortung betraut und vor sich eine glorreiche Zukunft, beeindruckte ihn zutiefst. Was war dagegen sein eigenes Leben? Und seine Zukunft? Müßiggang, Luxus, Hohlheit und Langeweile. Keine wirklichen Leidenschaften und Verachtung für dies alles.

Manchmal nagte sein verletzter Stolz an ihm, wenn er an die Art und Weise dachte, wie die Engländer ihn behandelt hatten.

Er traf sich häufig mit Omar. Sie gingen zusammen ins Kino und zum Essen. Und eines Abends empfing Ismaïl Omar mit geheimnisvollem Lächeln.

»Omar«, sagte er langsam, »ich werde deinen Rat befolgen und in die Armee eintreten. Ich würde mich freuen, wenn ich in deiner Einheit wäre.«

Omar schwieg einen Moment lang.

»Ich glaube, das ist gut für dich«, erwiderte er schließlich und legte ihm die Hand auf die Schulter. »Und es ist gut für uns. Wir brauchen Männer wie dich. Männer, die ... die Welt kennen.«

Sie waren beide aufgewühlt. Dann fingen sie an zu lachen, um ihre Verlegenheit zu überspielen.

Am nächsten Tag nahm Ismaïl Abu Sūn ein Taxi und fuhr zur Kaserne von Matarieh. Es wäre unpassend gewesen, in einem amerikanischen Auto vorzufahren und seinen Reichtum zur Schau zu stellen.

21.
Schwarztee, Bohnen und Gerüchte

Lutfi al Istambuli setzte sich im Mahmud al M'amour im Sakakini-Viertel an seinen Stammplatz. Das Lokal befand sich ein paar Schritte von seiner Wohnung entfernt und diente ihm als Kantine, wenn er nicht in der Stadt zum Essen eingeladen war. Die neunzehn Pfund, die er als Schreiber verdiente, erlaubten ihm keinen anderen Lebensstil. Und außerdem schmeckte ihm ein Gericht aus Bohnen mit hart gekochten Eiern und Zwiebeln, die ta'amiyya, viel besser als die europäischen Gerichte in den europäischen Restaurants, in die ihn wohlhabende Freunde einluden: Kürbisgratin und Hühnchen demi-deuil, von der abartigen Vorliebe der Europäer für Seezunge ganz zu schweigen. Und ein starker Schwarztee mit Gewürznelken, Minze und Zimt schien ihm viel schmackhafter als die faden Getränke der feinen Gesellschaft. Lediglich beim Cognac machte Lutfi eine Ausnahme. Obwohl er praktizierender Muslim war, hielt Mahmud al Ma'amour immer eine Flasche für ihn bereit. Er füllte ihm das Teeglas bis zum Rand. Mahmud leistete ihm gelegentlich Gesellschaft und goss sich dann ebenfalls einen Schluck Tee ein.

Manchmal rauchten sie auch eine chicha, eine Wasserpfeife. Sie tauschten ein paar Worte, aber keiner wollte dem anderen mit seiner gesellschaftlichen, moralischen, intellektuellen oder sexuellen Überlegenheit imponieren. Lutfi schätzte an Mahmud dessen gesunden Menschenverstand, mit dem er die intellektuellen Posen der so genannten guten Gesellschaft entlarvte. Als Lutfi sich vor drei Jahren in Sakakini niedergelassen hatte, besuchte er dieses Café bereits regelmäßig.

Mahmud trug wie üblich eine Djellaba aus grauer Seide mit schwarzen Streifen. Der glänzende Stoff sollte von seiner Körperfülle ablenken. Er grüßte Lutfi liebenswürdig und fragte, ob er bereits gegessen habe.

»Nein«, erwiderte Lutfi. »Aber ich habe Hunger und miese Laune.«

»Weshalb?«, wollte Mahmud wissen.

»Ich weiß es und doch wieder nicht«, antwortete Lutfi und runzelte die Stirn über der dicken Brille.

»Ich bin auch nervös und habe noch nicht gegessen. Komm, wir setzen uns nach hinten und ich lasse uns etwas Gutes kommen.«

Sie nahmen in der Nähe der Treppe Platz, die zu Mahmuds Wohnung führte. Mahmud rief den Kellner, einen Jungen von siebzehn oder achtzehn Jahren. Er hieß Bulbul, Nachtigall.

»Bulbul, bring uns Tee und geh dann zu Taratir. Sag ihm, er soll zwei Männern etwas Gutes zum Essen machen.« Dann wandte er sich an Lutfi und fragte: »Was ist los?«

Lutfi zuckte die Achseln. »Du weißt doch ohnehin alles. Warum fragst du überhaupt?«

Mahmud lächelte unter seinem Schnurrbart. »Weißt du, Lutfi, was erstaunlich an dir ist? Du bist gelehrt, intelligent, verkehrst in der Welt der Macht und bist doch nicht halb so zufrieden mit deinem Los wie Bulbul.«

»Möchtest du mich als Kellner engagieren?«, fragte Lutfi.

Sie lachten vergnügt.

»Und was stimmt bei dir nicht?«, wollte Lutfi wissen.

»Mein Sohn möchte die Tochter des Besitzers des Café Bosporus heiraten. Kennst du es?

»Ja, midan Bab al Hadid.«

»Genau.«

»Und was ärgert dich daran?«

»Die Tochter.«

»Warum?«

»Sie möchte modern sein, Auto fahren und sich auf die europäische Art kleiden, du weißt schon ...«

»Und sie, will sie deinen Sohn heiraten?«

»Hast du Husni nicht gesehen?«

»Doch.«

»Die Frauen laufen ihm alle hinterher.«

»Mahmud«, sagte Lutfi spitz, »es wird Zeit, dich daran zu erinnern, dass nicht du heiratest, sondern dein Sohn.«

»Moment«, erwiderte Mahmud entrüstet. »Ist es nicht die Rolle eines Vaters, seinen Sohn zu beraten? Stell dir vor, er heiratet dieses Mädchen. Sie ist viel reicher als er. Sie wird ihm ihren Willen aufzwingen, wird extravagante Sachen aushecken. Solche Frauen wollen sogar in die Politik. Und was ist die Folge? Dass sie nicht mehr zu ihren Familien gehören, weder er noch sie. Er wird unglücklich werden.«

Lutfi dachte nach und leerte sein Glas. Bulbul brachte ein schwer beladenes Tablet: zwei Teller Kräutersuppe, eine mulūhīya und zwei Schalen Reis, eine große Schüssel Kichererbsensuppe, zwei gebratene Lammspieße und Fladenbrot.

»Ein Festmahl!«, rief Lutfi aus. Er fragte Bulbul, wie viel er ihm schulde.

»Lass nur, ich lade dich ein«, sagte Mahmud.

Lutfi zückte dennoch seine Geldbörse und gab Bulbul fünf Piaster. Der Junge strahlte. Seine von langen schwarzen Wimpern umrahmten Augen blitzten geradezu.

»Das ist für dich.«

»Du verdirbst mir diesen Jungen«, sagte Mahmud.

»Für das Taxi, das ich zahlen müsste, um in der Stadt zu essen, müsste ich mehr als das Doppelte zahlen.«

»Seit wann fährst du Taxi? Ich habe mit eigenen Augen gesehen, wie du in die Straßenbahn gestiegen bist.«

Lutfi lächelte. Sie vermischten den Reis mit der mulūhīya und löffelten Suppe. Sie war heiß und würzig.

»Gut«, begann Lutfi. »Dein Sohn muss also heiraten.«

»Ja, und ich will, dass er Alia Abd al Fattah heiratet.«

»Wer ist Alia Abd al Fattah?«

»Die Witwe mit dem Haus gegenüber.«

»Willst du, dass dein Sohn eine Witwe heiratet?«

»Was ist dagegen einzuwenden?«, protestierte Mahmud. »Der Prophet hat auch in erster Ehe eine Witwe geheiratet.« Er fuhr sich mit der Hand über den Bauch.

»Wie alt ist sie?«

»Wer kennt schon das Alter einer Witwe? Vierzig, fünfundvierzig. Außer diesem Haus besitzt sie ein dreistöckiges Haus in der Fiqria.«

»Und die Kinder?«

»Sie hat keine Kinder.«

»Und es ist wohl fraglich, ob sie in ihrem Alter noch welche bekommt.«

»Nichts verbietet, dass Husni sich eine zweite Frau nimmt. Er wird es sich leisten können und wird dann Kinder haben.«

»Du willst also sagen, er soll sich mit dem Geld der ersten Frau eine zweite nehmen. Ich verstehe nicht, weshalb dein Sohn eine alte reiche Frau heiraten soll statt einer jungen reichen«, sagte Lutfi und machte sich über den Lammspieß her.

»Weil ich keine moderne Frau im Haus will.«

Lutfi zuckte die Achseln.

»Ich brauche deine Hilfe«, bat Mahmud.

»Meine Hilfe?«

»Ich möchte, dass du Husni Vernunft beibringst. Er achtet mich als Vater, aber er achtet dich als moralische Autorität. Er hat in den Zeitungen deine Artikel gelesen.»

Lutfi amüsierte sich über die Ironie des Schicksals: Aus dem politischen Theoretiker wurde nun ein Eheberater.

»Gut«, sagte Lutfi. »Schick ihn zu mir.«

»Und du«, erklärte Mahmud, »du solltest auch heiraten. Du fängst an, Aufmerksamkeit zu erregen.«

»Was soll das heißen?«

Mahmud setzte eine Kennermiene auf. »Man sagt, du bist Kommunist.«

Auf Arabisch hatte der Begriff šuyū'ī eine gefährliche Auslegung, die sehr anfechtbar war. Ein Kommunist sollte der Bedeutung nach ein Volksfeind sein: ein Werkzeug des Bösen, vermutlich ein Zionist, jemand ohne jede Moral und daher zweifellos krank, mindestens aber mit Tuberkulose oder Syphilis geschlagen.

»So, und warum heiraten deiner Meinung nach Kommunisten nicht?«

»Weil keine Frau einen Kommunisten heiraten würde. Bist du wirklich Kommunist?«

»Wenn man sich um das Wohl des Volkes kümmert, wird man als Kommunist abgestempelt«, erklärte Lutfi.

»Hat das Volk dich gebeten, dich um sein Wohl zu kümmern?»

Lutfi verzehrte schweigend den Rest seines Lammspießes. Er hätte nie gedacht, dass seine Arbeiten über den Trotzkismus ein Echo in diesem Café finden würden. Er war heute Abend nicht in der Laune, den Unterschied zwischen dem Kommunismus eines Stalin und dem eines Trotzki zu erklären. Aber in jedem Fall schien dieses Echo nichts Gutes zu verheißen.

»Und wer sagt, dass ich Kommunist bin?«

»Die Brüder.«

Lutfi blieb gleichmütig. Die Drohung war ernst. Die Muslimbrüder hatten ihre Fühler überall. Sie hatten Mitglieder undercover bei der Polizei und in der Regierung. Sie konnten ihm beruflich schaden; sie konnten ihn auch körperlich angreifen. Bei ihren Schergen saß das Messer locker.

»Woher weißt du das?«

»Sie waren hier und haben mich gefragt, ob ich dich kenne.«

»Was hast du ihnen geantwortet?«

»Dass ich dich für einen ehrenhaften Mann halte, der die islamische Moral achtet. Dass du dich nicht mit leichtfertigen Frauen abgibst, spielst oder unmoralische Äußerungen von dir gibst. Sie wandten ein, dass du nicht in die Moschee gehst und Kommunist bist, das heißt Atheist.«

Lutfi zuckte die Achseln.

»Noch was?«, fragte er und musterte Mahmud al Ma'amour.

»Sie haben gesagt, der Tag des Jüngsten Gerichts sei nahe. Die Ungläubigen und die Fremden würden für ihre Verbrechen büßen.«

»Und du glaubst das?«

»Ich glaube, dass sich etwas zusammenbraut. Sie haben zum Beispiel Bulbuls Cousin beigebracht, wie man explosive Flaschen zubereitet ... Sie nennen das ... Malatov ... ich weiß nicht mehr.«

»Molotowcocktails«, berichtigte Lutfi.

»Warum? Was wollen sie in Brand setzen?«, fragte Mahmud unzufrieden. »Der Islam hat so etwas nie gelehrt. Bulbul hat sich jedenfalls geweigert, ihnen beizutreten. Da kommt ja Husni. Ich lass dich mit ihm allein.«

Lutfis Blick ruhte sorgenvoll auf dem jungen Mann, der das Café betreten hatte. Er kannte ihn vom Sehen. Er war groß und gut gebaut, trug Hose und Hemd und einen

Schnurrbart. Der junge Mann verkörperte einen etwas stutzerhaften Wohlstand. Er setzte sich zu Lutfi. Dieser versuchte, sich zu sammeln, um seiner Aufgabe als Eheberater gerecht zu werden.

Während er all seine Redekunst aufwandte, um den jungen Husni davon zu überzeugen, seine gesellschaftliche Behaglichkeit über seine sexuelle zu stellen, trat ein Mann um die sechzig ein. Er trug eine Djellaba und Sandalen. Er nahm am Nachbartisch Platz und bestellte ein Glas Tee. Sein Gesicht war bleich und faltig, aber sein lebhafter Blick war auffallend und der Mann nahm alles im Lokal wahr und konzentrierte sich dann auf seinen Tee. Lutfi ließ ihn nicht aus den Augen. Als dieser sein Glas zur Hälfte geleert hatte, beugte sich Lutfi über den Tisch und sagte auf Französisch zu ihm: »Es ist eine Ehre, Sie bei uns zu haben, Monsieur Guénon.«

Der andere schien überrascht. Es gelang ihm jedoch, Lutfi ungerührt zu betrachten. Nach einer Weile fragte er:

»Wie haben Sie mich erkannt?«

»Ich hatte noch ein altes Foto von Ihnen im Kopf«, erwiderte Lutfi lächelnd.

Der andere zuckte die Achseln.

»Ich heiße Lutfi al Istambuli.«

Der Philosoph musterte sein Gegenüber.

»Sie leben sehr zurückgezogen«, erwiderte Lutfi.

Der andere verzog den Mund. »Das geschieht nicht aus Verachtung«, erklärte er schließlich. »Es liegt daran, dass ich meine Zeit einteile und keine Muße für Zerstreuung habe.«

»Meinen Sie damit Ihre Unterhaltungen mit Ihren Jüngern?«

Der Philosoph erklärte fast melancholisch: »Jene, die bereits Wissen haben, verspüren kein Bedürfnis, mich aufzusuchen, und jene, die ihr Wissen erweitern wollen, brauchen nur meine Schriften zu lesen.«

Der Philosoph trank seinen Tee und fragte: »Und was tun Sie, dass Sie mich kennen?«

»Ich mache Revolution«, erwiderte Lutfi und lächelte breit.

»Hat sie schon stattgefunden?«

»Nein«, erklärte Lutfi lachend.

»Kennen Sie eine, die stattgefunden hat?«

»Ja, die Französische.«

»Glauben Sie, dass sie etwas verändert hat?«

Lutfi war sprachlos.

»Jede Reaktion ist mit Handlung gleichzusetzen«, fuhr der Philosoph fort. »Das ist nicht einmal Philosophie und Tyrannei ist nicht unbedingt Revolution. Und sei es die Tyrannei derjenigen, die sich als Volksvertreter verstehen, die Tyrannei einer Mehrheit.«

Lutfi hörte zu, noch immer sprachlos.

»Sie haben gesagt, Sie kennen mich, weil Sie die Revolution anzetteln. Aber ich erkenne da kaum den Zusammenhang«, bemerkte der Philosoph.

»Man hat mir geraten, Ihre Schriften zu lesen«, meinte Lutfi.

»Und, haben Sie es getan?«

»Ja.«

»Welches meiner Bücher?«

»The Kingdom of Quantity and the Signs of the Times.«

»Was hat Sie angeregt, die Revolution voranzutreiben?»

»Die Argumente derjenigen, die der Revolution gegenüber feindlich gegenüberstehen.«

»Ich selbst habe also keinerlei Einfluss auf Ihr Denken gehabt?«

»Schwer zu beurteilen. Sie haben das Christentum gelobt, aber Sie sind zum Islam übergetreten. Darf ich Sie fragen, warum?«

»Das Christentum ist zum Heidentum geworden.«

»Sie verteidigen also den Islam. Aber glauben Sie nicht, dass Muhammad eine Revolution gemacht hat?«

»Er war sich dessen nicht bewusst.«

»Glauben Sie, eine unbewusste Revolution ist effizienter als eine gewollte?«

»Wir kehren zu unserem Ausgangspunkt zurück«, sagte der Philosoph leicht gereizt.

»Sie glauben also nicht an die Revolution?«, beharrte Lutfi.

»Die Revolution, von der Sie reden, ist ein Unternehmen von Sklaven«, erwiderte René Guénon und musterte seinen Gesprächspartner aus zusammengekniffenen Augen.

Er trank seinen Tee aus, holte ein paar Münzen aus der Hosentasche und legte sie auf den Tisch. Dann erhob er sich, nickte zum Abschied und ging hinaus.

Er wird dieses Café nie mehr betreten, dachte Lutfi.

Und wandte sich erneut Husni zu, um ihm zu erklären, dass es Wichtigeres als die Befriedigung sexueller Gelüste gab.

Doch plötzlich empfand er Scham, denn seine Worte entsprachen nicht seiner wahren Überzeugung. In gewisser Weise log er. Und schlimmer noch: Er war sich bewusst, dass er die Wahrheit im Grunde nicht kannte. Oder nicht mehr kannte.

22.
Tara

»Nur ein paar Freunde, meine Liebste«, sagte Fatma al Entezami. »Ungefähr fünfundzwanzig Personen, wir sind ganz unter uns.«

Obwohl sie keine Zeugen hatte, sprach sie gestenreicher, als wenn sie in der Öffentlichkeit war und glättete sich theatralisch den orangefarbenen seidenen Morgenrock.

»Sag dem Chauffeur, er soll Mahmud anrufen. Er kennt den Weg auswendig. Ja ... das Haus ist fertig ... Wie? Ja, das wird eine Überraschung.«

Als das Telefonat beendet war, strich Fatma al Entezami den Namen Pamphilopoulos von der Liste, die sie auf dem Schoß hielt. Auf der Gästeliste standen: Dorothea Marduq und ihr Gatte Suki Marrani, der Botschafter Antoun Asfour, Siegfried Alp, Natascha Starivetski, da sie vermutete, dass Suki ihr den Hof machte und dies ihren Voyeurismus ansprach, Alexi Yacoub, weil dieser behauptete, dass er ihr »Herzensbruder« sei, Prinzessin Noureddine, der ehrenwerte Ahmed Ahmed, Vetter des Königs, der Innenarchitekt William Markezian, weil er zusammen mit Siegfried für die Ausstattung des neuen Hauses einmalige Kunstgegenstände aufgestöbert hatte, Nadia Abd al Massih, weil sie unbedingt mehr über die extravagante, märchenhafte Hochzeit ihrer Schwester mit dem Maharadscha von Calancore erfahren wollte. Hinzu kamen ein paar Prinzen, Emire und ähnliche Persönlichkeiten. Sie hatte auch die »Engländer vom Dienst«, wie sie sie nannte, eingeladen, darunter Chester Lamotte und Duncan Stephenson.

Jede Einladung trug sie in einem anderem Ton vor: zutiefst demütig bei Persönlichkeiten von hohem Rang, Prinzen und Emiren, ungezwungen bei Gleichgestellten in Bezug auf Vermögen und gesellschaftlichen Rang, und eher drohend bei Untergeordneten.

Beispielsweise hatte sie erklärt, dass sie sich unheimlich geschmeichelt fühlen würde, wenn die Prinzessin Zeit hätte, einen Tag auf dem Land zu verbringen und ihr die Ehre zu erweisen, ihre »kleine Villa« einzuweihen. Den Botschafter Asfour dagegen hatte sie ermahnt, sich nicht mit Suki Marrani zu streiten, denn der Botschafter konnte Suki nicht ausstehen. Und Alexi Yacoub hatte sie befohlen: »Und onanieren Sie nicht in der Badewanne, bevor Sie kommen, denn das verleiht Ihnen ein kränkelndes Aussehen.« Duncan Stephenson hatte sie verboten, sich vor den anderen über ihren englischen Akzent lustig zu machen: »Sonst verrate ich, dass Sie in Sayyida Zainab auf den Strich gehen.«

»What's wrong with Sayyida Zainab?«, hatte Stephenson gekontert. »Would that be the privileged quarter of someone else?«

Diese Erwiderung hatte sie mundtot gemacht. Wenn sie daran dachte, dass Stephenson und dieser Widerling von Lamotte sich totlachten, wenn sie Shakespeare rezitierte! Aber sie konnte es sich nicht leisten, die beiden nicht einzuladen, sonst würde es wilde Gerüchte geben.

Aldo Colestazzi stand nicht auf ihrer Liste, denn sie wusste, was Nadia noch nicht wusste: Er hatte Suki Marrani gestanden, dass er in Natascha Starivetski verliebt sei und sie nächste Woche in London heiraten würde.

Auch Lutfi al Istambuli war nicht eingeladen. Die bloße Erwähnung seines Namens erzürnte sie. Dieser linksradikale Revolutionär mit seinen hitzigen Reden! Und Trotzkist war er außerdem. Kurzum: Er verkörperte all das, was Fatma al Entezami verabscheute, nämlich die radikale Infragestellung der Gesellschaft, zu der er gehörte. Sie hingegen hatte den größten Teil ihres Lebens darauf verwandt, ihre jetzige gesellschaftliche Stellung zu erringen, und sie hatte keine Lust auf die sarkastischen Bemerkungen dieses intellektuellen Sonderlings. Als Tochter von Entezami Bay, dem Vizepräsidenten des Senats, der es sich auf Staatskosten gut gehen ließ, hatte sie lange das herablassende Lächeln ihrer Umgebung ertragen müssen. Fatmas Großvater war nämlich ein reizender kleiner Schwarzer gewesen, der mit besonderem Talent die Wäsche seines Herrn geordnet hatte. Dieser hatte ihm dann den Spitznamen ›mein Ordner‹, Entezami, verliehen. Als dem Kleinen später der Bart spross, hielt er um eine der vielen Töchter seines Herrn an. Fatma hatte zwar den dunklen Teint der Antillen, war aber dennoch Enkelin eines Schwarzen. Einige gutmütige Prinzen hatten die ehrenwerteste Version dieser galanten Fabel übernommen, sodass Fatma al Entezami sich ihnen gegenüber völlig ungezwungen verhielt.

Aber man sollte sich davor hüten zu erwähnen, dass der verstorbene König Fuad, Vater von Faruk, bei der ersten Begegnung mit Entezami Bay anlässlich eines Empfangs gemurmelt hatte: »Dieser hier ist bestimmt wegen seines hübschen Hinterns etwas geworden.« Und Faruk, erbost über Entezamis Verwicklungen in Baumwollgeschäfte, hatte in gespreiztem Französisch erklärt: »Ich erlebe zum ersten Mal, dass ein dunkler Hintern mit Baumwolle in Berührung kommt.«

Fatma hatte diese fragwürdigen Geschichten natürlich neu erfunden. Sie hatte außerdem einen in Ägypten hoch geschätzten Intellektuellen geheiratet, der fast so geachtet war wie der Nobelpreisanwärter Taha Hussein. Einen echten Intellektuellen, einen ehemaligen Trotzkisten und Anhänger des Surrealismus. Wie alle Gedemütigten kultivierte Fatma ihr Gekränktsein, und Louis Hanafi trug ihr nobel das Banner. Und kein Geringerer als André Breton hatte sich lobend über Étoile des Sables, eine Sammlung poetischer Texte von Louis Hanafi, geäußert.

Die rumänische Dichterin Natalie Onesco hatte in ihrer Villa in Rodah aus diesem Werk gelesen. Und begierig auf weitere Lorbeeren hatte sich Fatma al Entezami auf Gedeih und Verderb auf die Subtilitäten der elisabethanischen Dichtkunst gestürzt – und war daran gescheitert, wie die Besitzer böser Zungen flüsterten.

»Sie ist unsere Edith Sitwell«, pflegte ihr getreuer Alexi Yacoub zu sagen. Das Kompliment hatte Fatma al Entezami nachhaltig beeindruckt. Und genau wie Edith Sitwell trug sie extravaganten Schmuck an Fingern und Ohren, Mandarinringe, Anhänger und dutzende von Armreifen, sodass sie aussah wie ein geputzter Weihnachtsbaum.

»Very colourful people«, hatte ein englischer Literat bemerkt, als man ihm bei einem Aufenthalt in Kairo das Ehepaar vorgestellt hatte. Er spielte damit auf das Farbengemisch des Ehepaars Hanafi an, bei dem sich in gepflegtes Englisch oder Französisch häufig Kutscherausdrücke einschlichen.

Nun endlich war Fatma al Entezami im Besitz eines eigenen Hauses. Und mit einem einzigen Blick ließ Lutfi ihr Werk in Staub zerfallen. Und das mit Louis' Zustimmung. Lutfi war ihr Würgeengel, der nur das Eine wollte: Eine Welt, die er für falsch und verachtenswert hielt, in die Luft sprengen.

Das Schlimmste war, dass Louis beschlossen hatte, Lutfi als Erben einzusetzen, da sie keine Kinder hatten. Fatmas erste Schwangerschaft war auch ihre letzte gewesen, sie hatte mit einer Fehlgeburt geendet. Louis wollte seinen Waffenbruder Lutfi zum Erben machen. Zähneknirschend musste sie das akzeptieren. Lutfi verkörperte für Louis die Jugend. Louis flüchtete sich in die Melancholie, aber Lutfi verlängerte ihm die eigene Jugend.

Louis hatte beschlossen, Lutfi in Tara über sein Vorhaben zu unterrichten. Fatma al Entezami überlegte. Sie würde noch Mittel und Wege finden, Louis davon abzubringen. Was würde dieser Habenichts von Lutfi mit ihrem Vermögen anfangen? Dreißig faddan gute Baumwollfelder, zehn Obstgärten im Nildelta, ein stattlicher Familienbesitz, Titel ... und von Tara ganz zu schweigen.

Tara: Auf diesen Namen war Fatma al Entezami in ihrem Lieblingsroman ›Vom Winde verweht‹ gestoßen. Tara, der Familienbesitz der O'Hara, an dem Scarlett so sehr hing und für den sie List und Verführungskunst eingesetzt hatte. Fatma al Entezami hatte also unter dem ironischen Blick ihres Gatten mitten in Fayyum, eine der köstlichsten Oasen im Land der Götter, eine Villa, wie sie vor dem Bürgerkrieg im Süden Nordamerikas zu sehen waren, nachbauen lassen.

Nun kam der Tag der Einweihung. Eine weiße Residenz am Ende einer langen Allee, eine Reihe von sechs Säulen mit neo-klassischem Giebel. Im Schatten dieser Säulen eine mit Magnolien geschmückte Veranda. Das Haus umgeben von Zitronen- und Orangenbäumen: Die Rekonstruktion eines Südstaatenhauses war perfekt. Fatma al Entezami in weißem Kleid und Louis Hanafi in hellem Anzug empfingen ihre Gäste auf der Freitreppe, zwischen zwei Borghese-Vasen mit leuchtenden Gardenien.

Fatma al Entezami wehrte mit gespielter Bescheidenheit

bewundernde Ausrufe ab. »Exzellenz, herzlich willkommen auf Tara. Meine Liebste, herzlich willkommen auf Tara …«

Man bot Erfrischungen an. Der Himmel war klar. Eine leichte Brise trug den Duft der blühenden Orangenbäume zu den Gästen. Lutfi war von dem inszenierten Luxus abgestoßen. Das war noch nie seine Welt gewesen und würde es nie sein. Aber entweder fügte er sich oder er nahm sich das Leben. Plötzlich wünschte er sich, er hätte all das nie gesehen, er wäre wieder in seinem bescheidenen Zwei-Zimmer-Apartment in Sakakini bei einfacher Quarkspeise und guter Lektüre.

Doch der herzliche Empfang von Louis milderte seine Aufsässigkeit ein wenig.

»Das erinnert an ein russisches Landhaus im Jahr 1905, wie Tschechow es beschreibt.«

»Dabei wollte ich immer Taxifahrer werden«, erwiderte Louis. Sie lachten.

»Gekünstelte Komödie«, dachte Lutfi.

Die Gäste verteilten sich, bewunderten die Kandelaber und das Fresko, das Spinett und die Bougainvillea.

»Fehlt nur der Bürgerkrieg«, bemerkte Louis Hanafi.

»Dem König würde Tara gefallen«, sagte Prinz Chérif Abbas und tat, als habe er nichts gehört.

Nadia irrte in den Räumen im Erdgeschoss herum, verwirrt durch diese Zurschaustellung von Reichtum. So etwas hatte sie nur im Kino gesehen. Auch die Darsteller schienen bloße Fiktion. Seit drei Wochen hatte sie weder ihre Schwester noch Aldo Colestazzi gesehen, beide waren auf Reisen. Sie fühlte sich einsam. Soussou war abgereist, um ihre Hochzeit vorzubereiten, und Aldo war geschäftlich in England. Sie war an die Villa Arsinoe gebunden. Im Flur prallte sie fast mit Lutfi zusammen.

»All der Luxus, ich glaube, ich träume«, stammelte sie.

»Dann wachen Sie schnell auf«, sagte er und musterte sie mit seinen kohlschwarzen Augen.

Sie hatte ihn noch nie so nah gesehen. Sie studierte sein Gesicht. Die dunklen Augen standen in Kontrast zu seinem blassen Teint, sein voller Mund wirkte gequält, durch seine Stirn unter dem schwarzen Haarschopf zogen sich zart waagrechte Falten. Sie erschrak über die Intensität seiner Augen – sie blickten so leidenschaftlich. Wie zwei Raubtiere in ihren Höhlen. War es das Verlangen, das sie so funkeln ließ? Sie stellte sich ihn nackt vor. Vermutlich war er sehr knochig und linkisch. Zu ihrem Erstaunen fand sie das keineswegs abstoßend. Lutfi schwieg. Die Spannung wurde unerträglich. Nadia trat unwillkürlich einen Schritt zurück. Wie in einem englischen Boulevardstück wurde sie durch den Gong erlöst. Ein echter Gong! Er schlug dreimal an. Fatma al Entezami verkündete:

»Vor dem Lammbraten gibt es kein Entkommen.«

Louis Hanafi säuselte: »Natürlich handelt es sich um das Lamm Gottes.«

Nadia lachte. »Hört Louis denn nie auf, sich lustig zu machen?«

»Etwas anderes als Ironie bleibt ihm nicht übrig«, erklärte Lutfi. »Ohne Ironie würde er nicht überleben.«

Sie mischten sich unter die Gäste. Auf der Gartenseite hielten Ventilatoren die Fliegen ab. Fünf Tische waren gedeckt. Das Silberbesteck funkelte. Nadia saß zwischen Lutfi und dem Botschafter Asfour, am selben Tisch mit der Prinzessin und einer Kairoer Klatschbase. Man servierte Artischockenböden mit Gänseleber.

»Weshalb der Name Tara?«, fragte Prinzessin Noureddine.

»Weil sie sich mit Scarlett O'Hara identifiziert«, erwiderte Botschafter Asfour.

»Und wer könnte Rhett Butler sein? Sie, Louis?«

»Mir fehlt der Akzent«, konterte Louis Hanafi.

An einem der Nebentische hörte man Prinzessin Khadria Abbas, eine brünette Schönheit mit athletischen Schultern, sagen: »Ja, das erinnert stark an den Süden Nordamerikas. Die Sonne, die Baumwollfelder, die Schwarzen …«

»Es könnte genauso gut Russland vor der Revolution sein«, entgegnete Lutfi. »Die großen Landgüter der Großgrundbesitzer, die Leibeigenen und die Diener, die Französisch sprechen.«

Nadia lächelte über die Dreistigkeit des jungen Mannes.

»Kurzum«, bemerkte der Botschafter, »eine Mischung zwischen Margaret Mitchell und Turgenjew.«

»Und sogar mit einem Revolutionär.« Suki Marrani deutete auf Lutfi.

»Sie sind Revolutionär?«, fragte Prinzessin Kadria Abbas spöttisch. »Welche Richtung? Marxist-Leninist oder Trotzkist?«

»Trotzkist, Hoheit.«

»Egal. Auf jeden Fall wollen Sie das Regime stürzen, nicht wahr?«

»Das Regime, wie Sie es bezeichnen, ist im Begriff, das Land auszusaugen«, erwiderte Lutfi.

»Lutfi, keine Politik in meinem Haus«, rief Fatma al Entezami dazwischen.

»Danken Sie dem Himmel oder dem König, dass die Diabetiker Sie gewähren lassen«, konterte die Prinzessin. »Im Übrigen sollten Sie wirklich mehr essen. Sie leiden ja offenbar selbst an Diabetes«, fügte sie hinzu und musterte seine hagere Gestalt.

»Finden Sie mich auch mager?«, wandte Lutfi sich an Nadia.

Sie senkte den Blick, immer noch lächelnd. Nein, sie fand ihn schön und sie mochte seine Aufsässigkeit.

»Nun ja«, mischte sich der Botschafter ein, »Sie sehen eben aus wie ein Revolutionär. Und die sind ja selten beleibt.«

Lutfi dachte flüchtig an die letzten Worte von René Guénon, dass die von ihm angestrebte Revolution ein Unternehmen von Sklaven sei. Ja, Sklaven waren nun einmal mager.

Als Dessert gab es eine Eisbombe, dann servierte man Kaffee und glasierte Früchte. Die Gäste ergingen sich in Komplimenten auf Französisch oder Englisch. Nur Lutfi sagte zu Louis Hanafi: Sufra daiman, »möge der Tisch immer gedeckt sein!« Die Gäste flanierten im Garten, einige nahmen in den Salons Platz. Lutfi zog Nadia mit auf die Terrasse, wo sie auf einem Rattansofa Platz nahmen.

»Was tun Sie hier?«, fragte er sie unvermittelt. »Sie sehen weder wie eine Prinzessin noch wie eine Abenteurerin aus.«

»Ich bin eine Freundin der Hanafis«, erwiderte sie und tat etwas gekränkt. »Finden Sie, dass Sie besser hierher passen als ich?«

»Nein, ich gehöre ja auch nicht hierher. Ich bin lediglich mit Louis befreundet. All die Leute sind mir gleichgültig oder reizen mich aufs Blut. Auf jeden Fall werden sie früher oder später verschwinden ...«

»Wie meinen Sie das?«, fragte sie irritiert.

Suki Marrani gesellte sich zu ihnen. Seine Hand zitterte, was wohl auf den Cognac zurückzuführen war.

»Lutfi sucht sich immer die Hübschen aus«, sagte er.

»Immer diese zweifelhaften Komplimente«, erwiderte Lutfi.

»Warum zweifelhaft?«

»Weil das den Eindruck erweckt, ich laufe den Frauen nach und bin unzuverlässig.«

»Ja, so bin ich halt«, sagte Suki schwerfällig.

Er lächelte Nadia an. »Ich lobe die Hochzeit, bei der wir endlich Ihre Gesellschaft genießen können.«

»Sie meinen wohl die Hochzeit meiner Schwester. Ich bedauere, dass ich nicht daran teilnehmen konnte. Meine Mutter und ich warten voller Ungeduld auf die Fotos.«

Sie verschwieg das Telefongespräch, das sie gestern Abend mit Soussou geführt hatte. Es hatte bestimmt ein Vermögen gekostet – fünfunddreißig Minuten. Die Hochzeitsfeierlichkeiten hatten drei Tage gedauert und Soussou war am Ende ihrer Kräfte. Nadia selbst lebte wie eine Einsiedlerin in der Villa Arsinoe, von der Außenwelt abgeschlossen, nicht einmal von Aldo hatte sie Nachrichten. Nur mit außergewöhnlicher Genehmigung der Mutter hatte sie Heliopolis für einen Tag und eine Nacht verlassen dürfen.

Suki Marrani schüttelte den Kopf, den Blick auf Nadia geheftet.

»Es ist die Zeit der Eheschließungen«, sagte er.

»Auf was für eine Ehe spielen Sie an?«, wollte Nadia wissen.

»Nächste Woche bin ich bei Aldo Trauzeuge«, verkündete er, ohne den Blick von dem jungen Mädchen zu wenden.

»Wo denn?«

»In London.«

Die Mitteilung war wie ein Schock. Sie wurde aschfahl und ihre Unterlippe zitterte. Sie senkte den Blick und griff nach Lutfis Zigarettenschachtel. Aber es fiel ihr schwer, eine Zigarette herauszunehmen. Lutfi hatte die Szene aufmerksam beobachtet. Er beugte sich zu Nadia, um ihr Feuer zu geben. Dann wandte er sich an Suki und sagte:

»Ich glaube, es wird Zeit, dass du weiterziehst.«

Nadia spürte, dass Lutfi wütend war. Sie legte ihm die Hand auf den Arm.

»Lass mich in Ruhe«, murmelte Suki und ging weiter.

»Suki«, rief ihm Nadia nach.

Er wandte sich um.

»Wen heiratet er?«

»Natascha Starivetski. Die beiden werden in London leben.«

»Die Ratten verlassen das sinkende Schiff«, bemerkte Lutfi.

Jetzt war Nadia mit Lutfi allein.

»Haben Sie ihn geliebt?«, fragte er.

Sie senkte den Kopf, einen bitteren Zug um den Mund.

»Wie soll ich das jetzt herausfinden?«

»Verzeihen Sie meine Indiskretion: Wollte er sie heiraten?«

»Nicht direkt.« Sie warf ihre Zigarette über die Balustrade. »Und es war ja auch ... unmöglich. Er war ... er ist Jude.«

»Dann hat er Ihnen ja einen Gefallen getan.«

Sie beugte sich vor und vergrub das Gesicht in den Händen. Sie zitterte und hoffte, Tränen würden ihre Qual mildern.

»Nadia«, sagte Lutfi behutsam, »Sie machen mir Kummer.«

Langsam streckte er die Hand nach ihrer Schulter aus, er wagte kaum, sie zu berühren, tat es aber letztlich doch – mit unendlicher Behutsamkeit. Dann zog er die Hand gleich wieder zurück. Sie richtete sich auf, blickte ihn aus tränenfeuchten Augen an und erhob sich, um ins Bad zu gehen. Auf dem Weg dorthin stieß sie auf Fatma al Entezami, gefolgt von Alexi Yacoub, dem, wie immer nach dem Essen, das Hemd über die Hose hing. Sie versuchte, gelassen zu wirken.

»Nadia, Liebes«, rief Fatma al Entezami. »Sie sind hier die Rose.«

Nadia zwang sich zu einem Lächeln.

»Ich will mich nur etwas frisch machen«, murmelte sie.

»Gehen Sie ruhig. Dann kommen Sie zu uns und kosten mit uns ein paar eingelegte Datteln von Maître Osman.« Als sie Lutfi bemerkte, der die Szene amüsiert beobachtete, fügte sie hinzu: »Sie können auch Ihren neuen Kavalier mitbringen, wenn er sich zu benehmen weiß.«

Als Nadia aus dem Bad trat, suchte sie Lutfi. Er ging ihr entgegen. Gemeinsam begaben sie sich zu Fatma al Entezami und Yacoub, die auf der Veranda standen. Ein Diener brachte eine Glasschale mit roten Datteln. Jede war mit einer Mandel gefüllt. Außerdem brachte er eine Kristallkaraffe mit parfümiertem Eiswasser.

»Was gibt es Neues von Soussou?«, wollte Fatma al Entezami wissen.

»Die Hochzeit hat stattgefunden; sie hat drei Tage gedauert.«

»Drei Tage!«, rief Fatma al Entezami und nahm mit der Gabel eine Dattel aus der Schale, legte sie auf einen kleinen Teller und reichte ihn Nadia. »Das ist ja wie im Märchen.«

»Soussou fand es sehr ermüdend«, erwiderte Nadia. Die Dattel erinnerte sie unpassenderweise an die männliche Eichel.

»Und wie kommt sie mit ihrer Schwiegermutter aus?«

Nadia beschloss, die Dattel zum Mund zu führen.

»Sehr gut«, versicherte sie, was eine Lüge war.

»Sie halten mich für eine Gouvernante«, hatte Soussou gesagt. »Sie müssen Ihr Glück erst verdienen, hat meine Schwiegermutter zu mir gesagt. Und meine Schwägerin Dawi ist ein Ekel.«

»Soussou verdient alles Glück der Welt«, sagte Fatma al Entezami. »Sie besitzt so viel Eleganz, Intelligenz und Reiz.«

»Vor allem, seit sie Maharani ist«, bemerkte Lutfi.

Fatma al Entezami warf ihm einen finsteren Blick zu und Nadia unterdrückte trotz ihres Kummers ein Lächeln.

»Und wo werden sie leben?«, erkundigte sich Alexi Yacoub, eine Dattel zwischen Daumen und Zeigefinger.

»Ich vermute, einen Teil des Jahres in Calancore. Dann gehen sie auf Reisen. Soussou mag London sehr gern. Im Januar werden sie auf jeden Fall einen Monat hier verbringen.«

»Ein echtes Märchen«, wiederholte Fatma al Entezami.

Prinzessin Noureddine kam die Treppe herauf, eine Gardenie in der Hand und den ehrenwerten Ahmed Ahmed im Schlepptau.

»Was ist ein Märchen?«, wollte sie wissen.

»Die Hochzeit von Nadias Schwester Soussou Abd al Massih«, erwiderte Fatma al Entezami. »Prinzessin, kosten Sie eine Dattel. Sie sind wirklich köstlich.«

Die Prinzessin nahm Platz, fischte sich eine Dattel aus der Schale und erklärte, an Nadia gewandt: »Ich habe Ihre Schwester vor ein paar Wochen auf einem Ball gesehen. Die Fremden scheinen einen schärferen Blick zu haben als die Ägypter. Niemand hätte hier vermutet, dass Soussou eine so würdevolle Prinzessin abgeben würde. Ich wünsche Ihnen genauso viel Glück.«

Nadia nahm das Kompliment ohne allzu große Begeisterung entgegen. Sie allein wusste, zu welchem Preis Soussou diesen Rang erworben hatte: Sie hatte auf die Liebe verzichtet.

»Und wie geht es Ismaïl?«, erkundigte sich Fatma al Entezami. »Man sieht ihn nicht mehr im Club.«

»Er ist in die Armee eingetreten«, antwortete die Prinzessin.

»In die Armee?«, rief Fatma al Entezami. »Und was sagt der Pascha dazu?«

»Er fügt sich ins Unvermeidliche.«

»Ich sehe nichts Ehrenrühriges daran, in der Armee zu sein«, bemerkte Lutfi, griff sich eine Dattel und aß sie. An die Prinzessin gewandt, fuhr er fort: »Dann wird Ihr Neffe wohl Minister werden.«

Die Prinzessin schien verwirrt.

»Ja«, fuhr Lutfi fort, »nach der Revolution wird Ihr Neffe an der Macht sein.«

Prinzessin Noureddine war eindeutig verblüfft.

»Was für eine Revolution? Sind das wieder Ihre trotzkistischen Spinnereien?«

»Lutfi sagt, was ihm gerade einfällt«, mischte sich Fatma al Entezami ein. »Lutfi, Sie erschrecken mir ja die Gäste. Hören Sie mit diesem Unsinn auf.«

»Ich verstehe nicht, was daran erschreckend ist, wenn ich sage, dass Ismaïl Abu Sūn Minister wird«, beharrte Lutfi.

Die Prinzessin hing eine Weile ihren Gedanken nach. Dann wandte sie sich an Lutfi:

»Sie glauben also wirklich ...?« Aber sie beendete den Satz nicht. »Ich muss an die Heimfahrt denken«, sagte sie. »Es ist schon spät und wir haben heute Abend ein Essen.«

Sie erhob sich. Auf der Veranda schickten sich ebenfalls einige Gäste zum Gehen an. Chester Lamotte und Duncan Stephenson unterhielten sich unterhalb der Treppe. Siegfried Alp stand etwas abseits und beobachtete nachdenklich die Abschiedsszenen. Man umarmte sich, tätschelte einander den Arm oder die Schulter, machte sich Versprechungen und erging sich in Superlativen. Der heiße Nachmittagswind zerzauste die Frisuren der alten Damen. Es war der gleiche Wind, der einst die Leichenkränze auf Alexanders Grab durcheinander gewirbelt hatte und Kleopatra kurz vor ihrem Tod des Kopfschmucks beraubt hatte. Nachdem sie ihren Geliebten in den Selbstmord getrieben hatte und es ihr nicht gelungen war, Octavian zu verführen. Kleopatra, bevor sie sich eine Natter an die Brust legte. Der Wind trieb vor Einbruch der Nacht die letzte Hitze aus der fruchtbaren

Erde. Und er vertrieb den Rest der Eitelkeiten des Tages. Wagentüren schlugen zu.

Nadia musste erst am nächsten Tag nach Hause zurückkehren. Lutfi und Alexi Yacoub würden für den Rest der Woche in Tara bleiben. Für Nadia waren das sicherlich die einzigen Sommerferien. Sie war einen Moment mit Lutfi allein auf der Terrasse. Er wandte sich ihr zu.

»Sie sind schön wie Isis«, sagte er.

Louis Hanafi und Fatma al Entezami gingen langsam die Treppe hinauf. Die Bediensteten räumten die Tische ab und arrangierten die Kissen.

»Wie lästig es doch ist, großzügig zu sein«, rief Louis Hanafi. Seine Frau protestierte.

Nadia fing an zu lachen. »Ich halte jetzt eine Siesta.«

23.
Nacht in Tara

In Ägypten bricht die Nacht so schnell herein, wie ein riesiger schwerer Vorhang über der Bühne fällt. Vermutlich hat diese kurze Dämmerung zum Klischee vom Ungestüm des Orients beigetragen, von seinen gewaltigen Antriebskräften und seiner plötzlichen Kraftlosigkeit. Nirgendwo ist der Zorn so eng mit Lachen gekoppelt, der verliebte Taumel mit Sarkasmus. Die ältesten Bewohner von Fayyum, dieser Oase der lybischen Wüste, üben ihre herrschaftlichen Rechte aus, denen weder Eisenbahn noch Elektrizität oder Fabriken etwas anhaben können. Es sind keine Gespenster, sondern es sind die Götter selbst.

Sie sind liebenswürdig und kennen die Schwächen der Menschen. Wurden sie nicht ins Leben gerufen, um für diese Schwächen Abhilfe zu schaffen? Ihre Aufgabe ist es, für Gerechtigkeit zu sorgen. Was würde es denn nützen, die Sterblichen zu schelten? Sind diese mit ihrer Sterblichkeit nicht schon genug gestraft? Der strenge Anubis mit dem Schakalkopf und die sanfte kuhköpfige Hathor, die Göttin des Liebesspiels und des Tanzes, Thot der Wohlwollende mit dem Ibiskopf, der die Toten ins Jenseits geleitet, und die sanfte langbeinige Bastet, die Göttin der Liebe und Fruchtbarkeit. Die Götter der Trägheit und der Dynamik, des Verborgenen und des Offensichtlichen, alle kehren sie wieder und stehen barfuß auf dem Boden ihres Königreichs. Alle, selbst Min mit dem erigierten Phallus und dem spöttischen Mund, selbst die gefürchtete löwenköpfige Sachmet, die für Rache, aber auch für Treue unter den Liebenden sorgt. Und vor allem Isis, die die Nacht durchstreift, auf der Suche nach einem zärtlichen und sanften Partner, der sie mit Komplimenten und Geschichten aufheitert und leidenschaftlich genug ist, sie zu verführen. Sie schlendern zwischen den Orangenbäumen von Tara dahin und mustern das seltsame, luxuriöse Haus, wo die Gäste gerade zu Abend speisen. Sie kosten von den Gerichten, sie lauschen den Gesprächen. Niemand weiß, dass sie anwesend sind, aber instinktiv dämpft jeder seine Stimme. Denn solange Anubis lauscht, kann man schließlich keine Dummheiten von sich geben.

Um den Tisch herum saßen sechs Personen: das Ehepaar Hanafi, Lutfi, Nadia, Suki Marrani und Alexi Yacoub.

»Lutfi«, erklärte Fatma al Entezami feierlich, »Sie wissen, wie sehr Louis Sie mag. Sie sind unerträglich, aber das liegt vermutlich daran, dass Sie jung sind.«

Lutfi hörte mit spöttischer Miene zu. Seine Brillengläser funkelten im Abendlicht.

»Auf eine bestimmte Weise sind Sie unser Sohn.«

Alle hielten mit Essen inne. Auch Bastet verharrte wohl in ihrer Bewegung.

»Wir haben keinen Erben«, fuhr Fatma al Entezami fort.

Sie genoss die Stille, die eingetreten war.

»Louis und ich haben daher beschlossen, Sie zu unserem Erben zu machen.«

Niemand brach das Schweigen.

»All das hier, dieses Haus, die Ländereien und unsere Stadtwohnung, unser gesamtes Vermögen fällt Ihnen nach unserem Tod zu.«

Lutfi schwieg. Er hätte überwältigt sein müssen, aber er war lediglich misstrauisch, ja sogar verärgert. Eine solche Erbschaft würde seine ganze Persönlichkeit in Frage stellen: Denn wie konnte man als Erbe eines so beachtlichen Vermögens Revolutionär bleiben?

»Und welche Gegenleistung wird dafür von mir erwartet?«

»Du musst uns überleben«, erwiderte Louis Hanafi.

»Ich bin sehr gerührt.«

»Dann umarmt euch doch«, forderte Alexi Yacoub sie auf.

Lutfi erhob sich, um Fatma al Entezami und Louis Hanafi zu umarmen.

»Schlechte Chancen für die Revolution«, bemerkte Suki Marrani.

Das Gelächter gewann die Oberhand über die Verlegenheit, die durch die Feierlichkeit entstanden war. Der Abend war vorangeschritten. Die Gespräche waren verebbt. Es war ein langer Tag gewesen, und die Gäste zogen sich noch vor Mitternacht zurück.

Weder Nadia noch Lutfi fanden Schlaf. Nadia dachte an Aldo Colestazzi, an diese falsche Liaison, die aus Zärtlichkeiten bestand, die nie an das Ziel gelangten, das Aldo angestrebt hatte. Und an deren Ende Verrat stand. Er hatte nicht den Mut gehabt, ihr zu sagen, dass diese ewigen Vorspiele ihn nicht befriedigten, dass er die Feindseligkeit der Familie Abd al Massih gegenüber einem jüdischen Verehrer sehr wohl verstanden hatte, und Nadias Zurückhaltung ebenfalls. Natascha Starivetski, die ebenfalls an dem Fest in der Wüste teilgenommen und behauptet hatte, sie fühle sich nach dem Sex wie eine Jungfrau, diese Natascha entsprach Aldos Bedürfnissen sehr viel mehr. Sie hatte Sex. Sie war frei, weder eine Familie noch die Religion standen einer

Heirat mit Aldo entgegen. Ich war töricht, dachte Nadia in ihrem weichen bestickten Bett. Er war schön, und sie war romantisch gewesen. Aber letztlich war sie allein. Und wofür war all das gut gewesen? Sie hatte sich nicht mit ihm vereinigt. Wenn sie sich ihm hingegeben hätte, hätte er sie nicht einfach sitzen lassen. Sie hätten die Hindernisse, die einer Heirat im Weg standen, überwunden. Sie würde ihn noch lieben und er sie.

Ihr wurde warm. Ohne Licht anzumachen, schlüpfte sie in ihren Morgenmantel und in die Pantoffeln und ging hinaus auf die Terrasse. Sie war überrascht, dort auf Lutfi zu stoßen, in kurzer Hose und barfuß. Er rauchte, auf die Balustrade gestützt, und starrte in die Nacht hinaus. Er drehte sich um, keineswegs verlegen, und betrachtete sie nachdenklich. Wortlos klappte er seine Zigarettenschachtel auf und bot ihr eine Zigarette an. Eine Sekunde lang beleuchtete die Flamme des Feuerzeugs Nadias Gesicht und Lutfis mageren Oberkörper.

»War er Ihr erster Mann?«, fragte er leise.

Sie zuckte die Achseln.

»Er hätte mich wenigstens informieren können«, murmelte sie.

»Vielleicht ist es sogar feinfühlig von ihm, dass er es nicht getan hat.«

»Feinfühlig?«

»Indem er in Ihren Augen als Feigling erscheint, bewahrt er Sie davor, ihm nachzutrauern. Oder hätten Sie lieber die Taschentücher vollgeweint?«

»Ob er das wirklich bedacht hat, frage ich mich. Und Sie? Warum finden Sie keinen Schlaf?«

»Mich hat niemand verlassen«, erwiderte er sarkastisch. »Mich kann niemand verlassen, weil es niemanden gibt, der mich verlassen könnte.«

»Finden Sie deshalb keinen Schlaf?«

Der Duft der Magnolien stieg ihnen in die Nase. Lutfi zuckte die Schultern. »Nein, ich bin daran gewöhnt.«

»Also ist es das Erbe?«

Er zog heftig an seiner Zigarette, die ein glutroter Punkt in der Nacht war.

»Für mich ist das Heimtücke. Und ich darf mich nicht einmal beschweren.«

»Ich verstehe nicht.«

Plötzlich wandten sie beide den Kopf; sie hatten in einem der Zimmer, die zur Terrasse lagen, ein Geräusch gehört. Vielleicht hatten ihre Stimmen einen Gast aufgeweckt. Lutfi legte den Finger auf die Lippen, deutete auf sein Zimmer und ging voraus. Nach kurzem Zögern folgte Nadia ihm. Er deutete auf einen Sessel und nahm selber auf dem Bett Platz.

»Fatma hat mich, als sie diese Erbschaft so feierlich verkündet hat, lächerlich gemacht. Niemand, nicht einmal meine Freunde, würden mich, nachdem ich ein Vermögen von Zehntausenden von Pfund geerbt hätte, als aufrichtigen Revolutionär akzeptieren. Ich bin einer der wenigen, denen die intellektuelle Jugend, die Studenten, noch zuhören. Darüber ist sie wütend, und es macht sie neidisch. Sie hat also ein Mittel gefunden, mich zum Schweigen zu bringen und mich abhängig zu machen.«

Nadia schwieg bestürzt. »Aber immerhin erben Sie ...«

»Wann denn?«, rief er heftig. »Sie leben doch noch zwanzig oder dreißig Jahre. Vielleicht sterbe ich sogar vor ihnen.«

»Aber was hätte Fatma denn tun sollen?«

»Schweigen. Das wäre viel ehrlicher gewesen. Nach ihrem Tod hätte ich dann erfahren, sofern ich noch am Leben wäre, dass ich ihr alleiniger Erbe bin. So aber schaffen sie eine unerträgliche Situation und machen mich öffentlich zu ihrem Schuldner. Ich kann es Louis nicht sagen, denn das würde zu einem heftigen Streit mit Fatma führen.«

»Kann ich noch eine Zigarette haben?«, fragte Nadia. »Hasst Fatma Sie denn so sehr?«

»Sie ist eifersüchtig auf die Zuneigung, die Louis für mich hegt. Sie unterstellt sogar, wir hätten ein Verhältnis.«

»Wie?«, rief Nadia entrüstet.

»Sie haben sie wohl noch nicht durchschaut. Warum, glauben Sie, hat Fatma Sie eingeladen? Wegen Ihrer schönen Augen? Nein, sondern weil Sie die Schwester der Maharani von Calancore sind. Und weil sie sich also rühmen kann, mit Hindu-Fürsten zu verkehren. Das hat in ihrem Reigen der Eitelkeiten noch gefehlt.«

»Sie sind schrecklich«, murmelte Nadia. Aber sie fürchtete insgeheim, dass er die Wahrheit sprach.

»Und Sie wissen noch nicht alles«, fuhr er fort. »Sie hat diese Frau, ich weiß nicht mehr, wie sie heißt, dazu gebracht, Ihren ... Verehrer zu heiraten. Und sie hat dieses Schwein Suki beauftragt, es Ihnen zu sagen.«

Nadias Augen füllten sich mit Tränen.

»Aber warum ... warum so viel Boshaftigkeit?«

»Aus Machtgier«, erwiderte Lutfi düster. »Sie glaubt, dass sie über all diese Leute herrscht, und sie glaubt, Ihnen einen Dienst erwiesen zu haben. Und sie wird Ihrer Schwester einflüstern, dass sie ihr einen jüdischen Schwager erspart hat.«

Nadia wurde sich plötzlich ihrer Ohnmacht gegenüber ihrer Mutter und Fatma al Entezami bewusst und fing an zu weinen.

»Was tun wir dann hier?«, murmelte sie.

Sie war mutterseelenallein auf der Welt, bei lebendigem Leib in einer Villa begraben, zusammen mit ihrer Mutter, einem keifenden alten Weib. Sie erhob sich, um in ihr Zimmer zurückzukehren. Auch Lutfi stand auf.

»Sie bereiten mir Kummer«, sagte er. Er fasste Nadia an den Schultern und hielt sie auf Armeslänge von sich, um sie zu betrachten. Nadia neigte den Kopf und schmiegte sich an seine unbehaarte Brust. So verharrten sie einen Moment, bis sie aufgehört hatte zu weinen. Lutfi hob ihr Kinn, beugte sich über sie und berührte mit den Lippen ihren Mund. Sie wehrte sich nicht, sondern legte ihre Hand auf seine nackte Schulter. Er zog sie enger an sich, und sie legte beide Arme um seinen Hals. Er trat einen Schritt zurück und zog Nadia zum Bett. Sie schlüpfte aus ihrem Morgenrock, entledigte sich ihres Nachthemds. Er hatte schnell seine Shorts abgestreift.

Fast hätte Lutfis Erektion sie erschreckt, aber dann empfing sie ihn wie eine Kraft, die sie noch entdecken musste. Sie hielt den jungen Mann in den Armen, ihn, der völlig unaffektiert war. Lutfi hatte seit Monaten mit keiner Frau geschlafen; er war von Nadias Anblick fasziniert, von ihrer Weichheit. Gemeinsam erreichten sie den Orgasmus. Nadia warf den Kopf in den Nacken, die Finger in seiner Schulter verkrallt und verzweifelt bemüht, nicht zu schreien.

Erst gegen Morgen kühlte sich ihr erhitztes Blut etwas ab.

»Nadia«, murmelte Lutfi, »ich war also der Erste?«

Sie streichelte sein Gesicht. »Ich bin glücklich, dass du es warst.«

»Aber ich bin keine passende Partie ...«

»Das ist mir gleichgültig«, erwiderte sie gleichmütig. »Ich gehöre nicht zu dieser Welt da, das hast du ja selbst gesagt.«

Dann verließ sie ihn und kehrte in ihr Zimmer zurück.

Von der verlassenen Terrasse glitt Min mit seinem steil aufgerichteten Penis davon in die Dämmerung und auch die schlanke Isis verschwand mit einem Lächeln, in dem Boshaftigkeit und Zärtlichkeit miteinander wetteiferten, in der Blässe des ersten Frühlichts.

24.
Erstes Donnergrollen

Wie immer seit Ende des Zweiten Weltkriegs teilte der Sommer die Welt in Arme und Reiche, wie Moses das Schilfmeer geteilt hatte. Der ägyptische Sommer war eine echte Plage, und wer konnte, floh vor ihr. Von der dritten Stunde, die seinem Erwachen folgte, bis zur Stunde, die seinem Schlafengehen folgte, ließ Gott Ra vom Dritten Katarakt bis zum Nildelta und von den rosafarbenen Felsen von Muqattam bis an die Grenze der lybischen Wüste gleißendes Gold vom Himmel regnen. Auf den Straßen schmolz der Asphalt und der Fußgänger, der in der Ahmad-al-Din-Straße stehen blieb, sank in den aufgeweichten Asphalt ein. Von Zeit zu Zeit fuhr ein staubiger Wind mit rachsüchtiger Heftigkeit durch die Straßen und trieb den Menschen die Tränen in die Augen. In den Städten schlossen die Esel geduldig die Augen, um nicht geblendet zu werden. Die gnadenlos trockene Hitze sammelte sich während des Vormittags, sodass der Nachmittag erst recht unerträglich war, und alles erinnerte an den berühmten englischen Sinnspruch, dass sich nur tollwütige Hunde und Engländer dem afrikanischen Nachmittag stellen: Only mad dogs and Englishmen …

Das Klima war nicht die einzige Gottesstrafe. Von Juni bis September verwandelte sich der Mensch in einen Soldaten im Kampf gegen die Insekten, gegen lästige Fliegen und fette Küchenschaben, gegen Flöhe, Moskitos, Ameisen und Heuschrecken. In der Provinz, in Damanhur, Tantah oder Minyâ, musste man zudem vor Skorpionen und Hornvipern auf der Hut sein. Diese waren umso gefährlicher, da sie einer harmlosen Schnur ähnelten. Kein Ägypter schlüpfte in seine Pantoffeln, ohne sich vorher zu vergewissern, dass kein Tausendfüßler darin krabbelte, keine Ägypterin brachte ihr Kind ins Bett ohne nachzusehen, ob nicht ein Skorpion unter dem Kopfkissen lauerte.

Aber die schlimmste Plage waren die Fliegen. Sie schienen der Hölle entflohen, wie sie da in Geschwadern die Lüster umkreisten. Sobald ein Mensch auftauchte, setzten sie sich auf dessen Stirn, Nase, Augen, auf jeden freien Fleck der Haut. Nachts traten die Küchenschaben an ihre Stelle. Sie tauchten unter den Möbeln und Türen auf, wie Liliputaner mit Panzer und Antennen, die sie zielsicher zu allem führten, was essbar war. Nur ein Schlag mit dem Pantoffel machte dem Treiben ein Ende.

Während der Siesta und vor dem Schlafengehen wurde eifrig Insektenspray gesprüht. Es war auch die Zeit des Großreinemachens. Man breitete Matratzen über die Balustraden der Balkone, um Wanzeneier zu vernichten. Das geschah gewöhnlich mit Alkohol, der angezündet wurde. Auch der Boden wurde mit Alkohol gereinigt, was gelegentlich Feuerbrände auslöste. Ab Juni stand in jedem gut geführten Haushalt brennbarer Alkohol bereit.

Und während also die wirklich Armen im Land blieben, um Fliegen zu töten und Schaben zu erschlagen, verlängerten die weniger Armen, aber doch von der eleganten Welt Vergessenen, hinter geschlossenen Jalousien ihre Siesta - in Bab al Luk, Kurnīš, Sakakini oder Ezbekieh. Und in den eleganten Vororten Zamalik, Garden City, al Giza, Raud al Farağ oder al Ğazīra lag man ausgestreckt auf dem Bett und labte sich an glasierten Rosinen, an Datteln oder Melonen, auch an milden Zitronen. Man ging erst spät aus dem Haus, in Freiluftkinos.

Die wirklich Armen lümmelten auf den Balkonen, knackten Nüsse und tauschten Vertraulichkeiten aus, und die Männer gingen mit ihren zweifarbigen Schuhen abends ein Eis essen und träumten auf dem Heimweg von amerikanischen Musketieren und italienischen Filmstars.

Die weniger armen Bewohner Kairos fuhren nach Alexandria und den beliebten Strand Agami. Dorthin waren die Bediensteten vorausgereist und hatten die weißen Sommerhäuser hergerichtet. Einige mieteten sich bescheidene Wohnungen in Port Said oder Schilfhütten in Ras al Bar, dem Lieblingsort der Kleinbürger, wo sie den ganzen Tag in Shorts, im Pyjama oder im Morgenmantel herumlaufen konnten. Griechen, Juden, Syrer, Italiener, Kopten, Libanesen und Armenier aßen in Pantoffeln im Freien, taten sich an Saubohnen gütlich, an hart gekochten Eiern, Tomaten oder Zwiebeln. Hier konnten sie ungeniert Leibgerichte wie mit Knoblauch geräuchertes Fleisch, rohen Fisch oder Quark genießen und sich mit Blätterteig und Honigmandeln vollstopfen. Das Ganze natürlich begleitet von Raki und Wein aus Fayyum oder von den Küsten Galiläas. Man genoss die vielen einfachen Freuden, die den feinen Leuten unbekannt sind. Rülpser und Furze wurden diskret vom Abendwind aufgefangen. Das waren echte Ferien!

Die wahren Reichen dagegen hielten ihre Winde zurück, ernährten sich von Seezunge und unterhielten sich fachkundig über den Baumwollwurm und die kubanische Zuckerindustrie. Sie reisten lieber mit dem Schiff als mit dem Flugzeug, kauften in London, Paris oder London Bilder, kurierten ihre Leber aus oder kümmerten sich um ihre Rennställe in Deauville. Ihre Unterhaltungen drehten sich um berühmte Schiffe wie zum Beispiel die Esperia, den Luxuspassagierdampfer, der unter anderen die Verbindung zwischen Ägypten und den Mittelmeerländern garantierten.

Die meisten Prinzen und Prinzessinnen – eine Zählung der verschiedenen Familienzweige ergab zweihundertachtunddreißig an der Zahl – fuhren in die Türkei, um sich in ihren Pavillons am Ufer des Bosporus zu entspannen. Siegfried Alp schiffte sich in der zweiten Klasse auf der Mooltan ein, die malaysische und singhalesische Immigranten an Bord hatte. Schließlich hatte er auf Margaret Hartnells Einladung nach London reagiert. Seine Mutter Cécile verbrachte den Sommer bei ihrer eigenen Mutter Catherine in Abukir, in einem gemieteten Holzhaus im türkischen Stil. Dort, wo die Wracks der französischen Schiffe lagen, die Admiral Nelson vor anderthalb Jahrhunderten versenkt hatte und wo Napoleon die türkischen Truppen geschlagen hatte.

Chester Lamotte hatte sich verabschiedet und war nach London geflogen. Louis Hanafi und Fatma al Entezami nahmen die Esperia nach Genua, um von dort mit dem Zug nach Rom und anschließend nach Paris weiterzufahren. Ismaïl Abu Sūn beschloss, seinen vierzehntägigen Urlaub im Familienchalet in Agami zu verbringen, wohin er den Panzergrenadier Omar al Damanhuri einlud. Obwohl zukünftiger Erbe eines beträchtlichen Vermögens, war Lutfi al Istambuli wie immer mittellos. Aber immerhin hatte ihn Louis Hanafi mit einer kleinen Apanage in Höhe von hundert Pfund versehen, damit er sich in seiner kleinen Wohnung in Sakakini häuslich einrichten konnte. Es war der einzige Ort, wo er Nadia Abd al Massih treffen konnte. Sie lebte isoliert in der alten Villa Arsinoe, wo inmitten der Wüstenwinde englische Romane ihr einziges Sommervergnügen waren. Ihre Mutter hatte behauptet, es sei unschicklich, die Trauer durch Ferien zu unterbrechen. Soussou und ihr Gatte, der Maharadscha von Calancore, residierten in Monaco.

Sommerwinde strichen über die flammend roten Blüten auf den verwaisten Rasen des al Ǧazīra-Sportclubs. Die Ibisse bevölkerten die Sykomoren und Feigenbäume zu Dutzenden, ohne fürchten zu müssen, dass sie durch den Autoverkehr gestört würden. Kein größeres Ereignis schien die Ruhe zu stören.

Von den Nekropolen von Sidi-Gaber in Alexandria bis zu den meroitischen Pyramiden konnten die Götter lange Siesten halten, ohne durch frivole Geräusche menschlichen Ursprungs aufgescheucht zu werden. Außer Horus und Thot wusste niemand, dass der Exodus in diesem Jahr nur die Generalprobe für ein viel dramatischeres Ereignis war.

Soussou rief Nadia zweimal wöchentlich an. Das war ein komplizierter Vorgang, stets eingeleitet durch Wortwechsel in schlechtem Englisch zwischen der monegassischen Telefonistin und der in Kairo.

»Ich werde hier noch verrückt«, eröffnete Nadia ihrer Schwester eines Tages.

»Nein, halt durch, ich komme Ende September. Wir verkaufen das Haus und ich besorge euch eine Wohnung in der Stadt. Im Sommer finden wir keinen Käufer. Hab Geduld. Hast du niemanden, der dir Gesellschaft leistet? Was ist mit Aldo?«

»Er hat geheiratet«, erwiderte Nadia trocken.

Darauf folgte Stille. Dann: »Ich kann mir denken, wie dir zumute ist.«

»Und wie geht es dir?«

»Wir kommen in der Welt herum. Er verbringt viel Zeit im Kasino. Ich langweile mich. Ich habe gelernt, was die Jagd nach Freundschaft bedeutet. Wild goose chase, my dear. Aber immerhin sind wir seine Mutter und Schwester los. Er ist kein übler Kerl, aber ich bin eine Mimose.«

Ihren Freund Lutfi erwähnte Nadia mit keinem Wort.

Vierhundert Kilometer entfernt betrachtete Ismaïl Abu Sūn das Meer und den weißen Sand, seltsam überrascht, dass das gesamte Blickfeld nur aus diesen beiden Elemente bestehen konnte. Er empfand Leere, nichts als Leere. Nach ein paar Wochen hatte er sich bei der Armee eingelebt. Seine jetzige geistige Verfassung war nur mit dem Wort »anorganisch« zu umschreiben. Die Wunde, die ihm Sybilla zugefügt hatte, war verheilt, aber die Narbe blieb. Er fühlte sich amputiert, und wie viele echte Invaliden litt er unter Phantomschmerzen. Man glaubt, Gefühle in Worte fassen zu können, und doch gelingt es nicht, wie man auch die Farben einer Seifenblase kaum beschreiben kann: all die zarten Nuancen der schillernden Regenbogenfarben. Bedauern, Enttäuschung und Demütigung, das waren Ismaïls hauptsächliche Empfindungen. Immer wieder dachte er an seine kurze Liaison mit Sybilla, analysierte das Verhalten der Engländerin und sein eigenes. Und er gewann allmählich die Überzeugung, dass er für Sybilla ein Gegenstand, ein ›toy boy‹ gewesen war, ein Objekt, ja, ein Objekt der Begierde, aber doch eine Art Leibeigener. Wäre er Engländer gewesen, hätte Sybilla nicht gezögert, sich scheiden zu lassen. Seit drei Monaten hatte er nichts von ihr gehört. Vielleicht war das besser so.

Omar kam zu ihm an den Strand. Mehrere seiner Offiziersfreunde wohnten in Alexandria, und er wollte sie einladen, einen Tag mit ihnen zu verbringen. Ismaïl war einverstanden. Omar eilte davon. Als er zurückkam, berichtete er, dass sie bereits morgen eintreffen würden. Ismaïl beauftragte die Diener, ein Essen für sechs Personen zu bereiten.

»Kannst du den Tisch auf der Terrasse decken lassen?«, fragte Omar.

Ismaïl war auch damit einverstanden. Allerdings war er etwas erstaunt über diese Bitte, da sich Omar sonst wenig um Formalitäten kümmerte.

»Warum auf der Terrasse?«

»Die Unterhaltungen«, erwiderte Omar ausweichend, »sind im Freien schwerer zu belauschen. Lass auch die Jalousien herunter.«

»Wird das eine konspirative Versammlung?«

Omar lächelte. »In gewisser Weise ja.«

Es waren vier. Sie parkten ihr Militärfahrzeug hinter dem Haus. Ismaïl hatte die Männer häufig in Begleitung von Omar gesehen, aber bisher nur Belanglosigkeiten mit ihnen ausgetauscht. Ein junger Mann mit fröhlichem Gesicht gehörte ebenfalls zu den Panzergrenadieren und war ranggleich mit Ismaïl und Omar. Er hieß Khalid Muhiddin. Als Ismaïl ihn sah, erkannte er, mit wem er es da zu tun hatte, und er fühlte sich durch dessen Anwesenheit geschmeichelt. Muhiddin gab unter Anleitung des Offiziers, den er im Café mit den gebratenen Tauben getroffen hatte, Gamal Abd al Nasser, ein regimekritisches Bulletin heraus, Die Stimme der freien Offiziere. Andere hatten sich der Bewegung angeschlossen. Offensichtlich wollten sie ihn nun werben, aber da er der Sohn eines Anhängers der konstitutionellen Partei war, waren sie vorsichtig.

Die Unterhaltung drehte sich um Banalitäten. Aber Ismaïl spürte, dass seine Besucher ihn einzuschätzen versuchten. Omar war eingeweiht. Nach einer Weile wandte sich die Unterhaltung der Politik zu. Der Tenor: So kann es nicht weitergehen. Der Zorn der Offiziere und Politiker, der Anwälte und der Presse gegen die Korruption der Macht hatte sich Luft gemacht, man hatte zwei oder drei sympathisierenden Tageszeitungen diverse Tipps gegeben. Als die Journalisten den Hinweisen nachgingen, wurden sie ins Gefängnis gesteckt.

»Du sagst ja gar nichts. Was denkst du darüber?«, fragte Muhiddin Ismaïl.

»Das Gleiche wie ihr«, erwiderte Ismaïl lachend.

»Und was hält dein Vater davon?«

»Das Gleiche wie ich.«

Einer der Offiziere, ein langer Kerl mit Schnurrbart, lachte ebenfalls.

»Kennst du das?« Muhiddin reichte Ismaïl eine Ausgabe von ›Die Stimme der freien Offiziere‹.

Ismaïl schüttelte den Kopf. »Du hast mir noch nie die Ehre erwiesen, mir ein Exemplar davon zu geben, aber ich kenne die Ausgabe.«

»Du bist der Sohn eines Politikers, ich wusste nicht, wie du reagieren würdest.«

»Du hättest mich fragen können«, bemerkte Ismaïl. »Nun, jetzt kennst du meine Meinung.«

»Aber stehst du auch auf unserer Seite?«

Ismaïl bedachte Omar mit einem ironischen Blick. »Ich denke kaum, dass ihr euch die Mühe gemacht hättet, hierher zu kommen, wenn ihr das Gegenteil angenommen hättet«, erwiderte er mit einer Entschiedenheit, die ihn selbst überraschte. »Es geht jetzt darum, was ihr tun wollt und wann. Ihr glaubt wohl, ihr hättet keine Wahl. Ich glaube aber, ihr riskiert, alles zu verlieren, wenn ihr jetzt die Initiative ergreift.«

»Was meinst du damit?«, fragte Gamal Salem.

»Ihr habt ja erlebt, was mit einem eurer besten Freunde, Hauptmann Abd al Kadir Taha, einem eurer wertvollsten Trümpfe, geschehen ist, weil er Mitglied der Garde war, die mit Faruk symphatisiert: Er ist auf Befehl von General Amer ermordet worden. Der Geheimdienst der Armee, der muhābarāt, ist effizienter, als ihr glaubt. Schon morgen kann jeder von uns Taha ins Grab folgen. Ihr denkt, wenn euer erster Anschlag nicht klappt, seid ihr erledigt. Aber wenn ihr jetzt zuschlagt, seid ihr mit Sicherheit erledigt.«

Die Mienen verfinsterten sich. Auf den Stirnen stand der Schweiß.

»Erklär uns das«, forderte Gamal Salem ihn schließlich auf.

»Feinde, die so wirksam sind wie der muhābarāt, lauern im Verborgenen: die Muslimbrüder. Auch sie wollen den Sturz des Regimes. Bei der erstbesten Möglichkeit werden sie uns beseitigen. Sie werden Aufstände organisieren und die Macht an sich reißen. Sie haben auch Verbündete in der Armee. Sobald ihr die Initiative ergreift, handeln sie an eurer Stelle.«

»Was hast du gegen die Muslimbrüder?« Der Ton von Khalid Muhiddin war inquisitorisch.

Ismaïl dachte an die Gerüchte, die er bei seinem Vater aufgeschnappt hatte: dass die Muslimbrüder ihre Agenten in die Armee eingeschleust hatten. Er spürte die Blicke auf sich ruhen. Er erriet, dass sie sich fragten, ob er im Grunde eher gegen den Islam war. Er kannte das Vorurteil dieser Männer, die Angehörige des einfachen Volkes und des Kleinbürgertums waren: Söhne aus reichen Familien waren im Grunde für sie wie verdorbene Früchte, vom Westen schlecht beeinflusst, die nichts anderes im Kopf hatten als Frauen und Alkohol. Diese Überlegungen gingen ihm blitzschnell durch den Kopf. Auf die anderen machte es jedoch den Eindruck, als dächte er nach.

»Ihr seht in den Muslimbrüdern Verbündete, weil ihr glaubt, sie denken wie ihr und stehen dem Regime feindlich gegenüber. Aber ein paar Offiziere …«

»Welche?«, unterbrach Gamal Salem ihn.

Überrascht von dem Tonfall, fragte Ismaïl leise: »Muss ich die Namen wirklich nennen?«

Aber genau darauf warteten alle, sogar Omar. Sie wollten seine Informationen und Analysen auf ihre Richtigkeit prüfen.

»Nun gut«, fuhr Ismaïl fort. »Es sind Anuar Sadāt, Kamaliddin Hussain, Abd al Munaim Abd al Raūf … und noch ein paar andere. Das sind nur die bekanntesten. Ich habe schließlich keinen Informationsdienst. Wer glaubt, er könnte sich mit den Muslimbrüdern verbünden, täuscht sich. Deren Ziele unterscheiden sich von euren: Sie wollen die Macht, und zwar für sich allein. Sie wollen aus Ägypten eine Art Saudi Arabien machen, mit Ihnen, Gamal Abd al Nasser, an der Spitze. Ihr dagegen strebt einen modernen demokratischen Staat an. Ihr glaubt, dass ihr auf ein zahmes Pferd aufsteigt, dabei wird dieses Pferd mit euch durchgehen.«

Alle schwiegen.

»Du magst Recht haben«, bemerkte Khalid Muhiddin schließlich. »Vielleicht ist es tatsächlich so. Deine scharfsinnige Analyse verblüfft uns. Wir haben immer gedacht, du bist ein charmanter Ministersohn …«

»Und nun bin ich etwas schlauer, als ihr gedacht habt, nicht wahr?«, rief Ismaïl lachend.

Sie schüttelten verwirrt den Kopf.

»Weißt du das alles durch deinen Vater?«, erkundigte sich Muhiddin, sichtlich überrascht.

Ismaïl schüttelte den Kopf.

»Was sagt dein Vater denn dazu?«, fragte Muhiddin eindringlich.

»Er ist ein Konstitutionalist und er ist alarmiert. Aber er fürchtet, dass eine Revolution den Muslimbrüdern als Sprungbrett dienen kann. Und ich teile seine Meinung.«

Die fünf Männer schwiegen. Am Strand tollten Kinder herum. Das Plätschern der Wellen drang bis an ihren Tisch herauf. Die Besucher ließen Ismaïl nicht aus den Augen, als erwarteten sie weitere Informationen.

»Was auch immer wir unternehmen wollen«, fuhr Ismaïl fort, »wir müssen uns mit drei weiteren Hauptfeinden auseinander setzen. Der erste ist die Armee.«

Gamal Salem pfiff entrüstet durch die Zähne, aber Ismaïl achtete nicht auf ihn.

»Ja, ich betone: die Armee. Wie viele echte Verbündete haben wir dort? Eine Minderheit, zwei oder drei Hand voll Männer, ihr wisst das besser als ich. Die große Mehrheit unserer Kameraden ist der Monarchie ergeben oder dem König persönlich. Ja, trotz des Waffenskandals, trotz der Korruption. Der zweite Feind ist die einzige politische Partei, die in diesem Land beliebt ist, die ›Wafd‹. Obwohl der Vorsitzende senil ist, besitzt diese Partei Macht. Und der dritte Feind ...«

»... sind die Engländer«, platzte Omar heraus.

Ismaïl schüttelte den Kopf. »Die Garnison am Suezkanal ist stark genug, um jegliche Aktion, die die Interessen der Engländer gefährdet, zu unterbinden.«

»Also?«, fragte Gamal Salem.

»Wir dürfen in den nächsten Monaten nicht die Initiative ergreifen, man würde uns massakrieren. Wir müssen abwarten, bis die Initiative von anderer Seite erfolgt.«

»Und dann?«

»Wir greifen später ein.«

»Warum später?«

»Weil das nächste Ereignis zwangsläufig verheerend sein und so manchen in Misskredit bringen wird. Wir werden dann als Retter auftreten. Der Großteil der Armee wird sich uns anschließen. Der muhābarāt wird entmachtet. Der ›Wafd‹ wirft man vor, dass es ihr nicht gelungen ist, die Ordnung aufrechtzuerhalten. Bleiben noch die Engländer.«

Khalid Muhiddin fing an zu lachen. »Dieser Bursche ist nicht auf den Kopf gefallen.«

Sie entspannten sich ein wenig.

»Stehst du wirklich auf unserer Seite?«

Ismaïl blickte in die Runde: fünf schweißgebadete Gesichter, fünf Machtmenschen. Und er war nun einer der ihren. Das war viel aufregender, als eine Engländerin zu befriedigen. Er lächelte.

»Gut«, sagte Hauptmann Fattah Badri, der bisher geschwiegen hatte. »Unser Besuch war nicht umsonst. Wir haben einen Freund und Verbündeten gefunden. Begießen wir das.«

»Mit einem Bier?«, fragte Ismaïl in die Runde. »Wir essen schließlich bald.«

Sie waren einverstanden. Ein Bier war ja kein alkoholisches Getränk im eigentlichen Sinne.

Als sie sich verabschiedet hatten, blieb Ismaïl nachdenklich zurück. Zum ersten Mal in seinem Leben hatte er ein Ziel. Zum ersten Mal sprach man ihm Intelligenz zu. Zum ersten Mal? Jeder hat mehrere Leben. Eines seiner Leben hatte mit Sybillas Abreise geendet. Nun begann ein neues. Das bedeutete aber nicht unbedingt, dass er sein vorheriges Leben vergaß.

25.

Tod in den Flammen

»Und nun?«, fragte Duncan Stephenson. Seine blauen Augen funkelten hinter der großen Brille.

In seiner kleinen Wohnung in der Alfi-Bay-Straße saß Siegfried Alp ihm gegenüber und dachte über die Frage nach. Man schrieb den 26. Januar 1952, ein Samstag, und die beiden speisten mit Krevetten gefüllte Tomaten und Lammkoteletts.

»Was soll ich dir erzählen, Duncan? Du kannst dir das doch denken. Margarets Wohnung ist geräumig und komfortabel. Manchmal ist Margaret rührend, manchmal macht sie sich auch lächerlich, aber das ist eine Art Selbstschutz. Sie weiß genau, dem Publikum entgeht es nicht, dass sie altert. Sie kann noch ein bis zwei Filme drehen, dann muss sie das Fach wechseln. Sie möchte Theaterstücke schreiben und ich soll ihr dabei helfen. Meine Lage war häufig unangenehm. Ihre Freunde betrachteten mich abschätzend, als wäre ich nur irgendein jüngerer Liebhaber. Einige waren freundlich, andere spöttisch. ›So you're the young Egyptian one hears so much about.‹« Siegfried parodierte die Kommentare, die er am häufigsten gehört hatte.

»Und der junge Schauspieler, mit dem sie hier war?«

»Harvey Manners? Er ist ein Wrack. Der Alkohol.«

»Hast du auch etwas von London oder von England gesehen?«

»Ja, ich habe viel zu Fuß erkundet und mir ein paar Schuhe durchgelaufen. London ist teuer …«

Stephenson überlegte einen Moment. »Siegfried, das Leben ist kein Paradies.« Als er den fragenden Blick seines Gastes auf sich gerichtet sah, fuhr er fort: »Margaret Hartnell liegt etwas an dir. Du solltest diese Chance nicht vertun.«

»Das haben Chester und Guy auch gesagt …« Siegfried erhob sich und trat ans Fenster. »Es brennt irgendwo«, stellte er fest.

Eine schwarze Rauchsäule stieg beinahe senkrecht in die Höhe. Offensichtlich ein Großbrand. Siegfried erinnerte sich an die Unruhe, die ihn erfasst hatte, als er auf dem Weg zu Stephenson sah, wie die Händler eilig ihre Rollläden herunterließen und sich schleunigst aus dem Staub machten. Die Straße war fast menschenleer.

Stephenson servierte den Kaffee. Zwanzig Minuten später stieg eine weitere Rauchsäule auf, in einigem Abstand von der ersten.

»Zwei Großbrände zur gleichen Zeit, das ist seltsam«, sagte er.

Die beiden waren gerade bei der zweiten Tasse Kaffee angelangt, da wurde eine dritte Rauchwolke sichtbar. Und dann eine vierte.

»Da ist etwas im Gange«, sagte Siegfried unruhig.

Er und Stephenson beschlossen, bei einer Zeitung anzurufen. Sie wählten die Égyptian Gazette. Dort sagte man ihnen, dass tatsächlich mehrere Brände gemeldet wurden, aber die Ursache unbekannt war.

Siegfried dachte an Chester Lamottes Warnungenm undbeschloss heimzugehen. Er wohnte ganz in der Nähe und machte sich Sorgen um seine Mutter. Als er sich aus dem

Fenster lehnte, sah er ganze Trauben von Menschen durch die Straße rennen. Sie stießen unverständliche Schreie aus. Es roch nach Feuer. Der Wind führte verbrannte Papierschnipsel mit sich.

»Cairo is burning«, erklärte Stephenson leichenblass.

Es wurde allmählich riskant hinauszugehen. Siegfried rief seine Mutter an. Sie war außer sich.

»Wo bist du?«, fragte sie.

»In der Alfi-Bay-Straße. Es ist nicht weit, aber es ist zu gefährlich, jetzt auf die Straße zu gehen. Bleib im Haus.«

Stephenson machte Tee. Gegen vier Uhr rief ihn die britische Botschaft an und gab Anweisung, er solle zu Hause bleiben. Um fünf war der Himmel schwarz vom Rauch. Mindestens dreißig Brände waren gemeldet worden. Etwas später klingelte Stephensons Nachbar Mahmud Ansari, ein Ägypter um die vierzig, und empfahl den beiden, nicht ans Fenster zu treten und die Vorhänge zu schließen. Stephenson fing an zu zittern.

»Aber was ist denn los?«, fragte er.

»Kairo brennt. Aber keine Angst, ich bin ja da. Sie werden das Haus nicht in Brand setzen.«

»Wer sind sie?«

»Ich weiß nicht«, erwiderte Ansari geheimnisvoll.

»Ich flehe dich an«, sagte Stephenson, »bleib bei uns, für den Fall, dass sie an die Tür klopfen oder sie sogar aufbrechen.«

Der Ägypter überlegte kurz. Dann rief er seinen Bruder an.

»Ihsan, komm zu uns. Sag meiner Frau, dass wir den Abend hier verbringen. Gegen neun Uhr kommen wir hoch, um etwas zu essen.«

»Fühl dich ganz wie zu Hause«, sagte Stephenson und ging, um ihm Pantoffeln zu holen.

Ansari und sein Bruder lächelten.

»Sprichst du Arabisch?«, fragten sie Siegfried. Er bejahte auf Arabisch.

»Schließt bitte die Tür«, bat Stephenson. »Wollt ihr Tee?«

»Ja, bitte, schön stark und im Glas«, erwiderte Ihsan.

Um acht Uhr blickte Siegfried vorsichtig durch das abgedunkelte Küchenfenster. Er sah zwölf- bis vierzehnjährige Jungen brennende Lumpen in die Geschäfte schleudern, sah eine Gruppe junger Männer ein Waffengeschäft stürmen. Sie kamen mit Gewehren und Pistolen bewaffnet heraus. Aber sie hatten offenbar keine Munition gefunden.

Gegen neun Uhr, als sich Ansari und sein Bruder anschickten hinaufzugehen, hörte man, wie eine brüllende Menschenmenge die Treppe hinaufstürmte. Jemand klopfte ungeduldig an die Tür.

»Bring ihn ins Bad«, flüsterte Ihsan Siegfried zu und deutete auf Stephenson, der vor Angst zitterte.

»Mach auf, du Hundesohn!«

Ansari öffnete das große, durch ein Gitter geschützte Guckloch. »Was ist los? Was soll das Gebrüll?«, rief er mit gespielter Wut. Das Radio mit dem arabischen Sender war voll aufgedreht.

»Wo ist der Engländer?«

»Welcher Engländer? Hier sind nur ich und mein Bruder.«

»Man hat uns gesagt, hier wohnt ein Engländer«, brummte eine Männerstimme vor der Tür.

»Ihsan«, rief Ansari. Sein Bruder erschien, salopp gekleidet. »Bist du jetzt plötzlich Engländer?«

»Was soll das? Was für Leute sind das?«, konterte Ihsan.

»Sie behaupten, hier wohnt ein Engländer.«

»Der ist doch schon vor langem ausgezogen.«

Die Männer vor der Tür schienen enttäuscht. Sie flüsterten miteinander.

»Im Namen des Koran, ihr könnt die Gläubigen nicht derart aufscheuchen«, erklärte Ansari gebieterisch. »Wenn ihr Engländer sucht, dann findet ihr sie am Kanal.«

»Im Namen des Koran«, riefen mehrere Stimmen auf der Treppe. »Tod den Ungläubigen!«

»Al sabr tayyib«, bemerkte Ansari und schloss das Guckloch. Gepriesen sei die Geduld.

Er lauschte noch einen Augenblick. Die Schritte verhallten. Dann öffnete er die Tür. Sie waren abgezogen. Siegfried gab Stephenson Bescheid, der sich in der Toilette eingeschlossen hatte. Der Engländer öffnete keuchend, die Angst war ihm deutlich anzumerken.

»Reiß dich zusammen«, flüsterte Siegfried ihm auf Englisch zu.

Ansari und sein Bruder betrachteten Stephenson nachdenklich. »Gib ihm etwas Tee«, sagte Ihsan.

»Ihr habt uns das Leben gerettet«, rief Siegfried. »Was geht denn bloß in der Stadt vor?«

»Sieht ganz nach Revolution aus«, erklärte Ansari.

»Schreitet denn die Armee nicht ein? Und die Polizei?«

Da läutete es an der Tür. Alle erstarrten. Stephenson rannte wieder ins Bad. Aber es war Ansaris Tochter. Sie berichtete, dass die Oper und das berühmte Kabarett Badia Massabni niedergebrannt waren.

Ansari zuckte mit den Achseln. »Morgen wissen wir mehr.« Er wirkte tief erschüttert. Dann zogen er und sein Bruder sich zurück.

Der hilfsbereite Ägypter ahnte nicht, welche Tragödie sich in der Wohnung unter ihm ereignete. Nicht nur Kairo brannte – die ganze Jugend eines Mannes ging auf einmal auch verloren. Tausend Erinnerungen – die Destillation von Rosenwasser bei Catherine Portilacqua, die Nachmittage im Sportclub von al Ǧazīra–Sportclub, anregende Dinners, Flirts, ein herrliches Leben. Von all diesen Erinnerungen blieb nur düsteres Chaos. Siegfried hatte keine andere Perspektive als London und die Liaison mit einer alternden Schauspielerin. Er setzte sich und brach in Tränen aus. Stephenson betrachtete ihn bestürzt.

Kairo brannte. Überall, von Heliopolis bis Bab al Hadid, entlang der Eisenbahnstrecke, standen Gebäude lichterloh in Flammen und stürzten vor den Blicken ihrer entsetzten Bewohner ein. Familien waren beim Essen, manchmal sogar im Schlaf überrascht worden und mussten zusehen, wie ein ganzes Leben, Fotos, Erinnerungen, Möbel und Kleider in Flammen aufgingen.

Seit drei Uhr nachmittags griff die Feuerwehr nicht mehr ein, denn die Brandstifter zerstörten die Schläuche und griffen sogar die Feuerwehrleute an.

In Bahnhofsnähe drangen die Brandstifter in mehrere Gebäude ein, schlugen die christlichen Mieter nieder, vergewaltigten die Frauen und warfen sie aus dem Fenster. Dann legten sie Feuer. In der Šarif-Pascha-Straße hatten sie den Turf Club belagert, als sich die Mitglieder gerade zu Tisch begeben wollten. Sie hatten die Mitglieder mit Stöcken geschlagen, hatten drei Engländer erdolcht und sie auf einen Scheiterhaufen geworfen, den sie mitten auf der Straße errichtet hatten. Eine Stunde später waren nur noch verkohlte Leichen übrig.

Bars und Kinos waren die bevorzugten Ziele der Aufständischen. Sie legten überall Feuer. Und immer noch griff die Polizei nicht ein.

Um drei Uhr nachmittags erreichten die Gerüchte von den Gräueltaten das ehrwürdige Hôtel Shepheard's, eine Karawanserei aus der heroischen Zeit des britischen Imperiums. Die Schweizer Direktion in Person von Herrn Förster forderte die Gäste auf, die Terrasse zu räumen und sich auf die Zimmer zu begeben. Um halb acht wurden die wenigen Gäste an der Bar gebeten, sich in den Wintergarten oder auf die Zimmer zurückzuziehen. Dann wurden die Lichter gelöscht und die Bar geschlossen. Nur Speisesaal und Wintergarten waren noch zugänglich. Wie bei einer Belagerung irrten die Gäste, darunter ein italienisches Opernensemble, im Hotelbereich herum, zwischen Palmen und arabischen Diwanen.

Der Maharadscha von Calancore und seine Gemahlin Soussou waren für eine Woche im ›Shepheard's‹ abgestiegen, um dann nach Luxor weiterzufahren. Soussou hatte Nadia zum Tee erwartet, aber vergeblich. Die Informationen, die ihr die Hotelangestellten überbrachten, erklärten, warum Nadia nicht gekommen war. Seit drei Uhr nachmittags lag der Verkehr von U-Bahnen, Bussen und Straßenbahnen lahm. Um sechs Uhr abends, als die Terrasse geräumt wurde, verließ der Maharadscha trotz der Ermahnungen von Förster und seiner Gattin das Hotel, um den Aufstand mit eigenen Augen zu sehen. Er war davon überzeugt, dass sein Aussehen ihn vor den Aufständischen schützen würde. Um ihn herum brannten Gebäude lichterloh. Soussou, der nichts Gutes schwante, zog sich in ihre Suite zurück, und die Sekretärin erwartete die Rückkehr des Maharadschas im Speisesaal.

Soussou öffnete die schweren teuren Koffer und zog ihre Schmuckschatulle hervor. Sie nahm die schönsten Schmuckstücke der Fürsten von Calancore heraus: sechs ungewöhnlich große Diamanten, blutrote Rubine, so groß wie Wachteleier, einen Smaragd ... Die Schmuckstücke waren einzigartig. Sie nahm ihren indischen Pass und ihr Bargeld, ein kleines Vermögen, und verstaute alles in einem schwarzen Reisesack. Dann hüllte sie sich in einen dunklen Schal und ging über die Treppe hinunter.

Vindra war noch nicht von seiner Erkundungstour zurückgekehrt. Am Empfang teilte man Soussou mit, die indische Botschaft habe das für den Abend vorgesehene Dinner abgesagt. Soussou begab sich also in den Speisesaal, wo die Sekretärin allein an einem Tisch saß. Überall roch es nach Rauch. Soussou bestellte einen Tom Collins und nippte daran. Plötzlich rief man sie ans Telefon. Es war Nadia. Sie schluchzte und stammelte fast unverständliche Worte.

»Wo bist du?«, fragte Soussou.

»In der Šarif-Pascha-Straße, bei Freunden ... Ich habe gesehen, wie man Menschen bei lebendigem Leib verbrannt hat.«

Nadia schluchzte so heftig, dass Soussou kein Wort mehr verstand.

»Beruhige dich«, befahl Soussou. »Wenn du in Panik gerätst, machst du nur dummes Zeug. Bleib im Haus. Wenn man dir Fragen stellt, antworte auf Arabisch. Die Armee wird eingreifen.«

Das hatte sie natürlich frei erfunden. Nadias Aufregung übertrug sich allmählich auf sie selbst. Ob Vindra auch ermordet worden war? Doch dann beruhigte sie sich. Die Aufständischen hatten es schließlich auf die Europäer abgesehen. Die Täter waren eindeutig die Muslimbrüder. Soussou rief ihre Mutter an, um ihr zu berichten, dass es in der Stadt Aufruhr gegeben habe und dass es vernünftiger sei, wenn Nadia die Nacht bei Freunden verbrachte. Sie achtete nicht auf das Gejammer der Mutter, sondern sagte knapp: »Ich ruf dich wieder an.«

Als sie wieder ihren Platz eingenommen hatte, tauchte Vindra auf, vollkommen verstört. Plötzlich ertönten laute Schreie, Gläser zerbrachen, Türen wurden aufgebrochen. Gäste eilten in die Halle. Das Personal ergriff die Flucht. In der großen Pharaonenhalle errichteten die Aufständischen einen Scheiterhaufen aus Stühlen, Teppichen und Bildern. Sie gossen Benzin darüber und zündeten ihn an. Im Nu stand alles in Flammen und eine Rauchsäule stieg zur Kuppel auf.

Das Feuer verbreitete sich von dort in den Stockwerken. Nach wenigen Minuten brach die Kuppel unter ohrenbetäubendem Krach zusammen. Sie hätte den Scheiterhaufen löschen können, aber die Flammen leckten bereits an den Wänden.

Der Direktor befahl: »Alle zur Gartentür!«

»Der Schmuck!«, schrie Vindra und wollte sich Richtung Treppe an den Brandstiftern vorbeikämpfen.

»Vindra!«, rief Soussou und rannte hinter ihrem Gatten her. »Vindra!«

»Hoheit! Hoheit!«, jammerte die Sekretärin.

Aber der Maharadscha schien sie nicht zu hören. Er hatte bereits die ersten Stufen erklommen, offenbar ohne zu erkennen, was es mit der Flüssigkeit dort auf sich hatte. Ihm schlug eine dichte Rauchwolke entgegen. Der Stuck des Treppenhauses löste sich und fiel auf ihn herab. Flammen züngelten nach den Holzleisten. Treppe und Aufzugsschacht waren nur noch ein Flammenmeer.

Der Maharadscha von Calancore verbrannte, wie in seinem Land die Witwen zu sterben pflegten. Soussou stand wie gelähmt und sah, wie ihr Mann von den Flammen verschluckt wurde. Die Sekretärin schrie voller Entsetzen. Die Menge floh zur Gartenpforte. Wenn Soussou sich ihnen anschloss, lief sie Gefahr, niedergetrampelt zu werden. Sie hielt den schwarzen Reisesack umklammert, packte die Sekretärin am Arm und zog sie mit sich – in die Richtung, in die das Personal geflohen war.

So gelangten sie in die Küche, wo es auch eine Tür für das Personal gab. Am Ende eines Flurs traten sie, die Köche und die Zimmermädchen, auf die Ibrahim-Pascha-Straße. Dort stand eine Menschenmenge und sah zu, wie das altehrwürdige Hotel in Flammen aufging. Die Sekretärin zitterte am ganzen Leib. Die Mitglieder des Opernensembles, die in ihren Zimmern überrascht worden waren, waren entweder nur dürftig bekleidet oder im Morgenrock. Sie alle waren in Tränen aufgelöst.

Drohten die Aufständischen im Siegesrausch alle zu massakrieren? Soussou löste sich aus der Menge und ging zielstrebig durch Straßen und Gassen. Eine halbe Stunde später stand sie vor einem bescheidenen bürgerlichen Haus in der Fuad-Straße und betätigte den Türklopfer. Nach einer Weile öffnete der Portier ein Guckloch, das durch ein Eisengitter geschützt war. Er betrachtete die beiden Frauen und den Geldschein. Zwei Pfund, für ihn ein Vermögen.

»Ich möchte zu Dr. Mahgub«, sagte Soussou. »Im Namen des Propheten, lassen Sie uns ein.«

Die Tür wurde entriegelt, die beiden Frauen traten ein, der Geldschein wechselte den Besitzer, und die Tür wurde erneut verriegelt.

Der Arzt stand im Nachthemd am Treppenabsatz und blickte den beiden Frauen entgegen.

»Soussou«, rief er und gab ihr ein Zeichen einzutreten.

Dr. Mahgubs Frau stand, ebenfalls im Nachthemd und barfuß, hinter ihrem Mann. Soussou stellte den schwarzen Reisesack ab und sammelte sich. Die Sekretärin schluchzte erbärmlich. Die Gattin des Arztes brachte ihnen ein Glas Wasser mit ein paar Tropfen Orangenblütenextrakt.

Soussou warf einen Blick auf ihre Armbanduhr: fünf Minuten nach Mitternacht.

»Setz dich aufs Kanapee«, forderte Madame Mahgub sie auf.

Soussou ließ sich aufs Sofa fallen. Sie schloss die Augen und döste sofort ein. Sie merkte kaum, dass jemand nach ihrem Arm fasste und ihren Puls fühlte. Sie hörte nur noch, wie der Arzt sagte: »Lassen wir sie schlafen, sie ist völlig erschöpft.«

Ismaïl Abu Sũn und elf weitere Offiziere der Kaserne von Matarieh waren seit halb zwölf in voller Uniform. Um diese Uhrzeit hatten die Aufständischen die ersten Gebäude angezündet, darunter das Kabarett Badia, das der Bauchtänzerin Badia Massabni gehörte. Die Offiziere stiegen in die drei kakifarbenen Chevrolets, die sie in den Palast bringen sollten. An diesem Tag gab der König nämlich ein Essen für sechshundert Offiziere, seinem Erstgeborenen, Ahmed Fuad, zu Ehren. Da ihr Weg nicht an der Oper vorbeiführte, sahen sie die Spuren der Zerstörung nicht.

Ismaïl jedoch fiel auf, dass sich auf den Straßen ein ungewohntes Bild bot. Wo sonst friedliche Fußgänger gingen, sah man kaum jemanden, nur hier und da rannten Menschen aufgeregt hin und her. Als die Chevrolets ihre Fahrt verlangsamen mussten, um sich einen Weg vorbei an einer Gruppe von mindestens hundert Personen zu bahnen, wurden die Offiziere unruhig. Die Aufständischen skandierten lautstark Slogans wie: »Tod den Engländern! Tod den ungläubigen Hunden! Es leben unsere unsterblichen Helden von Ismaïliya! Tod dem Verräter Haidar!«

Die unsterblichen Helden waren die Toten der Nationalgarde, die Buluk Nizam, die sich am Vorabend zu den Engländern am Kanal aufgemacht hatten, nachdem sie die Munitionslager in die Luft gesprengt hatten. Hinter Haidar verbarg sich Haidar Pascha, der oberste Befehlshaber der Armee.

»Hier ist entschieden etwas im Gange«, bemerkte einer der Offiziere.

»Vermutlich eine Demonstration für die Buluk Nizam«, sagte ein anderer.

»In der ganzen Stadt?«, fragte Ismaïl erstaunt.

»Die Buluk Nizam der Kaserne Abbassieh sind heute Morgen in Streik getreten, aus Solidarität mit den Soldaten von Ismaïliya«, erklärte der Chauffeur.

»Warum hat man uns nicht informiert?«, erkundigte sich ein Offizier entrüstet. »Vermutlich, damit unter den Offizieren keine Solidarität entsteht. Wir sind schließlich heute beim König geladen«, erklärte Ismaïl düster. »Haben wir eine Waffe?«, wollte er plötzlich wissen.

Die anderen sahen ihn verblüfft an. Bei einer Einladung im Palast eine Waffe mitzuführen, das war eigentlich unmöglich.

»Wofür denn?«, fragte einer.

»Ich halte es nicht für ausgeschlossen, dass wir angegriffen werden.«

»Ich habe einen Revolver samt Munition dabei«, mischte sich der Fahrer ein. »Aber ich hoffe, dass wir ihn nicht brauchen.«

In gedrückter Stimmung gelangten sie schließlich beim Palast an. Hier schien alles friedlich zu sein. Die Garde in Uniform stand vor dem Portal Spalier. Als sie eintraten, fiel ihr Blick sogleich auf die hohe Gestalt von Haidar Pascha in Galauniform. Auch der König trug Festuniform. Er strahlte vor Freude und drückte den ersten Offizieren, die ihm vorgestellt wurden, die Hand.

»Was ist eigentlich der Anlass für diese Einladung?«, fragte ein Offizier, der mit Ismaïl gekommen war. Er stellte sich in die Reihe, um dem Monarchen die Hand zu geben.

»Offiziell die Geburt des Prinzen. In Wirklichkeit will sich der König der Ergebenheit seiner Armee versichern und sie wie einen Revolver gegen die Wafd richten«, erwiderte Ismaïl leise.

Dann stand er vor Faruk. Der Monarch erkannte ihn und schenkte ihm ein flüchtiges Lächeln.

Haidar Pascha hielt eine Ansprache über die unzertrennbare Einheit von Armee und Thron und so weiter und so fort. Und die Armee, so der König seinerseits, verkörpere die Kraft der ägyptischen Monarchie. Der Sudan stehe für die Eroberung der Zukunft. Im großen Saal waren dreißig Tische mit je zwanzig Gedecken hergerichtet. Ismaïl und die Offiziere nahmen an einem Tisch Platz. Sie machten sich gerade über das Hauptgericht her, Truthahn, als einem Offizier ein gefaltetes Stück Papier zugesteckt wurde. Keiner wusste, wie das genau geschah. Der Offizier las, reichte das Papier unbemerkt an seinen Nachbarn weiter und so fort. In fünf Minuten hatten es alle Offiziere gelesen. Auf dem Papier stand lediglich: »Kairo brennt. Hunderte von Toten.« Der Zettel wanderte weiter.

Ismaïl beobachtete Haidar Pascha. Er saß am Tisch des Königs und lachte. Doch die Atmosphäre hatte sich verändert. Die Mienen der Gäste hatten sich verdüstert. Einigen Offizieren war der Appetit vergangen. Ismaïl suchte dem Blick von Khalid Muhiddin zu begegnen und rieb sich das Kinn. Diese Geste bedeutete Verblüffung sowie Gefahr. Es war die einzige Möglichkeit der Verständigung.

Das Essen endete gegen drei. Die Offiziere traten aus dem Palast. Ismaïl und Khalid fuhren im selben Wagen. Khalid befahl dem Fahrer, eine Stadtrundfahrt zu machen. Dieser warf ihnen über den Rückspiegel einen skeptischen Blick zu und fuhr los. Während sich der Wagen mühsam durch die mit Gaffern und Aufständischen überfüllten Straßen schlängelte, wurde den Insassen das Ausmaß der Zerstörung bewusst. Kairo sah aus wie nach einem Bombenangriff. Ganze Straßenzüge lagen in Trümmern.

Muhiddin fing an sich aufzuregen. Ismaïl griff ihn am Arm und warf ihm einen warnenden Blick zu. Mit dem

Kinn deutete er fast unmerklich auf den Chauffeur. Vielleicht war er Mitglied der Militärpolizei.

Als sie wieder in der Kaserne waren und sicher vor indiskreten Lauschern, sagte Ismaïl zu Muhiddin: »Man hat die erste Initiative ergriffen. Das erleichtert uns die Aktion.«

Aber Muhiddin wirkte griesgrämig. »Warum greifen wir nicht ein?«, fragte er entrüstet.

»Du weißt genau, dass die Armee dem König unterstellt ist«, erwiderte Ismaïl. »Faruk lässt Kairo brennen, um dem Land zu zeigen, dass Serageddine unfähig ist. Er wird das ganze Kabinett der Wafd kaltmachen.«

Fuad Seraggedine war der Innenminister und der eigentliche Vorsitzende der herrschenden Wafdpartei. Er war dem König feindlich gesonnen und umgekehrt dem Monarchen seinerseits verhasst. Für den König war das die Gelegenheit schlechthin, Seraggeddine in Misskredit zu bringen.

Ismaïl rief seinen Vater an. Der klang sehr bedrückt. Nein, Zamalik war unversehrt. Sie würden später darüber reden. Offensichtlich wurde das Gespräch abgehört.

Die Offiziere erhielten den Befehl, sich bereitzuhalten. Doch der Einsatzbefehl kam erst um halb fünf nachmittags. Und die wenigen Straßenpanzerwagen traten erst um sechs Uhr abends in Aktion – als Kairo bereits zerstört war.

Lutfi hatte sich am Tag zuvor mit Nadia verabredet, in einem Café im Art-déco-Stil, wo die Schickimickis verkehrten. Sie würden dort ein Sandwich verzehren und ein Bier trinken und anschließend, so hatte Nadia verkündet, bei ihrer Schwester im Shepheard's Tee trinken. Aber um kurz vor neun klopfte der Besitzer des Cafés im Erdgeschoss – Lutfi hatte dessen Sohn neulich in Eheangelegenheiten beraten – an die Tür und verkündete ernst:

»Ich glaube, es ist besser, du tauchst heute unter. Frag mich nicht aus, ich bitte dich.«

Lutfi war verdutzt. »Nur heute? Aber was ist denn los?«

»Ruf morgen, bevor du zurückkommst, Taratir an. Da ist seine Nummer.« Und er reichte ihm ein Stück Papier.

»Aber Mahmud, du kannst mir doch wenigstens etwas andeuten«, rief Lutfi.

»Die Bruderschaft«, erwiderte Mahmud al Ma'amour lakonisch.

Sie sahen sich einen Augenblick wortlos an. Lutfi hatte begriffen. Die Tragödie der Buluk Nizam in Ismaïliya, mindestens fünfzig Tote und hundert Verwundete, hatte eine nationalistische Unruhe entfacht und die Muslimbrüder noch mehr angeheizt. Sie demonstrierten und probten den Aufstand. Wenn Mahmud ihm empfahl zu verschwinden, dann deshalb, weil die Muslimbrüder die Situation ausnutzen würden, um Jagd auf ›ungläubige Elemente‹ zu machen. Und dazu gehörten auch die Marxisten. Lutfi schüttelte den Kopf.

Zehn Minuten später saß er auf einer Holzbank in der Straßenbahn nach Ezbekieh. Er hoffte, Nadia zu sehen und vielleicht Unterschlupf bei einem ihrer Freunde zu finden, zum Beispiel bei Louis Hanafi. Er blickte auf die Straße. Ja, hier ging es unruhig zu. Er machte sich Sorgen um Nadia. Würde sie ungehindert zum Adli-Pascha-Platz gelangen? Dann begann er zu grübeln. Würde er morgen nach Hause zurückkehren können? In Ägypten schwenkte die Stimmung schnell um. Eine schlichte Demonstration von ein paar Dutzend Aufgeregten konnte sich in einen Aufstand verwandeln, dem sich Tausende anschlossen. Sie konnte aber auch im Sande verlaufen. Lutfi versuchte sich vorzustellen, wie sich ein Aufstand der Muslimbrüder abspielen würde. Der Palast, die Armee, die ›Wafd‹ und der Großteil der Bevölkerung würden einen solchen Aufstand in Kürze niederschlagen. Wie alle Extremisten waren die Muslimbrüder nämlich in der Minderheit. Lutfi kämpfte gegen die Panik an. Auch wenn es den Muslimbrüdern nicht gelingen sollte, eine Revolution auszulösen – die Situation war nach den Ereignissen von Ismaïliya ernster, als er sich eingestehen wollte.

Da er keine verlässlichen Informationen hatte, schwankte seine Stimmung von einer Minute zur anderen. In Ezbekieh angelangt, beschloss er, zu Fuß zum Opernplatz zu gehen. Dort würde er Louis oder Alexi Yacoub anrufen, um sich eine Bleibe für die Nacht zu suchen. Bis zum Treffen mit Nadia war es noch eine Stunde.

Er kam genau in dem Augenblick am Badia an, als das Gebäude in Flammen aufging.

Wie Erdbeben, Überschwemmung und Blitz weckt auch Feuer eine instinktive Angst. Lutfis erster Gedanke beim Anblick der Flammen war, dass sein Territorium zerstört werden würde. Fünfzig oder sechzig Aufständische hatten das Viertel besetzt. Es waren eindeutig Fanatiker, und sie standen sicherlich unter Drogen. Sie rannten umher, schrien und schwenkten Stöcke und Flaschen. Die von Mahmud erwähnten Molotowcocktails.

»Was unternimmt eigentlich die Polizei? Und die Armee?«, fragte er sich. Aber er kannte die Antwort: Sie hatten beide keine Erlaubnis einzugreifen. Warum nicht? Unwissenheit des Innenministeriums oder eher Berechnung: Vielleicht rechnete das Ministerium damit, dass die Brände den König einschüchterten und zur Reue bewegten. Aber die Armee? Auch dahinter konnte Berechnung stecken. Wenn Faruk sie hinderte einzugreifen und Kairo in Flammen aufgehen ließ, wäre das ein öffentlicher Beweis dafür, dass der Innenminister seine Aufgabe nicht erfüllt hatte.

Während er stand und nachdachte, eilte die Menge zum

Rivoli. Von weitem konnte Lutfi beobachten, wie die Kinobesucher, die sich die Matinee angesehen hatten, zu fliehen versuchten, aber mit Stockschlägen traktiert wurden. Zehn Minuten später drang Rauch aus dem Gebäude und kurz darauf war das Rivoli nur mehr Schutt und Asche.

So war es wohl in der ganzen Stadt. Lutfi machte sich schreckliche Sorgen um Nadia und beeilte sich, zum Adli-Pascha-Platz zu gelangen. Als er dort anlangte, war das Café gerade von den Aufständischen beschlagnahmt worden. Er warf einen Blick auf die Uhr: viertel nach zwölf. Er befürchtete, dass Nadia früher eingetroffen und in die Falle getappt war. Er suchte den Platz ab, konnte sie aber nicht entdecken. Telefonieren konnte er nirgendwo. Die Geschäfte, die nicht abgebrannt worden waren, hatten ihre Rollläden heruntergelassen. Er beschloss, sich zu Fuß zu Louis Hanafi zu begeben.

Er ging eine Weile, die ihm ewig vorkam. Er war schweißgebadet und durstig. Eine riesige Rauchwolke, die von hundert Bränden genährt wurde, verhüllte die Stadt. Er stand vor dem Haus der Hanafis, und auf der anderen Seite des Nils schien der Krieg ausgebrochen.

»Lutfi!«, rief Louis Hanafi aus.

Hager, fast wie ein Gespenst, stand Lutfi vor der Tür.

»Komm rein!«

Als Lutfi Platz genommen hatte, brach er in Tränen aus. Er beruhigte sich erst, als Fatma al Entezami ihm mitteilte, dass Nadia angerufen habe. Sie habe wissen wollen, ob man etwas von ihm, Lutfi, gehört hatte. Nadia war bei Freunden, aber sie hatte erschöpft gewirkt.

Wie würde dieser grauenhafte Tag enden?

II.

Die Samenkörner im Wind

1.
Das Kind des Dieners

Soussou schlug die Augen auf. Das graue Morgenlicht ließ das Sofa, auf dem sie eingeschlafen war, schäbig aussehen, und die Möbel und Wände, die einst grün gewesen waren, ebenfalls. Dann erkannte sie das Wartezimmer von Dr. Bahgat Mahgub. Sie fröstelte und warf einen Blick auf die Uhr: Fünf nach zehn. Die Sekretärin war in einem verschlissenen Sessel eingenickt, den Kopf zur Seite geneigt. Allmählich erinnerte sich Soussou an die Ereignisse vom Vortag. Soussous Augen blickten dunkler als sonst, vergleichbar mit einer Mumie aus Fayyum, die ins Leben zurückgekehrt war. Einen Augenblick dachte sie über ihr groteskes Schicksal nach. Der Maharadscha war gestorben, um Schmuck zu retten. Und, was noch grotesker war: Die Juwelen waren bereits in Sicherheit. Dann hörte sie Stimmen und das Klappern von Kasserollen. Sie holte den schwarzen Sack hervor, den sie unter das Sofa geschoben hatte, und ging den Geräuschen nach. In der Küche bereiteten Dr. Mahgub und seine Frau Blanche, beide in Nachthemd und Pantoffeln, das Frühstück zu.

»Du gehst doch nicht?«, fragte Blanche Mahgub. Soussou

stand in der Tür wie die Heldin in der Oper Lucia di Lammermoor, bevor sie wahnsinnig wurde. »Die Straßen sind noch nicht sicher genug.«

»Nicht sofort«, erwiderte Soussou.

»Du wirst kein Taxi, keine Straßenbahn oder U-Bahn finden. Komm, setz dich«, forderte Dr. Mahgub sie auf und machte sich am Herd zu schaffen. »Tee oder Kaffee?«

»Kaffee, bitte.«

»Und deine Sekretärin?«, erkundigte sich Blanche.

»Sie schläft. Lass sie schlafen. Wenn sie aufwacht, wird sie nur wieder schreien und heulen.«

»Anscheinend ist halb Kairo abgebrannt«, sagte Dr. Mahgub.

»Halb Kairo?«, rief Soussou bestürzt.

»Zumindest hat das unser Nachbar berichtet. Er arbeitet bei der Polizei. Kinos und Hotels, insgesamt ungefähr fünfhundert Gebäude.«

Nach dieser schrecklichen Nachricht servierte er Soussou eine Tasse Kaffee und reichte ihr eine Zuckerdose. Seine Frau schob ihr einen Teller mit kleinen Kuchen zu. Sie blickte Soussou an. Die Frage, die dieser Blick ausdrückte, war leicht zu ergründen: »Und dein Mann?«

»Er ist tot.« Soussou studierte ihre Kaffeetasse und fuhr dann fort: »Er ist die Treppe hinaufgegangen, um die Schmuckschatulle zu holen. Ich habe ihm nachgerufen, er solle umkehren, ich hätte den Schmuck ... Dann ist das Treppenhaus über ihm eingestürzt.«

»War denn der Schmuck so wichtig?«, fragte Blanche Mahgub.

»Die Hälfte vom gesamten Familienschmuck«, erklärte Soussou.

Blanche Mahgub ließ ihren Blick zu dem schwarzen Sack wandern.

»Der Schmuck war bei mir«, erklärte Soussou, nachdem

sie etliche große Schlucke davon getrunken hatte.

»Ist er wertvoll?«, fragte Blanche naiv.

»Ungefähr fünf Millionen.«

»Fünf Millionen«, wiederholte Blanche ehrfürchtig.

Sie versuchte erst gar nicht, sich vorzustellen, was mit einer solchen Summe zu kaufen wäre.

»Und Heliopolis?«, fragte Soussou.

»Anscheinend haben sie es verschont.«

Soussou war froh. Dann war die Villa Arsinoe unversehrt. Sie leerte ihre Tasse und knabberte an den Kuchen. Bahgat Mahgub beeilte sich, ihr nachzuschenken.

»Kann ich dich einen Augenblick unter vier Augen sprechen?«, fragte sie ihn.

»Jetzt gleich?«

Sie nickte.

»Nimm deine Tasse mit«, sagte er und erhob sich. Er ging ihr mit seinen Pantoffeln in das Sprechzimmer voraus. Dann setzte er sich an seinen Schreibtisch und betrachtete sie besorgt.

»Du bist mein Patenonkel und warst immer gut zu mir«, sagte Soussou. »Ich möchte mit dir über etwas reden, was für mich von ungeheurer Wichtigkeit ist. Kennst du einen Mann, der die Blutgruppe Null hat?«

Er runzelte die Stirn. »Ist es wegen einer Transfusion?«

»Nein.«

Nur seine Augen bewegten sich. Alles andere im Zimmer stand regungslos. Hatte er begriffen? Er ließ sich jedenfalls mehr Zeit als erforderlich, um die Frage zu beantworten.

»Ich habe maximal achtundvierzig Stunden Zeit, um schwanger zu werden.«

Der Arzt setzte im Geist die Puzzleteile zusammen, die für die Lösung des Rätsels notwendig waren.

Nach einer Weile fragte er: »Gleichgültig, von wem?«

»Ja«, sagte Soussou mit Nachdruck.

Er seufzte. »Ich vermute, es eilt?«

Sie nickte.

»Weil du in drei Tagen zurück nach Indien musst?«

Sie nickte wiederum.

»Dir wäre also jeder Mann der Blutgruppe Null recht?«

Neuerliches Kopfnicken. Er seufzte wieder und dachte einen Augenblick nach. »Wie du dir vorstellen kannst, kenne ich nicht die Blutgruppe von allen, mit denen ich zu tun habe. Aber ich kenne die von Labib.«

»Labib?«

»Unser jüngster Bediensteter. Ein kräftiger junger Mann. Ich kenne seine Blutgruppe, weil ich ihm den Blinddarm herausgenommen habe.«

Es folgte langes Schweigen. Beide hingen ihren Gedanken nach. Die Maharani von Calancore musste sich schleunigst von einem Diener schwängern lassen. Die Situation war so grotesk, dass sich jeder Kommentar erübrigte.

»Ich kenne sonst niemanden. Diese Blutgruppe ist nicht gerade häufig«, sagte Dr. Mahgub.

»Und wie soll das gehen?«

»Auf der Terrasse gibt es einen Waschraum«, erklärte Dr. Mahgub. »Dort erledigt Blanche montags ihre Wäsche. Aber heute ist Sonntag.«

Soussou verstand nicht, worauf ihr Pate hinauswollte.

»Du gehst jetzt sofort hinauf, um dich zu waschen«, fuhr Dr. Mahgub fort. »Ich schicke Labib hinterher, damit er mir aus dem Abstellraum nebenan einen Koffer holt.«

Sie begriff noch immer nicht.

»Die Tür des Waschraums schließt schlecht, er wird dich also sehen. Mehr kann ich nicht tun. Aber er braucht dich ja nicht unbedingt im Sari zu sehen, wenn ich dir einen Rat geben darf.«

»Ich habe nichts anderes.«

Er stand auf, ging in ein Nebenzimmer und kehrte kurz

darauf mit einem schwarzen Kleid zurück, das sicherlich seiner Frau gehörte.

»Zieh das an.«

Er reichte Soussou ein Handtuch, Seife und einen Schwamm.

»Geh nachher gleich los, komm nicht mehr hier vorbei. Was soll ich deiner Sekretärin sagen?«

»Sie soll in die Villa Arsinoe gehen. Ich komme auch dorthin. Und wenn ... Labib mich fragt, wer ich bin?«

»Sag ihm, du bist ein Hausmädchen, das ich einstellen will.«

Sie zog ihren Sari aus und stopfte ihn in den schwarzen Sack. Dann schlüpfte sie in das Kleid. Nun sah sie tatsächlich wie ein Hausmädchen aus. Dr. Mahgub begleitete sie zur Dienstbotentreppe, unter den verständnislosen Blicken seiner Frau. Soussou schickte sich an, die Eisentreppe hinaufzugehen.

Auf der Terrasse häuften sich verkohlte Papierfetzen, die der Wind in alle Richtungen geweht hatte. Soussou blickte sich um. Die Stadt war immer noch in grauroten Dunst gehüllt. Aber sie hatte keine Zeit, sich darüber Gedanken zu machen. Sechs Zimmer lagen hier nebeneinander. Alle Türen waren verschlossen, alle bis auf eine. Das war wohl der Waschraum. In einer Ecke befand sich eine Art türkisches Bad. Sie drehte einen großen Hahn auf. Wasser ergoss sich auf die Fliesen. Sie stellte ihren Sack auf eine Bank, schlüpfte aus dem schrecklichen Kleid und hängte es an einen Haken, die Unterwäsche an einen anderen. Nun war sie nackt und seifte sich Füße und Beine ein. »Fünf Millionen und ich muss mich waschen wie ein Hausmädchen«, murmelte sie vor sich hin. Ob besagter Labib wohl kommen würde? Und wie er wohl aussah? Würde er die ihm zugeteilte Rolle ausfüllen? Plötzlich erschien ihr der Plan ihres Patenonkels geradezu wahnwitzig. Aber sie hatte keine Wahl. Sie seifte sich die Brüste ein. »Kleinmädchenbrüste«, hatte ihr verstorbener Gatte in der Hochzeitsnacht zu ihr gesagt. Es schauderte sie, wenn sie an seine ungeschickten Zärtlichkeiten dachte. Sie spürte noch immer seinen massigen Körper auf sich, seine Hände, die sich an ihr zu schaffen machten. Letztlich hatte er dann von ihr abgelassen, weil all seine Bemühungen vergeblich waren. Sie fing an, sich die Seife abzuspülen.

Als sie sich bückte, um nach der Seife zu greifen, vernahm sie ein Knarzen der Tür. Sie wandte sich um. In der halb geöffneten Tür stand ein junger Mann in Djellaba und mit geschorenem Kopf, der sie beobachtete. Seine Kopfform erinnerte an eine männliche Nofretete. Diese charakteristische Schädelform verriet ihr, dass er Kopte war. Sie war erleichtert. Zumindest beging sie keinen Verrat an ihrer Religion. Seine Erregung war unter dem Gewand nicht zu übersehen. Gleichzeitig schien Labib genauso ängstlich zu sein wie sie. Vielleicht war er noch unberührt. Sie musterten sich einen Augenblick. Nein, sie wollte nicht wie eine scheue Jungfrau wirken und hielt seinem Blick stand. Ein Lächeln umspielte seinen rosigen, etwas weiblichen Mund. Er öffnete die Tür und kam einen Schritt auf sie zu.

»Schließ die Tür«, befahl sie ihm. »Mir ist kalt.«

Er wusste nicht, wie er diesen Befehl deuten sollte. Er wandte sich um und schloss die Tür, so gut es ging. Dann berührte er sein steil aufgerichtetes Glied. Sie hatte diese Geste oft bei den Ägyptern beobachtet. Er ging noch einen Schritt auf Soussou zu. Sein Blick funkelte voller Verlangen, aber es lag auch Angst darin.

»Willst du ...?«, flüsterte er.

Sie antwortete nicht und bezwang ihre Furcht. Wenn er wirklich noch nie mit einer Frau geschlafen hatte, was würde dann ... Er kam näher. Sie atmete seinen Geruch nach Schwarztee ein. Er streckte die Hand nach ihrer Brust aus und murmelte überwältigt: »Mein Gott!« Jetzt griff die Hand fester zu, aber ohne ihr weh zu tun. Soussou fand den jungen Mann attraktiv und war nun ebenfalls erregt. Da riss er sie an sich und sie spürte sein hartes Glied an ihrem Schenkel.

»Willst du dich nicht ausziehen?«, fragte sie ihn.

Im Handumdrehen hatte er Djellaba und Slip ausgezogen. Sie betrachtete den mageren, unbehaarten Körper. Er strich mit der Hand über ihren Unterleib. Er keuchte schon. Dann drückte er sie an sich, versuchte, in sie einzudringen, und unterdrückte dabei einen Schrei.

»Aber du bist ja noch Jungfrau«, murmelte er. Es schien ihm als besondere Ehre, denn von einer Jungfrau träumte jeder Ägypter. Auch Soussou unterdrückte einen Schrei, als das Häutchen platzte. Der Schmerz schien ihr unerträglich. Sie biss sich auf die Lippen. Er war nun tief in ihr. Er presste sie gegen die kühlen Wandfliesen und umfasste sie mit beiden Händen. Sie klammerte sich an seine Schultern. Er glitt vor und zurück. Dann erreichte er den Höhepunkt und stieß einen Schrei aus. Doch auch nach dem Orgasmus zog er sich nicht aus ihr zurück. Und Soussou erlebte den ersten Orgasmus ihres Lebens. Sie drückte den Jungen in großer Lust fest an sich. Er stöhnte so, dass sie ihn am liebsten getröstet hätte. Ja, auch er hatte noch nie mit einer Frau geschlafen. Jetzt gingen seine sexuellen Sehnsüchte in Erfüllung. Vor Glück erwachte erneut sein Verlangen, er wuchs in ihr an, wurde groß, seine sanften Stöße wurden heftig, und ein paar Minuten später entleerte er sich stoßweise ein zweites Mal in ihr. Dabei umarmte er sie leidenschaftlich. Sie stieß ihn sanft zurück, er drohte sie förmlich zu erdrücken. Schließlich glitt er aus ihr heraus. Dann ging er in die Knie, fasste sein noch feuchtes Glied und wusch es sorgfältig. Dann erhob er sich.

»Wie heißt du?«

»Soad. Und du?«

Er antwortete nicht.

»Du warst noch Jungfrau«, bemerkte er und sah sie mit verliebtem Blick an. Und plötzlich riss er sie an sich und küsste sie voller Leidenschaft. Und er war der erste Mann, den Soussou nun ebenfalls küsste.

»Ich will dich wiedersehen«, sagte er.

»Später«, sagte sie. »Geh jetzt, damit ich mich in Ruhe waschen kann.«

»Wo wohnst du?«

»Dr. Mahgub wird gleich darüber entscheiden.«

Er nickte. »Ich heiße Labib. Ich arbeite auch für ihn.« Er zog sich an. »Ich hätte nicht gedacht ... dass das so wunderbar ist.«

Sie drängte ihn zur Tür. Als sie sich vergewissert hatte, dass er gegangen war, wusch sie sich ebenfalls, zog sich an und ging die Dienstbotentreppe hinunter, den schwarzen Sack unter den Arm geklemmt. Sie trat auf die Fuad-Straße hinaus. Ein paar Taxis fuhren wieder. Sie rief eines und nannte dem Fahrer die Adresse der Villa Arsinoe in Heliopolis.

Ein Kind, überlegte sie und lehnte sich zurück. Das Taxi fuhr durch Straßen, die von Trümmern übersät waren. Und inmitten dieser toten Landschaft trug sie eine Hoffnung in sich. Eine Wiedergeburt, dachte sie, während sie die Trümmerstadt hinter sich ließ.

2.
Unerfreuliche Unterhaltung in einem Palast

Seit ihrer Kindheit brachte Soussou Weihrauch mit religiösen Zeremonien in Verbindung. Aber sie hatte keine Sehnsucht nach den koptischen Riten: Sie waren ihr immer endlos und trist erschienen. Ob bei Taufen, Beerdigungen oder Hochzeiten: Weihrauch verpestete die Mahlzeiten und begleitete die ermüdenden Reden über die Prüfungen, die den Neugeborenen im Jammertal erwarteten, oder über die Freuden, die den Verstorbenen im Jenseits zuteil wurden, oder über den heiligen Stand der Ehe. Sie war von all dem wenig überzeugt. Seit sie lesen konnte, war sie vielmehr davon überzeugt, dass sie auf Erden wandelte, um das Leben, so gut es ging, zu genießen. Und was den ehelichen Bund anging, hatte die lächerliche Ehe ihrer Eltern und ihre eigene kurze Erfahrung sie davon überzeugt, dass dieser so genannte heilige Bund eine der widerlichsten Lügen des Christentums war. Sie dachte lieber an die sinnlichen Wünsche, die die Messdiener in ihr erweckt hatten, die linkisch ihre Weihrauchgefäße schwenkten.

Und nun musste sie den Weihrauch vor einer anderen Kulisse ertragen, nämlich im Palast der Fürsten von Calancore. Zwei Räucherpfannen links und rechts neben der großen Fenstertür, die zu den Gärten führte, verströmten den gleichen bläulichen Duft wie die Weihrauchgefäße von einst. Allerdings fehlten die koptischen Messdiener. Sie hatte den Palast auf Anhieb düster gefunden, mit der Mahagonitäfelung und den schweren Seidenvorhängen mit Troddeln und Posamenten.

Drei Frauen tranken in Calancore in der feuchten Hitze des Nachmittags Tee: die Maharani-Mutter, Soussou und die leidgeprüfte Sekretärin, die ihr vor drei Monaten bei der Flucht aus dem ›Shepheard's‹ gefolgt war.

»Wenn ich daran zurückdenke! Wie schrecklich«, sagte die Maharani-Mutter mit Grabesstimme, das Gesicht über die Tasse gebeugt.

»Das ist der richtige Ausdruck«, stimmte Soussou zu. »Ich muss immer daran denken.«

»Ich auch«, sagte die Sekretärin und schniefte.

»Und man hat seine Leiche nicht gefunden«, jammerte die Maharani-Mutter.

»Der Botschafter von Indien hat mir versichert, dass man alles Menschenmögliche getan hat«, sagte Soussou zum wiederholten Mal seit ihrer Rückkehr nach Calancore vor vier Wochen.

»Wir könnten einen symbolischen Scheiterhaufen errichten«, schlug die Maharani vor.

Einen symbolischen Scheiterhaufen. Als ob es nicht genug Asche gegeben hätte. Reicht denn der Katafalk in der Eingangshalle nicht aus?

»Sri Vanesram Singh fand nicht, dass das wichtig sei, um des Toten zu gedenken«, sagte sie.

Die Maharani-Mutter dachte sichtbar unzufrieden über diesen Punkt nach. Sri Vanesram Singh, ein Greis mit einer Neigung zur Philosophie, galt in Calancore als Hüter der Bräuche. Er war eine Autorität. Aber die Maharani wollte offensichtlich in auffallender Weise an den Tod ihres Sohnes erinnern und Soussou kannte den Grund dafür. Vindra hatte keinen Erben hinterlassen, also würde sein Neffe das Familienvermögen erben. Und dieser Neffe, ein unerträglicher Schwätzer, war der Liebling der Maharani. Stirnrunzelnd trank sie ihren Tee, verbissen auf Intrigen sinnend.

»Und der Schmuck?«, rief sie, als hätte sie vergessen, dass sie diese Frage schon mehrmals gestellt hatte.

»Er befindet sich, wie ich bereits erklärt habe, in einem Safe der National Bank in Kairo.«

»Ich verstehe immer noch nicht, weshalb Sie ihn nicht hierher gebracht haben.«

»Ich sehe keinen Grund dafür, ihn ständig herumzuschleppen. Im Übrigen steht er mir zu.«

Die Maharani-Mutter stellte brüsk ihre Tasse ab.

»Der Schmuck würde Ihnen nur zustehen, wenn Sie Vindra einen Erben geschenkt hätten, und das ist ja nicht der Fall!« Aus und vorbei war es plötzlich mit der Rolle der untröstlichen Mutter.

»Doch, es ist«, versetzte Soussou leichthin.

Die Maharani-Mutter war erst stumm vor Überraschung, dann vor Entrüstung.

»Was sagen Sie da?«, fragte sie rau.

»Ich sage, liebe Schwiegermutter, dass ich von Vindra schwanger bin.«

»Aber das ist nicht möglich.«

Soussou brach in Lachen aus und goss sich Tee nach. »Ich glaube, ich kann das besser beurteilen«, sagte sie.

Die Maharani-Mutter wandte den Kopf und befahl der Sekretärin, sie allein zu lassen.

»Aber mein Sohn war impotent und Sie wissen das! Ihre Behauptung, schwanger zu sein, ist nur eine Taktik, um an Vindras Vermögen zu kommen.«

»Ich könnte Ihnen entgegnen, dass Ihre hartnäckige Behauptung, Vindra sei impotent, ebenfalls eine Taktik ist, um das Vermögen zu bekommen«, erwiderte Soussou.

»Das ist ein Skandal!«, schrie die Maharani-Mutter. »Sie beleidigen mich.«

Soussou betrachtete sie kalt und herausfordernd. »Sie haben bereits vor der Ehe behauptet, Vindra sei impotent, um jegliche sexuelle Intimität zwischen ihm und mir zu ersticken. Sie hatten ihn sogar davon überzeugt, dass ihn die Diabetes impotent gemacht habe. Aber das ist nicht zwangsläufig so. Hier ist der Beweis. Etwas Weiblichkeit und Vertrauen haben ihn zum Vater gemacht.«

Weil die Maharani-Mutter aufgrund ihres bronzefarbenen Teints nicht aschfahl werden konnte, wurde sie erdfarben.

»Wie haben Sie das angestellt?« Sie keuchte. »Haben Sie sich einen Liebhaber genommen? Ja, das ist es, Sie haben sich von einem Liebhaber schwängern lassen. Aber wenn das Kind auf die Welt kommt, werden Sie sich einer Blutprobe unterziehen. Daran haben Sie wohl kaum gedacht. Dann werde ich Ihre Untreue öffentlich anprangern. In der Zwischenzeit werde ich veranlassen, dass Sie den Schmuck nach Calancore zurückbringen.«

»Sie haben nichts zu veranlassen«, erwiderte Soussou ruhig. »Sie können alle möglichen Schritte unternehmen, um die Vaterschaft festzustellen. Und nach dem Gesetz gehört der Schmuck mir. Versuchen Sie keine Tricks, denn ich werde alle denkbaren juristischen Maßnahmen ergreifen. Und inzwischen, Schwiegermutter, finden Sie sich bitte mit der bitteren Wahrheit ab. Mit der Geburt meines Kindes gehört die Hälfte des restlichen Schmucks mir, zusätzlich zu dem, der bei der National Bank deponiert ist.«

Die Maharani fauchte wie ein Drachen. »Was für eine Frechheit! Fehlt nur noch, dass Sie einen Sohn bekommen.«

Soussou betrachtete sie düster. »Ihre Gesellschaft gefällt mir nicht, Schwiegermutter«, sagte sie und erhob sich.

Sie ließ die Tür hinter sich offen und ging in ihr Zimmer hinauf. Die Sekretärin erwartete sie voller Furcht im Vorzimmer. Zweifellos hatte sie jedes Wort gehört.

»Kommen Sie«, forderte Soussou sie auf und begab sich in ihr Zimmer.

Am nächsten Morgen verließ Soussou Calancore, um nach Neu-Delhi zu fahren. Und zwei Tage später fuhr sie von dort nach Kairo. Hier schiffte sie sich auf der Atlantic nach Frankreich ein. Von Cannes fuhr sie weiter nach Monte Carlo und stieg im ›Hôtel de Paris‹ ab.

»Ich habe kein Glück mit den Eltern«, stellte sie fest. Zusammen mit ihrer Sekretärin saß sie auf der Terrasse und blickte aufs Mittelmeer. Man hatte sie immer wie einen Besitz behandelt, wie eine Sklavin, der man den Willen der Familie aufzwingen wollte.

Sie schüttelte den Kopf. »Aber nicht mit mir. Nicht mehr.«

Sie war nur eine Woche von Monte Carlo fort, als sie ein Telegramm von Nadia erhielt, das ihr mitteilte, dass die Mutter gestorben war. Seit einigen Monaten hatte die unglückliche Grace kein Wort mehr gesprochen und ihre Tage in einem Sessel am Fenster verbracht. Sie hatte eine dieser entscheidenden Schlachten verloren, die besitzergreifende Eltern führen. Die Familie begnügte sich mit ein paar Telefonaten, um zu kondolieren. Soussou mietete für ihre Schwester eine kleine Wohnung in der Qasr-al-Nil-Straße, bot die Villa zum Verkauf an und veranlasste durch einen Anwalt, dass der Erlös auf Nadias Konto überwiesen wurde.

Eines Abends lud sie Nadia und Lutfi al Istambuli zum Essen ein. Er versetzte sie in Erstaunen: Welcher Mann begnügte sich mit einem bescheidenen Beamtenposten, ohne nach mehr zu streben? Und welche Zukunft gedachte er Nadia anzubieten?

3.

Unter dem Schutze der Isis

»You will please get out of this house at once. Pack up your belongings if you have any and leave!«

Der Befehl war kalt und verächtlich. Siegfried trug noch seinen Morgenmantel. Er musterte die Frau, die diese Worte zu ihm gesprochen hatte. Sie war um die fünfzig, hatte blondiertes Haar und eine gewisse Eleganz. Sie bemühte sich, Haltung zu bewahren und wie ein Richter aufzutreten, der den fremden Eindringling aus dem christlichen Heim schickte. Sicherlich hatte man sie über Siegfried informiert, den sexhungrigen Orientalen, der seine Beute überall sucht, ein Abenteurer, wenn nicht sogar ein Dieb ...

Siegfried sah, wie sich ihre Brust vor Entrüstung hob und senkte. Neben ihr stand ein Mann, phlegmatisch und frostig, auf den Knauf des Regenschirms gestützt wie ein Ritter auf seinen Degen. Dieser Gentleman war Bushgrass, Gatte von Elizabeth und Schwager von Margaret Hartnell. Siegfried hatte nicht die geringste Lust, mit ihnen zu diskutieren. Margaret hatte ihm das Ehepaar sehr plastisch geschildert – und nicht eben schmeichelhaft. Er würde den beiden nicht verraten, dass er niemanden hatte, zu dem er gehen konnte. Dass er ganz allein auf der Welt war.

Margaret war vor ungefähr zwei Stunden gestorben. Siegfried hatte plötzlich im Bad einen großen Krach gehört. Er war hingerannt, um nachzusehen, was los war. Die Schauspielerin lag auf dem Boden, bewusstlos. Nach dreizehn Monaten war dies das Ende ihres gemeinsamen Lebens in Egerton Gardens.

»Margaret? Margaret!« Er hatte versucht, sie hochzuheben, aber sie war zu schwer für ihn. Er hatte Barbara gerufen, die schottische Köchin und gute Seele des Hauses. Zu zweit hatten sie die Schauspielerin aufs Bett gelegt. Dann hatte Barbara den Arzt gerufen. Der hatte festgestellt, dass Margaret an Herzversagen gestorben war. Also musste Elizabeth Bushgrass benachrichtigt werden.

Inzwischen hatte Siegfried neben Margarets Bett gewacht und über die Komplexität menschlichen Lebens nachgedacht. Margaret hatte hinter einem Wust nichtiger Eitelkeiten eine große Zärtlichkeit und Enttäuschung verborgen. Sie war eine verhinderte Mutter und spielte sich als Geliebte wie eine exzentrische Wichtigtuerin auf.

Er erinnerte sich an ihre Reaktion, damals, als er Ägypten hinter sich gelassen hatte. Er hatte sie angerufen und sie hatte ihn spontan gebeten zu kommen.

»Ich bin im Pub an der Ecke.«

»Siegfried, was um Himmels willen tust du hier?«

»Ich bin aus Ägypten geflohen. Ich weiß nicht, ob du auf dem Laufenden bist …«

»Ja, das bin ich. Ich habe alles gelesen. Diese Wilden! Aber sag, was tust du im Pub?«

»Ich wollte nicht ungelegen kommen und dich deshalb vorher anrufen.«

»Komm ganz schnell!«

Also hatte das Wunderkind seine zwei schweren Koffer

in die Egerton-Gardens-Street Nummer 10 geschleppt. Dort bereitete Margaret ihm ein Festmahl. Sie glaubte, sie habe ihre Beute wiedergefunden – dabei war er es, der seine Beute wiedergefunden hatte. Großzügigkeit steckt an. Jetzt gab er sich mit Freuden der Geliebten hin. Dreizehn Monate lang lebte er mit ihr, sie lachten zusammen, trugen gelegentlich kleine Zankereien aus und waren alles in allem unbeschwert. Er war froh, dass er ihr alles gegeben hatte, was er besaß. Aber er hatte ihr trotzdem nicht genug gegeben. Er liebte jetzt die tote Margaret mehr, als er einst die lebende geliebt hatte.

Und nun hatte er mit der schrecklichen Elizabeth Bushgrass zu tun. Gleich nach ihrer Ankunft hatte sie verlangt, mit ihrer Schwester allein zu sein. Über die sie einst verbreitet hatte, sie sei eine Komödiantin mit der Moral einer Hyäne. Zehn Minuten später hatte sie das Zimmer, in dem die Leiche aufgebahrt lag, wieder verlassen und den Geliebten ihrer Schwester des Hauses verwiesen.

Siegfried erhob sich und verließ das Wohnzimmer, in dem er und Margaret noch am Vortag mit Freunden die neue Rolle gefeiert hatten, die sie nächsten Monat im Theater spielen würde. Er stellte sich kurz unter die Dusche, kämmte sich, kleidete sich an und verstaute seine Toilettensachen in einem Handkoffer. Als er seine wenigen Kleidungsstücke aus dem Schrank nahm – Margaret hatte ihm ein eigenes Zimmer zugeteilt –, klopfte es an die Tür. Es war Barbara. Sie war noch völlig verweint. Sechzehn Jahre lang hatte sie für Margaret gearbeitet und war wie ein Familienmitglied gewesen.

»Sie haben mich hochgeschickt, damit ich Sie überwache«, erklärte sie. »Damit Sie ja nichts mitnehmen, was Ihnen nicht gehört. Diese Leute besitzen keinen Anstand. Mrs. Hartnell hat sie verabscheut. Sie werden das Haus verkaufen und mich entlassen. Aber ich weiß, dass Sie gut zu

Mrs. Hartnell waren. Sie hielt große Stücke auf Sie, sie sagte, Sie sind wie ein Schwan, wie ein Engel, an dem alles Böse abgleitet. Ich rate Ihnen: Packen Sie, soviel Sie können, in Ihren Koffer.«

Er war gerührt und umarmte sie. Sie brach in Tränen aus. Was konnte er schon mitnehmen? Hier oben gab es weder Bilder noch wertvolle Gegenstände und er würde bestimmt nicht unter den Augen von Elizabeth Bushgrass Gemälde abhängen oder Leuchter davontragen. Hier oben gab es nur eine kleine Statue, angeblich aus Silber, die Margaret in Ägypten erworben hatte. Sie hatte ihm erlaubt, die Statuette in seinem Zimmer aufzubewahren, als Erinnerung an ihre Begegnung. Es war eine Statue der Isis, handgroß, die Margaret im Khan Khalil beim Antiquitätenhändler Charles Eid für einen überhöhten Preis erstanden hatte.

»Nehmen Sie sie!«, sagte Barbara, als sie seinen Blick bemerkte. Sie nahm die Statue und verstaute sie in seinem Koffer.

Die kleine Statue war wahrscheinlich nur ein paar hundert Pfund wert, aber die Geste rührte ihn.

»Ich hätte so gern ein Foto von Margaret.« Es war eine Bitte. Barbara holte aus dem Zimmer der Verstorbenen ein Foto im Silberrahmen. Er legte das Bild zwischen zwei Hemden in den Koffer.

»Da wäre noch der Schmuck«, murmelte sie.

»Er ist im Safe. Sie wollen doch keine Schwierigkeiten mit der Polizei bekommen. Außerdem kennen Sie die Kombination nicht.«

Sie warf ihm einen verschmitzten Blick zu. »Nicht der ganze Schmuck ist im Safe«, bemerkte sie und holte aus ihrer Schürze den großen Smaragd, den Margaret Hartnell an ganz besonderen Abenden getragen hatte. Er kannte den Preis dieses Schmuckstücks, denn Margaret hatte ihn verraten: achttausend Pfund. »Wo haben Sie ihn gefunden?«

»Sie hatte ihn in ihren Kosmetikbeutel gesteckt, und ich habe ihn herausgenommen.«

Er musterte sie einen Moment lang, verblüfft darüber, dass die aufrichtigste Zuneigung dem Diebstahl so nah war. Sie reichte ihm das Schmuckstück.

»Nein, Barbara«, sagte er nach kurzem Überlegen, »nehmen Sie ihn. Kaufen Sie sich ein Haus.«

»Ein Haus?«, wiederholte sie fassungslos.

»Der Schmuck ist achttausend Pfund wert. Verkaufen Sie ihn nicht unter seinem Wert.«

»Achttausend Pfund!«

Sie fing an zu weinen.

»Ich bin bald fertig«, verkündete er.

»Ich gehe runter und richte es ihnen aus. Gott segne Sie!«

Sie umarmten sich noch einmal.

»Aber Sie müssen wenigstens das hier nehmen, ich bestehe darauf.«

Sie schob ihm eine Hand voll Scheine zu.

»Das ist das monatliche Haushaltsgeld. Niemand wird es vermissen, und ich weiß, dass Sie es dringend brauchen können.«

Dann ging sie hinaus. Wenige Minuten später ging er die Treppe hinunter, den Regenmantel über dem Arm, den Handkoffer in der einen und den Koffer in der anderen Hand. Elizabeth Bushgrass und ihr Mann erwarteten ihn am Treppenabsatz. Sie musterte ihn geringschätzig.

»Wo hat meine Schwester ihren Schmuck aufbewahrt?«, fragte Elizabeth im Befehlston.

»Im Safe in ihrem Schlafzimmer«, erwiderte Barbara.

»Und Sie kennen wohl nicht zufällig die Kombination?«

»Nein, Madam.«

»Sie auch nicht, Sir?«

»Ich hatte keinen Anlass, die Kombination des Safes zu wissen«, erwiderte er trocken und setzte seinen Weg fort.

»Wo kann ich Sie im Notfall finden?«, rief sie ihm nach. »Ich weiß ja nicht einmal, wie Sie heißen.«

»Das brauchen Sie auch nicht zu wissen, Madam«, erwiderte Siegfried so unverfroren wie möglich. »Zum Glück gehören wir nicht zur gleichen Welt. Ich verkehre nicht mit Leichenbestattern.«

Und unter den empörten Ausrufen des Ehepaares Bushgrass ließ er die Tür hinter sich ins Schloss fallen.

Siegfried marschierte bis zu dem Pub, von dem aus er Margaret damals angerufen hatte. Der Pub lag in der Nähe des Victoria-and-Albert-Museums. Er nahm Platz, bestellte sich Eier mit Würstchen und ein Kännchen Kaffee und überdachte seine Situation. Er war erledigt. Zwei Telefonate mit seiner verängstigten Mutter in Kairo hielten ihn von der Rückkehr nach Kairo ab. Chester Lamotte war in Karachi. Er kannte in London im Grunde niemanden, zumindest niemand Vertrauenswürdigen. Nach Margarets Tod war er nicht länger der Begleiter einer Schauspielerin und seine Ambitionen als Innenarchitekt nahm sowieso niemand ernst. Er war ein Fremder im frostig-nebligen England. Er stellte sich vor, wie man Margaret schminkte und für den Sarg zurechtmachte. Dann brachte man ihm sein Essen. Trotz allem hatte er einen Bärenhunger.

Bevor er die Rechnung beglich, zählte er sein Geld. Barbara hatte ihm dreiundachtzig Pfund gegeben. Hinzu kamen die vierunddreißig Pfund, die er bei Margarets Tod bei sich hatte. Insgesamt ergaben das hundertsiebzehn Pfund. Damit konnte er vierzehn Tage überleben, wenn er sich in einem kleinen Hotel einquartierte. Vielleicht hätte er, überlegte er, den Smaragd annehmen sollen, den Barbara ihm angeboten hatte. Aber nein, er musste sich seinem Schicksal stellen, wie Hanafi zu sagen pflegte. Er ging hinaus und fuhr mit dem Taxi in ein preisgünstiges Hotel im East End, das ihm empfohlen wurde. Die Wände in dem Hotelzimmer waren voll Schimmel. Jetzt war seine Jugend endgültig vorbei. Den Nachmittag verbrachte er damit, Kleinanzeigen zu studieren. Es gab eigentlich nur im Gaststättengewerbe Angebote, die eventuell interessant sein konnten. Ohne Arbeitserlaubnis blieb ihm nur die Schwarzarbeit. Die Vorstellung, im Hintergrund zweifelhafter Kneipen Geschirr zu waschen, deprimierte ihn. Er versuchte, sich den Luxus, den er in Ägypten erlebt hatte, in Erinnerung zu rufen. Es wollte ihm nicht gelingen.

Als er am Empfangstresen stand, fiel ihm eine einzelne Rose in einer Vase auf. Sie war voll erblüht, und die blassgelben Blütenblätter hatten einen zarten roten Rand. Es war eine richtige Gartenrose, keine künstliche, und sie entfaltete einen wunderbaren Duft.

»Eine echte Rose«, sagte er.

Die Rezeptionistin strahlte. »Sie stammt aus meinem Garten. Ich habe nur eine abgeschnitten, damit sie mir Gesellschaft leistet.«

Damit sie mir Gesellschaft leistet. Siegfried lächelte insgeheim. Diese Frau sprach über ihre Blumen wie über ein lebendiges Haustier. Plötzlich musste er an das Rosenparfüm denken, das seine Großmutter Catherine alljährlich hergestellt hatte. Er sah die riesige, in Sonnenlicht getauchte Küche vor sich, er sah Amina und den Großonkel. Er sah auch die leuchtend roten Blumen, die den al Ǧazīra–Sportclub säumten, vor sich und hörte den Ruf des Muezzin, und er sah den Eingang der Sulaiman-Pascha-Straße Nummer 25. Seine Augen füllten sich mit Tränen. Er stützte sich auf den Tresen und fing vor der verblüfften Rezeptionistin an zu schluchzen.

»Aber, aber«, beschwichtigte sie ihn. »Das sind wohl die Erinnerungen, nicht wahr?«

»Verzeihen Sie«, stammelte er und rieb sich die Augen.

Sie stand auf, schenkte Tee in eine Tasse und reichte sie ihm. Aus ihrem Blick sprach Besorgnis.

Ich erlebe die Sympathiebezeugung einer Fremden, überlegte er, während er den heißen Tee trank. Ich habe mein altes Ich zu Grabe getragen. Das ist das Exil. Das ist der Tod. Am schlimmsten dabei ist, dass man tot ist, obwohl man eigentlich noch lebt. Ich habe nur noch die Erinnerungen an einen Siegfried, den es nicht mehr gibt.

Eine ältere Dame kam mühsam die Treppe herunter. Er wünschte sich, dass sie sich mit ihm unterhalten würde. Aber was sollte er ihr erklären, es war alles zu kompliziert.

»Machen Sie einen Spaziergang«, riet ihm die Rezeptionistin.

Er dankte ihr, trank seinen Tee aus und ging hinaus in den Regen.

Nachdem er in den Morgenzeitungen sämtliche Artikel über Margaret Hartnell gelesen hatte, irrte er drei Tage lang durch London, eine Stadt für die Reichen wie alle Städte. Der graue Himmel ist erträglicher, wenn man ihn von einer warmen, luxuriösen Wohnung aus betrachtet. Aber der erste Kälteeinbruch im Herbst kommt unerbittlich. Auf seinen Streifzügen gelangte Siegfried in die New-Bond-Street und blieb vor einem grünen Haus stehen. Dort prangte eine fast menschlich aussehende Löwenstatue. Es war Sachmet, die ägyptische Rachegöttin. Dieser Zufall entlockte ihm ein Lächeln. Rache ist nämlich ein zweischneidiges Schwert und vielleicht verhieß Sachmet ihm Wiedergutmachung.

Das Schild verkündete, dass er sich vor dem Auktionshaus Sotheby's befand. Plötzlich hatte er eine Idee. Er kehrte ins Hotel zurück, um die kleine Silberstatue zu holen. Vielleicht konnte er sie verkaufen. Der Erlös würde es ihm ermöglichen, noch etwas länger über die Runden zu kommen.

Am frühen Nachmittag, die Statuette in der Tasche seines Regenmantels, wagte er es, das ehrwürdige Haus zu betreten. Mit belegter Stimme erkundigte er sich, was man tun müsse, um etwas zu verkaufen. Eine junge Frau mit affektiertem Akzent verwies ihn an einen gewissen Alfred Lamb im ersten Stock.

Hier stieß er auf einen Menschen in Vogelgestalt: mit einer Nase wie ein Schnabel und über einem Hals, der an den eines Stelzvogels erinnerte, einen kleinen kahlen Kopf. Diese Vogelgestalt reichte ihm eine knochige Hand und bat ihn, Platz zu nehmen. Dann studierte der Vogelmann den Gegenstand, den Siegfried aus seinem Mantel zog. Er betastete ihn von allen Seiten, nahm ein Taschenmesser aus seiner Westentasche und berührte mit der Spitze das Innere der kleinen Statue. Dann stellte er die Statuette auf seinen Schreibtisch und musterte Siegfried.

»Gehört sie Ihnen?«

Siegfried nickte.

»Bemerkenswerter Gegenstand. Siebzehnte Dynastie, perfekt erhalten. Besitzen Sie ihn schon lange?«

»Seit ich in Ägypten war.«

Der Mann runzelte die Stirn.

»Sind Sie Ägypter?«

»Ich heiße Siegfried Alp.« Er reichte Alfred Lamb eine Visitenkarte mit seiner Kairoer Adresse.

Lamb studierte sie und legte sie ebenfalls auf seinen Schreibtisch.

»Das Gesetz verlangt es, dass ich Sie frage, ob Sie der Eigentümer dieses Gegenstands sind.«

»Ich bin es«, erwiderte Siegfried unsicher.

Der andere zog aus einem Aktenschrank eine Mappe mit

Fotos und legte sie auf den Schreibtisch. Er spielte mit den Fotos, als wären es Tarotkarten. Dann zog er eins heraus und beugte sich darüber. Siegfried sah, dass darauf die kleine Statuette abgebildet war.

»Dieser Gegenstand ist ziemlich ungewöhnlich«, erklärte Alfred Lamb. »Er wurde uns vor einigen Jahren gemeldet. 1949 war er Eigentum des Antiquitätenhändlers Charles Eid, wie Ihnen sicherlich bekannt ist. In jenem Jahr hat Eid ihn einem britischen Kunden verkauft, dessen Namen er uns leider verschwiegen hat«, fuhr Lamb fort. »Ich muss Sie also noch einmal fragen, ob Sie vor oder nach Ihrer Ankunft in England in den Besitz dieses Gegenstands gelangt sind. Sie verstehen bestimmt, dass ich in Ihrem Interesse handle, um Ihnen bei einem eventuellen Verkauf unangenehme Überraschungen zu ersparen. Natürlich ist diese Unterhaltung streng vertraulich. Kein Wort dringt nach draußen.«

Siegfried war sich darüber im Klaren, dass er rot geworden war. Eine Unvorsichtigkeit, und man würde ihn des Diebstahls bezichtigen. Er zitterte bei dem Gedanken, in einem Londoner Gefängnis einzusitzen, ausgewiesen und auf Kosten des ägyptischen Konsulats nach Ägypten zurückgeschickt zu werden. Das würde ihn für immer der Schande preisgeben. Er schluckte schwer.

»Was macht das für einen Unterschied?«, fragte er.

»Wenn Sie diesen Gegenstand erworben haben, nachdem sein britischer Käufer ihn hier eingeführt hat, haben Sie gegen keine Zollvorschrift verstoßen. Wenn Sie ihn aber eingeführt haben, müssen Sie ihn verzollen und die entsprechenden Gebühren zahlen.«

Siegfried seufzte und betrachtete verzweifelt das unmerkliche Lächeln der Göttin im Schein der Lampe, das ihm ironisch scheinen wollte. Plötzlich öffnete sich die Tür und Sybilla Hammerley stand im Türrahmen.

»Verzeihen Sie«, sagte sie, an Alfred Lamb gewandt. Da fiel ihr Blick auf Siegfried. Beide gaben ihrer Wiedersehensfreude lautstark Ausdruck.

»Sybilla.«

»Siegfried.«

Sie fielen sich um den Hals. Sybilla schien aufrichtig erfreut.

»Oh, Siegfried, es tut mir ja so Leid«, sagte sie nach kurzem Schweigen. »Ich habe die schreckliche Nachricht bekommen. Sie sind bestimmt sehr deprimiert.«

»Ich bin froh, dass sie zumindest nicht hat leiden müssen. Es ging alles so schnell.«

Lamb beobachtete die Szene leicht pikiert. Als Sybilla und Siegfried ihre Adressen ausgetauscht hatten und Sybilla wieder hinausgegangen war, wandte sich Lamb wieder Siegfried zu.

»Sie scheinen Lady Hammerley gut zu kennen.«

»Wir waren Mitglieder in demselben Club.«

»Verzeihen Sie meine Indiskretion, Mister Alp, sie soll nur zu Ihrem Nutzen sein. Haben Sie diesen Gegenstand zufällig von jemandem erhalten, der verstorben ist? Es genügt, dass Sie ›Ja‹ sagen. Das wäre besser als zu versuchen, ihn auf die Schnelle zu verkaufen, und zwar zu Bedingungen, die sicherlich für Sie weniger vorteilhaft wären – und auch für uns .«

Siegfried seufzte, dieses Mal vor Erleichterung. Sein innerer Aufruhr war so groß, dass er nur mit Mühe die Tränen unterdrückte. Er nickte.

»Dann ist der Gegenstand Ihr Eigentum«, sagte Lamb mit fester Stimme.

»Wie viel könnte er wert sein?«

»Ich schätze fünfzehntausend Pfund.«

Siegfried öffnete den Mund, brachte aber keinen Ton hervor.

»Fünfzehntausend Pfund«, murmelte er schließlich, während Lamb den Überraschungseffekt genoss.

Das würde ihn zu einem reichen Mann machen.

»Das ist nur eine unverbindliche Schätzung«, fuhr Lamb fort. »Davon gehen noch diverse Kosten ab, aber das dürfte nicht allzu viel ausmachen. Mir fallen auf Anhieb drei Kunstliebhaber ein, die sich glücklich schätzen würden, diese kleine Statue zu erwerben.«

»Wann werden Sie sie zum Kauf anbieten?«

Lamb studierte eine Liste auf seinem Schreibtisch. »In zweiunddreißig Tagen.«

»In zweiunddreißig Tagen«, wiederholte Siegfried voller Verzweiflung.

Alfred Lamb tat, als habe er nichts gehört. Er betrachtete Siegfried nachdenklich, griff dann nach dem Telefon, wählte und sagte: »Peter, entschuldigen Sie, dass ich Sie störe. Können Sie kurz bei mir vorbeischauen?«

Wenige Minuten später trat ein hochgewachsener Mann in das Büro. Er hatte schütteres Haar und einen schmalen Mund. Er warf einen kurzen Blick auf Siegfried, und dieser begriff sofort, dass der Neuankömmling eine Schwäche für junge Männer hatte. Lamb erklärte ihm die Situation. Der andere hörte zu, überlegte kurz und sagte dann:

»Sie sind doch bestimmt damit einverstanden, dass wir Mister Alp einen Vorschuss von fünfhundert Pfund zahlen?«

Der Mann gab Siegfried die Hand und zog sich dann zurück. Es war Peter Wilson, das Genie bei Sotheby's.

Im Verlauf der nächsten Stunde führte Lamb Siegfried von Büro zu Büro, um Papiere zu unterzeichnen. Als Siegfried den Vorschuss in der Tasche hatte, schickte er sich an, das Geschäft zu verlassen. Da rief ihn plötzlich jemand von der Treppe:

»Mister Alp!«

Siegfried wandte sich um. Es war Peter Wilson. Also ging er die Treppe wieder hinauf.

»Ich wollte Sie fragen, ob ich Sie heute Abend zum Essen einladen darf. Es kommen noch ein paar Freunde, die vor kurzem in Ägypten waren. Sie würden sich bestimmt freuen, mit Ihnen Eindrücke über dieses Land austauschen zu können.«

Siegfried nahm die Einladung gerne an. Er hatte den Eindruck, dass er seine Welt von früher wiederfand. Er kaufte sich sogar eine neue Krawatte in den Burlington Arcades.

Er hatte erwartet, Sybilla Hammerley zu treffen, wurde aber enttäuscht. Die Gesellschaft bestand aus zwei Frauen und drei Männern. Sie waren wohl damit beauftragt, Kunstgegenstände in Häusern auf dem Lande oder im Ausland aufzuspüren, Objekte, über deren Wert sich die Eigentümer nicht im Klaren waren. Nach dem Essen nahm Wilson Siegfried zur Seite, der schon auf einen mehr oder weniger galanten Antrag gefasst war. Umso erstaunter war er, als der Hausherr ihn ohne Umschweife fragte:

»Was werden Sie mit all dem Geld anfangen?«

Siegfried hatte sich noch keine Gedanken darüber gemacht.

»Sie besitzen einen ausländischen Pass, und ich nehme an, Ihre Aufenthaltsgenehmigung ist befristet. Wollen Sie sich in England niederlassen?«

Siegfrieds Überraschung wuchs, als Wilson hinzufügte: »Lady Hammerley macht sich Sorgen um Ihre Zukunft.«

Er war gerührt, dass man sich für sein Schicksal interessierte, ihn, die animula vagula, blandula, die an den Ufern des Styx herumirrte. Er fühlte gegenüber Sybilla große Dankbarkeit.

»Was kann ich Ihrer Meinung nach tun?«, fragte er schließlich.

»Hören Sie mir gut zu. Fünfzehntausend Pfund, vielleicht

sogar mehr, das scheint auf den ersten Blick viel Geld. Aber wenn es nicht arbeitet, ist es nur ein Tropfen auf den heißen Stein. Sie müssen Ihren Lebensunterhalt verdienen, denn Sie werden kaum ein zweites Mal so einen Gegenstand besitzen. Ein Freund von mir eröffnet im Herbst eine Gemäldegalerie. Ich bin davon überzeugt, dass er Erfolg haben wird. Aber er sucht noch Kapitalgeber. Ich kann ihn bestimmt davon überzeugen, Sie als Partner aufzunehmen. Die Hälfte, die Sie für den Verkauf der Isis erhalten werden, genügt als Investition. Die andere Hälfte bringen Sie auf die Bank. Außerdem werde ich Alex Burgh dazu bringen, Sie einzustellen und Ihnen ein Gehalt zu zahlen. Sie bekommen eine Arbeitserlaubnis und können eine Daueraufenthaltsgenehmigung beantragen. Und in ein paar Jahren die britische Staatsbürgerschaft. Heute ist ein britischer Pass ein Trumpf! Verstehen Sie mich?«

Siegfried nickte und atmete tief durch. Zum ersten Mal seit langer Zeit schöpfte er wieder Hoffnung. Das exotische Samenkorn hatte endlich einen Boden gefunden, wo es aufgehen konnte. All das hatte er der silbernen Isis zu verdanken. Er stellte sich ihr beruhigendes Lächeln vor.

»Danke«, murmelte er. »Vielen Dank.«

Peter Wilson betrachtete ihn nachdenklich. »Sie haben zwei große Trümpfe, abgesehen von der Freundschaft von Lady Hammerley: Sie sprechen Englisch und Sie besitzen diese Statue. Kommen Sie morgen in mein Büro, damit wir alles regeln können.«

Und er schenkte seinem Gast noch einen Cognac ein.

4.
Faruks Abschied

Ismaïl hatte die Ärmel seiner Sommeruniform hochgekrempelt. Er betrachtete die weiße königliche Yacht, die Mahroussa, die an diesem 26. Juli 1952 um sechs Uhr abends eine leichte graue Rauchsäule in den klaren Himmel sandte. Auf den Dächern des Ras-al-Tin-Palasts hatten sich viele Zuschauer versammelt. Nun betrat ein hochgewachsener Mann in weißer Admiralsuniform den Steg. Sein Schritt war energisch. Ihm folgte eine Frau mit Kleinkind auf dem Arm. Über dem ruhigen Meer ertönte das Signalhorn. Ein unbeschreibliches Gefühl erfasste Ismaïl. Es war kein Mitleid mit diesem König, der abgedankt hatte. Diese symbolträchtige Szene rief ein viel stärkeres Gefühl hervor. In Ägypten ging eine ganze Epoche zu Ende. Eine Epoche, die mit dem Begründer der Dynastie, Muhammad Ali, in Kavala, der osmanischen Provinz in Albanien, begonnen hatte. Inzwischen war der Orient die Beute der westlichen Großmächte geworden. Das war das Ende der Epoche.

Mit Faruks Thronverzicht entstand ein neues Ägypten. Politiker der gesamten arabischen Welt beeilten sich, Ägypten ihren Besuch abzustatten. Politiker aus Syrien, aus dem Libanon, dem Irak, aus Saudi Arabien und dem Jemen.

Welche Achtung dieses Land plötzlich genoss! Ismaïl war in gewisser Weise stolz darauf, diese Renaissance erleben zu dürfen. Im Schatten der Helden hatte er daran mitgewirkt. Auch seiner Schwester Timmy war die Veränderung, die er durchgemacht hatte, aufgefallen:

»Du bist ein ganz anderer Mensch geworden. Sogar dein Gang ist anders.«

Auch zwischen ihm und seinem Vater hatten sich die Dinge verändert. Bis zu seinem Eintritt in die Armee war Ismaïl nur der Sohn seines Vaters gewesen. Jetzt stellte sich Taufiq Abu Sūn umgekehrt als Vater von Ismaïl vor.

Ismaïl stellte sein Fernglas scharf, um die Szene zu beobachten. Ein schwarzer Cadillac war mit der Flagge der Vereinigten Staaten geschmückt. Deren Botschafter war anwesend, um der Abreise des Monarchen beizuwohnen, für dessen persönliche Sicherheit der Botschafter verantwortlich war. Wie naiv! Diese Amerikaner glaubten tatsächlich, sie könnten hier noch irgendeine Rolle spielen.

»Nein«, murmelte Ismaïl, »damit ist es ein für allemal vorbei.«

Neben ihm stand ein griechischer Journalist, sichtlich bewegt, ja offenbar den Tränen nahe. Er sprach Ismaïl an und trug ihm ungefragt die Verse eines griechischen Dichters vor, der vor drei Jahrzehnten in Alexandria gelebt hatte:

Siehest du plötzlich um Mitternacht
einen Zug, unsichtbar, vorbeifahrn,
mit Sphärenklang und viel Rufen,
beklage dein Schicksal nicht,
das dich im Stich lässt, und nicht deine Werke,
die scheitern, beklage dich nicht,
dass all deine Pläne sich auflösen im Nichts.
Als Mutiger bist du seit langem bereit,
nun sag Alexandria, das in die Ferne entschwindet,
sag ihm Lebwohl.

»Sie kennen das Gedicht ja auswendig.«

»Nein, ich habe es gerade selbst übersetzt. Für Sie. Weil Sie so schön sind, schön wie Antonius«, bemerkte der Grieche überschwänglich.

Das Kompliment kam überraschend. Ismaïl betrachtete seinen Gesprächspartner genauer. »Meine Schönheit hat mir auch viel Kummer eingebracht«, sagte er leise. »Aber um auf Faruk zurückzukommen: Er war doch nicht Ihr König. Warum haben Sie dann Mitleid mit ihm?«

Der andere zuckte die Achseln. »Er war vielleicht nicht mein König. Aber mit ihm geht etwas von meinem Ägypten verloren.«

»Wenn Faruk nicht zugelassen hätte, dass Kairo in Brand gesetzt wurde, würden Sie dieses Ägypten nicht verlieren. Faruk hat gepokert, und er hat verloren. Jetzt versucht er woanders sein Glück.«

Aber die Wehmut des Griechen war ihm selbst nicht fremd. Wie dem Griechen erging es allen Europäern, die gekommen waren, um in Ägypten ihr Glück zu machen. Sie hatten in Wohlstand und im Schatten der britischen Macht gelebt. Nun war es aus mit ihrer Immunität, aus mit der eigenen Gerichtsbarkeit. Ägypten war jetzt unabhängig und würde diese Kolonialisten, die nicht einmal die Landessprache beherrschten, nicht länger dulden. Sein Blick wanderte wieder zum Hafen. Man erwartete den liwā, den Generalmajor Naguib, der Faruk zur Abdankung gezwungen hatten. Würde er kommen?

Dann zerriss ein Donner die Stille. Der Journalist neben ihm zuckte zusammen. Es war der erste von einundzwanzig Kanonenschüssen, die ein ägyptischer Kreuzer im Hafen abfeuerte.

»Kommt denn General Naguib nicht?«, fragte der Journalist beunruhigt. Auf dem Kai entstand Bewegung. Ein Jeep war vorgefahren. Ismaïl stellte sein Fernglas scharf.

»Da ist er«, erklärte er und reichte seinem Nachbarn das Fernglas. Einige Männer befanden sich in Begleitung von Naguib.

»Wer sind diese Männer?«, erkundigte sich der Grieche.

Ismaïl griff wieder nach dem Fernglas. »Ahmad Šawki, Hussain al Šafei und Gamal Salem«, erwiderte er.

»Sie kennen sich offenbar gut aus.«

»Es sind Freunde von mir.«

Der Grieche war sichtlich bewegt. »Erlauben Sie, dass ich Ihnen meine Visitenkarte gebe«, sagte er dann. »Ich breche jetzt auf, der Anblick ist zu schmerzlich.«

»Ich bin Ismaïl Abu Sūn, Oberst der Panzergrenadiere.«

Der andere drückte ihm die Hand und entfernte sich. Ismaïl ging zu dem Militärfahrzeug, das auf ihn wartete. Er musste sich für das Bankett umziehen, an dem er als politischer Berater teilnehmen würde. Mit den Offizieren der Junta, die künftig das Land regieren würde, nämlich General Naguib und Abd al Nasser, dem phlegmatischen Gamal Salem, dem geheimnisvoll anziehenden Zakaria Mohieddin, seinem Cousin Khalid, aus Abd al Hakim Amer und dem gutmütigen und gewitzten Anuar Sadāt. Sie alle schätzten Ismaïls Bescheidenheit und Diskretion. Ismaïl strebte seltsamerweise nicht nach Ehren, sondern bevorzugte das Halbdunkel. Und er hatte ihnen immer gute Ratschläge erteilt. Freunde hatten ihn darauf aufmerksam gemacht, dass ihm der bedingungslose Schutz der Helden der Revolution auch Neider schuf. Freunde hatten ihn informiert, dass die muhābarāt ihn bewachte. Aber eines Tages hatte ihm der neue Leiter der muhābarāt lachend verkündet, dass niemand etwas gegen ihn, Ismaïl, vorgebracht habe.

Einige Tage zuvor hatte Gamal Abd al Nasser ihn unter vier Augen in freundschaftlichem, fast väterlichen Ton gefragt:

»Welches Ziel strebst du eigentlich an?«

»Das, welches ich bereits erreicht habe: mit Ihnen zu arbeiten«, hatte Ismaïl ihm geantwortet.

Daraufhin hatte der andere ihn herzlich umarmt. »Ich kenne deinen Hintergrund, Ismaïl. Und ich freue mich, dass du zu uns gehörst.«

Vom Auto aus beobachtete Ismaïl, wie die Mahroussa in der Dämmerung verschwand. Mit ihr verschwand auch ein Teil seiner eigenen Welt. Er würde nie mehr jungen Engländerinnen im al Ğazīra-Sportclub nachstellen. Er würde nie mehr, vom Champagner berauscht, auf fürstlichen Bällen tanzen.

5.
Die Beleidigung

Der Abend brach jäh herein. Er brach herein, wie sich ein von Gott vergessener Proletarier vom Tagwerk erschöpft auf sein Lager fallen lässt.

Lutfi al Istambuli war ebenfalls erschöpft, von der Zwangsarbeit im Steinbruch. Er hob die Augen zum indigoblauen Himmel über dem Hof des Bagnos von Tourah, wo sich noch die Hitze des Tages sammelte. Wie haben Menschen glauben können, dass in dieser Leere Geister lebten? Dass hier Götter lebten? Und was für Götter eigentlich? Ihm schienen all diese Wesenheiten nur hassenswert. Man hatte ihm seine Armbanduhr gelassen, aber er hatte kein Bedürfnis, die Uhrzeit zu wissen. Was nutzte es zu wissen, wie viele Minuten verstrichen waren? An der Farbe des Himmels konnte er erkennen, dass es Zeit zum Duschen war. Eine Viertelstunde lang drängten sich die etwa zweitausend Zwangsarbeiter in Reihen vor den Duschkabinen. Ein eiskalter Strahl befreite sie vom Staub des Tages, der sich durch den Schweiß in die Haut gegraben hatte. In Pantoffeln und Häftlingskleidung gingen sie dann zum Speisesaal.

Lutfi war umgeben von Sträflingen, die genauso hager und stumm waren wie er. Der Geruch des Straflagers drückte ihm aufs Gemüt. Schweiß, Urin und Kot. Vor allem

Schweiß, und je nach Körperteil hatte dieser Schweiß einen anderen Geruch: ranzig auf dem Kopf, bitter unter den Achseln, süßlich auf dem Oberkörper, fett und nach Moschus riechend in der Schamgegend, faulig riechend an den Füßen. Die Ausdünstung von zweitausend menschlichen Tieren nach harter Arbeit in gnadenloser Hitze. Diese Menschen lebten unter Bedingungen, die mit Zivilisation nichts mehr zu tun hatten. Die Ausdünstung haftete an den Kleidern, am Ekel erregenden Bezug der Matratze, und sie benebelte sogar den Geist. Nicht einmal sämtliche Wohlgerüche Arabiens hätten diese Ausdünstung vertreiben können, die aus der Tiefe dieses zutiefst erniedrigten menschlichen Tieres kam. Lutfis Seele lechzte förmlich nach der Dusche.

Der Freiheitsentzug schärft die Wahrnehmung von Zeit. Und er bewirkt eine geistige Klarheit, die gewöhnlich den Eremiten vorbehalten ist: Wenn der menschliche Geist sich nicht um die Erfordernisse des Alltags kümmern muss, keine Handlungen planen muss, sondern allein den zeitlichen Raum vermessen muss, dann zieht er Bilanz. Was hat er erlebt? Was erlebt er gerade? Und wie wird das den Rest seines Lebens beeinflussen?

Lutfi wurde im Morgengrauen des 14. April 1957 festgenommen. Zum Glück war Nadia an jenem Tag in ihrer eigenen Wohnung. Inzwischen war ihm klar geworden, dass er nur für Ideen gelebt hatte. Andere hatten ihr Glück gesucht, hatten sich den Freuden des Lebens hingegeben. Er aber hatte nur Ideen nachgehangen, fast ausschließlich politischen Ideen. Wie naiv und wie arrogant, stellte er später fest. Die Freude an Ideen entspringt dem Willen zur Macht. Man errichtet ein abstraktes Weltgebäude, um zu erobern. Wenn Jesus keine Ideen gehabt hätte, wäre er unbeachtet gestorben. Denn Ideen bringen andere in Bewegung. Denken ruft auch Antagonismen hervor. Denkt man anders als die Machthaber, kann das direkt ins Gefängnis führen.

Einzig seine Gedanken an Nadia waren gänzlich unpolitisch. Jeden Abend beim Einschlafen dachte er an sie, wie die Heiden einst an Aphrodite gedacht hatten. Vielleicht würde er sie nie mehr wiedersehen. Vielleicht hatte er in seinem Leben nur ein einziges Mal Glück gehabt – das Glück, ihr zu begegnen. Die Gefangenen durften nur einen einzigen Brief pro Monat empfangen. Besuch war verboten. Inzwischen hatte er drei Briefe von ihr bekommen. Er kannte diese Briefe auswendig.

Das Militärregime warf ihm vor, insgeheim einer totalitären Macht zu dienen: dem Kommunismus. Also hatte man Lutfi sowie verschiedene andere ägyptische Intellektuelle, darunter mehrere Journalisten, festnehmen und ins Gefängnis werfen lassen. Dort warteten sie nun auf ihren Prozess. Ungewöhnlich war, dass auch nach fünf Jahren die für den Brand in Kairo Verantwortlichen nicht ermittelt waren. Wen man als Anstifter verdächtigte, änderte sich entsprechend dem jeweiligen politischen Regime. Bei einer Massenverhaftung, bei der auch Lutfi festgenommen wurde, verdächtigte man vage Kommunisten und Muslimbrüder.

Dieses Mal hatte ihn der Cafébesitzer, Mahmud al Ma'amour, nicht warnen können. Auch seine Informanten, die beiden muslimischen Mitbewohner seines Hauses, hatten nichts für ihn tun können. Weil sie selbst festgenommen worden waren. Also standen im Morgengrauen vier Militärangehörige mit eisenbeschlagenen Stiefeln vor seiner Tür. Al Ma'amour musste mit ansehen, wie Lutfi in einen Panzerwagen gestoßen wurde. Lutfi erfuhr den Grund seiner Festnahme schnell, denn er hörte einen kurzen Wortwechsel zwischen den Bewohnern der Straße:

»Was hat er denn getan?«

»Er ist Kommunist.«

Das Militär machte mit den Störenfrieden kurzen Prozess

– mit den Muslimbrüdern, weil sie sich zu lautstark äußerten, und mit den Linksintellektuellen, weil sie den neuen Beschützern des Regimes, den Amerikanern, missfielen. Um das Maß voll zu machen, waren andere wiederum angeklagt, mit einer Macht zu paktieren, die noch mehr Unheil brachte als die UdSSR: dem Zionismus.

Lutfi sah, wie in Tourah ständig neue Häftlinge eintrafen. Es waren ebenfalls Muslimbrüder, die stolz auf ihren Bart und auf ihre Treue zum Koran waren. Aber im Straflager wurde ihnen der Bart abrasiert und das Haar geschoren. Daran erkannte man sie im Übrigen: Die Muslimbrüder trugen den Kopf geschoren, während die Kommunisten ihre Haare behalten durften.

Im Unterschied zu Lutfis Befürchtungen ging der Prozess schnell über die Bühne. Nach zwei Wochen Haft befand er sich, zusammen mit zehn anderen Angeklagten, in dem Käfig, in dem die Angeklagten dem Gericht vorgeführt wurden. Was für ein Gericht war das? Er wusste es nicht. Er vermutete, dass es in Abbassieh war, aber was spielte das schon für eine Rolle? Ein großer weiß getünchter Saal, offensichtlich erst vor kurzem eingerichtet, war die Bühne, wo über sein weiteres Schicksal entschieden werden sollte.

Während Lutfi hinter den Gitterstäben seinen Blick durch den Saal schweifen ließ, nach Nadia Ausschau hielt, hatte der Anwalt sein Plädoyer gehalten – lediglich der Form halber. Schließlich hatte Lutfi das geliebte Gesicht entdeckt, entstellt von Tränen. Er hatte nicht gewagt, ihr ein Zeichen zu geben, aus Angst, sie könnte darauf mit einer Geste reagieren und aus dem Gerichtssaal verwiesen werden.

»Lutfi al Istambuli, geboren am 12. März 1930 in Manchiat al Bakri, angestellt beim Bildungsministerium, bezeichnet sich selbst als Journalist. Er wird angeklagt, Schriften veröffentlicht und Reden gehalten zu haben, die von regimefeindlicher Gesinnung und kommunistisch geprägt sind. Fünf Jahre Straflager.«

Nadia war totenblass. Aber er hatte kaum Zeit, sich ihre Züge einzuprägen; Soldaten führten ihn bereits ab. Während der endlosen Fahrt im Militärfahrzeug wirbelten seine Gedanken durcheinander. Sein innigster Wunsch war, dass Nadia nicht verfolgt würde. Sie würde das nicht ertragen, sie würde Selbstmord begehen. Seine einzige Beruhigung, was den Freundeskreis betraf, war, dass Louis Hanafi außer Reichweite der muhābarāt war; er hatte sich abgesetzt. Vor einem Monat hatten Louis und Fatma el Entezami in ihrer Wohnung in al Ǧazīra eine Freundin einquartiert und die Villa an einen reichen Araber vermietet. Sie hatten vorgegeben, Urlaub im Libanon machen zu wollen. Die Ägypter durften nämlich nur in ein anderes arabisches Land ausreisen. Das Ehepaar hatte ihm anvertraut, dass sie von dort aus nach Paris weiterreisen würden. Allerdings hatten sie ihm verschwiegen, mit welchen Pässen.

»Ihr geht also ins Exil?«, hatte Lutfi gefragt.

»Wir brauchen einen Tapetenwechsel«, hatte Louis ausweichend geantwortet.

Lutfi hatte nicht fragen wollen, wovon sie im Ausland leben würden. Bestimmt hatten sie ihr Geld außer Landes bringen können. Denn die geplante Agrarreform erregte die Gemüter schon seit einiger Zeit. Fatma und Louis hatten begriffen, dass diese Reform bevorstand und dass mit dieser Reform der größte Teil ihres Vermögens eingezogen werden würde. Also hatten sie die Initiative ergriffen.

Der Rest war Resignation. Resignation, weil man den Krallen der Politik nur durch List oder Flucht entkommen konnte. Und weil die Geschichte die eigentliche Bilanz von Taten und Untaten der Politik war. Weil jede Nation letztlich eine Maschine war, in der das Individuum zermalmt wird. Lutfi dachte an Aufzeichnungen aus einem Totenhaus, aber der Gedanke gab ihm keinen Trost. Er war kein Dostojewski. Und dass selbst die Hölle banal war, linderte seinen Schmerz nicht. Und die bittere Ironie des Schicksals bestand darin, dass er als Erbe von Louis und Fatmas Vermögen im Straflager saß.

Er hängte seine Kleider an den Haken in der Duschkabine, bückte sich nach der Seife auf dem Zementboden und seifte sich von oben bis unten ein. Als er sich vorbeugte, um Beine und Füße zu säubern, öffnete ein Riese mit geschorenem Kopf die Tür, kam näher und legte wortlos von hinten die Arme um Lutfi. Er legte sich mit der ganzen Länge seines Oberkörpers auf Lutfis Rücken, und dieser spürte das harte Glied des Angreifers. Lutfi wehrte sich mit aller Kraft, musste aber erkennen, dass er seinem unbekannten Widersacher nicht gewachsen war. »Ein Wort und ich bringe dich zum Schweigen«, stieß der andere hervor. Dann umklammerte er Lutfi noch fester und drang in ihn ein. Das Ganze hatte nur wenige Sekunden gedauert.

Die Hölle öffnete also ein ihm bisher unbekanntes Tor. Lutfi ließ die Vergewaltigung über sich ergehen. Mit derselben Fügung ins Unvermeidliche lässt man einen Arzt agieren, der einen Bruch einrenkt. Innerlich von Panik ergriffen, gingen ihm alle möglichen Gedanken durch den Kopf: immer noch besser, vergewaltigt zu werden, als sich die Gliedmaßen brechen zu lassen. Nicht einmal mein Körper gehört mir noch. Ich bin ein Gemeingut.

Lutfi konnte nicht einmal das Gesicht seines Bezwingers sehen, was das Gefühl des unabwendbaren Unheils noch verstärkte. Das war die schlimmste Demütigung: Dass die Vergewaltigung anonym war. Er hätte es ahnen müssen. Solche Dinge waren in Gefängnissen an der Tagesordnung; er hatte das oft gehört. Plötzlich merkte er, dass ihn Erregung erfasste. Ja, sein Glied pulsierte. Entsetzen packte ihn. Sein Bezwinger stieß ein tierisches Gebrüll aus, das vom Rauschen der Dusche jedoch übertönt wurde. Lutfi spürte seine ganze Abscheu vor der Erniedrigung und auch gleichzeitig ein Gefühl der Lust. Sein Bezwinger erlebte gerade den Höhepunkt. Und lockerte anschließend die Umklammerung. Lutfi drehte sich ruckartig um und stand dem Angreifer gegenüber. Er war ungefähr vierzig. Lutfi wollte ihm etwas entgegenschreien, doch dann verblüffte ihn der Gesichtsausdruck des anderen: Er wirkte weder überlegen noch bedrohlich, sondern fast beschämt. Er kannte den Mann; er war ihm wegen seiner athletischen Statur und seines stoischen Gesichtsausdrucks aufgefallen. Er hieß Rafik. Der Mann stöhnte ein letztes Mal vor Lust.

»Dein Rücken ist so schön, so schön, und dein Hintern, der ist so weiß …«, murmelte er.

Das Kompliment war so naiv, dass Lutfi das Lachen unterdrücken musste. Dann erkannte er in dem Vorfall ein anderes Gesicht des Schicksals. Rafik hatte den unergründlichen Kräften, die das menschliche Verhalten bestimmen, nachgegeben. Er wusch sich nachdenklich den erschlafften Penis und sagte:

»Da du jetzt schon mal da bist, wasch mir doch bitte den Rücken. Ich wasche dir dann deinen.«

Einen Augenblick lang lastete bleischwere Stille in der Kabine. Dann griff Lutfi nach der Seife und tat, worum ihn der Mann gebeten hatte. Er seifte ihm den muskulösen Rücken ein, der als Modell für eine Herkulesstatue hätte dienen können. Und dabei dachte er über einen Aspekt der Sexualität nach, den er bisher mit Gleichgültigkeit oder Verachtung betrachtet hatte. ›Warum eigentlich mit Verachtung?‹ fragte er sich. Weil es ein unproduktiver Akt war? Musste die Sexualität unter dem Blickwinkel der Fortpflanzung gesehen werden? Und was war dann mit der Masturbation? Hatte er nicht masturbiert, während er an Nadia dachte? Verwirrt durch diese Überlegungen sowie die unbekannte Intimität mit einem Mann ließ er zu, dass der Riese ihn umdrehte und ihm seinerseits den Rücken einseifte. Dann wusch er sich die Seife ab und verließ wortlos die Kabine. Lutfi duschte sich ab und kleidete sich an.

Das Essen, falls es diesen Namen verdiente, verlief unter dem üblichen Lärm. Die Wärter sahen über die Vorschrift hinweg, dass während des Essens geschwiegen werden musste. Sie wussten genau, dass sie sich mit den Neuankömmlingen, vor allem mit den Muslimbrüdern, die nun unter ihrer Aufsicht standen, gestern noch verbrüdert hätten, wenn sie mit ihnen nach Mekka gepilgert wären, und dass sie ihnen ihre Töchter und Schwestern zur Frau gegeben hätten. Es waren Muslime wie sie, zu eifrige Muslime vielleicht. Sie waren dem alten Regime gegenüber feindlich eingestellt. Wie die Militärjunta, die jetzt an der Macht gekommen war.

Vielleicht würden sie schon morgen wieder frei sein. Auf jeden Fall konnte man Muslime nicht ewig im Straflager festhalten, nur weil sie allzu sehr befolgt hatten, was der Koran von ihnen verlangte. Es war jedenfalls klug, sich der Freundschaft der einflussreichsten unter ihnen zu versichern. Es gab sogar ein stillschweigendes Einverständnis zwischen den Muslimbrüdern und den Wärtern: Die Gefangenen durften sich Seife, Zigaretten, Medikamente, Nahrungsmittel, Melonen, frische Zwiebeln und Zeitungen besorgen.

Die Kommunisten profitierten kaum von einer solchen Nachsicht. Man hielt sie für Kretins, die einfach nicht begriffen hatten, dass der atheistische, materialistische Kommunismus keine Chance hatte, sich in einem islamischen Land durchzusetzen. Zusätzlich zur eigentlichen ihnen auferlegten Strafe erfuhren sie Geringschätzung, ja, Verachtung.

Auch die ›normalen‹ Sträflinge, zum größten Teil Fellachen, durch eine primitive Auffassung von Ehre oder durch Alkohol zu Verbrechern geworden, profitierten nicht von der Nachsicht der Wärter. Die Muslimbrüder und die Kommunisten hielten sich von ihnen fern. Die normalen Häftlinge wurden sogar zunehmend schlechter behandelt und durften nicht einmal mehr Karten spielen.

Am ersten Abend nach seiner Ankunft im Straflager hatte Lutfi einige Häftlinge in einer Ecke des Hofes Poker spielen sehen. Er hatte das nicht weiter beachtet. Plötzlich waren drei Muslimbrüder auf diese Gruppe zugegangen, hatten ihnen die Karten aus der Hand gerissen und zerfetzt. Die Häftlinge waren entrüstet aufgesprungen, und einer von ihnen hatte seinen Angreifer am Kragen gepackt. Sogleich waren etwa zwanzig andere Muslimbrüder herbeigeeilt, um ihn zu überwältigen. Sie hatten ihm Schläge in den Nacken versetzt und dann die Häftlinge aufgefordert, sofort ihr Spiel einzustellen. Ein hochgewachsener Geschorener hatte sie aufgeklärt:

»Der Prophet hat Glücksspiele verboten. Der Erste, der dieses Verbot bricht, erhält von uns eine Tracht Prügel, die er nie vergisst.«

Aber die Muslimbrüder überwachten auch ihre eigenen Leute. Sie ermahnten jeden Häftling, der irgendwie für Unruhe sorgte. Ihre Härte war gefürchtet. Einmal war im Schlafsaal ein heftiger Streit zwischen zwei Muslimbrüdern ausgebrochen. Der eine warf dem anderen Verrat vor. Bevor die anderen eingreifen konnten, wurden Messer gezückt. Die Streitenden spielten damit herum, bis einer von ihnen einen Messerstich in den Leib bekam. Man transportierte ihn in die Krankenstation und noch in derselben Nacht tagte ein Gericht.

Nach viertelstündiger Beratung verurteilte es den Angreifer zu fünfzehn Peitschenschlägen, die ihm am nächsten

Tag öffentlich verabreicht werden sollten. Die Begründung: Er hatte dem Ansehen der Muslimbrüder geschadet. Das Urteil wurde mit aller Strenge vollzogen. Die Auspeitschung fand im großen Hof vor allen Gefangenen statt. Die Wärter taten, als sähen sie nichts.

Das Leben im Straflager war ansonsten eintönig. Vor allem das Essen bot keine Abwechslung: im Allgemeinen bestand es aus einer Schüssel Bohnen und einem widerlichen Eintopf.

Man hielt die Kommunisten für dumm, aber damit waren nicht alle Spannungen zwischen ihnen und ihren Feinden von gestern beseitigt. Zu den Muslimbrüdern zu gehören, das konnte man schlucken. Aber wer sich zum Marxismus bekannte, musste sich langwierig dafür rechtfertigen. Lutfi wurde aufgefordert, nach den ersten drei Tagen im Lager vor zwei- oder dreihundert interessierten Muslimbrüdern eine Art Vorlesung zu halten.

Nein, er war kein Kommunist, nein, er war nie Mitglied einer kommunistischen Partei gewesen, ja, er war Anhänger von Trotzki, und ja, er war für eine gerechtere Verteilung des Vermögens. Einer der Zuhörer warf ein: »Wenn ich dich richtig verstehe, wendest du die Vorschriften des Korans an, ohne dich aber auf Muhammad oder Allah zu berufen. Du hättest dich besser uns angeschlossen, denn wir sind in der Überzahl.«

Alle redeten durcheinander. Endlich gelang es Lutfi erneut, das Wort zu ergreifen. »Wenn meine Ideen den euren so ähneln, warum wart ihr dann gegenüber den Linken so feindselig eingestellt?«

Doch alle Liebesmüh war vergeblich: Nur ein Schwachsinniger konnte sich eine Gesellschaft vorstellen, die ohne Allah funktionierte. Nur ein Schwachsinniger oder jemand, der auf die falsche Bahn geraten war.

Das wurde Lutfi klar, als ihm nach der Duschepisode sein

geschorener Tischnachbar, der ihn bisher mit kalter Ironie behandelt hatte, lautstark beschimpfte: »Und zu allem Unglück bist du eine männliche Hure.«

Alle hatten die Beleidigung gehört. Hie und da hörte man dreckiges Gelächter. Lutfi saß wie erstarrt. Dann wandte er sich dem anderen, einem gewissen Osman, zu.

»Was hast du gesagt?«

»Ich habe gesagt, dass du eine Hure bist. Gib's doch zu.«

Lutfi trat einen Schritt zurück, bereit, ihm den Teller an den Kopf zu werfen. Spöttische Blicke ruhten auf ihm. Am Nebentisch saß Rafik und beobachtete ihn aufmerksam.

»Du wirst mir sofort sagen, was dich zu dieser Beleidigung veranlasst. Oder du wirst meine Faust spüren«, sagte Lutfi drohend.

»Was, du weißt das nicht? Dann hör mal gut zu. Was hast du neulich mit Rafik in der Dusche getrieben?«

Tumult entstand. Rafik erhob sich, war mit zwei Schritten bei Osman und packte ihn an den Schultern.

»Pass auf, was du sagst und wo du meinen Namen nennst. Du Schwächling.«

Osman ließ sich nicht so schnell einschüchtern. »Was haben Sie gemacht, als ...«

Er konnte seinen Satz nicht beenden. Rafik schüttelte ihn, packte ihn mit seiner Riesenpranke im Nacken und zwang ihn aufzustehen. Gelächter ertönte.

»Du bittest ihn jetzt um Entschuldigung, du Trottel«, befahl Rafik.

»Entschuldigung«, stieß Osman hervor.

»Noch einmal!«, verlangte Rafik und schüttelte den Mann wie einen nassen Sack.

»Entschuldigung!«

»Noch einmal.«

»Entschuldigung.«

Rafik ließ von dem Mann ab und schleuderte ihn mit solcher Wucht von sich, dass der zu Boden fiel.

»Und wenn du willst, dass ich dir mal den Rücken einseife, Osman, brauchst du es nur zu sagen«, zischte er. »Du wirst sehen, wie gut ich das mache.« Wieder Gelächter, aber dieses Mal war der Gedemütigte die Zielscheibe. Am nächsten Tag hatte Osman einen anderen Platz im Speisesaal. Und Lutfi hatte in den Augen der anderen einen Beschützer.

Solche Szenen gab es mehrmals am Tag, aber diese hatte ihn am meisten beeindruckt, weil er selbst in sie verwickelt war. Es gelang ihm nicht, die Beleidigung aus seinem Gedächtnis zu löschen. Gib zu, dass du eine männliche Hure bist. 'Ul ba'a innak šarmūta. Am liebsten hätte er laut herausgeschrien: Ihr seid alle Huren, denn ihr habt euch von den Militärs vögeln lassen. Die letzte Bastion seiner Identität, seine Männlichkeit, seine männliche Jungfräulichkeit, war in den Schmutz gezogen worden. Tiefer konnte er nicht sinken. Ja, ich bin eine männliche Hure. Ich habe einen hübschen weißen Hintern. Wer will ihn sehen? Das Straflager hatte ihm einen Stempel aufgedrückt, der unsichtbar, aber deswegen nicht weniger entehrend war.

Er sollte jedoch noch weitere Überraschungen erleben. Als er eines Morgens zur Gymnastik in den Hof ging – einmal im Laufschritt um den Hof – entdeckte er einen Mann, der sich verstört umblickte und sich in seiner Sträflingskleidung offensichtlich unbehaglich fühlte. Seine rundliche Silhouette und seine etwas schütteren, zerzausten Haare waren Lutfi sehr vertraut. Es war Suki Marrani.

Lutfi starrte ihn an und überlegte. Warum hatten sie ihn festgenommen? Suki bewegte sich schwerfällig wie in einem Albtraum, Lutfi musste sich das Lachen verkneifen. Dann führte man ihn zum Steinbruch. Lutfi beobachtete Suki, zwischen Mitleid und Verblüffung hin- und hergerissen. Erst abends, als sie vor der Dusche Schlange standen, sprach er ihn in dem düsteren Flur, im gelblichen Licht der schwachen Glühbirne an. Suki war von Erschöpfung gezeichnet, in seinen Zügen stand Verwirrung, Demütigung und Verzweiflung geschrieben.

»Was tust du denn hier?«, fragte Lutfi und war sich der Ironie der Situation wohl bewusst.

Suki sah ihn verstört an. »Was für eine Frage!«

»Ja, ich frage dich, was du hier tust. Weshalb hat man dich hierher gebracht?«

»Man wirft mir Kommunismus, zionistischen Aufruhr und regimefeindliche Umtriebe vor.«

»Kommunismus? Dir?«

Suki zuckte die Schultern und entledigte sich seiner Kleider.

»Was soll das heißen, mir? Ich habe doch mit dir und Louis zusammengearbeitet.«

»Hier ist nicht der richtige Ort, um darüber zu reden, und schon gar nicht auf Französisch«, unterbrach Lutfi ihn.

»Wie verhält man sich denn hier?«, fragte Suki.

»Du ziehst dich aus, gehst hinein, seifst dich ein, stellst dich unter die Dusche und gehst wieder raus.«

»Und womit trocknet man sich ab?«

Lutfi unterdrückte das Lachen.

»Es gibt so etwas Ähnliches wie ein Handtuch ... falls du dir unbedingt eine Krankheit holen willst.«

»Wie trocknet man sich dann ab?«

»Mit der Hand.«

Obwohl sie leise miteinander redeten, erregte ihre Unterhaltung auf Französisch Aufmerksamkeit.

»Wir sehen uns im Speisesaal. Warte hier auf mich, ich hole dich ab.«

Kaum war Suki in der Dusche verschwunden, fragten ihn Rafik und andere Muslimbrüder nach dem Neuankömmling aus. Sie wollten wissen, weshalb er hier war.

»Offiziell deshalb«, erwiderte Lutfi, »weil man ihm vorwirft, Zionist zu sein. Er ist zwar Jude, aber ich weiß, dass er nie Zionist war. Außerdem ist er angeblich Kommunist, weil er alles Mögliche daherplappert. Aber ich weiß mit Sicherheit, dass er mit dem Kommunismus nichts im Sinn hat, er kennt sich auf dem Gebiet auch überhaupt nicht aus. Drittens solle er regimefeindlich umtriebig gewesen sein. Dieser Vorwurf beruht vermutlich darauf, dass er sich ab und zu mit mir getroffen hat.«

»Aber du stellst ihn ja als Dummkopf dar«, rief Rafik.

»Sag das den Richtern!«, erwiderte Lutfi fröhlich.

Im Speisesaal merkte Suki, dass alle ihn anstarrten. Als er sah, dass Lutfi in gutem Einvernehmen mit vielen Häftlingen stand, wagte er, ihn auf Französisch zu fragen: »Warum starren mich alle so an?«

»Sprich Arabisch, dann hören sie damit schon auf. Sie finden, dass du nicht hierher gehörst.«

»Warum?«, fragte Suki auf Arabisch.

»Wenn du es noch nicht kapiert hast, lohnt es sich nicht, es dir zu erklären.«

»Aber ich ...«

»Suki, du bist weder Zionist noch Kommunist, und du bist auch kein Aufrührer. Du bist hier, weil du Jude bist.«

»Hör mal, ich ...«

»Suki, wenn du behauptest, du bist Kommunist oder gar Trotzkist, verpasse ich dir ein paar saftige Ohrfeigen.«

Suki senkte den Kopf und stieß seinen Teller zurück. »Dass ich dir hier begegnen muss, ist wirklich der Gipfel.«

»Das ist die Feuerprobe, Suki. Du bist nicht einmal würdig, Häftling zu sein. Du warst ein Nebenprodukt der Gesellschaft, gegen die ich gekämpft habe. Und du bist verurteilt worden, weil du dieser Gesellschaft angehört hast. Und weil du Jude bist. Du bist in der Hölle gelandet, aber es ist nicht die gleiche Hölle wie meine. Ich bitte dich nur, spiel hier nicht den ideologischen Märtyrer.«

Suki warf ihm einen finsteren Blick zu. »Noch ist die Geschichte nicht zu Ende«, sagte er drohend.

6.
Du hättest etwas Besseres verdient

Nach der Gerichtsverhandlung fühlte sich Nadia wie nach einer Abtreibung. Sie warf sich aufs Bett und blieb eine Ewigkeit dort liegen. Sie fühlte sich hintergangen, das heißt, sie fühlte im Augenblick eigentlich gar nichts mehr. Sie fürchtete sogar, dass sie die Sprache verloren hatte, denn ihre Kehle brachte keinen einzigen Laut hervor. Um elf Uhr abends erwachte ihr Überlebenswille. Sie stand auf, holte sich etwas zu trinken und machte sich etwas zu essen. Sie warf einen Blick zum Fenster hinaus. Der Verkehr auf der Qasr-al-Nil-Straße kam ihr wie etwas Unwirkliches vor. Eine Prozession disziplinierter Käfer. Unten kamen die ersten Gäste aus dem Restaurant ›L'Ermitage‹. Nadia beschloss, eine Dusche zu nehmen. Sie schlüpfte in den Morgenmantel und zündete sich eine Zigarette an.

Das Absurde wirkt wie eine Droge. Es verändert die Wahrnehmung, es lähmt die Empfindungen und setzt das Gefühl für das Maß der Dinge außer Kraft. Nadia betrachtete die Einrichtung ihrer kleinen Wohnung, die sie nach dem Tod ihrer Mutter und dem Verkauf der Villa gemietet und mit Blick auf die Heirat liebevoll eingerichtet hatte. Das war nun fünf Jahre her. Denn sie und Lutfi würden heiraten. Das hatte er gesagt und sie hatte ihm geglaubt. Sie würden heiraten, wenn sich die Lage in Ägypten entspannt hätte und die Heirat zwischen einem Muslim und einer Christin kein Aufsehen mehr erregte. Nun verlor diese Wohnung ihren Sinn. Die Farbe der Wände, die Möbel, die wenigen Gegenstände, die sie aus der Villa Arsinoe mitgenommen hatte, all das gehörte einer anderen Welt an. Sie war in ihrer eigenen Stadt wie im Exil. Sie irrte in dem vertrauten Umfeld wie jemand umher, der sich nicht entschließen kann, die Welt, in der er einst glücklich war, zu verlassen.

Man hatte ihr die Liebe geraubt, man hatte ihr das Leben genommen. Sie hatte niemanden, der sie trösten konnte und ihr half, das Gleichgewicht wiederzufinden. Soussou lebte in Europa, pendelte ständig zwischen Monte Carlo, Paris und London hin und her. Die Jugendfreundinnen hatten sich von ihr losgesagt, seit sie von Lutfi erfahren hatten. Die Hanafis waren abgereist. Sie hätte auch kaum das Bedürfnis gehabt, sich Fatma al Entezami anzuvertrauen, nachdem sie erfahren hatte, wie diese vor Jahren gegen sie intrigiert hatte. Fatma ist eine Intrigantin, befangen in eitler Doppelzüngigkeit, sagte sie sich. Sie teilte Lutfis Antipathie gegen Louis' Gattin.

Sie erwog, ihre Schwester anzurufen. Aber Telefonate ins Ausland wurden über die Hauptpost hergestellt, und es war schon spät. Sie war zu müde, um sich dorthin zu begeben.

Nadia benötigte drei Tage, um sich wieder zu fangen und um die Situation zu erfassen. Sie begab sich zur Polizeiwache und erkundigte sich, ob sie Lutfi besuchen durfte. Dort wurde ihr gesagt, dass Besuche von Frauen im Straflager verboten waren. Sie war weder die Schwester noch die Tochter oder Ehefrau des Verurteilten, sie hatte keinerlei Besuchsrecht. Sie durfte ihm lediglich einen Brief pro Monat schreiben und ein Päckchen schicken, das aber von der Gefängnisleitung geprüft wurde.

›Eine solche Situation kann ich sicher keine fünf Jahre

lang ertragen‹, dachte sie. Immerhin brachte sie genug Entschlossenheit auf, um zur Post zu gehen. Nach einer halben Stunde wurde sie mit Monte Carlo verbunden. Soussou begriff sofort, in welch verzweifelter Lage sich ihre Schwester befand. Sie sagte:

»Hör zu, ich sehe für dich nur eine Möglichkeit. Geh zu Timmy Abu Sūn. Sie ist jetzt Präsidentin des Frauenclubs. Sag ihr, dass du meine Schwester bist. Sie soll sich bei ihrem Bruder für Lutfi einsetzen. Ich werde sehen, was ich von hier aus tun kann.«

Frauen sind eher bereit, Mitleid zu empfinden als Respekt vor politischen Leidenschaften zu haben. Timmy versprach, Nadia ein Treffen mit ihrem Bruder zu vermitteln. Sechs Tage später begab sich Nadia zur Villa Abu Sūn nach al Ğazīra. Sie war beeindruckt von der stattlichen Erscheinung, von der Freundlichkeit des Oberstleutnants Ismaïl Abu Sūn, und von seiner Schönheit. Er hatte eine ungeheure Ausstrahlung. Sie erinnerte sich an seine Affäre mit der Engländerin, von der ihre Schwester berichtet hatte, und an den Skandal beim Ball der Prinzessin Zuleika. Sicherlich hätte sie selbst in Leidenschaft für Ismaïl entbrennen können.

Er fasste sich kurz. Die Unterhaltung verlief auf Englisch.

»Timmy hat mir erzählt, was Sie zu mir führt. Ich habe darüber nachgedacht. Meine Antwort wird Sie sowohl unglücklich als auch glücklich machen. Unglücklich, weil Lutfi al Istambuli nicht sofort freikommen kann. Das würde als unverständliche Sonderregelung der Regierung angesehen werden und einen Skandal auslösen. Es würde außerdem dem Verurteilten schaden. Und glücklich, weil innerhalb von sechs Monaten ein Gnadengesuch erlangt werden kann. Hoffentlich mit Unterstützung einer befreundeten Botschaft.«

Nadia zitterte vor Erregung. Noch sechs Monate des

Wartens für sie und sechs Monate Straflager für ihn. Sie beherrschte sich.

»Welche Botschaft?«, fragte sie schließlich.

»Zum Beispiel der von Indien.« Er blickte Nadia durchdringend an. »Sie müssen sich aber darüber im Klaren sein, dass diese Freilassung weit reichende Folgen für ihn haben wird.«

Sie schwieg.

»Es ist dann im Interesse der Allgemeinheit und vor allem in seinem eigenen Interesse, dass er das Land sofort verlässt.«

»Für immer?«

»Für viele lange Jahre. Die Regierung kann nicht riskieren, dass er auf die eine oder andere Art seine marxistischen Umtriebe wieder aufnimmt.«

»Und wenn er sie nicht wieder aufnimmt?«

Ismaïl deutete ein Lächeln an. »Mademoiselle, Sie kennen ihn besser als ich. Beim Studium seiner Akte hatte ich den Eindruck, dass der Marxismus sein Lebensinhalt ist. Glauben Sie, es ist sinnvoll, darauf zu hoffen, dass er auf diesen Inhalt verzichtet?«

Es gab keine freie Liebe. Nadia wurde sich dessen grausam bewusst. Immer ging es um Macht, egal welche, Macht der Familien, der Religionen, der Ideen. Sie seufzte.

»Am Tag seiner Freilassung geben wir ihm einen Pass. Er muss Ägypten dann innerhalb von vierundzwanzig Stunden verlassen.«

Sie nickte. Sie war mit allem einverstanden, Hauptsache, Lutfi ließ das Gefängnis hinter sich. Sie würden sich in einem anderen Land ein neues Leben aufbauen.

»Ich danke Ihnen für diese Informationen«, sagte sie.

»Es sind mehr als bloße Informationen«, schloss er mit einem Lächeln.

Sie schrieb Soussou einen Brief, in dem sie ihr die Neuigkeiten mitteilte. Vier Monate später erhielt Nadia von Ismaïl einen Anruf:

»Ich habe Informationen für Sie. Wollen Sie mit mir essen gehen?«

Sie nahm seine Einladung an. Sie verabredeten sich im L'Ermitage – und für den Rest ihres Lebens fragte sie sich, ob die Wahl dieses Restaurants wirklich Zufall war.

Ismaïl war in Zivil. Nadia zitterte vor Ungeduld. Er berichtete ihr, dass die indische Botschaft bereit war, sich für Lutfi einzusetzen und ein Gnadengesuch zu beantragen. Das Gesuch war positiv bewertet worden.

»Lutfi al Istambuli ist ein Glückspilz«, sagte er. »Er hat eine schöne Frau, die sich um ihn sorgt, und einflussreiche Freunde.«

Nadia fragte sich, was er damit meinte. Spielte er auf Soussou und die Erbschaft an?

»Die französische Botschaft hat sich bereit erklärt, ihm ein Visum zu erteilen. Ein französischer Philosoph, Raymond Doucet – kennen Sie ihn zufällig?« Nadia schüttelte verneinend den Kopf. »Doucet hat sich sehr für ihn eingesetzt. Kennen Sie Frankreich?«

»Nein«, erwiderte sie. »Ich bin nie weiter als bis zum Libanon gekommen.«

Er lächelte. Wieder war sie fasziniert von seiner Schönheit. Sie bewunderte seine anmutigen Gesten und seinen sanften Blick. Seine roten Lippen. Und sein Englisch, das etwas Exotisches an sich hatte. Sie wagte nicht, ihn zu fragen, wo er es gelernt hatte. Sie konnte Sybilla Hammerley jedenfalls verstehen.

»Werden Sie ihn ins Exil begleiten?«, fragte er. Als sie zustimmte, fuhr er fort: »Wie wollen Sie das anstellen? Sie sind ja nicht verheiratet. Frankreich wird Ihnen kein Visum erteilen, und die Regierung verbietet die Ausreise in nichtarabische Länder.«

Sie wurde von Panik erfasst. »Aber was … was kann ich dann tun?«

Er verwirrte sie mit einem tiefen Blick. »Das Problem will durchdacht sein.«

Sie begriff, dass sie erneut auf seinen guten Willen angewiesen war. Eine seltsame Angst ergriff sie, denn sie fühlte sich von diesem verführerischen und einflussreichen Mann angezogen.

»Machen Sie sich darüber nicht allzu viele Sorgen«, fuhr er fort. »Ich kann mir vorstellen, wie Ihnen ohnehin zumute ist. Es gibt Lösungen für viele Probleme. Wer kümmert sich um Sie?«

Sie schüttelte den Kopf. Niemand. Sie konnte das schlecht zugeben: Er war der einzige Rettungsanker auf dem dunklen Meer, auf dem sie dahintrieb. Während des Essens versuchte er, sie zu beruhigen, fragte sie nach ihrem Leben aus. Sie berichtete ihm, was der Anstand zuließ. Am Ende des Dinners war er zu einem Vertrauten geworden. Er begleitete sie nach Hause, auf die gegenüberliegende Seite des Lokals. Wenn sie ein anderes Restaurant gewählt hätten, wäre sie ins nächstbeste Taxi gestiegen. Warum waren sie ausgerechnet ins ›L'Ermitage‹ gegangen? Sie sah sich gezwungen, ihn aus Höflichkeit zu fragen, ob er noch auf einen Kaffee mit hinaufkommen wollte. Aber vielleicht war ihr Interesse bereits erwacht. Warum sie ihn fragte, blieb ihr jedenfalls selbst ein Rätsel.

Kaum hatte sie die Tür hinter sich geschlossen, da griff Ismaïl nach ihrer Hand und zog sie an sich. In ihr stritten sich die widersprüchlichsten Gefühle: Anziehungskraft, Treue, Angst, die Notwendigkeit, sich diesen einflussreichen Mann gewogen zu machen. Sein bronzefarbenes Gesicht näherte sich dem ihren. Einen Augenblick bestand die Welt für sie nur aus seinen grünen Bernsteinaugen, dann spürte sie seine Lippen auf ihrem Mund. Schließlich gab sie nach und öffnete die Lippen. Sie küssten sich eine Ewigkeit. Nadia hatte das Gefühl, dass sie so sterben könnte. Die Berührung seiner warmen Hände auf ihren Armen elektrisierte sie. Seit Monaten hatte sie darauf verzichten müssen. Dann wanderte eine Hand zu ihrer Brust und streichelte sie zärtlich. Diese Berührung reichte schon, dass sie fast vor Lust geschrien hätte.

Nadia wusste so wenig über Sexualität, dass Ismaïl sie völlig wehrlos machte. Ismaïl entfaltete seine Kunst wie ein Dompteur, der Raubtiere durch den Feuerreifen springen lässt. Er suchte nicht den Orgasmus, sondern die ganzkörperliche Lust. Bald waren ihre Angst und Enttäuschung wie weggeflogen. Die gefühlvolle Nadia entdeckte ihre eigene tierhafte Wildheit. Sie liebte Ismaïl nicht so, wie sie Lutfi liebte, sondern auf eine leidenschaftliche erotische Art, die ihr keine Gewissensbisse verursachte.

»Du bist eine wunderbare Frau«, sagte er im Morgengrauen, als er sich ankleidete. »Du hättest etwas Besseres verdient als einen Kommunisten.« Sie erwiderte nichts. Aber sie entdeckte gleichzeitig mit Lutfi die Qualen der Hölle; nicht die Qualen des Straflagers, sondern die des Zweifels und des Schuldgefühls. Das wurde in den nächsten Tagen so schlimm, dass sie Ismaïl wiedersehen musste.

Und sie trafen sich wieder und wieder. Bis zu dem Abend, als er ihr verkündete: »Er kommt übermorgen frei. Hier ist dein Visum.«

Er hatte gelernt, die Frauen zu verlassen, er flehte sie nicht an zu bleiben. Nadia spürte einen Aufruhr in sich toben. Man hatte ihr bereits das Leben geraubt. Man riss sie aus ihrer Heimaterde. Sie wollte nicht, dass man ihr auch noch ihren Körper nahm.

7.

Die Macht, nichts als die Macht

Vor vielen Jahren war die kleine Statue von Isis bei der Auktion bei Sotheby's für einundzwanzigtausend Pfund an ein amerikanisches Museum verkauft worden. Siegfried wohnte der Versteigerung bei und fühlte sich wie benommen. Ihm wurde heiß, und er ging hinaus auf die Straße, um frische Luft zu schnappen.

Einen Monat später arbeitete er als Angestellter in der Galerie Alex Burgh. Er betreute vier junge Maler und einen Bildhauer, die alle unter Vertrag standen. Seine Arbeit war mit viel Schreibkram verbunden. Eines Morgens hatte ein Besucher im karierten Hemd und mit fliehendem Kinn, vermutlich ein Mann vom Lande, die Galerie betreten und Siegfried gefragt, welche Maler man kaufen müsste, welche Maler eines Tages berühmt wären. Die Unterhaltung dauerte fast eine Stunde. Die beiden unterhielten sich ausführlich über jeden Maler, den Siegfried empfohlen hatte. Schließlich kaufte der Mann sechs Bilder und eine Skulptur. Insgesamt zahlte er siebenhundertfünfzigtausend Dollar. Siegfried war über den Scheck in seinen Händen ganz erschrocken. Er hatte Burgh angerufen und ihn gebeten, so schnell wie möglich in die Galerie zu kommen. Aber der

Scheck war gedeckt. Der etwas rustikal wirkende Herr war Amerikaner und Chef eines Elektrokonzerns. Noch am selben Abend rief Burgh Wilson an: »Peter, der junge Osiris, den du mir da geschickt hast, hat in meiner Abwesenheit das Geschäft des Jahres gemacht.«

Am Abend feierten die beiden Männer, ein paar Freunde und Siegfried den erfolgreichen Abschluss bei einem opulenten Dinner.

Auf Betreiben von Wilson erhielt Siegfried am nächsten Tag von Burgh eine Provision von fünfzehn Prozent auf den Verkauf und wurde zum Juniorpartner von Burgh ernannt. In Zukunft sollte er fünfundzwanzig Prozent erhalten.

Drei Jahre später gehörte die Galerie Burgh zu den renommiertesten Galerien moderner Kunst. Sie hatte sechs der gefragtesten Maler und zwei Bildhauer unter Vertrag. Sie firmierte unter Burgh & Alp. Die Financial Times bezeichnete Alex Burgh und Siegfried als die Kunsthändler der neuen Generation.

Siegfried schickte seiner Mutter ein Flugticket, bat sie, ihre Wohnung aufzulösen und via Beirut zu ihm zu kommen. Sie traf dort genau in dem Augenblick ein, als Frankreich unter Guy Mollet und England unter Sir Anthony Eden Schiffe gegen Ägypten sandten, um die freie Durchfahrt auf dem Suezkanal zu erzielen. Ägypten hatte den Kanal verstaatlicht. Man schrieb das Jahr 1956.

Für Cécile und Siegfried Alp gehörte Ägypten der Vergangenheit an. »Das Land hatte eine glanzvolle Vergangenheit«, bemerkte Siegfried gegenüber Alex Burgh. »Unser Leben im Jahr 1959 unterscheidet sich nicht sehr von dem, das wir um 1910 geführt haben. Aber Ägypten gehört der Vergangenheit an.«

Aber seine Mutter sah das anders. Sie sprach nur schlecht ›Englisch‹, und London war ihr viel zu kalt. »Was tun wir hier? Warum hast du mich hierher kommen lassen? Die Leute sind mürrisch, das Essen ungenießbar. Es gibt kein einziges Café und fast keine Wälder. Unser Land ist Deutschland.«

Sie gehörte zu den griesgrämigsten Emigranten überhaupt. Also reiste sie nach Deutschland, um sich in Berlin mit diversen Vettern zu treffen. Die empfingen sie mit mäßiger Begeisterung. Das letzte Mal war sie 1938 in Berlin gewesen; sie erkannte die Stadt kaum wieder. »Wo ist denn der Potsdamer Platz?« Von Bomben zerstört, genau wie der Alexanderplatz. Drei Tage lang irrte sie über den Kurfürstendamm und versuchte zu verstehen, dass es das Berlin von einst nicht mehr gab – es war einfach verschwunden wie das Kairo von früher. Sie verließ Berlin und verschanzte sich ein paar Tage in einem Luxushotel in Garmisch-Partenkirchen. Danach kehrte sie etwas ratlos nach London zurück. Mit Mühe überredete Siegfried die ewige Nörglerin, wenigstens einem Bridgeclub beizutreten.

Zwei Jahre später bekam Siegfried die englische Staatsbürgerschaft. Und eines Morgens fuhr ein Rolls Royce vor der Galerie vor. Ihm entstieg eine Dame im Sari, gefolgt von ihrer Sekretärin. Zuerst erkannte er sie nicht, obwohl sie ihn intensiv aus kajalumrandeten Augen musterte.

»Siegfried«, sagte sie auf Französisch, »bin ich so gealtert, dass Sie mich nicht mehr erkennen?«

»Soussou!«, rief er überrascht.

Und sie umarmten sich herzlich.

»Wir sind weit von unserem al Ǧazīra-Club entfernt«, sagte er und trat einen Schritt zurück, um sie besser betrachten zu können.

»Das war in einem anderen Leben.«

»Sie sind viel schöner in dieser Reinkarnation.«

»Und Sie haben Ihre wahre Inkarnation gefunden«, sagte er.

Sie lachten und umarmten sich erneut.

»Ich verstehe nichts von moderner Kunst«, sagte sie. »Und wenn Sie erlauben, habe ich keinerlei Lust, etwas davon zu verstehen. Ich bin nur hier, um Sie zu sehen.«

Drei Tage später lud sie ihn zum Essen ein. Unter den Gästen waren die üblichen reichen Leute, jene, die ihren Wohlstand auch gern zeigten. Diese bildeten den Großteil von Siegfrieds Kunden. Er kannte flüchtig einen amerikanischen Industriellen, einen der fünf größten Kunstsammler der Welt. Er hatte ihm bereits drei so genannte Fünf-Sterne-Gemälde verkauft. Soussou erriet, dass er sich für den Amerikaner interessierte und war so klug, ein Dinner zu veranstalten, damit sich Siegfried und der Kunstliebhaber näher kennen lernten. Ihm war klar, dass sie hoffte, sich unentbehrlich zu machen. Sie schenkte ihm so viel Aufmerksamkeit, dass die Gäste ihn bald für ihren Liebhaber, zumindest aber für ihren Verehrer hielten.

Eines Morgens im Mai 1960, Siegfried machte gerade Urlaub in Juan-les-Pins, las er in der Times folgende Notiz: »Der Galerist Alex Burgh, einer der beiden Partner der Galerie Burgh & Alp, ist in der Nacht vom 12. Mai bei einem Autounfall in der Nähe von Genua ums Leben gekommen. Alex Burgh starb im Alter von vierundvierzig Jahren.«

Er erhielt einen Anruf von Soussou. Auch sie hatte die Meldung in der Times gelesen und versicherte ihm, dass sie mit ihm fühle. Siegfried überlegte, ob er wirklich Trauer empfand. Nein, er empfand eher eine Enttäuschung, vergleichbar mit der eines Sammlers, dem ein Dieb eines seiner schönsten Stücke gestohlen hatte. Burgh hatte zu seiner Welt gehört, er war sein Entdecker gewesen, dann seine Stütze. Vielleicht war Burgh sogar insgeheim in ihn verliebt gewesen, und Siegfried hatte das diskret ausgespielt. Auf jeden Fall empfand Siegfried Bitterkeit gegenüber dem Schicksal, das ihm den Partner genommen hatte.

»Von wo rufen Sie an?«, fragte er Soussou.

»Von Monte Carlo.«

Sie verabredeten sich zum Essen bei La Réserve de Beaulieu. Soussou betrat das Restaurant und legte schwungvoll ihren Chiffonschal ab. Die Gäste ringsum bewunderten sie. Ihre mit Diamanten versetzte Rubinkette war einer Königin würdig. Stille trat ein. Die Blicke folgten ihr bis zu dem Tisch, an dem Siegfried sie erwartete. Sie hatte den Luxus erreicht, von dem sie so lange geträumt hatte. Er fürchtete, sie würde während des Essens mit ähnlich einstudierten Gesten aufwarten. Doch es kam anders. Soussou war so liebenswürdig und aufmerksam wie an dem Abend in London.

»Was machen Sie aus Ihrem Leben?«, fragte sie und widmete sich dem Kaviar.

»Was macht man aus einem Leben, Soussou? Es ist eher das Leben, das einen macht.«

»Sie müssen glücklich sein, dass Sie mit Kunst zu tun haben. Das haben Sie sich immer gewünscht.«

Der Gemeinplatz konnte nicht ausbleiben.

»Ich liebe die Schönheit«, erwiderte er, »aber ich bin mir nicht sicher, ob ich die Kunst liebe.«

»Ausgerechnet Sie sagen das? Welchen Unterschied machen Sie zwischen Schönheit und Kunst?«

»Bei der Kunst werden Fantasmen auf die Leinwand oder das Papier gebannt. Bis schließlich alles zu Banknoten mit hübschen Symbolen wird. Dabei ist die Mona Lisa das langweiligste Bild der Welt. Und die Tänzerinnen von Degas sind nicht mehr als Gespinste eines lüsternen Greises. Picasso reitet im Exil seine Masche, und der Wirbel, den man um diesen Jackson Pollock macht, bringt mich vollends um den Verstand. Vermutlich tut Pollock einfach das, was so viele Menschen gern tun würden, wenn sie eine Galerie betreten: Er knallt einen Farbtopf an die Wand.«

Sie fing an zu lachen. »Ich nehme stark an, dass Sie mit Ihren Kunden anders sprechen. Sonst wären Sie wohl kaum berühmt geworden.«

»Ja, ich bin der unehrlichste Mensch der ganzen Branche. Und, wie jeder weiß, der ehrlichste Händler. Ich verstehe mich auf den Verkauf und noch besser auf den Ankauf.«

»Siegfried, Sie haben sich keinen Deut geändert. Bereits im al Ǧazīra-Sportclub haben Sie solche Reden geführt.« Sie überlegte kurz. »Sie lieben also die Kunst nicht. Haben Sie keine andere Liebe, die Ihr Herz erwärmt?«

Er schüttelte den Kopf. Junge Männer kamen und gingen in seinem Leben. Er konnte aber höchstens Sympathie für sie aufbringen.

»Ich habe Sie mit jungen ... mit charmanten Männern gesehen«, sagte sie, jedes Wort abwägend.

Er zuckte die Achseln. »Damals, als wir noch in Eden waren, habe ich an die Liebe geglaubt. Ich stellte mir vor, ich könnte die Liebe finden. In einer Welt ohne soziales Engagement, ohne Schwangerschaften und schreiende Kinder. Aber das war Illusion. Heute treten die jungen Männer auf wie die Mädchen von gestern: Sie wollen alle eine gute Partie machen. Aber ich bin nicht mehr im heiratslustigen Alter.«

Noch während er sprach, überlegte er, worauf Soussou eigentlich hinauswollte.

»Und Sie?«, fragte er.

Sie berichtete von einer dreijährigen Beziehung mit einem Mann namens Chester, der vor kurzem an Krebs gestorben war. Sie hatte sehr an ihm gehangen, aber nach seinem Tod entdeckt, dass er eine Beziehung mit einer anderen Frau gehabt hatte, ja, sogar eine Tochter mit dieser Frau.

»Und nach Chester?«

Sie lachte trocken. »Es folgten alle möglichen Männer, junge, ältere, alle irgendwie ähnlich.«

»Alle ähnlich?«

»Ja. Wenn sie sich am anderen Morgen verabschieden, erwarten sie ein Honorar.«

»Das kenne ich«, murmelte er. »Man muss sich damit abfinden, dass nichts umsonst ist.«

»Glauben Sie an das Glück der Liebe?«

Die Frage versetzte ihn in einen dieser Romane aus seiner Jugend, zum Beispiel ›Wind in den Straßen‹ oder ›Unersättliches Herz‹ von Rosamond Lehmann. Da hatten die Heldinnen immer dieselbe Frage gestellt. Es ging ihm flüchtig durch den Kopf, dass Soussou trotz ihres Vermögens und ihrer gesellschaftlichen Stellung immer noch die kleine Soussou aus der Villa Arsinoe war. Er war aufgewühlt. Ihre Lebenswege waren ähnlich verlaufen. Die Macht der Geometrie sorgte dafür, dass diese Parallelen sich plötzlich vereinigten.

»Zuerst sollte man wohl wissen, was Liebe ist«, erwiderte er.

»Sie wissen es also auch nicht?«

Er schüttelte den Kopf. »Ich glaube, Sie lieben Ihren Sohn«, sagte er schließlich. »Dessen bin ich mir sicher.«

»Sie denken bestimmt an die Liebe, die Ihre Mutter für Sie empfindet?«

»Ich wünschte mir, dass Ihre weniger besitzergreifend wäre.«

Sie blickte überrascht. »Was wollen Sie damit sagen?«, murmelte sie.

»Dass ein Kind kein Haussklave ist.«

Sie schwieg und dachte an die Tyrannei ihres Vaters zurück. Dann nickte sie. »Ich wäre glücklich, wenn Sie mein Partner wären.« Sie sagte es sehr schüchtern.

Siegfried genoss den Kontrast zwischen Schüchternheit und dem Glanz fürstlicher Juwelen. Schweigen breitete sich aus. Seine Freundschaft mit Soussou war noch jung. Sie war ihm in beruflicher Hinsicht von Nutzen, ihre Beziehungen zu den Reichen und Mächtigen waren ihm von Nutzen, aber sie erweckte in ihm keinerlei Verlangen.

»Ich könnte nicht Ihr Liebhaber sein, Soussou. Sie kennen den Grund.«

»Ich bitte Sie nicht, mein Liebhaber zu werden«, sagte sie, »sondern mein Partner. Man kann sehr gut ohne Sex leben. Sex ist nur eine Gewohnheit.«

»Und wie kämen Sie mit meinen Gewohnheiten zurecht?«

Sie lachte. »Zeigen Sie Ihre Männer nur dann vor, wenn sie präsentabel sind.«

»Und meine vielen Reisen?«, wollte er wissen.

»Wenn ich Sie nicht begleiten kann, werde ich auf Sie warten. Ich bitte Sie nicht darum, dass wir zusammenleben. Jeder behält sein eigenes Haus. Wir brauchen beide Raum, um atmen zu können.«

Er nickte und lächelte. »Soussou, Sie sind noch jung. Würde eine so nüchterne Abmachung Sie glücklich machen? Sind Sie deshalb Maharani von Calancore geworden?«

»Eine nüchterne Abmachung«, wiederholte sie und lachte. Aber ihr Lachen verriet Bitterkeit. »Die künstlichen Blumen halten nun mal viel länger.« Nach einer Weile fügte sie hinzu: »Kennen Sie die Tropenblumen, die nur einen Tag blühen? So ähnlich kommen mir die Ägypterinnen vor.«

Sie verabredeten sich für den nächsten Tag zum Dinner. Anschließend würde Siegfried nach London fliegen.

Soussous Unterstützung erwies sich schnell als ausgesprochen wertvoll: Das Fortbestehen der Galerie Burgh & Alp war bedroht, denn Burghs Schwester und Alleinerbin wollte die Anteile verkaufen, sofern Siegfried sie nicht seinerseits erwarb. Das entsprach einer Summe von zwei Millionen Pfund. Soussou besorgte ihm das erforderliche Darlehen innerhalb von wenigen Tagen.

So wurde aus der Galerie Burgh & Alp die Alp Gallery. Siegfried leitete von nun an eine der bekanntesten Kunstgalerien der Welt. Knapp ein Jahr später eröffnete er eine Galerie in New York.

Er war jetzt siebenundvierzig Jahre. Als er eines Morgens aufwachte, sagte er zu sich: »Nichts als Macht! Was für eine Einsamkeit!«

Der Sportclub von al Ǧazīra war eine schlechte Schule gewesen. Und diese Vergangenheit prägte sogar sein jetziges Leben. Er hatte vom Schicksal so viel erhofft; aber es hatte nur eine bittersüße Komödie für ihn bereit gehalten.

Als er in seinen Morgenmantel schlüpfte, erinnerte er sich, dass er mit Soussou zum jährlichen Gartenfest in den Buckingham Palace geladen war. Er hatte die Königin noch nie persönlich gesehen. Die Aussicht, ihr vorgestellt zu werden, heiterte ihn ein wenig auf.

»Ich bin offenbar unverbesserlich!«, murmelte er und begab sich ins Bad.

8.
Dinner in der rue de Lisbonne

»Wir müssen Richtung Mairie de Clichy fahren«, sagte Nadia. Sie und Lutfi hatten sich eine bestimmte Strecke eingeprägt. Aber die Stationen, an denen sie nun vorbeikamen, entsprachen dieser Strecke nicht. Die Namen erschienen ihnen fremd und bedrohlich: Pasteur, Sèvres-Lecourbe, Cambronne … Besonders vertrauenerweckend klangen diese Namen nicht. Was taten sie bloß in einer Stadt, in der es Menschen gab, die Pferdefleisch verzehrten?

»Also was jetzt?«, fragte Lutfi ungeduldig. Nadia studierte den Metro-Plan.

»Wir steigen an der Station Trocadéro Richtung Mairie de Montreuil um und ein zweites Mal an der Saint-Augustin. Von da ist es nicht mehr weit.«

»Wir kommen zu spät«, meinte Lutfi. Er hielt einen schwarzen Regenschirm umklammert, ein ihm wenig vertrauter Gegenstand, der bei dem Pariser Wetter jedoch unentbehrlich war.

Im Oktober 1962 regnete es ohne Unterbrechung. Weder Lutfi noch Nadia kannten einen derartigen Dauerregen. Das war nicht wie der Regen, der nach glühender Hitze Erde und Pflanzen erfrischte und Abkühlung brachte. Dieser Regen hier verwandelte alles zu Eis; man fror an den Füßen und man fror innerlich.

Da saßen sie nun in der Untergrundbahn im europäischen Westen, von dem sie einst geträumt hatten. Mürrische Passagiere in trübem Licht, in feuchten Kleidern, Geruch nach Haar, Achselschweiß und schlechtem Atem. Vorbei war es mit den Straßenbahnen Kairos. Hier bewegte man sich unterirdisch wie Termiten. Und wenn man endlich an die frische Luft kam, befand man sich auf endlosen Straßen, von düsteren Häusern gesäumt. Nie stand jemand auf dem Balkon, nirgendwo hing Wäsche zum Trocknen. Nur ab und zu zierten ein paar Geranientöpfe die Fenster.

Lutfi und Nadia waren jetzt seit einem Monat in Paris. Als das Visum eingetroffen war, mussten sie Ägypten innerhalb von vierundzwanzig Stunden verlassen; sie reisten erst nach Beirut und von dort nach Paris. Lutfi konnte bei den französischen Behörden zweifellos den Status eines politischen Flüchtlings bekommen, aber als Theoretiker des arabischen Nationalismus war und blieb er ein Verdächtiger. Und nach der Auseinandersetzung um den Suezkanal erst recht. Immerhin erhielt Nadia in Beirut Überweisungen, sie waren also nicht Not leidend. Lutfi hatte außerdem Arbeit gefunden: als Journalist bei einer libanesischen Zeitung französischer Sprache und im Büro der Arabischen Liga. Er hatte sogar die Gunst einiger ägyptischer Vertreter erlangt; sie stellten ihm in Aussicht, dass er eines Tages in sein Land zurückkehren könnte.

Aber Lutfi und Nadia hatten Ägypten von ihrer inneren Landkarte verbannt. Für Lutfi war die ständige Angst vor dem Geheimdienst, dem muhābarāt, und für Nadia die Angst vor einer Begegnung mit Ismaïl Abu Sūn Grund genug, das Exil zu ertragen. Ihr Ägypten von damals existierte nicht mehr. Die arabische Sprache war aus ihrem Umfeld verbannt, und mit ihr der Islam.

Bei seiner letzten Ansprache in Beirut wagte Lutfi folgende Aussage: »Man kann nicht einerseits Bakunin und Baudelaire lesen und andererseits Muslim sein. Dieser Tatsache muss man ins Auge sehen.« Aber da waren seine Koffer bereits gepackt.

Die Exilierten umschwirrten Paris wie Motten das Licht. Auch für Lutfi bot sich Paris an. Er beherrschte Französisch am besten, und er bekam durch Raymond Doucet eine Stelle bei einer französischen Zeitschrift, welche die arabische Welt thematisierte. Und das Schreiben war schließlich Lutfis Rettungsanker.

Ihnen gegenüber saß ein junger blonder Mann, der Nadia mit Blicken verschlang. Nadia hätte Lutfi am liebsten allein zu Louis Hanafi und Fatma al Entezami geschickt. Doch sie wusste, dass er sie als Stütze brauchte, um die beißende Feindseligkeit Fatma al Entezamis abzuwehren.

»Wir sind da.« Sie waren an der Station Trocadéro angelangt.

Mit einer Viertelstunde Verspätung waren sie in der rue de Lisbonne angelangt. Es war das erste Wiedersehen mit Louis und Fatma nach fünf Jahren. Es gab fröhliche Ausrufe und Umarmungen. All das endete brüsk, als Lutfi und Nadia in der halb geöffneten Tür zum Salon Suki Marrani entdeckten.

»Das ist wohl ein Essen ehemaliger Sträflinge?«, fragte Lutfi spöttisch.

»Ja, wir essen aus echten Gefängnisnäpfen«, sagte Louis.

»Lutfi, lassen Sie das. Es ist ein Dinner von alten Freunden«, erwiderte Fatma al Entezami.

Raymond Doucet war ebenfalls erschienen. Lutfi stellte ihm Nadia vor.

»Sie sind also der Schutzengel«, rief Nadia.

»Ich bin höchstens ein gutwilliger Troll«, wehrte Doucet ab. »Ich verdanke Lutfi ein ergreifendes Porträt vom Ägypten zur Zeit der Monarchie, da wollte ich ihm nur meine Dankbarkeit zeigen.«

Es läutete an der Tür. Ein kleiner Mann mit sorgenvollem, lauerndem Blick unter buschigen Augenbrauen trat ein. Er hieß Émile Cioran und alle waren um ihn bemüht.

»Ich komme zu spät«, erklärte er mit leichtem Akzent, »weil ich versehentlich in die rue de Moscou gebogen bin. Schließlich habe ich mir ein Taxi genommen. Tja, und hier bin ich also.«

»Die Wirkungen des Exils«, erklärte Louis Hanafi. »Lissabon oder Moskau ... Wir sind alle Verbannte, mit Ausnahme von Raymond Doucet.«

Cioran blickte sich um. »Wir sind eher wie überführte Leichname. Wir hätten nach Australien auswandern sollen.«

Lutfi lachte.

»Ja, im Exil zu leben ist, als ob ...« Cioran rang nach Worten. »Als ob aus einer Todesstrafe lebenslänglich geworden wäre. Man hat kein Zuhause mehr. Stellen Sie sich mal vor, Nietzsche hätte sich in New York niederlassen müssen. Dann wäre er nicht länger Nietzsche gewesen, sondern wäre etwas ganz Schreckliches geworden – ein Optimist.«

Louis kicherte.

»Aber Sie, Cioran, Sie erleben hier in Frankreich Ihre Wiedergeburt. Oder etwa nicht?«

Cioran dachte über die Bemerkung nach. »Ja«, räumte er ein, »es ist ein schönes Gefängnis. Aber ich musste in eine andere Sprache wechseln. Vielleicht hätte ich auch meine Identität austauschen sollen. Aber das erlaubt die Polizei nicht.«

Nun wurde es Zeit zum Essen.

»Cioran, ich habe Ihnen Ihre Lieblingsspeise zubereiten lassen«, verkündete Fatma al Entezami.

Dabei handelte es sich um weißen Reis mit Naturjoghurt,

vermischt mit Fadennudeln; denn der Philosoph hatte einen sehr empfindlichen Magen. Bei Tisch kam es prompt zu einem Schlagabtausch zwischen Lutfi und Suki, der sich in Begleitung einer jungen Frau namens Lilou Papangelos befand.

»Als ich ins Straflager kam«, berichtete Suki ironisch, »hat Lutfi mich allen Ernstes gefragt, was ich dort verloren hätte. Und als ich ihm erklärt habe, dass man mir vorwarf, Kommunist zu sein, erwiderte er, ich sei kein Kommunist.«

Louis tat erstaunt.

»Haben wir etwa nicht gemeinsam bei rabi al umma gearbeitet?«, rief Suki gekränkt.

»Du hast einen Auszug aus Trotzki übersetzt, eine halbe Spalte«, berichtigte Lutfi. »Und du hast von Zeit zu Zeit die Fahnen gelesen. Du glaubst doch nicht im Ernst, dass das aus dir einen Kommunisten macht! Übrigens, weder Louis noch ich waren je Kommunisten. Wir gehörten lediglich zur Linken, zum trotzkistischen Flügel.«

»Es ist dennoch seltsam«, bemerkte Cioran, »dass in Paris der Kommunismus eine Art Diplom für Intelligenz zu sein scheint.«

»Auf jeden Fall wurde ich deswegen verhaftet«, beharrte Suki.

»Wenn du glaubst, dass die Anklage eines ägyptischen Gerichts einem Diplom für Kommunismus gleichkommt«, sagte Lutfi, »dann bist du auf dem falschen Weg.«

»Ihr werdet euch doch nicht wegen irgendwelcher Gefängnisgeschichten streiten, die zehn Jahre her sind«, rief Lilou Papangelos.

»Ich werde nicht dulden, dass man bei mir streitet«, schaltete sich Fatma al Entezami ein.

»Zumindest sind Sie nicht von Kommunisten verurteilt worden«, bemerkte Cioran. »Denn dann wären Sie nicht mehr rausgekommen.«

Das Dinner war die reinste Katastrophe: Die mit Crevetten gefüllten Tomaten hatten den faden Geschmack nach Partyservice. Es folgte das unvermeidliche Brathähnchen mittelloser Emigranten, umgeben von Matschkartoffeln. Der Wein war mittelmäßig. Weil Fatma al Entezami ihn mit Eiswürfeln vermischte, hatte sie keine Lust, teuren Bordeaux-Wein zu kaufen. Die Unterhaltung war hitzig. Louis Hanafi und Raymond Doucet hatten nachdenklich zugehört. Um die Gemüter zu beruhigen, sprach Doucet das Abkommen von Evian an, das soeben unterzeichnet worden war.

»Unglaublich, dass Thermalbäder in Frankreich eine solche Rolle spielen«, sagte Louis, »Vichy, Evian ... Ich frage mich, was sich in Vittel abspielen wird.«

Raymond Doucet lächelte.

»Diese Abkommen scheinen ein Symbol zu sein, dessen Bedeutung anscheinend nicht von allen erkannt wird. Zum zweiten Mal in der Geschichte trennt sich der Orient vom Westen. Das erste Mal geschah dies, als die Kreuzfahrer Jerusalem eroberten. Aber diesmal ist die Trennung viel einschneidender, weil mehr Nationen betroffen sind. Der Islam und der christliche Westen entfernen sich immer weiter voneinander. Jahrhundertelang waren wir es, die Griechisch und Latein beherrschten und Platon, Aristoteles und Euklid übersetzt haben. An diesem Tisch sprechen die Gäste Arabisch, Französisch und sogar Englisch, und sie kennen die Kulturen, die zu diesen Sprachen gehören. Aber heute sprechen die meisten Araber nur noch Arabisch.«

»Und was schließen Sie daraus?«, fragte Lutfi.

»Viel«, erwiderte Doucet und seufzte. »Erstens sind Sie alle die letzten Repräsentanten einer Welt, die dem Untergang geweiht ist. Die muslimischen Massen sind dem Westen technologisch unterlegen und lassen sich immer leichter aufhetzen. Und die Demokratie, die in den arabischen Staaten zu keimen begonnen hat, wird ausgerottet werden wie in Ägypten.«

»Also haben wir gut getan, das Land zu verlassen«, meinte Nadia.

»Gewiss«, erwiderte Doucet.

»Sie haben Israel vergessen«, gab Lutfi zu bedenken.

Doucet nickte.

»Ich fasse gern in wenigen Worten zusammen, was meiner Meinung nach von Israel zu halten ist. Der Staat Israel ähnelt Ihnen allen in gewisser Weise. Er ist, genau wie Sie, im Schatten des englischen Protektorats entstanden.«

»Also muss er sich davonmachen«, sagte Lutfi.

»Das Thema ist zu ernst, als dass ich Ihre Schlussfolgerung billigen oder missbilligen könnte. Aber jedenfalls ist diese Enklave für die arabischen Länder eine Provokation. Sie ziehen sich außerdem die Feindseligkeit des Westens und insbesondere der USA zu, die Israel treu verteidigen.«

Stille trat ein. Man wandte sich dem Käse zu.

»Das alles gehört der Vergangenheit an, wie Raymond vorhin bemerkt hat«, urteilte Fatma al Entezami kategorisch.

»Ich fürchte, für dieses Thema gibt es keine Vergangenheit«, betonte Cioran. »Der Begriff Vergangenheit ist falsch. Eher ist es eine verblasste Gegenwart, der man sich aber nicht entledigen kann. Der größte Wohltäter der Menschheit wäre derjenige, der einen Impfstoff gegen die Erinnerung erfinden würde.«

»Ja, das stimmt, es gibt keine Vergangenheit«, wiederholte Lutfi. »Und da sind außerdem die Palästinenser.«

»Die Palästinenser!« Fatma al Entezami hob die Hände gen Himmel. »Die können doch nirgendwo hingehen.«

»Das Gleiche hätten Sie vermutlich im Dritten Reich über die Juden gesagt«, sagte Lutfi aggressiv. »Sie werden zweifellos von den Juden bezahlt. Das wundert mich nicht, denn sie sind stinkreich.«

»Bist du Antisemit geworden?«, flötete Suki honigsüß.

»Darf ich dich darüber aufklären, dass Antisemitismus und Antizionismus zwei verschiedene Paar Schuhe sind?«, versetzte Lutfi geringschätzig.

»Der Antizionismus ist lediglich ein Vorwand für den Antisemitismus«, sagte Suki.

Lutfi zuckte die Achseln.

»Ich kenne Juden, die antizionistisch sind«, sagte Raymond Doucet. »Es erscheint mir gefährlich, Religion mit Nationalismus in Verbindung zu bringen.«

»Sie waren ja übrigens immer Antisemit«, rief Fatma al Entezami plötzlich, an Lutfi gewandt.

»Ich habe nie etwas gegen die Juden gesagt. Und übrigens: Nicht ich habe Aldo Colestazzi dazu überredet, sich von Nadia fern zu halten.«

Plötzlich lastete bleierne Stille im Raum. Louis warf seiner Frau einen prüfenden Blick zu.

»Sie hätten für die Maharani von Calancore keinen jüdischen Schwager gewollt!«, rechtfertigte sich Fatma al Entezami. Dann senkte sie den Blick. Sie wusste, dass sie sich soeben verraten hatte. »Das ist ein Missverständnis«, murmelte sie.

Kurz nachdem der Kaffee serviert worden war, verabschiedeten Lutfi und Nadia sich unter dem Vorwand, die letzte Metro erreichen zu müssen. Cioran und Doucet schlossen sich ihnen an. Auf der Straße angekommen, sagte Doucet zu Lutfi: »Ich weiß nicht, was zu diesen Missstimmigkeiten geführt hat. Aber ich möchte Ihnen und Louis Hanafi gratulieren, weil Sie beide einen kohärenten Weg beschreiten. Auch wenn sich Ihre Wege nun anscheinend getrennt haben. Von anderen kann man das nämlich nicht gerade behaupten«, fügte er mit einem Lächeln hinzu.

»Ich glaube zu erkennen, dass Sie über Fatma sprechen«, sagte Lutfi. »Eine Person wie sie ist Grund genug, um das alte Regime zu verdammen. Sie trägt sämtliche Stigmata dieses Regimes: Eitelkeit, Habgier, maßlose Gier nach Macht. Sie ist intrigant und vor allem inkonsequent. All diese Menschen waren inkonsequent.«

»Auch Suki hat auf mich keinen guten Eindruck gemacht«, bemerkte Doucet.

»Er ist eine Ratte«, rief Lutfi. »Er hält mich für einen Antisemiten, weil ich ihn verachte.«

Die Unterhaltung endete vor dem Eingang zur Metro. Das also war Paris, das war das Exil. Ich habe so viel über das Proletariat reden hören, nun lerne ich es endlich kennen, dachte Nadia, als sie an der Place d'Italie angekommen waren.

Im gelben Licht des Treppenhauses wirkte Lutfi eingefallen und trübsinnig. Seine Miene heiterte sich etwas auf, als er die Wohnung aufschloss. War die Ehe etwa das Grab der Liebe? Oder war sie ein Formalinglas, in das man seine Träume legte?

9.
Das Misstrauen

Alp Gallery opens fall season with a shocker. Die New York Times zeigte auf der ersten Seite eines der Bilder, die für die Ausstellung im Herbst geplant waren. Der klassische Aufbau des Gemäldes ließ an ein Werk der Renaissance denken, oder an eine meisterhafte Kopie. Über dem Kopf einer Jungfrau flogen Engelchen im goldblauen Himmel; in ihren knubbeligen Armen trugen sie Lilien. Doch die Behandlung des Themas entfernte sich radikal von der Tradition: Die Jungfrau hatte die Augenbrauen überrascht hochgezogen und blickte auf ein Fieberthermometer. Die Bildunterschrift vertrieb auch den letzten Zweifel: »Die Neue Verkündigung bildete einen der Höhepunkte der Ausstellung.«

Jeden Tag standen ein- bis zweihundert Menschen vor der Galerie Alp auf der Lexington Avenue Schlange. Das Bild wurde allgemein als das wichtigste angesehen und noch am Abend der Vernissage für anderthalb Millionen Dollar verkauft. Siegfried wurde im Fernsehen interviewt. Die Moderatorin hatte sich vorgenommen, ihn aus der Fassung zu bringen, mit Fragen wie: »Glauben Sie nicht, dass dieses Bild das religiöse Empfinden verletzt?« und »Mr. Alp, wollen Sie die klassische Malerei lächerlich machen?« Aber Siegfried hatte gut gekontert, mit Witz und Milde: »Ich glaube, dass die Kunst die Symbolkraft besitzt, auszudrücken, was die Menschheit beschäftigt und verfolgt. Und jede Epoche hat ihre eigenen Symbole.«

Am Schluss war die Moderatorin vom kühlen Humor ihres Gastes eingenommen. Über Nacht war Siegfried Alp ein Star der New Yorker Szene geworden.

Er hütete sich jedoch davor zu verraten, dass es sich bei dem Gemälde um eine Auftragsmalerei handelte. Sie stammte von einem zweitrangigen Künstler, der technisch virtuos war, aber wenig eigenes künstlerisches Temperament besaß. Kurzum, das Ganze war eine ausgeklügelte Sache gewesen.

Soussou strahlte vor Stolz. Sie hatte auf Siegfried ihren Willen, dem düsteren Schicksal zu trotzen, übertragen. Nun war sie wunschlos glücklich.

Siegfried war neben Nadia der Einzige, dem sie von dem heftigen Streit nach der Geburt ihres Sohnes Vindra berichtet hatte, und von der fast heimlichen Geburt im Hôtel de Paris, von ihrer Furcht, ihre Schwiegermutter könnte das Neugeborene töten; von den Anwälten, die eine Blutprobe verlangten; von den Streitigkeiten zwischen den französischen Anwälten und ihren indischen Kollegen über das Sorgerecht der Mutter und von der Sache mit dem Schmuck. Im Palast von Calancore vergingen die Maharani-Mutter und ihre Tochter vor Ärger: Die kleine Ägypterin, die sie als Pro-forma-Gattin ausgesucht hatten, hatte sie ihrer kostbaren Juwelen beraubt.

»Devi, Vindras Schwester, hat mich sogar in der Schweiz aufgesucht«, vertraute Soussou Siegfried an. »Um mich zu fragen, wie ich es angestellt habe, einen Liebhaber mit der Blutgruppe Null zu finden.«

»Und wie hast du es angestellt?«, fragte Siegfried.

Aber das hatte sie ihm erst später anvertraut. Vielleicht

genoss sie insgeheim die Tatsache, dass der zukünftige Maharadscha von Calancore Kopte war, Kopte und Sohn eines ägyptischen Dieners.

Die Solidarität zwischen ihnen hatte nichts mit Sex, Geld oder gesellschaftlichem Rang zu tun, sondern mit ihrem Charakter. Zur Mittelmäßigkeit verurteilt, hatten sie dem Schicksal nachgeholfen.

»Und die Liebe, hast du mich eines Tages gefragt. Jetzt gebe ich die Frage an dich zurück: Und die Liebe, Soussou?«, hatte Siegfried eines Tages wissen wollen.

»Du meinst wohl den Sex?« Sie zuckte die Schultern. »Du dürftest das besser als irgendjemand sonst wissen: Entweder kauft man oder man verkauft.«

Er wusste das nur allzu gut. Er brauchte nur seine Mutter zu betrachten. Mit ihren achtundsechzig Jahren war sie immer noch schön, hatte aber alle Heiratsanträge mit geringschätzigem Lächeln abgewiesen.

»Niemandem geht es darum, mich zu heiraten«, hatte sie ihrem Sohn erklärt, »sondern die Mutter von Siegfried Alp.«

Der Staub von Gips kitzelte Siegfried in der Nase, als er am Tag nach der Vernissage im höchsten Stock der Madison Avenue Nummer 62 aus dem Aufzug trat. Die Tür zu seinem Appartement stand offen. Als der Innenarchitekt ihn erblickte, beeilte er sich zu versichern:

»Bis heute Abend sind die Wände abgeschliffen, spätestens bis morgen früh. Dann können wir den Lack auftragen.«

Siegfried nickte. Der Architekt betrachtete ihn voller Ehrfurcht.

»Das wird das berühmteste Penthouse von ganz New York«, sagte er unterwürfig.

»Vielleicht. Wichtig ist, dass es mir gefällt.«

Er hatte einen der gefragtesten Innenarchitekten der Stadt gewählt und absurderweise hatte er diesem Architekten seine eigenen Ideen aufgedrängt.

»Jay«, hatte er ihm erklärt, »Ihre Kunden zahlen gut für Ihre Ideen. Ich zahle Ihnen denselben Preis, damit Sie meine eigenen Ideen umsetzen. Sie sind einfach, und das heißt, sie sind schwer zu realisieren. Ich möchte eine Wohnung, in der man lediglich die Möbel wahrnimmt. Sie soll modern sein, bis zu meinem Tod, ja, sogar darüber hinaus. Dann soll sie, je nach Anlass, riesengroß oder intim wirken.«

»Sir, ich bitte Sie, mir zu sagen, welchen Platz die Bilder Ihrer eigenen Sammlung einnehmen sollen.«

Siegfried lächelte.

»Es wird keine Bilder geben. Die Kunst langweilt mich. Es wird nur Rahmen geben.« Stille folgte. Der Architekt war sprachlos. »Ich denke da an technische Vorkehrungen, die es ermöglichen, dass ich je nach Laune von einer Minute zur anderen wechselnde Bilder auf die Wand projizieren kann. Die Diapositive werden in die Rahmen an den Wänden projiziert. Dann brauche ich auch keine Versicherung zu bezahlen.«

Der Architekt lachte. Dieser Siegfried Alp war wirklich ein seltsamer Kauz. »Ihr Vorhaben erinnert an ein Laienkloster.«

Siegfried fand diese Bemerkung interessant. Ja, vielleicht war es ein Laienkloster. Aber vielleicht war es auch etwas anderes.

»Du willst im Grunde überhaupt nicht mehr wohnen«, bemerkte Soussou. »Jay hat Recht. Diese neue Wohnung eignet sich gerade mal zum Schlafen. Wo ist denn dein Traumhaus?«

»Sulaiman-Pascha-Straße Nummer fünfundzwanzig«, erwiderte Siegfried lächelnd.

»Die Wohnung deiner Jugendzeit. Ich weiß nicht, wer

von uns beiden unglücklicher ist – du, der du gute Erinnerungen an deine Jugend hast, oder ich, die ich keine Ruhe gegeben habe, bis ich die Villa Arsinoe hinter mir gelassen hatte. Du hast eine Jugend gehabt und trauerst ihr ewig nach, ich hatte keine und bin darüber untröstlich.«

Er deutete ein Lächeln an.

»Ja, das war meine Jugend. Und der Ort, wo ich meine ersten Bücher verschlungen habe, es war mein privater Konzertsaal, wenn ich abends dem Orchester und Gina Bachauer gelauscht habe, wenn sie Bach spielten. Dort habe ich meine ersten Liebesträume geträumt und meine ersten Tränen vergossen. Im Sommer sah ich, wie sich der Himmel indigoblau färbte. Ich habe diese Farbe nur dort so intensiv gesehen. Morgens wachte ich mit dem Duft der Magnolien auf und tappte barfuß ins Bad, um im Spiegel zu prüfen, ob ich über Nacht gealtert war. Dort wartete ich voller Ungeduld auf Guys Anrufe. Dort habe ich schließlich angefangen zu leben – in der Sulaiman-Pascha-Straße Nummer fünfundzwanzig.«

Er starrte in sein leeres Glas. Der Ober schenkte ihm nach, einen Bordeaux aus Kalifornien.

»Wir Ägypter«, sagte Soussou, »erleben ein doppeltes Exil. Man hat uns mit der Heimat auch unsere Jugend genommen.«

Die Einweihungsparty sollte am 12. Oktober 1969 stattfinden. Siegfried war auf beiden Seiten des Atlantiks der ungekrönte König im Handel mit moderner Malerei. Er wollte sein New Yorker Appartement mit ganz besonderem Aufwand einweihen, und Soussou half ihm bei den Vorbereitungen.

Aber Siegfried war beunruhigt. Einer seiner Konkurrenten war vor einem Monat tot aufgefunden worden – im Morgengrauen, nur mit Slip bekleidet. Auf dem Trottoir vor einem Hotel. Er war aus dem zwölften Stock gefallen. Anscheinend hatte er in einer Suite mit zwei Jungen eine Orgie veranstaltet. Die Autopsie hatte ergeben, dass er eine hohe Dosis Heroin im Blut hatte. Die Nachricht hatte Siegfried alarmiert. Benjamin Tirto war nämlich ein erklärter Feind von Drogen, die man sich spritzte. Er hatte von Zeit zu Zeit eine kleine Prise Kokain genommen, war davon aber nicht abhängig. Der Polizei war es nicht gelungen, die beiden Männer, die an der Orgie teilgenommen hatten, aufzufinden. Die Angestellten am Empfang konnten lediglich zu Protokoll geben, dass es sich um zwei gut gekleidete junge Männer gehandelt hatte, was nicht sehr aussagekräftig war.

Tirto war vermutlich unter Drogen gesetzt und zum Fenster hinausgeworfen worden. Aber es fehlte an Beweisen.

Siegfried wurde verhört. Man fragte ihn, ob er Rivalen des Opfers kenne, die ein Motiv haben könnten.

»Ich versichere Ihnen, dass ich nicht der Anstifter zu diesem Mord bin. Als sich das Verbrechen ereignet hat, war ich in London. Immerhin weiß ich, wer an einem solchen Mord interessiert sein könnte. Ich habe nämlich selbst Drohungen erhalten. Man hat mich aufgefordert, meine New Yorker Galerie zu schließen und die Stadt zu verlassen. Vermutlich steckt ein Konkurrent dahinter.«

»Wir haben Anlass zu vermuten, dass Sie der Nächste auf der Liste sind. Wir bitten Sie also, gegenüber Zufallsbekanntschaften besonders auf der Hut zu sein.«

Zufallsbekanntschaften! Seine Gewohnheiten waren also allgemein bekannt, vermutlich auch seinen Feinden. Nun ja, er machte schließlich auch kein Geheimnis daraus. Siegfried Alp glaubte aber so wenig an die jungen Männer wie an seine Bilder. Sie dienten ihm lediglich zur Unterhaltung.

Diese Gleichgültigkeit ging Hand in Hand mit kalter Wut. Man wollte ihn also ausschalten. Wer wollte das? Tirto war tot, jetzt blieben nur Sakiris & Green. Er erinnerte sich an spöttische Bemerkungen, als er vor einigen Jahren seine Galerie in New York eröffnet hatte. Sie hatten ihm prophezeit, dass er sich kein Jahr halten würde. Er knirschte mit den Zähnen.

Nach einem anregenden Essen mit Soussou und einem Bankier mit Gattin begab sich Siegfried in sein Lieblingslokal in der 53th Avenue. Wie üblich ließ er seinen Blick schweifen und bestellte sich dann einen Scotch. Ein Mann neben dem Klavier ließ ihn nicht aus den Augen. Er war ungefähr vierzig und seine schwarzen Haare waren bereits mit Silber durchzogen. Siegfried erkannte auf den ersten Blick, dass er sich nichts aus Männern machte. Er ging auf ihn zu und begrüßte ihn. Der andere lächelte.

»Darf ich Ihnen etwas zu trinken bestellen?«, fragte Siegfried. »Oder trinken Sie nicht im Dienst?«

Der andere fing an zu lachen.

»Bin ich so leicht zu durchschauen?«

»Allerdings. Man müsste Sie für diese Art der Observation anders kleiden. Ihre Schuhe sind erbärmlich, Sie sollten Mokassins tragen. Und Ihr Hemd ist eine Katastrophe. Es geht doch darum, mich zu beobachten?«

Der andere lächelte und nickte.

»Ja, Sir.«

»Dann kennen Sie mich also. Ich würde Ihnen noch mehr vertrauen, wenn Sie sich ausweisen könnten.«

Der andere zögerte einen Moment und starrte sein Gegenüber an. Schließlich zog er sein Portemonnaie hervor und zeigte ihm diskret seine Dienstmarke. Siegfried nickte. Auch ein Polizist konnte in den Mord an Tirto verwickelt sein. Aber es gab dafür natürlich keinen Beweis.

»Wonach suchen Sie?«

»Nach einem Täter, den man in flagranti erwischt«, erwiderte der Polizeibeamte und blickte sich um. Plötzlich wurde er sehr ernst. Siegfried verstand und entfernte sich. Er kehrte an die Bar zurück. Dabei wandte er sich unauffällig um, um herauszufinden, wen der Polizeibeamte im Visier hatte. Sein Herz schlug heftig. Es handelte sich um einen hochgewachsenen Brünetten, etwa fünfundzwanzig Jahre alt. Er trug eine schwarze Seidenjacke, ein schwarzes Hemd und eine schwarze Samthose. Es sah auffallend gut aus. Sein Gesicht war ein gleichmäßiges Oval, sein Teint war bronzefarben. Er hatte leuchtend blaue Augen und eine üppige Haarsträhne fiel ihm wie dunkle Seide in die Stirn. Siegfried stützte sich auf den Tresen; der Mann stand ihm gegenüber, an die Wand gelehnt. Siegfried beherrschte die Regeln dieses Spiels. Er heuchelte Gleichgültigkeit, dann ließ er den Blick auf dem jungen Mann ruhen, der ihn seinerseits nicht aus den Augen ließ. Siegfried lächelte und der junge Mann erwiderte sein Lächeln. Der Polizeibeamte warf ihm einen sprechenden Blick zu. Siegfried hob das Glas. Der junge Mann näherte sich.

»Was trinken Sie?«

»Das Gleiche wie Sie, einen Scotch mit Soda.«

Er heiße Silvio. Siegfried musterte ihn: Er war kräftig genug, um jemanden hochzuheben und über die Brüstung zu werfen. Siegfrieds Misstrauen vertiefte sich, als Silvio fragte:

»Legst du keinen Wert auf Gesellschaft?«

Siegfried runzelte die Stirn.

»Du bist mir Gesellschaft genug.«

»Zu dritt ist es viel amüsanter«, sagte der junge Mann und lächelte verheißungsvoll.

Zu Silvios großem Bedauern schüttelte Siegfried den Kopf.

»Vielleicht ein andermal.«

Als Siegfried mit Silvio das Lokal verließ, zwinkerte er dem Polizeibeamten zu.

Bis zum Hotel verlief alles wie üblich, die ersten Zärtlichkeiten inbegriffen.

Dann sagte Silvio: »Ich habe Durst. Und du?«

»Ja, ich auch.« Aber Siegfried war sich klar, was das zu bedeuten hatte.

Er holte aus der Minibar Scotch und Soda, stellte alles auf einen Tisch, servierte die Getränke und tat dann so, als suche er etwas in einem kleinen Koffer unter dem Fenster. Dabei beobachtete er den jungen Mann in der Fensterscheibe. Der leerte gerade eine Phiole in eines der Gläser. Siegfried steckte sich flink eine kleine Dose Tränengas in die Hosentasche und kehrte zu seinem Gast zurück.

»Auf dein Wohl«, sagte Silvio und reichte ihm ein Glas.

»Auf deines«, erwiderte Siegfried und nippte an dem Getränk.

Sie lächelten sich an. Silvio schlüpfte aus seiner Jacke und legte sie ordentlich über einen Sessel. Dann zog er sein Hemd aus und entblößte seinen durchtrainierten Oberkörper.

»Schönes Tier«, sagte Siegfried und berührte ihn an der Schulter.

Silvio lächelte aufreizend.

»Wo ist das Bad?«, fragte er.

Siegfried deutete auf eine Tür. Sobald Silvio im Bad verschwunden war, leerte Siegfried den größten Teil des Glases in eine Vase. Als Silvio zurückkehrte, kauerte er vor der Minibar und erklärte, dass er immer noch Durst habe.

»Bist wohl ein großer Säufer?« Der junge Mann stand jetzt im Slip neben ihm und streichelte sich den Hodensack.

Siegfried nickte. Dann setzte er sich und gähnte. Er legte den Kopf zurück, schloss die Augen und sagte:

»Ich habe plötzlich einen richtigen Durchhänger.«

Silvio wartete. Siegfried atmete, langsam und immer gleichmäßiger, den Mund leicht geöffnet. Er spürte, dass der junge Mann, der vor ihm stand, ihn beobachtete. Aber er konnte dessen Reaktion voraussehen. Silvio hatte sich nun entfernt. Siegfried hörte Seide rascheln. Also suchte der andere etwas in seiner Jacke. Sicherlich die Spritze und die Heroinampulle. Solche Leute hatten wirklich keine Fantasie. Dann schob Silvio ihm behutsam den Hemdsärmel hoch und legte ihm einen Druckverband aus Gummi um den Oberarm. Siegfried hörte, wie die Ampulle aufgebrochen wurde und Silvio die Spritze aufzog. In dem Augenblick, als er die Spritze ansetzte, schlug Siegfried die Augen auf und sprühte Silvio eine volle Ladung Tränengas ins Gesicht.

Der andere stieß einen Schrei aus und fiel rückwärts. Siegfried fasste ihn am Schopf und versetzte ihm einen Schlag gegen die Halsschlagader. Das würde ihn für etwa zwanzig Sekunden außer Gefecht setzen. Dann riss Siegfried sich die Krawatte herunter und band Silvio die Hände auf den Rücken. Schließlich rannte er zur Tür.

Der Polizeibeamte trat ein und hielt sich ein Taschentuch vor Nase und Mund. Siegfried wählte den Notruf und öffnete die Fenster.

»Guter Schlag«, lobte der Beamte und ließ die Handschellen zuschnappen. »Wie haben Sie das angestellt?«

Augenzwinkernd zitierte Siegfried auf Französisch: »Dass im Schoß der Nacht du bleich die Blumen, die du pflücktest, suchst …«

»Wie?«, fragte der andere verblüfft.

»Ein Vers aus einem Gedicht von Arthur Rimbaud, einem französischen Dichter.«

Der Polizeibeamte schüttelte den Kopf. Bald trafen weitere Polizisten ein. Sie bemächtigten sich auch der Gläser und der Vase, in die Siegfried seinen Scotch geleert hatte. Er verbrachte die Nacht auf der Wache. Während der Polizist seine Aussagen zu Protokoll nahm, dachte Siegfried an Amina, die Sklavin seiner Großmutter, die angeblich den Teufel gesehen hatte. Er nahm sich vor, so bald wie möglich eine Flasche Rosenwasser zu kaufen.

Schade um Silvio, dachte Siegfried. Er war wirklich sehr schön. Und der Schönheitskult war wirklich sehr gefährlich. Viel gefährlicher als die Spritztouren in Kairo. Es war der 6. Oktober 1962, und bis zur Einweihung seiner Wohnung waren es noch sechs Tage.

10.
Das Lächeln des Toten

Während Siegfried in New York aus der Polizeistation an der 5th Avenue trat, spülte Nadia in ihrer Wohnung an der Place d'Italie gerade Geschirr. Von Zeit zu Zeit blickte sie zu dem Himmel über den Hof. Ihre Züge sprachen von Ernüchterung, ein Schleier trübte ihren Blick.

Sie hatte von warmen Croissants zum Frühstück geträumt, von romantischen Abendessen bei Kerzenschein. Sie hatte sich vorgestellt, wie sie entlang der Seine bummelten, bei den Bouquinisten schmökerten und Galerien besuchten. Nun verbrachte sie die meiste Zeit damit einzukaufen, Geschirr zu spülen, Wäsche zu waschen, kurzum damit, den Haushalt zu führen. Wenn sie mittags eine Scheibe Schinken oder eine Dose Thunfisch aß, zerbrach sie sich den Kopf darüber, was sie abends kochen würde. Sie hatte sich früher nie mit Steuererklärungen beschäftigt. Jetzt stellte sie fest, dass Lutfi und sie drei volle Monatsgehälter dem Fiskus vermachten. Sie dachte an Morcos, den Koch in der Villa Arsinoe. Sie suchte nach der Melodie, die Soussou als junges Mädchen auf dem Klavier zu spielen pflegte: »This is the last rose of summer.«

Nadia schüttelte den Kopf. Die Erinnerungen rührten sie zu Tränen. Die Vergangenheit war fern wie ein Traum. Und sie war so naiv gewesen zu glauben, dass der Tod ihrer Eltern und der Verkauf der Villa ihre Befreiung wären. Doch weder die Ersparnisse aus ihrem Erbe, die Soussou von Zeit zu Zeit aufbesserte, noch ihre Ehe mit Lutfi oder ihr Exil in Paris hatten ihr die einst erhoffte Freiheit und Erfüllung gebracht. Eine Orientalin war nie frei. Sie würde immer nur eine Frau bleiben. Die Begriffe ›Frau‹ und ›frei‹ waren kaum zu vereinen. Eine Frau war ein Lustobjekt, dann ein Instrument der Fortpflanzung und schließlich Hüterin familiärer Tugenden. Selbst in Frankreich war eine Frau, wenn sie nicht Hausfrau war, Schauspielerin oder Büroangestellte, Kassiererin, Witwe oder Schreibkraft.

Was hatte sie eigentlich erwartet?

Unwillkürlich dachte sie voller Schuldgefühl an Ismaïl, an die sexuelle Lust, die sie mit ihm erlebt hatte. Sie verglich ihn mit Lutfi. Bei Ismaïl hatte sie sich voll ausgelebt und seltsamerweise war das bei Lutfi nicht möglich. ›Stehen Gefühle mit dem Sex auf Kriegsfuß?‹, fragte sie sich. Die Erinnerung an Ismaïl überwältigte sie. Sie stellte sich seine Hände auf ihrer Brust vor, als sie einen Orgasmus hatte. Und die Lust, die am Morgen erneut erwachte, war zügellos. Sie schüttelte den Kopf, um nicht mehr daran zu denken. Aber was wäre anders, wenn sie Ismaïl geheiratet hätte? Sie hätte mehr Geld und er wäre oft abwesend. Lutfi dagegen war gern und oft zu Hause, er war real, wenn auch mehr wie ein Bruder. Ismaïl verkörperte das verbotene Ägypten und Lutfi das karge Exil. Mit Ismaïl wäre sie weiterhin eine Ägypterin gewesen. Aber das war ein für alle Mal vorbei.

Ägypterin, Französin oder Engländerin zu sein, das bedeutete auch, die jeweilige Lebensart anzunehmen.

Ihr Blick fiel auf das Foto des jungen Mannes im Silberrahmen auf dem Kamin: ihr Neffe Vindra. Ein schmales kluges Gesicht, mit großen Gazellenaugen. Er glich zweifellos mehr Soussou als seinem Vater.

»Ich hätte das nie gekonnt«, hatte Nadia zu ihrer Schwester gesagt.

»Ich hatte keine Wahl. Sonst hätte ich alles verloren.«

Soussou hatte einen kühnen, fast männlichen Charakter, um den Nadia sie oft beneidete. Nadia erinnerte sich an den Spitznamen, den Morcos ihr gegeben hatte, weil sie so eigensinnig war: Hatschepsut, nach der ägyptischen Königin, die während der Regierungszeit ihres Sohnes, Thutmosis III., die Macht an sich gerissen hatte.

»Und wie war er, dieser Kopte?«

»Er war ein hübscher Junge, jung und heißblütig. So heißblütig, dass ich sofort schwanger wurde.«

Soussou lachte etwas verschämt. Nadia versuchte, sich die Szene auf dem Dach von Dr. Mahgubs Haus in der Fuad-Straße vorzustellen. Das war reiner Sex gewesen, von irgendwelchen Gefühlen keine Spur. Schließlich hatte der alte Murad noch seinen Willen bekommen: Soussou war von einem Kopten geschwängert worden, nicht von einem Hindu.

»Und dann?«

»Ich habe ihn nie mehr wiedergesehen. Später gab es dann Chester. Ich habe dir ja von ihm erzählt. Im Westen überfrachtet man die Sexualität mit so vielen unechten Gefühlen, dass sie schließlich langweilig wird.«

So sprach das romantische Mädchen, mit dem sie in ihrer Jugend das Zimmer geteilt hatte.

»Und dann ... ich meine, hast du keinen Liebhaber mehr gehabt?«

»Das Geld hat sicherlich eine sexuelle Anziehungskraft. Es zieht viele Verehrer an. Aber es hat auf die Sexualität die gleiche Wirkung wie auf das Gefühl: Es verfälscht alles. Ich habe Gigolos engagiert. Das ist gefährlich. Sie tun so, als hingen sie an einem, dabei ist es das Geld, an dem sie hängen. Sie sorgen für Skandale, Intrigen, für Erpressungen. Eine

Maharani ist im Grunde wie eine Nonne. Nachts sehnt sie sich nach der Umarmung eines Mannes. Aber das geht vorüber. Und was das Alleinsein angeht: Die Gesellschaft von Siegfried genügt mir.«

Nadia schüttelte den Kopf. Das war doch kein Leben. Da läutete plötzlich das Telefon.

Es war Lutfi.

»Was ist los?«, fragte sie besorgt.

»Louis ist vor zwei Stunden gestorben.«

Einen Augenblick lang wusste sie nichts zu sagen. Sie sah Louis vor sich, wie sie ihn im Saint-James-Kino in der Alfi-Bay-Straße kennen gelernt hatte, damals, in ihrem anderen Leben. Sie erinnerte sich an seine melancholische Anmut und seine Ironie. Vielleicht hatte er als Erster die unvermeidliche Desillusionierung begriffen.

»Woran ist er gestorben?«, stammelte sie schließlich.

»Woran stirbt man, wenn nicht am Tod? An einem Herzinfarkt.«

»Wie hast du es erfahren?«

»Von Suki.«

»Der Überbringer schlechter Nachrichten«, murmelte sie.

»Ich finde, wir sollten sofort zu Fatma gehen.«

»Aber Fatma hasst uns.«

»Trotzdem.« Und Lutfi fügte hinzu: »Schließlich bin ich immer noch der vermeintliche Erbe.«

Eine Farce ist das, sagte Nadia sich.

Eine halbe Stunde später standen sie vor Louis Hanafi. Man hatte ihn bereits gebettet und aufgebahrt. Er schien so gelöst, als habe er sein Leben lang auf den Tod gewartet. Wovon hatte ihn der Tod befreit? Von der Qual, das Unaussprechbare für sich behalten zu müssen? Sie erinnerte sich an die letzte Unterhaltung, die sie in Ägypten über Religion geführt hatten. Es war bei einem dieser Essen gewesen, die Fatma al Entezami regelmäßig veranstaltete, bei einer ihrer pseudo-aristokratischen Komödien.

»Sie glauben also an nichts?«, hatte sie gefragt und war sich ihrer Naivität bewusst.

»Warum soll ich an Mörder glauben?«, hatte er mit ungewöhnlicher Heftigkeit erwidert.

»Wieso Mörder?«

»Die Gottheiten. Sie töten im Namen ihrer Gerechtigkeit. Und wir sollen ihnen dafür dankbar sein. Wollen Sie, dass ich an einen Gott glaube, der sechs Millionen Juden getötet hat?«

Sie war sprachlos. Und er fuhr fort:

»Wenn man an einen Gott glaubt, gibt man die eigene Identität preis und wird zum widerlichen Handlanger göttlicher Niedertracht.«

Die Heftigkeit dieser Blasphemie hatte Nadia erschüttert. Umso mehr, da sie in völligem Widerspruch zu seiner sonstigen Sanftheit und Gleichmut stand.

»Aber Jesus«, hatte sie, nachdem sie sich gefangen hatte, protestiert. »Jesus war kein Mörder ... Im Gegenteil, er war ein Opfer.«

»Ja, ja, der Akrobat.«

»Der Akrobat?«

»Der Akrobat am Kreuz. Ich glaube, dass er ein sehr guter Mensch war. Ich werfe ihm nur das eine vor: Dass er an Gott geglaubt hat.«

Und da Nadia schwieg, fuhr Louis Hanafi fort:

»Oder den Anschein erweckt hat, dass er an Gott glaubte. Wissen Sie, Nadia, die einzigen erträglichen Götter sind jene, die tot sind. Für mich ist Osiris die höchste Gottheit. Er ist seit Anbeginn der Zeiten tot. Und er lehrt uns nichts.«

Sie hatten gelacht und die Unterhaltung beendet.

Nun betrachtete sie seinen Leichnam, der tatsächlich an

Osiris erinnerte. Vielleicht hatte Osiris im Jenseits genauso gelächelt. Nadia wäre nicht überrascht gewesen, wenn sich im Salon bereits Balsamierer angeschickt hätten, Louis die Eingeweide zu entnehmen und in Gefäße zu legen. Oder wenn Künstler eine Totenmaske anfertigen würden, mit goldenen Blättern bedeckt. Louis Hanafi war geboren, um im Totenreich zu lächeln, im Jenseits, im Licht der Öllampen. Nadia begriff, dass sie sich immer an diesen Louis erinnern würde, an sein Lächeln als Toter. Und sie begriff, dass die Ironie und die angebliche Gleichmut des Dichters nur eine List gewesen war, um das Durcheinander von Leidenschaften und Ideen von sich fern zu halten.

Aber im Salon waren keine Balsamierer, nur ein Dutzend Bekannte in Trauerkleidung. Sie gebrauchten ungeschickte oder falsche Worte. Unter ihnen waren auch Suki und Lilou, die in Tränen ausbrach. Nadia hatte Lilou noch nie so weinen sehen, sie weinte wie ein Kind.

Im Salon erzählte eine hohlwangige Fatma, wie ihr Mann gestorben war. »Er hatte gerade gegessen und erhob sich, um ins Büro zu gehen. Plötzlich sagte er ›Ah‹ und fiel um.« Sie schaute blicklos vor sich hin. Hatte Fatma ihn geliebt? Aber wenn ja, was bedeutete das? Man beschloss, mit einem Mann oder einer Frau zu leben, um dem Wahnsinn zu entkommen, oder weil man den unausweichlichen Misserfolg, den das ganze Leben darstellt, erkennt und den Wunsch zu überleben verspürt, den Wunsch nach Kindern. Niemand hatte das Recht, über Fatmas Gefühle zu urteilen, welcher Art sie auch sein mochten. Fatma trank ein Glas Wasser und blickte die anderen traurig an.

»Ich hätte mir gewünscht, dass wir gemeinsam bei einem Unfall ums Leben kämen.«

Die Welt hörte eben nie auf. Und am Ende wünscht man sich an den Anfang zurück. Vielleicht wollten die Menschen deshalb Kinder. Nadia versuchte, ihre Aversion gegen Fatma al Entezami zu verdrängen. Auch wenn es vielleicht nur vorübergehend war: Der Tod von Louis Hanafi hatte ihr Gebäude aus Eitelkeit, Lügen und Intrigen zum Einsturz gebracht; er beraubte sie ihres Beschützers. Fatma al Entezami war letzten Endes nur die Närrin an der Seite des Philosophen gewesen. Und nun war sie nicht mehr als eine vom Schicksal geschlagene Orientalin, eine Witwe. Nadia umarmte Fatma.

»Louis hat Sie sehr geliebt«, sagte Fatma. »Er sagte, Sie seien die wahre Prinzessin.«

Sie konnte es nicht lassen, ihre Komplimente mit Gift zu würzen. Warum? Weil Soussou sie nie zu ihren Festen eingeladen hatte? Nadia seufzte und verabschiedete sich.

Nadia und Lutfi gingen eine Zeit lang schweigend dahin. Sie versuchten, die rue de Lisbonne so schnell wie möglich hinter sich zu lassen. Auf dem anderen Ufer des Flusses hielten sie an. Die Dämmerung des Oktobers tauchte die Fassaden des Boulevard Malesherbes unter dem bleigrauen Himmel in goldenes Licht. In wenigen Augenblicken würde alles erneut in einheitlichem Blei- und Steingrau versinken.

»Kummer, Missverständnis und Mitleid. Ich kann das nicht mehr ertragen«, rief Nadia.

»Warum Mitleid?«, wollte Lutfi wissen.

»Mitleid für diese Komödiantin, die so spät erkennt, dass ihr nur Verkleidungen und Schminke bleiben. Und dann noch diese Spitze gegenüber Soussou.«

»Keine Angst, sie wird bald eine andere Rolle spielen«, murmelte Lutfi.

Das Thema Erbschaft übergingen sie stillschweigend.

11.
Osiris in Lebensgröße

Siegfried landete in Heathrow. Er war entnervt, weil er zu viel auf Reisen war. Der Luxus der ersten Klasse ersparte ihm nicht die Wartezeiten beim Einchecken, bei der Einwanderungsbehörde, bei der Gepäckabfertigung und am Zoll. Eigentlich sollte er in London und New York gleichzeitig sein.

Soussou hatte sich einverstanden erklärt, in New York zu bleiben, um sich zusammen mit dem Leiter der Galerie um die Rahmen für die nächste Ausstellung zu kümmern. Aber im Anschluss daran würde sie zwei bis drei Wochen nach Calancore reisen müssen, um an den Krönungszeremonien für ihren Sohn, den Erben von Calancore, teilzunehmen. Dann würde sie ihn mit nach London bringen, damit er hier eine englische Schule besuchte.

»Du fehlst mir«, sagte Siegfried am Telefon zu ihr. »Ich bin ein Beamter in den Diensten von Siegfried Alp geworden.«

Sie lachte, war aber innerlich alarmiert. Seit dem Mordversuch in New York war er reizbar.

»Hüte dich vor der Midlifecrisis der Männer um fünfzig«, sagte sie vor seinem Abflug zu ihm. »Du wirkst ein bisschen müde und du solltest unbedingt Urlaub machen.«

Die Warnung klang ihm noch in den Ohren. Aber was

konnte er tun? Die Welt war so sachlich geworden. Sein Leben bestand aus Malerei, aus Geld und oberflächlichen Bekanntschaften. Er traf sich tagsüber mit Finanzberatern und abends mit Spekulanten. Er besaß ein Vermögen von fünfzig Millionen Dollar, und seine Einsamkeit war die der Reichen, von der er in den moralisierenden Erzählungen in seiner Kindheit gelesen hatte. In diesen Geschichten war ein Flickschuster glücklicher als ein Bankier.

Soussou linderte ihm die Langeweile und die Verzweiflung, jedenfalls bis zu einem gewissen Grad. Sie erinnerte ihn an seine frühere Arglosigkeit, und ihre Lebenspfade waren ähnlich verlaufen, von der Armut über den Reichtum hin zur Desillusion. Aber außer ihr fand niemand Zugang zu ihm.

Kaum hatte er zu Hause die Koffer seinem Butler überlassen, da eilte er in die Galerie. Die letzten Bilder, die Klaus, einer seiner Schützlinge, geliefert hatte, waren enttäuschend. Eine seelenlose Nachahmung seiner früheren Bilder.

»Ein Fall von Alzheimer mit nur achtunddreißig Jahren!«, rief er. »Und dabei sehen sie fast wie Fälschungen aus.«

Er sprach in diesem leicht zögerlichen, fast stammelnden Ton, den er sich seit seiner Bekanntschaft mit Peter Wilson angewöhnt hatte, weil er ihn sehr wirkungsvoll fand. Lana Brock, seine leitende Galeristin, versuchte ihn zu beruhigen.

»Man kann nicht jeden Tag genial sein, Sir.«

»Aber ich, ich muss jeden Tag Genie beweisen und die Käufer davon überzeugen, dass dieser Müll ein Geniestreich ist!«

»Unsere Lage wäre einfacher, wenn Sakiris and Green Klaus nicht fünfzig Prozent mehr anbieten würden.«

»Sakiris and Green? Sind die noch auf freiem Fuß?«

Lana Brock sah ihn verblüfft an.

»Woher wissen Sie das? Man hat uns das Fax eben erst geschickt. Man hat Spiro Sakiris Mittäterschaft bei zwei Mordversuchen vorgeworfen.«

Sie reichte ihm das Fax. Er las es mit spöttisch verzogenem Mund.

»Einer dieser Versuche hat mir gegolten.« Dann begutachtete er die Bilder, die an der Wand aufgereiht waren, und begab sich in sein Büro, um den Maler anzurufen.

»Klaus, ich habe gerade deine letzten Bilder gesehen und bin etwas erstaunt.«

»Warum?«

»Ich habe das Gefühl, dass sie nicht so, hm ... nicht so ausdrucksstark sind wie die vorherigen.«

Es folgte ein langes Schweigen. Siegfried stellte sich Klaus in seinem Atelier vor. Ein Achtunddreißigjähriger mit bleichem Gesicht und tintenschwarzen Augen, so dunkel, dass sie künstlich wirkten. Lana Brock betrat gerade Siegfrieds Büro und er gab ihr ein Zeichen mitzuhören.

»Klaus, bist du noch da?«

»Ja, ich habe mir nur gerade eine Zigarette angezündet.«

»Ich habe gesagt, dass deine Bilder ...«

»Für mich sind sie genauso intensiv wie die vorherigen. Oder hast du so etwas wie einen Intensometer in deiner Galerie?«

»Einen was? Oh, Klaus!«

»Meine Bilder sind anders, weil ich von einer Woche zur anderen anders bin«, erklärte Klaus spitz. »Ich bin Künstler, und ich stecke voller Gefühle und Träume. Ich bin keine Maschine, die Monat für Monat die gleichen Bilder ausspuckt.«

Siegfried verdrehte die Augen; Lana wirkte bestürzt.

»Die Malerei spiegelt meine Gefühle wider. Meine Gefühle, die sich darum drehen, dass ich die Aggression der anderen gegen mich spüre. Ich glaube auch, dass meine Bilder bedeutungsvoll sind, verstehst du das, Siegfried? So bedeutungsvoll wie zum Beispiel van Goghs Selbstporträt mit dem abgeschnittenen Ohr. Verstehst du? Van Gogh hat sich das Ohr abgeschnitten, weil die Welt ihre Aggression gegen ihn gerichtet hat. Und so muss man das darstellen, verstehst du das?«

Klaus hielt Galeristen offenbar für beschränkte Geister. Auf Sakiris & Green traf das vielleicht auch zu.

»Ich werde sie unter diesem Gesichtspunkt nochmals betrachten«, sagte Siegfried. »Vielleicht ... hm. Klaus, du hast mich auf eine Idee gebracht. Ist dir nicht danach zumute, selbst so ein Porträt wie das von van Gogh zu malen? Eines, das deiner eigenen Verfassung entspricht?«

Wieder Stille.

»Klaus?«

»Ja, ich bin da. Nein. Aber du bringst mich trotzdem auf eine Idee.«

Klaus ließ sich wirklich Zeit mit der Erklärung.

»Ja?«

»Ich male ein Selbstporträt von mir, als Osiris, in Lebensgröße.«

»Als Osiris?« Siegfried hatte die Fassung verloren.

»Ja, du weißt schon, der ägyptische Gott. Er hat gegen das Böse gekämpft, gegen einen Gott namens Seth. Und Seth hat ihn zerstückelt. Aber Isis, die Geliebte von Osiris und gleichzeitig seine Schwester, hat die einzelnen Teile wieder eingesammelt. Nur den dreizehnten Körperteil hat sie nicht gefunden. Weißt du, welcher das war?«

»Ja«, erwiderte Siegfried leise, fasziniert von dieser Deutung der ägyptischen Mythologie. »Der Schwanz.«

»Der Schwanz. Ich sehe schon, du hast etwas gelernt in deinem Leben. Stimmt es eigentlich, dass du in Ägypten geboren bist?«

Nun war es Siegfried, der sich in Schweigen hüllte.

»Siegfried?«

»Ja, was ist? Bist du plötzlich impotent geworden? Ist das die Aggression, auf die du anspielst?«

»Nein, ich bin nicht impotent geworden. Ich finde Vögeln nur langweilig.«

Siegfried lachte. Lana Brock riss die Augen auf.

»Ich habe über deine Idee nachgedacht«, fuhr Siegfried unbeirrt fort. »Ja, dein Selbstporträt als Osiris, das ist eine wunderbare Idee.«

»Du hast mich darauf gebracht.«

»Nein, das ist deine Idee. Klaus, ich denke, das könnte das Thema für eine Ausstellung sein. Ausgezeichnet.«

»Gut, dann nehme ich das in Angriff.«

»Und welches Format wirst du wählen?«

»Lebensgröße«, erwiderte Klaus. »Auch der Schwanz.«

»Der Schwanz? Aber ich dachte ...«

Lana Brock konnte sich das Lachen nicht mehr verkneifen.

»Ich male ihn extra, sozusagen nebendran. Oder ich hänge ihn ans Bild. Ja, genau das tu ich. Was hältst du von einem Abguss?«

Siegfried wurde ungeduldig. Plötzlich kam ihm seine Großmutter Catherine in den Sinn, die ihrer Dienerin, die angeblich den Teufel gesehen hatte, eine Ohrfeige verpasst hatte. Er war jetzt Catherine und Klaus war die halluzinierende Sklavin. Die beiden konnten sich genauso wenig verständigen wie damals Catherine und ihre Sklavin. Letztendlich konnte man sowieso mit niemandem kommunizieren.

»Nein, es wäre mir lieber, du würdest ihn malen.«

»Siegfried?«

»Ja?«

Es folgte Stille.

»Siegfried, ich glaube, ich werde homosexuell.«

Lana Brock hatte Platz genommen und sich eine Zigarette angezündet.

»Was soll ich dazu sagen?«

»Du bist doch selbst homosexuell. Dann sollte dir dazu doch etwas einfallen.«

»Klaus, wir haben bis eben über Malerei gesprochen.«

»Es ist nur ... wenn ich homosexuell werde, wird sich auch meine Malerei verändern.«

»Klaus, ich glaube, wir setzen unser Gespräch später fort. Es wartet jemand auf mich.«

»Wie du willst. Schickst du mir meinen Scheck?«

»Wie immer.«

»Komm doch mal zum Essen zu mir.«

»Einverstanden. Nächste Woche.«

»Abgemacht, nächste Woche.«

Siegfried legte den Hörer auf und holte tief Luft.

Lana Brock drückte ihre Zigarette aus. »Aber die Idee mit dem Osiris ist nicht übel.«

»Wunderbar, ich sollte wirklich Zirkusdirektor werden!«

Aber dass Osiris ein zweites Mal in seinem Berufsleben auftauchte, machte ihn nachdenklich.

»Lana, seien Sie doch so freundlich und machen Sie mir einen Scotch.«

Vor dem Schlafengehen nahm er sich vor, eine Osirisstatue zu kaufen. Die Vorstellung erheiterte ihn: Er hatte mit dem Verkauf einer Isisstatue sein Glück begründet. Nun wollte er seinerseits einen Osiris kaufen.

12.
Eleni

An jenem 1. Oktober 1970 trug ganz Ägypten Trauer. Seit dem Morgengrauen waren die Menschen überall, auf den Dächern und Balkonen. Sie waren sogar auf die Dächer der wenigen Autos gestiegen, die unvorsichtigerweise noch auf der Straße parkten. Alle waren in Tränen aufgelöst und hoben ihre Faust gen Himmel.

›Wie viele sind es wohl?‹, fragte sich Ismaïl. Er saß zusammen mit vier anderen Angehörigen der Armee in einem Wagen und folgte dem Leichenzug. Jeden Augenblick fürchtete er, die Menge könnte das Fahrzeug umstürzen. Ganz Ägypten schien sich um den Sarg des Mannes versammelt zu haben, der dem Land schließlich die wahre Unabhängigkeit gebracht hatte. Ismaïl verstand nicht, was durch die Lautsprecher verkündet wurde. Seit achtundvierzig Stunden strahlten Radio und Fernsehen Tag und Nacht Nassers Reden aus, außerdem Gebete und Sinnsprüche. Ismaïl hatte kaum ein Auge zugetan.

Gamal Abd al Nasser war tot. Der Tiger von Faluja war nur noch seine eigene Hülle, des Lebens überdrüssig geworden.

»Man trägt mit ihm auch jemand anderen zu Grabe«, dachte Ismaïl bei sich. »Und zwar den jungen Ismaïl Abu Sūn.«

Seit der Evakuierung der Sinai-Halbinsel hatte er Nassers Todeskampf aus nächster Nähe miterlebt. Er hatte ihn sogar weinen sehen, als bekannt wurde, dass die Generäle die Evakuierung angeordnet hatten. Nasser weinend! Fünf Tage später hatte er beschlossen, alle Ämter niederzulegen und sich dem Urteil des Volkes zu stellen. Niemand, nicht einmal sein Intimus, General Abd al Hakim Amer, konnte ihn davon abbringen.

»Sie werden mich hängen«, sagte er zu Ismaïl, der vor Bestürzung sprachlos war.

Die Niederlage Ägyptens hat ihn getötet, dachte Ismaïl zum wiederholten Mal. Klageweiber zogen am Wagen vorbei. Sie schlugen sich auf die Wangen und riefen: »Der Tiger ist tot.« Der Chauffeur zündete sich in aller Gemütsruhe eine Zigarette an.

Nasser hatte sich verpflichtet gefühlt, eine Rede zu halten und seine Verantwortung für die Niederlage öffentlich einzugestehen. Das Raubtier hatte seine letzte Kraft dafür aufgewandt, sich öffentlich zu kasteien. Ja, er war für das Versagen der Armee verantwortlich. Ja, er würde die Strafe, die er verdiente, annehmen.

Die Menschen waren derartige Selbstanklagen nicht von ihm gewohnt. So viele Jahre lang hatte Nasser die männliche Tugend des Islam verkörpert, war der Höchste Krieger, war Herr über den Koran, war der Sand des Glaubens, ja, er war Ägypten, er war der Orient selbst. Nun waren alle ganz benommen und rechneten mit seinem Rücktritt. Man erwog sogar die Rückkehr zur Monarchie. Aber zu seinem Erstaunen hatte das Volk Nasser angefleht: »Gamal, geh nicht!«

Diese Umkehr kam für Nasser sehr überraschend. Das Volk liebte ihn, ja. Aber diejenigen, die genug Scharfsinn besaßen, um zu erkennen, dass es ihm nicht gelungen war, die Armee aus der Misere zu befreien, die liebten ihn durchaus nicht.

Nasser konnte nur noch mit Schlafmitteln schlafen. Dann hatte er aufgegeben, zweiundfünfzig Jahre, acht Monate und dreizehn Tage alt.

Inzwischen war das Unvermeidliche eingetreten: Man nahm die Generalstäbe aufs Korn und verlangte öffentliche Bestrafungen. Nassers Freund, Abd al Hakim Amer, wurde als Erster zum Sündenbock gestempelt. Es folgten weitere Generäle, Offiziere und Berater. Die Mitglieder der einstigen Junta waren in Misskredit geraten, und unter ihnen befand sich auch Ismaïl. Er hatte keine militärischen Aktionen geleitet, aber er fiel in Ungnade, weil er den alten Seilschaften zu sehr verbunden war.

Er erkannte die Veränderung im Blick seines Adjutanten: Es war, als ob sich ein Schleier gesenkt hätte. Von nun an führte er Ismaïls Befehle unmerklich langsamer aus.

Ismaïl erwog, der Armee den Rücken zu kehren. In politischen Kreisen registrierte man das mit Unruhe. Man konnte einen so wertvollen Mann wie Ismaïl Abu Sūn unmöglich ziehen lassen.

»Möchtest du Militärattaché bei einer Botschaft werden?«, fragte ihn ein General, der ihm väterliche Zuneigung entgegenbrachte.

»Bei welcher?«

»Das ist noch nicht entschieden, aber der Rang ist dir sicher. Du könntest ein wenig Abstand gewinnen. In drei bis vier Jahren bist du Botschafter und vielleicht wirst du später sogar Außenminister. Aber nur unter der Bedingung, dass du heiratest.«

So kam Ismaïl, der eingefleischte Junggeselle, nach Athen. Seine Hauptaufgabe bestand darin, die Aufrüstungspolitik der arabischen Länder zu verfolgen. Er machte folgende Feststellung: Wenn Ägypten nicht wieder unter das Joch des Westens mit seinen Beschützern Israels geraten wollte, sah sich das Land gezwungen, sich im Ostblock mit

Waffen einzudecken. Athen war eine hervorragende Plattform für politische Beobachtungen. Denn die ausländischen Diplomaten, vor allem die Araber, waren vertrauensselig und glaubten, man interessiere sich nicht für sie. Sie begingen eine Unvorsichtigkeit nach der anderen. Einige effizient platzierte griechische Agenten genügten, damit Ismaïl die Manöver der ›verbrüderten Länder‹ rekonstruieren konnte. Seine ausführlichen Berichte über die Waffenkäufe der islamischen Länder erregten schließlich die Aufmerksamkeit des Generalstabs. Beim Hauptquartier in Kairo setzte man sich beim Außenministerium dafür ein, dass Ismaïl in den diplomatischen Dienst berufen wurde.

Aber was kümmerte es ihn, ob er in Belgrad, Istanbul oder Djakarta weilte? Er hatte Ägypten verlassen. Oder vielmehr hatte Ägypten ihn verlassen. Das Abenteuer Revolution war das Ende seiner Jugend gewesen. Die ägyptische Revolution hatte, wie das oft der Fall ist, eine Bürokratie ins Leben gerufen. Er dachte an den griechischen Journalisten, den Faruks Reise ins Exil damals zu Tränen gerührt hatte. Es hieß immer, Ägypten sei das Land der Weisheit, aber vielleicht war es auch das Land der Desillusion. Sofern Weisheit nicht auf Desillusion beruhte.

Ismaïls stattliche Erscheinung, seine Freundlichkeit und polyglotte Gewandtheit machten ihn zum Liebling der Diplomatenkreise. Aber er zog es vor, seine freien Abende in den Cafés am Hafen zu verbringen. Hier trank er Ouzo und nahm kleine kalte Gerichte zu sich. Er träumte mal von Sybilla, mal von Nadia und hatte ab und zu ein kleines Abenteuer.

Manchmal besuchte er in einem Vorort eine verwitwete Gouvernante namens Eleni, die in einer Botschaft als Garderobenfrau gearbeitet hatte. Mit ihr riskierte er zumindest keinen diplomatischen Zwischenfall. Eleni machte sich keine Illusionen. Sie bereitete ihm würzige Gerichte zu, Gurkensalat mit gestockter Milch, frischen Fisch, kalte Moussakas und servierte ihm gekühlten Ouzo. Und dann gingen sie miteinander ins Bett.

»Sprich mir nicht von Gefühlen«, hatte sie ihn von Anfang an gebeten. »Denn ich weiß genau, wenn du die Treppe hinuntergehst, denkst du bereits an etwas anderes, und ich auch. Die Liebe, mein schöner Türke« – denn so nannte sie ihn –, »die Liebe ist für die Jugend und die Naiven.«

13.

Schwarze Seelen

Fatma al Entezami hatte den Blick gesenkt. Ihre knochige Hand spielte mit dem Rand der weißen Tischdecke. »Louis hat nur eine Person wirklich geliebt, und das war seine Schwester.«

Abgemagert, hohlwangig und angespannt streckte sie linkisch die Hand aus. Im letzten Jahr hatte man ihr eine Brust abgenommen. Seitdem litt sie von Zeit zu Zeit unter Schmerzen im Arm. Sie nahm einen Eiswürfel aus dem Eiskübel und tat ihn in ihr Glas. Lutfi beeilte sich, Wein nachzuschenken. Lutfi und Nadia waren peinlich berührt. Das Geständnis kam für sie unerwartet. Die wenigen späten Gäste an den anderen Tischen tranken bereits Kaffee oder Likör.

»Ich hätte gern einen großen schwarzen Kaffee«, sagte Fatma al Entezami.

Lutfi verkniff sich die Bemerkung, dass Kaffee ihr so spät schlecht bekommen würde, und gab dem Ober ein Zeichen. Nun trank Fatma abwechselnd einen Schluck Kaffee und einen Schluck Wein mit Eis und rauchte eine Zigarette nach der anderen.

»Er hat aber nicht mit ihr geschlafen, und ich glaube, das war der große Kummer seines Lebens.«

Lutfi beherrschte sich nur mit Mühe. War es möglich, dass Louis eine inzestuöse Beziehung ersehnt hatte? Er biss sich auf die Zunge, beschämt, dass man dem Verstorbenen so etwas zu unterstellen wagte. Andererseits: Was war falsch daran, die eigene Schwester zu begehren? Nadia hörte stumm zu, um Gleichmut bemüht.

»Manchmal frage ich mich, ob es Erbschemata gibt«, sagte Lutfi, um die Spannung zu lösen. Seit Fatma al Entezami operiert worden war, luden Lutfi und Nadia sie regelmäßig ein, aus Anhänglichkeit gegenüber dem verstorbenen Louis, wie Lutfi behauptete. Fatma al Entezamis Verhalten war stets bedrückend, doch heute war die Spannung fast unerträglich.

»Was für Schemata?«, fragte Fatma.

»Das Schema von Isis und Osiris zum Beispiel«, erwiderte Lutfi. »Geschwister und Liebende.«

Fatma al Entezami sah ihn mit ausdruckslosen Augen an. Nadia erinnerte sich, dass Louis Osiris einst gelobt hatte. Er sei der erste Märtyrergott und der Prototyp eines Christus. Hatte Louis sich als einen Osiris betrachtet? Und wenn ja, inwiefern? Ähnelte er dem Gott im Inzest oder in Bezug auf das Leiden? Und woran hatte er gelitten? Warum hatte er Fatma al Entezami geheiratet? Sein Geist war schlecht vereinbar mit Fatmas Ehrgeiz und ihrer Frivolität.

»Man hat uns eingetrichtert, dass die Liebe zur Fortpflanzung dient«, sagte Fatma. »Aber das sagen Stammeshäuptlinge und Priester! Aber die Liebe ... ach, ich weiß ja gar nicht, was Liebe ist«, schloss sie kleinlaut. »Und auf jeden Fall ist das alles unnütz!«

»Was ist unnütz?«, fragte Nadia. Und plötzlich begriff sie, dass Louis Hanafi aus Verzweiflung geheiratet hatte.

»Alles. Louis wollte ein Kind, und ich konnte ihm keines schenken. Er hat auf seinen Ruhestand gewartet, um das Vermögen genießen zu können. Aber dann mussten wir

Ägypten verlassen. Die Agrarreform hat uns ruiniert. Und jetzt, nachdem die Beschlagnahmung unseres Vermögens aufgehoben ist, ist Louis tot, und ich habe Krebs.«

Es folgte ein lähmendes Schweigen.

»Wir sind nur Strandgut.« Fatma al Entezami betrachtete Lutfi und Nadia mit ihren dunklen Mumienaugen. Ihre Armreifen klirrten. »Ihr seid jung, ihr wisst nicht, dass das Exil den Verlust der eigenen Identität bedeutet.«

»Nabokov und Cioran scheinen ihre Identität aber nicht verloren zu haben«, bemerkte Lutfi gleichmütig.

»Nabokov?« Fatma runzelte geringschätzig die Stirn. »Wenn nur der Skandal ihn berühmt gemacht hätte, wäre er nur einer von vielen. Aber er hat Glück gehabt. Die Wunschvorstellung eines Pädophilen hat ihn originell gemacht. Trotzdem: Habt ihr etwa Lust, ›Lolita‹ ein zweites Mal zu lesen?«

Lutfi kaschierte seine Überraschung mit Lachen. Das literarische Urteil, mit dem Fatma gerade aufgewartet hatte, passte schlecht zu dem Bild, das er sich von ihr gemacht hatte. Hatte er sie falsch eingeschätzt? Hatte sie mehr Tiefe, als er ihr zutraute?

»Und Cioran?«, fragte Nadia.

»Cioran hat die leidige Pose des großen Verbannten eingenommen. Aber wie würden wohl die Linken, die seine Lehre vom Zerfall überschwänglich loben, die Tatsache schlucken, dass er in seiner Jugend in Rumänien ein fanatischer Faschist war?«

»Sie lieben ihn also nicht?«, fragte Lutfi überrascht.

»Doch, warum sollte ich ihn nicht lieben? Er ist ein Bruder. Er hat sich im Exil eine Art nihilistische Denkweise angeeignet, um zu überleben.« Und sie zitierte: »In dieser Welt ist noch nie jemand am Leiden des anderen gestorben.«

Lutfi erkannte in ihren Worten den Ton und die Denkweise von Louis Hanafi. Dass die Witwe ihren verstorbenen

Mann nachahmte und so scharf urteilte, verwirrte ihn.

»Führt für Sie das Exil zum Nihilismus?«, fragte er.

»Wie soll man kein Nihilist sein, wenn man auf alles hat verzichten müssen? Ihr kennt die Leiden des Exils noch nicht. Ihr werdet die Sprache und die Bräuche der Menschen dieses Landes übernehmen. Wir haben Französisch oder Englisch oder beides gesprochen, statt Arabisch. Und eigentlich hätten wir Arabisch sprechen müssen, vor allem Sie, Nadia, und Ihre Schwester Soussou. Wenn wir Arabisch gesprochen und uns wie Ägypter verhalten hätten, säßen wir nicht in Paris wie verlorene Seelen.«

»Also sind wir Opfer des kulturellen Kolonialismus«, bemerkte Lutfi.

Fatma zuckte die Schultern. Die politische Färbung von Lutfis Antwort erregte sicherlich ihren Unmut.

»Im Grunde läuft alles darauf hinaus, dass Sie hier nur dank des Geldes leben können«, stieß sie hervor.

Das Geld. Nadia empfand solches Unbehagen, dass sie nervös auf dem Stuhl hin- und herrutschte. Sie hatte sich nie viele Gedanken über Geld gemacht, nicht einmal nach dem Tod ihres Vaters, als Soussou das Mobiliar der Villa Arsinoe versteigert hatte. Das Geld. Dieses verhasste Ungeheuer, das einem ständig seinen stinkenden Atem ins Gesicht blies.

»Wollen Sie mich wirklich zu Ihrem Erben machen?«, erkühnte sich Lutfi zu fragen.

»Das war Louis' Wille, und er wird respektiert.«

»Ich dachte, Sie hätten Ihre eigene Meinung zu dem Thema.«

»Ihre Reden über die Revolution sind mir auf den Geist gegangen«, sagte Fatma al Entezami und schenkte sich Wein nach. »Sie haben ja gesehen, wohin die Revolution führt. Ins Gefängnis! Und zum Mai 68, zum Chaos, wie General de Gaulle gesagt hat.«

»Aber Louis war doch auch ...«

Fatma al Entezami fiel ihm ins Wort. »Die Revolution ist der Rülpser derjenigen, die ihren Hass nicht verdaut haben. Louis hat den seinen überwunden – mit meiner Hilfe. Wenn Nadia Ihnen geholfen hat, den Ihren zu verdauen, werden Sie nicht mehr an die Revolution denken.«

»Der Hass worauf?«

»Der Hass auf das Leben. Der Hass, der die Träume vom goldenen Zeitalter nährt. Auch Hitler war Revolutionär.«

Sie trank einen langen Schluck. Lutfi überlegte. Waren das Fatmas eigene Ideen oder die von Louis? Er zog es vor, das Thema zu wechseln.

»Aber wie kann ich erben, wenn die Umstände dagegen sprechen? Ihr Vermögen ist in Ägypten, Nadia und ich leben hier in Frankreich, und ich kann nicht nach Ägypten zurück.«

»Ich habe alles verkauft, auch die Ländereien und Tara. Das Geld liegt in der Schweiz.« Sie musterte ihn finster. »Ich gebe Ihnen eine Vollmacht für das Schweizer Konto. Es war Louis' Wille.«

Nadia betrachtete sie nachdenklich. Ließ sie jetzt im Angesicht des Todes ihre Maske fallen und wurde menschlich?

»Ich bin müde«, sagte Fatma al Entezami. »Bitte, bringen Sie mich heim.«

Anscheinend hatte Louis' Schatten den Frieden in ihrem Herzen wiederhergestellt.

Einige Monate später verschlechterte sich Fatma al Entezamis Gesundheitszustand. Als Lutfi und Nadia an einem Juniabend in die rue de Lisbonne gingen, um Fatma abzuholen, war sie ganz verwirrt. Sie war wie immer elegant gekleidet und offensichtlich ausgehfertig, aber sie brachte nur unzusammenhängende Worte heraus. Dabei lächelte sie und war ganz erstaunt, dass man sie nicht verstand.

Nadia eilte ans Telefon, um den Arzt anzurufen. Sie schilderte ihm die Lage, während Lutfi im Salon versuchte, sich ungezwungen zu geben.

»In der Lunge haben sich Metastasen gebildet, die jetzt auch auf das Gehirn übergreifen«, erklärte der Arzt lakonisch. »Im Bad finden Sie eine blaue Schachtel mit Medikamenten, die vorübergehend ihre Aphasie bessern. Geben Sie ihr eine Pille und gehen Sie mit ihr zum Essen. Damit sie etwas zu sich nimmt. In ein oder zwei Stunden spricht sie wieder normal. Bewahren Sie die Ruhe.«

»Und wie lautet Ihre Prognose?«, fragte Nadia.

»Das können Sie sich vermutlich denken. Die Metastasen sind weit fortgeschritten, man kann dagegen nichts mehr tun. Rufen Sie mich morgen an. Und denken Sie daran: Bewahren Sie die Ruhe.«

Das Essen wurde eine harte Prüfung. Selbst als Fatma al Entezami wieder besser sprechen konnte und Wein bestellte, fiel es Nadia und Lutfi schwer, gleichmütig zu bleiben.

»Haben Sie solche Sprachschwierigkeiten öfter?«, fragte Lutfi schließlich und begriff nicht, weshalb ihn Nadia unter dem Tisch mit dem Fuß anstieß.

»Sprachschwierigkeiten? Ja, manchmal fällt es mir schwer, Worte zu finden«, erwiderte Fatma al Entezami. »Aber wenn ich eine Pille nehme, geht es vorbei.«

Sie hatte nicht einmal gemerkt, dass sie unzusammenhängend gestammelt hatte. Sie wirkte heute sogar lebhafter als sonst. Aber Gedächtnis und Verstand hatten offensichtlich gelitten.

Einige Wochen später war sie nicht mehr in der Lage, die Wohnung zu verlassen. Die Pillen hatten ihre Wirkung verloren, und die meiste Zeit war sie im Delirium. Zwei Krankenschwestern kümmerten sich um sie. Manchmal stattete Nadia ihr einen Besuch ab.

Eines Tages stieß sie dort auf Suki Marrani und seine Frau Lilou. Nadia stellte fest, dass das Paar die Krankenschwester gut kannte und begriff, dass sie jeden Tag kamen, frühmorgens und spätabends, während sie selbst am frühen Nachmittag kam. Diese Erkenntnis missfiel ihr. Warum hatten die beiden ihr das verschwiegen?

Lutfi reiste nach Syrien, im Auftrag eines arabischen Kulturfonds, einer dieser Institutionen, in denen tagaus, tagein lebensferne Reden geschwungen werden. Männer produzieren hauptsächlich Worte und Sperma, dachte Nadia. Sie fühlte sich einsamer denn je. Soussou lud sie nach Monte Carlo ein, und Nadia nahm gerne an.

Wieder in Paris, ging sie unverzüglich zu Fatma al Entezami. Suki öffnete ihr, und Lilou stand hinter ihm. Die Fenster waren sperrangelweit offen und überall standen Koffer herum.

»Wo haben Sie sich denn versteckt?«, zischte Suki.

»Versteckt?«

»Ja«, mischte Lilou sich angriffslustig ein. »Sie haben sich versteckt, um bei ihrem Tod nicht dabeizusein, nicht wahr?«

Nadia schwieg einen Moment.

»Dann ist sie also tot«, sagte sie traurig.

»Seit drei Tagen.«

»Ich habe mich nicht versteckt. Ich war bei Soussou in Monte Carlo.«

»Aha, in Monte Carlo. Schau mal an. Während wir die Nachttöpfe geleert haben.«

Nadia wurde ärgerlich.

»Was soll das Gerede? Und wo sind Lutfis Papiere?«, sagte sie und ging auf das Schlafzimmer zu.

»Was für Papiere?«

»Die Vollmacht.«

»Es gibt keine Vollmacht«, erwiderte Suki kalt.

Nadia verschlug es die Sprache.

»Was soll das heißen?«

»Ich bin der Erbe«, sagte er. »Ich besitze Papiere, die von Fatma unterzeichnet wurden.«

»Sie?«, rief Nadia, die ihren Zorn kaum beherrschen konnte. »Aber Louis hat sein Vermögen Lutfi vererbt.«

»Fatma hat ihre Meinung geändert. Ich wiederhole: Ich besitze die Dokumente.«

Nadia verharrte einen Moment regungslos.

»Sie haben Fatma al Entezamis Zustand ausgenutzt, die Tatsache, dass sie nicht mehr klar denken konnte. Sie haben Fatma dazu gebracht, die Papiere zu unterschreiben.«

»Wir haben auch die Nachttöpfe geleert.«

»Dazu sind Sie ganz offensichtlich auch berufen, denn selbst Ihre Seele ist schmutzig wie ein Nachttopf!«

Damit verpasste Nadia Suki Marrani eine schallende Ohrfeige. Ihr Ring hinterließ auf seiner Wange eine rote Schramme.

Lilou keifte. Nadia machte auf dem Absatz kehrt und ging.

Von oben rief Suki ihr hinterher:

»Erinnern Sie Ihren Mann daran, wie er mich im Straflager empfangen hat.«

›Wie grotesk!‹, dachte Nadia, als sie unten auf der Straße stand. Er hat sich an Lutfi gerächt, weil Lutfi ihm die Ehre verweigert hat, ihn als Kommunisten anzuerkennen.

Und dann fing sie laut an zu lachen.

14.
Adam

Beim Verkauf einer Sammlung ägyptischer Antiquitäten hatte Siegfried gleich zwei Osiris-Statuen erworben. Beide waren etwa handgroß, die eine war aus blauem Porzellan, die andere aus Bronze. Beide drückten die lächelnde, aber erschreckende Isolation der Toten aus. Die erste stand in seinem Büro in der Curzon Street auf einem russischen Sekretär aus Perlmutt und Malachit. Die zweite stand in seinem Schlafzimmer.

Siegfried grübelte ständig über die Legende des Osiris nach. Siegfried hatte viele Bücher über ägyptische Mythologie gelesen. Warum war Osiris ein Held? Er hatte keine Tat vollbracht, wie man sie Übermenschen gewöhnlich zuspricht, er hatte weder die Hölle bezwungen noch wie Herkules zwölf Aufgaben gelöst. Er war nicht einmal besonders tugendhaft, er heilte keine Geschwüre, hatte nicht das Meer geteilt oder Korn wachsen lassen. Er regierte lediglich über das Totenreich und jeder Ägypter wurde im Tod selbst ein Osiris. Der Geliebte und Bruder von Isis war einfach ein männlicher Gott, der im ungleichen Kampf gegen Seth besiegt wurde. Osiris war nur der Gott des Nichts.

Dass dieser Gott plötzlich aufgetaucht war – inzwischen

hatte ein deutscher Kunstliebhaber das lebensgroße Osiris-Bild gekauft –, beunruhigte Siegfried.

Vielleicht war es Aberglaube oder übertriebene Wachsamkeit gegenüber schicksalhaften Zeichen. Vor allem aber war es Zufall: Nach dem Mordanschlag vor sieben Jahren hatte Siegfried nach und nach auf sexuelle Aktivität verzichtet. Mit sechsundvierzig Jahren wollte er keine Tändeleien mehr; sie gehörten für ihn der Vergangenheit an. Die britische Staatsbürgerschaft, die er ungeduldig herbeigesehnt hatte, verschaffte ihm, als er sie endlich bekam, nur wenig Erleichterung. Und die Aussicht, in ein paar Jahren vielleicht sogar einen Adelstitel zu bekommen, konnte ihn kaum in Euphorie versetzen. ›Sir Siegfried Alp‹ – das war amüsant und vor allem nützlich, aber mehr auch nicht.

Er suchte den Arzt auf, der eine Depression durch Überarbeitung diagnostizierte und ihm Antidepressiva verschrieb. Diese Pillen versetzten ihn abwechselnd in einen Zustand der Benommenheit und hektischer Betriebsamkeit, sodass er sie schließlich absetzte. »Ich ziehe es vor, mit meiner Krankheit zu leben«, erklärte er dem behandelnden Arzt.

»Wer hat mich in New York davor bewahrt, ermordet zu werden? Isis oder Osiris?«, fragte er Lana Brock.

Sie wirkte so verwirrt, dass Siegfried schallend lachte.

»Lana, keine Angst, ich habe nicht den Verstand verloren. Ich glaube aber, dass es unsichtbare Beschützer gibt. Warum sollten Isis und Osiris nicht solche Beschützer sein?«

»Und wie steht's mit Christus und der Jungfrau Maria?«

»Lana! Erkennen Sie denn nicht, dass der am Kreuz gestorbene Christus niemand anderer ist als Osiris, wenn auch in anderer Gestalt? Der im Duell mit dem eigenen Bruder geopfert wurde? Und dass die Jungfrau Maria mit Isis identisch ist?«

»Aber das ist Blasphemie«, rief Lana Brock. »Und nach

allem, was Sie mir über das unglückliche Paar berichtet haben, glaube ich eher, dass Isis Sie beschützt hat. Osiris hätte Sie eher unter die Erde gebracht.«

Siegfried nickte. Am liebsten hätte er erwidert, dass er ja bereits unter der Erde war.

»Ich will mich nicht in etwas einmischen, was mich nichts angeht«, sagte sie. »Aber ich will sicher sein, dass Sie nicht depressiv sind. Seit dem Vorfall in New York, den Sie ständig erwähnen, haben Sie Ihren Schwung verloren.«

Er gab es zu. Man sah es also schon.

»Lana, wir brauchen alle jemanden, der uns an die Brust nimmt. Ich habe lange gesucht und niemanden gefunden. Also habe ich mir selbst geholfen. Und so wird man zum Narziss. Aber seit einiger Zeit fehlt es mir an Milch.«

»Das geht den Frauen genauso«, sagte sie und ging hinaus.

Soussou hatte Recht, er brauchte Urlaub. Aber wohin sollte er fahren? Eine Rundreise zu den großen Palästen dieser Welt reizte ihn nicht besonders: Das war immer die gleiche luxuriöse Inszenierung. Er rief Sybilla Hammerley an und fragte sie, ob sie Zeit hatte, mit ihm essen zu gehen. Sie war erfreut, denn sie sahen sich viel zu selten. Er nahm ihren Vorwurf verschämt hin. Er verdankte ihr so viel, aber er hatte Angst, sich mit einer leidgeprüften Witwe abzugeben.

Seine Befürchtungen waren jedoch unbegründet. Als Mitfünfzigerin hatte Sybilla sich ihre Anmut bewahrt, ihre Augen blickten noch sanfter als früher. Sie trug ein graues Kostüm. Das blonde Haar fiel ihr auf die Schultern und ihre blauen Augen hatten die Farbe von Vergissmeinnicht. Sie saßen einander gegenüber, an dem kleinen Tisch, den Siegfried im großen Salon hatte aufstellen lassen. Mit der Holzvertäfelung aus Birke und den Malachitpilastern wäre der Speisesaal für den Anlass zu feierlich gewesen.

»Kennen Sie jemanden, der die Leitung der New Yorker

Galerie während meiner Abwesenheit übernehmen könnte? Dann müsste ich nicht so häufig über den Atlantik fliegen.«

»Was ist mit dem derzeitigen Leiter?«

»Er ist zu konventionell, zu wenig charmant, zu unkultiviert und unfähig, neue Talente zu entdecken. Er eignet sich eher als Autoverkäufer.«

Sie überlegte kurz.

»Um Kunst zu verkaufen, vor allem moderne Kunst«, fuhr er fort, »braucht man etwas Visionäres und die Überredungskunst eines Mephisto, dem andere die eigene Seele überlassen.«

»Sie brauchen also einen Peter Wilson«, rief sie lachend. »Und Lana Brock?«

»Sie wäre perfekt. Aber ich brauche sie in London. Zudem hat sie keine Lust, in New York zu leben. Und ich hätte gern jemanden, den ich formen kann.«

Sie überlegte.

»Ich wage kaum, Ihnen Adam vorzuschlagen.«

»Adam?«, wiederholte er.

Adam war der Sohn von Sybilla und Ismaïl Abu Sūn. Die Geschichte war so alt, dass der Hauch des Skandals, der an ihr haftete, verflogen war. Die Zeit hatte die Erinnerungen ausgelöscht.

»Wie alt ist er denn?«

»Einundzwanzig. Er hat sein Studium der Kunstgeschichte in Oxford mit einer guten Note abgeschlossen. Ich hatte vor, Peter zu fragen, ob er ihn einstellen will. Wie Sie wissen, hat Charles mir kein großes Erbe hinterlassen. Adam muss also sein eigenes Geld verdienen.«

»Wäre er denn bereit, sich in New York niederzulassen?«

»Er träumt davon.«

»Fein. Sagen Sie ihm, er soll mich aufsuchen.«

Der Ober schenkte ihnen Wein nach und brachte das Dessert, ein Soufflee mit Pfirsichen und Himbeeren.

»Sie haben einen wunderbaren Koch«, bemerkte sie.

»Er verdient fast genauso viel wie Lana Brock, Trinkgeld nicht inbegriffen. Essen ist schließlich mit das letzte Vergnügen, das uns noch vergönnt ist. Wenn man darauf auch noch verzichten müsste ...«

»Siegfried, darf ich mir die Bemerkung erlauben, dass Sie ein wenig müde wirken?«

»Ich bin es auch. Ich brauche Urlaub, aber ich weiß nicht, wo ich ihn verbringen soll. Wenn ich noch einen Palast sehe, sterbe ich.«

Sie lachte schallend.

»Doch, wirklich«, fuhr er fort. »Ich wäre gern an einem abgelegenen und gleichzeitig freundlichen Ort, mit wenig Menschen.«

»Lieben Sie das Meer?«

»Wenn keine Menschen darin herumschwimmen.«

»Adam hat seine letzten Ferien auf einer kleinen Insel auf den Bahamas verbracht. Sie ist kaum bekannt und vollkommen ruhig, mit weiten einsamen Stränden. Kein Luxus, keine Geschäfte, keine Kinos, wenig Restaurants. Er war begeistert. Die Insel heißt Long Island. Sie können dort einen Bungalow für wenig Geld mieten. Keinen Palast, einfach einen komfortablen Bungalow am Meer. Sie verbringen den Tag am Strand oder auf dem Boot, ganz inkognito. Man geht dort früh schlafen und steht im Morgengrauen auf, um die Amseln zwitschern zu hören.«

»Erinnern Sie Adam daran, mir davon zu erzählen, wenn er zu mir kommt«, sagte Siegfried.

Zwei Tage später betrat Adam Hammerley Siegfrieds Büro. Für Siegfried geriet die Welt ins Schwanken, als der junge Mann die Tür hinter sich ins Schloss fallen ließ. Siegfried spürte es mit schmerzender Deutlichkeit.

Siegfried glaubte, eine jüngere Ausgabe von Ismaïl Abu

Sūn vor sich zu sehen. Einen flüchtigen Augenblick erinnerte er sich an jene heißen Kairoer Nachmittage, an den Duft von Reseda- und Jasminblüten ... Adam Hammerley brachte ihm seine Jugend zurück.

Und noch etwas trug dazu bei, dass Siegfried sich kurzfristig leicht benommen fühlte: Adam Hammerley war zweifellos schön. Aber er besaß im Gegensatz zu anderen jungen Männern einen Trumpf: Er wusste offensichtlich nicht, dass er schön war.

Und schließlich gab es da, noch deutlicher, seine Risikobereitschaft. Adam Hammerley kam spät. Aber er kam nicht zu spät. In dem Augenblick, da er die Tür des Büros in der Curzon Street hinter sich schloss, ging eine andere auf.

Siegfried erhob sich, reichte dem jungen Mann die Hand und forderte ihn auf, Platz zu nehmen.

Er führte die Unterhaltung wie in einem Tagtraum. Er wusste, dass er sich später oft daran erinnern würde. Adam Hammerley studierte nicht eigentlich Kunstgeschichte, sondern vielmehr Soziologie der Kunst. Die Wissenschaft der gesellschaftlichen Funktionen von Kunst.

Kunstwerke hatten im Lauf der Geschichte unterschiedliche Bedeutungen. Zum Beispiel bei den alten Ägyptern – Siegfried war ganz Ohr – war die Kunst grundsätzlich düster und sollte die Illusion des Weiterlebens im Jenseits fortschreiben. In der Renaissance verherrlichte Kunst die Macht des Mäzens, seine Herrschaft über soziale, mythologische oder christliche Themen. In der Moderne hatte sich die Kunst von ihrer mythischen Bedeutung gelöst, um die Angst des Künstlers und seine Zugehörigkeit zu einer bestimmten Gesellschaftsschicht widerzuspiegeln.

Der Präsident der Vereinigten Staaten konnte kein Bild mehr in Auftrag geben, das den amerikanischen Wohlstand vor Augen führte, wie ein Medici oder ein Sforza es einst getan hatten, um Florenz oder Mailand zu verherrlichen.

»Meiner Meinung nach«, sagte Adam Hammerley, »und verzeihen Sie, dass ich das sage, langweilt die Kunst heutzutage. Da der Künstler sich von sozialen Zwängen gelöst hat, ist er unbedeutend geworden. Die Kunst selbst ist nur noch dazu da, um für Überraschung zu sorgen oder einen Skandal auszulösen, wie die ›Neue Verkündigung‹, die Sie in New York ausgestellt haben. Solche Kunstwerke überdauern keine Jahrhunderte, sondern sind ein flüchtiges Ereignis, ein happening.«

Siegfried lächelte. Er vertrat diese Ansicht schon lange. Immer mehr selbst ernannte Künstler malten auf einer Leinwand ohne Rahmen, mit Pigmenten, die in einigen Jahren verblasst sein würden. Andere begnügten sich damit, das zu organisieren, was sie »Installationen« nannten: Sie bannten banale Gegenstände auf große Flächen, die kein Sammler haben wollte.

»Die Kunst ist eine Art Börsengeschäft geworden, das nach dem Prinzip der Risikokapitalgesellschaft funktioniert«, fuhr Adam fort.

Siegfried lachte, weil dieser Bengel ihn als jemand bezeichnete, der mit dem künstlerischen Vakuum Handel trieb und Gewinne machte. Adam Hammerley war über Siegfrieds Reaktion erstaunt. Denn Siegfried lud ihn zum Essen ein. Plötzlich empfand er keine Langeweile mehr.

»Und warum würden Sie gern nach New York gehen?«, fragte er Adam, als sie im ›Dorchester‹ saßen.

»Wissen Sie, wenn man Kunstgeschichte studiert, wird man vom Staub der Zeit bedeckt. Ich würde diesen Staub gern abschütteln und dafür eignet sich New York perfekt.

Es ist nicht wie in Europa ›ehemals und einst‹, sondern ›jetzt und morgen‹. Verstehen Sie mich?«

Siegfried nickte. Er hatte das Gefühl, freier zu atmen. Es gab also intelligente junge Leute, die noch etwas anderes im Kopf hatten als Schuhe von Gucci und einen BMW zu kaufen. Aber was schien ihnen stattdessen erstrebenswert?

»Mister Hammerley, glauben Sie, dass Ihre Überzeugungen Sie als Leiter einer großen Galerie in New York qualifizieren würden?«

Adam Hammerley blickte Siegfried mit den gleichen blauen Augen wie Sybilla an; aber diese Augen hatten einen Stich ins Grüne und blickten erstaunt.

»Mister Alp, ich hatte keineswegs den Ehrgeiz, Ihre Galerie in New York zu leiten. Ich hatte angenommen, dass Sie einen Assistenten suchen. Ich muss mir ja zuerst Ihre Kenntnisse aneignen. Und Ihre Kunden kennen lernen. Aber ich glaube, ich kenne das neue Publikum in den Galerien ein bisschen, speziell das amerikanische. Und ich halte mich für fähig, eine Galerie wirtschaftlich zu betreiben.«

Er ist schön, kultiviert, originell und nicht prätentiös, dachte Siegfried. Adam Hammerley war die Entdeckung der letzten Jahre. Er schüttelte den Kopf.

»Mister Hammerley ...«

»Nennen Sie mich bitte Adam.«

»Adam, ich stelle Sie ein. Sie lernen drei Monate bei mir in der Londoner Galerie. Dann gehen wir eine gewisse Zeit nach New York, damit Sie mit dem Markt dort vertraut werden. Sie haben vollkommen Recht: Die moderne Kunst langweilt. Ich gratuliere Ihnen zu dieser Feststellung. Sie zeigt mir, dass Sie durchaus in der Lage sind, den gegenwärtigen Kunstmarkt einzuschätzen. Ich biete Ihnen fünfzehntausend Pfund Jahresgehalt an. Sind Sie damit einverstanden?«

Adam war verwirrt.

»Das ist fürstlich. Meine Mutter wird mir mangelnde Bescheidenheit vorwerfen.«

»Sybilla ist viel zu intelligent. Sie würde so eine Bemerkung nie machen.«

Adam warf Siegfried einen Blick zu, der schwer zu deuten war. Auf jeden Fall verriet dieser Blick Erstaunen. Lag es daran, dass Siegfried Sybillas Reaktion so gut kannte? Oder daran, dass Siegfried offenbar wusste, Sybilla würde ihren Sohn nie für überbezahlt halten?

Das Essen näherte sich dem Ende, als Siegfried Adam auf die Insel ansprach, wo Adam paradiesische Ferien verbracht hatte.

»Man lebt dort wie auf einer Insel, die gleichzeitig zivilisiert und verlassen ist. Es gibt Wasser, Elektrizität und saubere Wäsche.«

»Wie kommt man dorthin?«

»Die British Airways fliegt täglich nach Nassau. Dort wird man von einem kleinen Flugzeug abgeholt.«

»Ich brauche etwas Entspannung«, sagte Siegfried. »Würden Sie meiner Sekretärin bitte die erforderlichen Angaben machen?«

Adam Hammerley versprach, das umgehend zu erledigen. Dann fragte Siegfried ihn, ob er ihn begleiten wolle. Adam Hammerley warf ihm einen fragenden Blick zu und sagte:

»Das würde ich gern tun.«

Siegfried war im Begriff, sich in Adam Hammerley zu verlieben. Zum ersten Mal seit langer Zeit befand er sich in der Situation des Unterlegenen.

»Gut, dann fliegen wir am Samstag.«

Lana Brock war irritiert, dass die Sekretärin bei British Airways für zwei Personen auf einer verlorenen Insel der Bahamas gebucht hatte. Sie erkannte schnell, dass Siegfried sich für Adam Hammerley interessierte. Nachdem sie mit ihm eine finanzielle Angelegenheit besprochen hatte, erklärte sie ihm unumwunden: »Siegfried, interessieren Sie sich immer noch für die ägyptische Mythologie?« Und als er überrascht nickte, fuhr sie mit einem belustigten Funkeln in den Augen fort: »Ich wollte Sie nur darauf hinweisen, dass Isis und Osiris ein Kind hatten, einen Jungen namens Horus.«

»Ja und?«

»Horus ist ein Schutzgott.«

15.
Erinnerung

»Madame al Istambuli?« Dieser weiche singende, fast duftende Akzent! Nadias Herz klopfte zum Zerspringen. Ismaïl. Wie hatte er sie gefunden?

»Sie ist es wirklich. – Erkennen Sie mich denn nicht mehr?«

»Ismaïl.«

Er fing an zu lachen. Nadia erinnerte sich, dass Lutfi im Telefonbuch stand; und auch das ägyptische Konsulat hatte ihre Adresse.

»Verzeihen Sie ... Ich war auf Ihren Anruf nicht gefasst.«

»Ich bin gerade in Paris und würde mich freuen, wenn Sie ein paar Minuten Zeit für mich hätten.«

Sie ließ bewusst einige Augenblicke vergehen, ehe sie antwortete.

»Es tut mir Leid, dass ich Sie nicht zu uns einladen kann. Unsere Wohnung ist ziemlich klein ...«

»Darf ich Sie zum Essen einladen?«

Es folgte wieder Stille. Dann siegte die Neugier.

»Ja, gehen wir essen.«

In Unkenntnis ihrer Lebensumstände und vermutlich, um ihr zu imponieren, hatte er sie ins Grand Vélour eingeladen. Nadia war froh, dass sie ihr elegantestes Kleid trug. Als er sich erhob, um sie zu begrüßen, war sie verblüfft. Sie hatte ihn seit fünf Jahren nicht mehr gesehen. Ismaïl hatte zugenommen. Aus dem Adonis von damals war Zeus geworden. Er verschlang sie mit den Blicken.

Zum Glück war die Affäre damals nicht weitergegangen. Nadia war inzwischen bewusst, dass die reine Sexualität, die sie mit ihm erlebt und von der sie so oft geträumt hatte, auch eine Frage des Alters war. Sie hatte die letzten Früchte der Jugend gemeinsam mit Ismaïl Abu Sūn gekostet. Es reizte sie, ihn zu ärgern, also suchte sie sich das billigste Gericht aus.

Ismaïl erkundigte sich nach ihrer Wohnung, nach ihrer Ehe, nach tausend Kleinigkeiten. Wovon sie in Paris lebte. Was Lutfi machte. Sie berichtete ihm, dass Lutfi die französische Staatsbürgerschaft beantragt hatte und dass seine Arabischkenntnisse ihm schnell einen Beraterposten eingebracht hatten. Er nahm Aufgaben in verschiedenen offiziellen Institutionen wahr. Ismaïl schien ihr nur halb zu glauben und stellte ihr schließlich die gezielte Frage: Werden wir unsere Liaison wieder aufnehmen?

»Du bist die Frau, die ich gern geheiratet hätte«, bekannte er voller Eifer.

Er war zum Du übergegangen, das war zwangloser. Nadia dachte an Sybilla und fand seine Lüge rührend. Sicherlich hatte er auch davon geträumt, Sybilla zu heiraten. Und er hatte sie vergessen oder vielmehr auf sie verzichtet.

»Du scheinst zu vergessen, dass ich Ägypten verlassen habe«, sagte sie.

»Aber was stellst du dir denn vor? Glaubst du, ich würde dich in der milaya zu Hause lassen? Die Ägypterinnen sind moderne Frauen.«

Sie kannte die Leier: Die Ägypterinnen durften sich westlich kleiden, sie waren nicht mehr gezwungen, die strenge dunkle milaya zu tragen, sie durften unverhüllt einkaufen gehen. Aber darüber hinaus ...

»Du könntest die Gattin eines Botschafters werden«, fuhr er fort.

»Bist du Botschafter?« Sie begriff, dass er eine Frau suchte. Seine Liebeserklärung hatte einen pragmatischen Hintergrund.

»Ich bin nach Djakarta berufen.«

»Herzlichen Glückwunsch.«

Im Grunde beglückwünschte sie sich selbst dazu, nicht seine Frau zu sein. Paris mit Lutfi, das war bei weitem besser als das Exil in einer südostasiatischen Hauptstadt. Dort konnte man sich den Blicken der Männer nur schwer entziehen.

»Du bist also auch ohne mich glücklich.« Er versuchte nicht, sein Bedauern zu verbergen.

Unwillkürlich musste sie lachen.

»Ismaïl, wir haben uns vor fünf Jahren ein paar Mal getroffen. Du redest wie ein eifersüchtiger junger Mann.«

»Das bin ich auch. Was hat Lutfi, was ich nicht habe?«

Stoisch widerstand sie diesem Anfall verspäteter knabenhafter Leidenschaft. Ismaïl und sie hatten eines gemeinsam: Auch er wollte geliebt werden, und er war besitzergreifend. Sicherlich lebte er eine westliche Form von Sexualität; er war ein aufmerksamer Liebhaber, der darauf Wert legte, seiner Geliebten Genuss zu verschaffen. Aber sein Charakter hatte einen herrischen Zug wie der eines Fellachen. Vor diesem Hintergrund deutete sie nun den Vorfall mit Sybilla. Wenn Ismaïl bei der Engländerin genauso drängend gewesen war, so erscheint es fast wie ein Wunder, dass es nicht zu einem größeren diplomatischen Skandal gekommen ist.

»Ich merke schon, ich langweile dich«, sagte er. »Gib zu, dass ich dich langweile.«

»Du langweilst mich nicht. Aber deine kindlichen Fragen sind anstrengend.«

»Kindlich. Hast du ein Kind von mir empfangen?«

»Nein.« Sie zuckte die Schultern.

»Dann hattest du also auch keine Abtreibung?«

»Ismaïl, du scheinst in mir immer noch ein ahnungsloses Geschöpf zu sehen. Nein, ich habe nicht abgetrieben.«

»Ich hätte gern ein Kind von dir gehabt.«

»Aber es ist anders gekommen. Und jetzt bin ich verheiratet.«

»Na und? Du warst schon mit ihm zusammen, als wir uns in Kairo getroffen haben.«

»Damals war ich nicht verheiratet. Erzähl mir lieber von Kairo.«

»Es ist alles sehr verändert. Eine verrückte Welt. Der Verkehr ist wahnsinnig, die Mieten astronomisch. Die Villa Arsinoe wurde von Kuwaitern gekauft. Sie haben im Garten einen Swimmingpool angelegt.«

»Woher weißt du das?«

»Sie haben mich eingeladen.«

Die Vorstellung, wie sich Ismaïl Abu Sūn in der Villa Arsinoe bewegte, brachte sie ins Träumen. Das Schicksal trieb seinen Schabernack. Ein Swimmingpool im Garten! Vermutlich ging dort allabendlich das Gespenst Abd al Massih um und vergiftete das Wasser.

»Willst du nicht nach Ägypten zurückkommen?«

»Was sollte ich dort?«

»Willst du mich nicht wiedersehen?«

»Ich will dich gern wiedersehen, in aller Freundschaft. Und wenn ich Freundschaft sage, meine ich Freundschaft.« Sie sah ihn eindringlich an.

»Ich muss demnächst nach Indonesien, so schnell werden wir uns nicht wiedersehen. In ein paar Tagen reise ich weiter.«

Dem Himmel sei Dank, dachte Nadia. Das einzige Gefühl, das sie für Ismaïl empfand, war Mitleid, ein Gefühl, das diejenigen verletzt, die es empfinden und jene kränkt, denen es gilt. Sie verabschiedeten sich vor dem Restaurant.

Die Rose, die er ihr geschenkt hatte, war bereits verwelkt. Nadia erinnerte sich an das Ballett ›Le Spectre de la Rose‹ , die Liebesgeschichte eines schönen Mannes, der sich in eine junge Frau verliebt, die eine Rose am Mieder trägt.

Die Begegnung mit Ismaïl setzte das Karussell ihrer Gedanken in Bewegung. Sie erinnerte sich, dass man ihr eine bescheidene, aber verlockende Arbeit angeboten hatte: Sie sollte Kunstblumen für einen Laden auf dem Boulevard Haussmann fertigen. Das Gehalt war bescheiden, aber die Einkünfte des Ehepaares waren nicht üppig. Zweitausend Francs würden ihr Budget deutlich aufbessern. Das Geld, das Soussou ihr regelmäßig schickte, deckte lediglich ihre existenziellen Bedürfnisse.

Im Übrigen konnte sie die Arbeit zu Hause erledigen und musste nicht jeden Tag Metro fahren. Sie ging und nahm das Angebot an, und ein paar Tage später lieferte man ihr die erforderlichen Materialien.

Das würde die Freizeit ausfüllen, die ihr nach der Hausarbeit blieb und die sie oft mit düsteren Träumereien verbracht hatte. Denn die Hausarbeit steigerte ihre Lebensfreude nicht unbedingt. Vor ihrem Exil hatte sie sich nie mit häuslichen Dingen beschäftigt: kehren, Betten machen, Wäsche waschen, Geschirr spülen, einkaufen. Dann wieder nach Hause und kochen. Nebenher hörte sie im Radio:

»Non, rien de rien, je ne regrette rien,
ni le bien qu'on m'a fait, ni le mal,
tout ça m'est bien égaaaal ...«

In Frankreich und in Ägypten war jeder Gesang im Grunde nicht mehr als Gejammer. Eigentlich gab es keinen Unterschied zwischen Edith Piaf und Umm Kulthum. Jede

Nation hatte ihre ständig in Tränen aufgelöste alte Frau. Wollte Lutfi die Revolution etwa für deren Befreiung anzetteln?

Plötzlich begriff sie, wenn auch verschwommen, warum Fatma al Entezami ihren Mann von der Revolution hatte abbringen wollen. Wegen der alten Frau; weil solche Dinge ohnehin gleich blieben und es keine Befreiung gab. Ein sarkastisches Lächeln spielte um ihre Mundwinkel. Das zumindest hatte das Exil sie gelehrt. Und was ging in Lutfi vor? Sie wusste es nicht. Aber er sprach nicht mehr oft über die Revolution.

Das erste Mal, als sie die Plastikblumen über die Drahtstiele streifte – es sollten blühende Kirschzweige werden – war sie plötzlich von ihrem ganz persönlichen Elend überwältigt: Sie beschwörte hier einen falschen Frühling herauf, sie verdiente ihren Lebensunterhalt mit Lügen.

»Ich prostituiere mich. Ich bin eine Nutte«, murmelte sie. Draußen türmten sich dunkle Wolken auf. Nadia erhob sich, um Licht anzumachen. Im gelblichen Licht wirkten die Plastikblumen noch erbärmlicher. Sie wünschte, sie wäre einige Jahre jünger und könnte im Kreis der Kairoer Jugend Tango tanzen, einen Kranz aus Jasminblüten um den Hals.

Aber auch der Tango von damals war eine Lüge. Warum nur hatte man sie zur Wahrheitsliebe erzogen? Wie lächerlich das war! Sie dachte an Fatma al Entezamis Worte über das Exil. Ja, die Entfremdung nagte bereits an ihr, und der Rost würde das Metall schließlich in rötlichen Staub verwandeln.

Sie fröstelte und tastete nach der Zentralheizung unter dem Fenster. Sie lief nicht. Nadia hasste diese Vorrichtung, die dem Brustkorb eines Tierskeletts ähnelte. Sie kam ihr so unecht vor wie das ganze Leben.

Aber lieber fror sie, als die Concierge um Hilfe zu bitten. Allein der Blick dieser Klatschbase besagte: »Mal wieder typisch Ägypterin, typisch Barbarin.« Morgens reichte sie ihr mit verkniffenem Mund und spitzen Fingern die Post, als wären die Briefe mit den exotischen Postwertzeichen pornografische Heftchen.

Als sie gerade eingezogen waren, läutete die Concierge eines Morgens an ihrer Tür.

»Haben Sie eine Katze?«, fragte sie ohne Einleitung.

»Nein«, erwiderte Nadia befremdet. »Warum?«

»Weil auf der Treppe eine Lache von einer Katze ist.«

Ihr Blick verriet die Bosheit.

»Wir haben keine Katze.«

In den Augen der Concierge leuchtete das Misstrauen.

»Aha, ich hatte es geglaubt.«

»Da haben Sie sich geirrt!« Wütend schlug Nadia die Tür zu.

Als Lutfi abends nach Hause kam, stand Nadia miauend hinter der Wohnungstür. Als sie ihm den Vorfall mit der Concierge berichtet hatte, fielen sie sich in die Arme und schüttelten sich vor Lachen.

Eines Morgens führte der Weg Nadia in eine Buchhandlung in der rue de Rivoli. Sie suchte nach einem Roman von Iris Murdoch. Als sie wieder auf die Straße trat, fiel ihr das müde Gesicht eines Mannes auf. Sie hielt inne und stieß einen kleinen Schrei aus.

»Aldo! Aldo!«

Doch er sah sie nicht und ging über das Trottoir zu seinem Auto. Die wenigen Sekunden genügten ihr, um in der Miene ihres ehemaligen Verehrers seine Vergangenheit zu lesen. Sein Kinn war schlaff geworden, um den Mund hatte er scharfe Linien, und die Schatten unter den Augen und das ergraute Haar sprachen für sich. Er war nun etwa fünfzig Jahre alt. Alkohol und Wohlleben hatten ihn ziemlich übel zugerichtet. Ob er wohl noch mit Natascha Starivetski verheiratet war? Wenn ja, so hatte er sicherlich eine Geliebte, wenn nicht mehrere.

Sie sah das Paar im Wagen noch vor sich. Das junge Mädchen mit dem Blumenkleid aus Crêpe georgette, unter dem sich der Busen wölbte. Nadia erkannte so klar wie nie zuvor, dass Ägypten und ihre Jugend der Vergangenheit angehörten.

Ein paar Tage später beschloss sie, schwanger zu werden. Den Entschluss hatte sie in einem Obstgarten mit echten Kirschbäumen gefasst. Der Frühling war so flüchtig wie ein Traum, ein Traum in einem fiktiven Land und im unwirklichen Ambiente der Villa Arsinoe. Ich habe mich immer noch als junges Mädchen gesehen, dachte sie mit heftigem Bedauern.

Hatte ihr denn das Beispiel von Soussou nicht die Augen geöffnet? Eine Frau erhielt ihre Existenzberechtigung durch ein Kind. Soussou hatte ihre Schwangerschaft kühl geplant, unter Mithilfe eines weisen Arztes. Und sie hatte auf die Liebe verzichtet, die in den Büchern beschrieben wird. Wenn Nadia ihrem Leben mehr Erfüllung geben wollte, musste sie Lutfi ein Kind schenken.

Sie trat auf den kleinen Balkon mit den drei weißen Geranien. Vor ihr glänzten die Dächer im Regen. Die Melancholie, die über der Welt lag, berührte sie.

16.
Die Vaterschaftsfrage

Am ersten Tag auf Long Island kehrten sie müde vom Kap Santa Maria zurück. Der weite weiße Sandstrand war menschenleer, das Wasser warm und kristallklar. Es war, als ob sie die Welt neu erfanden.

Sie tummelten sich vergnügt im Wasser, schwammen den Rochen hinterher und spielten mit den Meereskarabäen.

»Gib Acht mit dem Schwanz«, rief Adam. »Er ist giftig.« Siegfried hatte diese Warnung lustig gefunden und gelacht.

Sie ließen sich von der Sonne trocknen und stiegen dann in ihr Auto, um über Serpentinen im Fels zu ihrem Bungalow zu fahren. Dort legten sie sich aufs Bett – jeder auf seines. Siegfried stellte sich schlafend, Adam schien ebenfalls zu schlafen. Doch dann drehte er sich um und merkte, dass Siegfried ihn im Halbdunkel beobachtet hatte. Sie lagen einander gegenüber.

»Siegfried.« Adam sagte nur dieses eine Wort. Und Siegfried wartete, was kommen würde.

»Wenn du zu mir kommen willst, dann tu's.«

Siegfried stützte sich auf den Ellenbogen. Sein Herz klopfte zum Zerspringen.

»Du baust mit deinem Verhalten eine Spannung auf, die gar nicht nötig ist. Komm zu mir. Komm.«

Siegfried war verblüfft und glücklich zugleich. Was nun folgte, war eine ganze Stunde erfüllender Leidenschaft. Adam hatte ihn erneut überrascht. Und er überraschte ihn noch mehr, als er anschließend erklärte: »Siegfried, ich muss dir sagen, dass ich nicht homosexuell bin.«

»Das merkt man nun aber gar nicht«, bemerkte Siegfried ironisch. Aber im Grunde genommen hatte er Angst. Am meisten fürchtete er Unaufrichtigkeit. Würde Adam das Geschenk, das er ihm soeben gemacht hatte, nun zurücknehmen? Oder noch schlimmer: Würde er ihm einen Preis nennen?

»Jeder ist das eine und das andere, und jeder ist es etwas mehr oder weniger«, sagte Adam. »Ich habe nicht die Absicht, hier die schockierte Jungfer zu mimen. Aber du bist der erste Mann, mit dem ich geschlafen habe. Ich möchte, dass du das weißt. Und keine Panik, ich werde es bestimmt wieder tun.«

Adams Geständnis kam für Siegfried sehr überraschend. Und er versuchte, seine Überraschung zu analysieren. Er betrachtete Adam eindringlich.

»Als ich eingewilligt habe, mit dir hierher zu reisen, wusste ich, wer du bist. Ich habe geahnt, wie sich die Lage entwickeln würde. Und ich nehme an, du hast diese Entwicklung sogar ersehnt. Ich weiß also, was ich tue«, sagte Adam.

Er zündete sich eine Zigarette an und setzte sich auf.

»Ich werde dir keine Komplimente machen, ich bin nicht homosexuell und kann diese Sachen nicht. Es hat mir gefallen mit dir. Aber mir ist das Wichtigste an unserer Beziehung, dass du meine größte Chance bist. Abgesehen davon, dass es mir Spaß macht.« Adam war ungewohnt ernst.

»Tust du es aus Dankbarkeit?«

Adam ging ins Bad und rief: »Nein, nicht in dem Sinne.«

Siegfried wartete ängstlich auf weitere Ausführungen.

»Du machst mich glücklich. Ich bin mir darüber im Klaren, wie viel du mir anbietest. Also empfinde ich für dich so etwas wie Liebe.« Adam kehrte ins Zimmer zurück, bekleidet mit Shorts. »Schließlich liebt man die Menschen, die einen glücklich machen.«

Siegfried lehnte sich stumm im Bett zurück.

»Ich hoffe, ich bringe dich nicht in Verlegenheit«, sagte Adam.

Siegfried nahm Adams Hand und drückte einen Kuss darauf. Er schätzte Aufrichtigkeit: Adam hatte ihm soeben mit dem größtmöglichen Feingefühl erklärt, dass er sich ihm hingegeben hatte, wie ein junges Mädchen sich einem Mann hingibt, der eine gute Partie darstellt.

»Ich sollte das tun«, sagte Adam leise und zog seine Hand zurück.

»Ich mache uns Kaffee«, bot Siegfried an und erhob sich leicht zitternd.

Sie trugen ihre Tassen auf die Terrasse. Unter ihnen lag der Atlantik. Der Himmel hatte jetzt die Farbe des Meeres. Das Meer war aufgewühlt und die Brandung schien begierig, sich bis zu ihrem Haus aufzubäumen.

»Du gibst mir hundertfach zurück, was ich dir gebe«, sagte Siegfried.

»Wenn es dir recht ist«, sagte Adam, »rechnen wir in ein paar Jahren ab.«

Sie lachten.

»Ich war verzweifelt«, meinte Siegfried.

»Das habe ich gemerkt. An deinem extravaganten Angebot. Ich möchte, dass keine Spannung mehr zwischen uns herrscht. Das würde mich unglücklich machen.«

»Horus«, murmelte Siegfried leise.

»Wie?«

»Horus.«

»Der ägyptische Falkengott, nicht wahr?«

»Ja.«

»Warum nennst du ihn?«

»Das erkläre ich dir eines Tages.«

»Apropos Ägypten – ich bitte dich, mir etwas zu erklären.«

Adam klang ernst. Und er ließ sich Zeit mit seiner Frage.

»Wer ist mein Vater?«

»Charles Hammerley.«

»Siegfried!« Adam war plötzlich wütend. »Ich bin doch nicht blind! Charles und ich haben nichts gemeinsam. Also, wer ist mein eigentlicher Vater?«

»Hat deine Mutter es dir nicht gesagt?«

»Ich habe sie nie danach gefragt.«

»Dann sag ihr nichts.«

»Ich schwöre es.«

»Dein Vater war ein sehr gut aussehender Ägypter. Er hieß Ismaïl Abu Sũn. Deine Mutter hat sich geweigert, sich seinetwegen scheiden zu lassen, und er hat ihr eine Szene gemacht. Es kam fast zu einem diplomatischen Eklat. Deshalb hat Charles Hammerley Ägypten verlassen.«

»Aber er hat mich als seinen Sohn anerkannt.«

»Charles Hammerley war ein Mann mit Herz. Er hat deine Mutter geliebt. Und sie hat ihn für seine Großzügigkeit nur noch mehr geliebt.«

»Und mein leiblicher Vater? Weiß er, dass es mich gibt? Dass ich sein Sohn bin?«

»Ich weiß es nicht.«

Die Nacht brach herein. Sie kehrten in ihren Bungalow zurück, um sich fürs Dinner zu rasieren.

»In Wirklichkeit«, begann Siegfried und machte Licht an, »in Wirklichkeit ist dein leiblicher Vater ...«

»Ja?«

»... Osiris. Auch das werde ich dir erklären.«

Als sie später zu Bett gegangen waren, fand Siegfried keinen Schlaf. Also stand er leise auf und trat hinaus auf die Terrasse. Er versuchte sich zu erinnern, wie er in Adams Alter war. Ja, er hätte genauso reagiert. Bilder von Häusern seiner Kindheit und Jugend kamen ihm in den Sinn. Das Haus seiner Großmutter mit den geräumigen Zimmern und den Winkeln voller Geister. Er erinnerte sich auch verschwommen an all die Düfte in diesem Haus. Dann das Haus seiner Eltern, der Plattenspieler, auf dem seine Mutter so gern Platten von Zarah Leander spielte. Er hatte noch ein Lied im Ohr:

Ich steh im Regen
und warte auf dich,
auf dich.
Auf allen Wegen
erwart ich nur dich.

Nostalgie erfüllte ihn. Welche gegenwärtige Freude kann den Abgrund zur Vergangenheit überwinden? Da holte ihn ein Rascheln in die Gegenwart zurück.

»Woran denkst du?«, wollte Adam wissen.

»Daran, dass ich auf dich gewartet habe.«

Das stimmte nicht, jedenfalls nicht ganz. Die Wahrheit, die Siegfried empfand, war, dass Träume immer ein wenig spät in Erfüllung gehen.

17.

Der Rat eines Freundes

Frisch rasiert und mit neuer Krawatte setzte sich Lutfi al Istambuli an seinen Schreibtisch in der Redaktion des Est-Ouest. Er war gerade zum stellvertretenden Chefredakteur ernannt worden. Draußen war es kühl und trocken. Gestern Abend hatte Nadia ihm gesagt, dass er in neunundzwanzig Wochen Vater sein würde. All das versetzte ihn in gute Stimmung. Im Grunde genommen war er so glücklich wie lange nicht mehr. Er musterte den Stapel arabischer Zeitungen, die sich auf seinem Schreibtisch türmten, und er betrachtete verwundert die neue elektrische Schreibmaschine. Er stellte sie an und hörte ein leises Summen. Das war etwas ganz anderes als seine alte Remington in Kairo, eine martialische Maschine mit eingedrückten Tasten, die so laut klapperten, dass man es noch im Nachbarzimmer hörte. Er wollte sich gerade im Flur einen Becher Kaffee holen, als sein Chef eintrat.

Karim Ibn Hussain, ein Mann um die vierzig mit freundlichem Gesicht, hatte ihn vor ein paar Monaten eingestellt. Nun nahm er ihm gegenüber Platz.

»Ich habe den Artikel gelesen, den du mir gestern über das Palästinaproblem auf den Tisch gelegt hast«, begann er.

Lutfi begriff, dass es offenbar ein Problem gab.

»Er ist hervorragend geschrieben«, fuhr Ibn Hussain fort, »aber ich kann ihn nicht veröffentlichen, zumindest nicht in dieser Form.«

»Warum nicht?«

»Weil er dir schaden würde.«

Stille.

»Warum das?«

»Das ist ein revolutionärer Artikel. Oder besser gesagt, der Artikel eines Revolutionärs. Du rufst die gesamte arabische Welt zum Krieg gegen Israel auf. Wenn der Artikel aus der Feder eines Franzosen stammte, wäre er schon kaum zu veröffentlichen, und als Produkt eines ägyptischen Einwanderers ist er schlicht untragbar. Du schreibst, dass die Palästinafrage das Ergebnis von fünfzig Jahren westlichem Kolonialismus im Orient ist. Was ja richtig ist. Dass der Staat Israel den Palästinensern ihr Land genommen und sie daraus vertrieben hat. Dass Palästina seine Heimat nur mit Waffen zurückerobern kann.«

»Das ist eben mein Standpunkt.«

»Ich will das ja nicht bestreiten. Aber es ist ein Aufruf zum Krieg und zur Zerstörung Israels. Mit einem solchen Artikel würde man dich für einen arabischen Extremisten halten, und unsere Zeitung für ein Blatt, das diesem Extremismus das Wort redet. Viele arabische Länder, die diesen Standpunkt nicht teilen, würden sich provoziert fühlen. Denn sie besitzen nicht die Mittel zu einem solchen Krieg. Sie sind von amerikanischen Subventionen abhängig und ihre Staatschefs haben mit den USA Abkommen getroffen. Die USA wiederum unterstützen Israel. Wenn ich diesen Artikel veröffentliche, würde das deine französische Staatsbürgerschaft in Frage stellen, die dir bereits sicher ist.«

Die beiden musterten sich einen Augenblick. Beide wirkten unbeweglich. Lutfi seufzte. Er dachte an die bevorstehende Geburt seines Kindes.

»Das also ist die Zensur«, bemerkte er schließlich.

Ibn Hussain zuckte die Schultern.

»Es gibt immer irgendeine Zensur. Das weißt du genau.«

»Und nun?«

»Ich bitte dich, diesen Artikel umzuschreiben, sachlicher und weniger aggressiv. Ich bitte dich in aller Freundschaft darum. Ich will dich als Mitarbeiter behalten, denn du bist ein Immigrant, der aufgrund seiner extremistischen Ansichten sein Land hat verlassen müssen. Hier in Frankreich stehst du unter dem Schutz einer der ehemaligen Kolonialmächte.«

»Ich bin also noch immer ein Sklave des Kolonialismus?«

Ibn Hussain lächelte.

»Wenn du so willst, bin ich das auch. Wenn du den Standpunkt in deinem Artikel vertreten möchtest, musst du Frankreich verlassen und dich der PLO anschließen. Aber ich warne dich: Du würdest bei Arafat keine Gnade finden. Für ihn gehörst du zum extremistischen Flügel. Du würdest immer das Stigma tragen, Ägypter zu sein. Und in Ägypten giltst du als Extremist. Den Rest deines Lebens wäre dir die Polizei auf den Fersen.«

Lutfi ließ nachdenklich den Blick auf der Schreibmaschine ruhen. Sie hatte ihre Neutralität verloren, sie war ein Produkt der amerikanischen Technologie. Er konnte sich ihrer nicht bedienen, um zu schreiben, was er schreiben wollte. Die Welt, aus der sie stammte, verschloss ihm den Mund.

»Worin besteht dann unsere Aufgabe hier?«

»Wir informieren, was ja nicht schlecht ist«, erwiderte Ibn Hussain. »Es besteht ein Unterschied zwischen Information und Beeinflussung.«

Lutfi seufzte erneut.

»Dir muss bewusst sein, dass du Ägypten verlassen hast. Du lebst im Westen. Du sprichst eine europäische Sprache. Das bleibt nicht ohne Folgen.«

Lutfi schüttelte den Kopf. René Guénon hatte Recht: Der Revolutionär war ein Sklave. Selbst wenn er keine Revolution anzettelte. Er erinnerte sich an den Ausspruch des Kaffeebesitzers in Kairo: »Keine Frau würde einen Kommunisten heiraten.« Das war ihm damals grotesk erschienen. Die Wahrheit war, dass jeder Revolutionär mit einem Polizisten verheiratet war. Der ihm auf den Fersen folgt, der jederzeit bei ihm eindringen und ihm das Leben verpfuschen kann. Die gesellschaftliche Stellung des Revolutionärs ist die einer unehrenhaften Frau.

Er schaute zum Fenster hinaus und nahm das Erdgeschoss gegenüber zum ersten Mal bewusst wahr. Ein alter Mann trat mit einem Hund auf die Straße, einen Schal um den Hals. Besaß er eine Identität? Vermutlich begriff er gar nicht, worum es dabei ging. Er besaß seine Staatsbürgerschaft und das genügte ihm. Der Westen war nichts anderes als eine riesige Lagerhalle mit Ausweisen. Lutfi fühlte eine unerklärliche Überlegenheit.

»Ich danke dir, Karim.«

»Don't mention«, wehrte Ibn Hussain etwas spöttisch ab, erhob sich und ließ ihn allein.

Als Lutfi allein war betrachtete er seine elektrische Schreibmaschine feindselig. Ein Instrument westlicher Macht. Er war weder Ägypter noch Franzose. Er war nichts. Und die Revolution ... Ein Ausspruch von Simón Bolívar hatte ihn immer fasziniert: »Wenn man für die Revolution arbeitet, wühlt man das Meer auf.« Er war noch keine vierzig und hatte bereits ein Leben hinter sich. Es blieb ihm nur noch Nadia. Seine Zukunft gehörte ihr und seinem Kind.

Lutfi stellte die Kaffeemaschine an und wartete darauf,

dass sich sein Becher füllte. Wie hatte sich Lenin in Genf, wie hatte sich Trotzki in Mexiko verhalten? Wie hatten sie es geschafft, fern der Heimat Revolutionäre zu bleiben?

Die Antwort war so simpel: Sie waren nie verliebt gewesen, sie waren immer nur zu Huren gegangen. Ein Journalist, mit dem er sich angefreundet hatte, hatte ihm erzählt, die Autopsie von Lenins Ehefrau Nadeschda Konstantinowna Krupskaja habe ergeben, dass sie Jungfrau war. Dabei war Lenin an Syphilis gestorben. Zum großen Erstaunen der Sekretärin, der Lutfi im Flur begegnete, fing er plötzlich an zu lachen.

18.
Wiedersehen

Es war an einem Ort mit fröhlichem Lärm, wo das Schicksal die letzten Maschen der geheimnisvollen Tapisserie wob, die es vor vielen Jahren zu weben begonnen hatte. Menschen, wegen des Raureifs in Mäntel gehüllt, erledigten ihre Einkäufe, um das Fest des Jahres, nämlich den Geburtstag eines Juden zu feiern, dessen Botschaft der Nächstenliebe wie ein Kriegsbanner umhergetragen wurde. Die Maschen zogen sich um eine der schillerndsten Personen der Tapisserie zusammen: um Ismaïl Abu Sūn. Der Schauplatz war die Anrichte für weihnachtliche Plumpuddings bei Harrods in London. Das Datum: Der 21. Dezember 1971.

Ismaïl studierte den Preis eines Plumpuddings und fand ihn übertrieben hoch. Im Geiste rechnete er aus, wie viele Plumpuddings er sich von seinem Gehalt als Militärattaché kaufen konnte und schüttelte ungläubig den Kopf. Aber die Rechnung war rein theoretisch, denn schließlich hatte er das Vermögen der Abu Sūns geerbt. Timmy hatte ihn um diese Puddings gebeten; sie wünschte sich nichts anderes. Also würde er ihr zwei englische Plumpuddings im Diplomatenkoffer schicken. Er wandte sich also an die Verkäuferin, und da wurde ihm plötzlich schwindlig. Eine Frau. Sybilla. Ja, ganz sicher, Sybilla. Nach zweiundzwanzig Jahren!

Und doch schien es ihm wie gestern. Er studierte ihr Gesicht: Es war etwas voller geworden, aber sie hatte sich jugendliche Frische bewahrt. Sie trug noch die gleiche Frisur mit Seitenscheitel. Ismaïls Herz klopfte. Die zwei Jahrzehnte, in denen sie nichts voneinander gehört hatten, waren wie weggewischt. Er nahm die Tüte entgegen, die ihm die Verkäuferin reichte, und näherte sich der Frau, die er einst geliebt hatte.

»Sybilla!«

Sie wandte den Kopf und erstarrte. Der freundliche Ausdruck war verschwunden, sie war ernst geworden. Ihr Gesicht glich nun einer starren Maske und ihre achatblauen Augen warfen dem Fremden einen Blick zu, der etwas Trauriges hatte.

»Hallo«, sagte sie langsam und fing sich wieder.

Sie wurden von beiden Seiten angerempelt, als sie da standen und sich gegenseitig musterten. Jeder entdeckte die Spuren der Zeit am anderen.

Dem jungen Mann neben Sybilla war die Begegnung nicht entgangen. Er war um die zwanzig, hochgewachsen, schlank und schön. Auch er musterte den Fremden aufmerksam.

»Das ist mein Sohn Adam«, sagte Sybilla. »Monsieur Ismaïl Abu Sūn, ein alter Bekannter aus Ägypten.«

Ismaïl reichte Adam die Hand, und der Kummer, den er glaubte im Griff zu haben, wurde wieder spürbar.

»Zu dieser Jahreszeit ist Harrods wirklich überfüllt«, sagte Sybilla leichthin. »Aber ich hoffe, Sie haben gefunden, was Sie gesucht haben.«

»Mehr als das, was ich gesucht habe«, sagte Ismaïl leise.

»Mother«, sagte Adam, ohne Ismaïl aus den Augen zu lassen, »wenn es dir recht ist, erledige ich meine Einkäufe in der Parfümerie und treffe dich in einer halben Stunde im Teesalon.«

Sybilla war einverstanden und war nun mit Ismaïl allein.

»Da ich ja später meinen Sohn im Teesalon treffe, könnten wir vielleicht dort etwas trinken?«, schlug sie vor.

Sie fanden einen Tisch, saßen einander gegenüber und bestellten Tee und Scones. Dann fragte Sybilla höflich:

»Bist du schon lange in London?«

»Seit fünf Tagen. In vier Tagen gehe ich nach Djakarta, man hat mich zum Botschafter ernannt.«

»Ich gratuliere.«

Schon zum zweiten Mal in wenigen Tagen gratulierte ihm eine ehemalige Geliebte. Sybillas Ungezwungenheit verwirrte ihn, und gleichzeitig beschlich ihn eine unerklärliche Angst. Er trank einen Schluck des hellen faden Tees, den er seit dem al Ǧazīra–Sportclub kannte. Dieser Tee verkörperte für ihn den Westen. Er sehnte sich nach dem schwarzen ägyptischen Tee, an den er sich während seiner Zeit in der Armee gewöhnt hatte, sehr heiß und mit Zitronensaft vermischt.

»Und wie geht es deinem Mann?«, erkundigte er sich.

»Charles ist vor zwei Jahren gestorben.«

»Das tut mir Leid. Ist er überraschend gestorben?«

»Ja, Gott sei Dank. Er hatte einen Herzanfall und war innerhalb einer halben Stunde tot. Der Himmel war ihm gnädig.«

Ismaïl fand das unvorstellbar: Selbst Sehnsüchte zerfielen zu Staub. Jahrelang hatte er davon geträumt, mit dieser Frau noch einmal zu schlafen, ihren Körper zu streicheln. Und jetzt spürte er keinerlei Verlangen mehr.

»Warum hast du dich all die Jahre nicht gemeldet? Nie eine Weihnachtskarte oder irgendeinen Gruß geschickt?«

»Hast du dir wirklich eine Weihnachtskarte gewünscht?«, fragte sie mit ironischem Lächeln. »Ich glaube nicht, dass das sinnvoll gewesen wäre.«

»Du hast mich nie geliebt«, stieß er plötzlich hervor.

Die Worte waren ihm unwillkürlich entschlüpft, und er

erkannte das Ausmaß ihrer Lächerlichkeit zu spät.

»Wenn du das glaubst, ist das deine Sache«, versetzte sie.

»Hast du mich denn geliebt?«

»Ich glaube, ich habe dir einige Beweise dafür geliefert«, sagte sie leichthin.

»Und?«

»Wie, und? Ich war jung.«

»Ich verstehe nicht.«

»Ich hatte keine Ahnung. Ägypten war ein unwirkliches Land.«

»Wovon hattest du keine Ahnung?«

»Davon, dass es Wichtigeres gibt, als sich im Bett zu amüsieren. Eben das alles.«

»Das alles?«

»Ja, das alles. Das alles war Trunkenheit, auch Einbildung.«

»Was gibt es denn Wichtigeres?«

»Die Familie. Freunde. Die Kultur.« Ihre Betonung lag auf den letzten beiden Worten.

Er dachte über ihre Antwort nach. Ja, nach seinem Bruch mit Sybilla waren ihm die Familie, die Freunde und die Kultur eine große Hilfe gewesen. Von der Armee ganz zu schweigen.

»Man liebt das, was einen stark macht. Ich liebe mein Land. Ohne dieses Land wäre ich nichts. Und dann denke ich auch an Kiplings Worte.«

»Kipling? Der mit dem ›Dschungelbuch‹? Was hat er denn gesagt?«

»›East is East and West is West and never the twain shall meet.‹«

In diesem Augenblick trat Adam Hammerley an den Tisch und nahm neben seiner Mutter Platz.

»Ich glaube, eine Tasse Tee wird mir gut tun«, sagte er und legte die Pakete mit Einkäufen auf einen Stuhl.

Ismaïl musterte ihn. Und wusste plötzlich: Adam ist mein Sohn. Die schöne Zeichnung der Lippen, die Hakennase, die langen Wimpern, die grünen Augen ... Trunkenheit erfasste ihn. Am liebsten hätte er den jungen Mann umarmt. Er öffnete den Mund, wie um zu schreien. Aber rechtzeitig wurde er sich bewusst, wie grotesk das gewesen wäre. Das Leben hatte einen Teil von ihm genommen, in einer Schatulle verstaut und diese für immer versiegelt. Sybilla beobachtete alarmiert die Begegnung zwischen Vater und Sohn. Ihre Vergangenheit hatte sie eingeholt. Sie hätte mit Adam darüber sprechen sollen ... Doch plötzlich lehnte sich Ismaïl zurück. Er wirkte traurig. Adam dagegen ließ ihn nicht aus den Augen. Würde er diesem Mann ähneln, wenn er ein gewisses Alter erreicht hätte?

»Gefällt Ihnen London?«, fragte er.

Ismaïl fuhr sich mit der Hand übers Gesicht und ließ sich mit der Antwort Zeit.

»Es ist eine großartige Stadt«, erwiderte er langsam. »Aber ich denke, sie ist vor allem für die Engländer geschaffen«, fügte er mit einem Lächeln hinzu.

Er trank einen Schluck Tee und dachte an die Geschichte vom verlorenen Phallus des Osiris. Ja, er glich Osiris; auch er hatte seinen Phallus verloren. Der fehlende Körperteil saß hier vor ihm, sein Sohn Adam, und er war für immer in eine Schatulle eingeschlossen. Am Ende sogen einem diese Engländer die Kraft aus dem Leib. Nasser hatte gut daran getan, Ägypten von diesen Menschen zu befreien. Er wollte sich zu einem verächtlichen Gedanken versteigen: ›Ich finde bestimmt einen anderen Phallus.‹ Doch als er seine Tasse absetzte, fühlte er sich zum ersten Mal wirklich alt.

»Vermutlich hast du Recht«, sagte er an Sybilla gewandt. »Man liebt das, was einen stark macht. »Ich wünsche dir und Adam fröhliche Weihnachten.« Damit verabschiedete er sich und verschwand in der lärmenden Menge.

Die letzte Masche der Tapisserie war gewoben. Adam sah seine Mutter an; sie starrte ins Leere. Dann wandte sie sich ihm zu. Sie sahen sich in die Augen.

»Ich habe ein Weihnachtsgeschenk für dich«, sagte sie schließlich. Und sie löste eine zierliche Goldkette mit einem Osiris aus blauer Fayence, als Anhänger gefasst, von ihrem Hals. Sie ließ die Kette in seine geöffnete Hand gleiten. Es war die Kette, die sie von Ismaïl bekommen hatte, als sie im Jahre 1949 ihre Koffer gepackt hatte.

Adam besaß genug Feingefühl, um zu schweigen. Denn schließlich werten Worte die Wirklichkeit ab.

EPILOG

Gedanken über die Liebe

Über dem Bosporus wehte ein rauer Wind. Auf den Terrassen der blauen und rosafarbenen Häuser von Péra flatterte Wäsche. Ich knöpfte meinen Regenmantel zu, um in den Gärten der deutschen Botschaft den Friedhof der deutschen Seeleute zu besuchen, die es während des Ersten Weltkriegs hierher verschlagen hatte. Ich sammelte mich einen Augenblick vor diesen Steinplatten in den Böschungen der Gärten. Hier ruhten zig junge Männer, die zu Beginn des 20. Jahrhunderts in den unsinnigen Kämpfen der von Territorialgewalt trunkenen Staaten dahingerafft wurden. Dann nahm ich ein Taxi, um zur Villa Dăr-i-yikta zu fahren.

Im mit Spiegeln und gelber Seide ausgestatteten Salon kam Prinzessin Noureddine mir lächelnd entgegen. Ein Lächeln von ihr war wie ein Geschenk. Sie trug ein schwarzes Kostüm mit weißer Seidenbluse, offenbar erwartete sie eine glanzvolle Gesellschaft.

»Im Augenblick sind wir allein«, sagte sie und nahm mir die Blätter Papier ab, um die sie mich gebeten hatte. »Mein Gatte wird gleich kommen. Haben Sie ein Geheimnis gefunden, das unser Leben ändern wird?« Dann schwächte sie die Feierlichkeit der Frage mit einem kleinen Lachen ab.

»Das war nicht meine Absicht. Ich wollte nur Ihrer Bitte

nachkommen, die Geschichte der Menschen zu erzählen, die wir gekannt haben.«

»Und?«

»Das Exil ist eine Schule des Lebens, aber es ist gefährlich. Nur die Beharrlichen haben es überlebt. Aber die Diplome dieser Schule sind ausgezeichnet. Unsere Freunde haben recht gut abgeschnitten.«

»Finden Sie auch, dass Soussou gut abgeschnitten hat? Sie ist eine Maharani geworden, aber ich habe den Eindruck, dass sie sich gelangweilt hat.«

»Wenn sie mit einem unbedeutenden Beamten verheiratet gewesen wäre, hätte sie sich ebenfalls gelangweilt. Sie hat einen Partner und sie ist dem Mittelmaß entgangen.«

»Was ist aus dem Individuum geworden, das sich das Erbe Ihres Schwagers erschlichen hat?«

»Suki Marrani? Er lebt mit dem Wissen seiner Schandtat.«

Prinzessin Noureddine dachte kurz darüber nach. Dann fuhr sie fort und sprach wie zu sich selbst: »Aber Sybilla und Ismaïl konnten ihre Liebe nicht ausleben ...«

»Sie hatten die Chance, den Höhepunkt der Liebe zu erleben, aber nicht ihren Niedergang. Sie selbst haben doch Ismaïl die Absurdität der Situation vor Augen geführt, nicht wahr? Weder Liebe noch Geld können die eigene Kultur ersetzen.« »Und die Revolution?«

»Sie war ein Katalysator, sie hat schicksalhafte Prozesse beschleunigt und geklärt. Entweder haben diese Menschen die Sprache und die Interessen des Landes akzeptiert wie Ismaïl, oder sie sind gegangen. Aber die künstliche und hochmütige Welt, in der sie gelebt haben, konnte nicht fortbestehen.«

Die Prinzessin schien überrascht. »Künstlich und hochmütig?«, wiederholte sie. »Aber Faruk war der eigentliche Herrscher dieses Landes.«

»Von Rechts wegen, aber nicht in Wahrheit, werte Prinzessin. Seit der englische Botschafter, Sir Miles Lampson, 1942 den Palast von Panzern umstellen ließ, um dem König seinen Willen aufzuzwingen, hatte die Monarchie nur noch eine Gnadenfrist. Und der König wusste das. Er selbst hat eines Tages im Automobilclub gesagt, dass es in Kürze nur noch fünf Monarchen auf der Welt gäbe: den König von Karo, Herz, Pik und Kreuz und den englischen.«

»Dann haben also die Engländer das Ende unserer Welt herbeigeführt?«

»Ich fürchte ja.«

Sie schien einen Augenblick nachzudenken. »Gilt das auch für die Liebe?«, fragte sie dann.

Warum erwähnte sie die Liebe? Hatte es ihr an Liebe gemangelt, so ungewöhnlich schön und reich, wie sie war?

»Für sie, für diese Gesellschaft war Ägypten ein Traum. Sie alle haben ihr Leben geträumt. Sie haben ihre Lieben und Leidenschaften gehabt«, sagte ich.

Sie schwieg einen Moment. »Haben sie die Liebe nur geträumt oder war sie einst mehr als ein Traum?«

Sicherlich erwartete sie keine Antwort. Aber ich öffnete den Mund wie zur Antwort. Doch wollte mir so leicht keine Silbe über die Lippen.

»Was wollen Sie sagen?«, fragte sie.

Ich seufzte. Eine Pause entstand. »Ich habe versucht, die Vergangenheit wieder aufleben zu lassen. Als Schriftsteller erwecke ich die Toten zum Leben, wie ein Medium oder ein Magier. Das Ägypten von damals. Ismaïl, Soussou, Siegfried, Sybilla und all die anderen sind wohl noch am Leben, aber die Personen, die sie einst waren, sind tot. Diese Toten gehorchen dem Romancier wie Untertanen ihrem König. Ich hoffe, ich war ein guter Monarch.«

Sie unterdrückte ein Lachen. »Sie wollten die Geschichte unter das Zeichen von Isis stellen. Haben Sie das getan?«

»Ja, denn die Geschichte der Isis steht für die meiner Protagonisten und für unsere ebenfalls.«

Prinzessin Noureddine warf mir einen fragenden Blick zu.

»Damit meine ich die Suche nach Liebe. Die sexuelle Liebe und die andere. Die Geschichte der Isis ist einer der ersten Liebesromane der Menschheit. Und er spielt in Ägypten. Und er ist tragisch.«

Sie nickte. Dann legte sie ihre Hand auf meine.

»Sie haben Recht. Wir sind alle Kinder der Isis. Das habe ich damals zu Ihnen gesagt. Und jetzt lasse ich Sie ziehen und schlage Ihr Buch auf.«